ज़ख़्म हमारे

ज़ख़्म हमारे

मोहनदास नैमिशराय

वाणी प्रकाशन

वाणी प्रकाशन

'लोगो' वाणी प्रकाशन : मक़बूल फ़िदा हुसेन

वाणी प्रकाशन, 4695, 21-ए, दरियागंज, नयी दिल्ली-110002
वाणी प्रकाशन, अशोक राजपथ (पटना कॉलेज के सामने), पटना (बिहार)

ZAKHM HAMARE

by MohanDass Namishray

Novel

ISBN : 978-93-5000-514-9

प्रथम संस्करण

मूल्य : 295/-

वाणी प्रकाशन

फोन : 0091#11#23273167, फोन व फैक्स 23275710
वेबसाइट : www.vaniprakashan.in
ई-मेल : vaniprakashan@gmail.com

जी.एस. ऑफसेट द्वारा दिल्ली-110032 में मुद्रित

दो शब्द

इस उपन्यास को लिखने में कई बरस लग गये। इस बीच अनगिनत पत्र-पत्रिकाओं में दंगे की आग में झुलसे हुए लोगों की दुःखद कथाएँ पढ़ीं। गुजरात में हुए नरसंहार के शिकार हजारों स्त्री, पुरुषों तथा बच्चों के चित्र देखने को मिले। उनके भीतर से अथाह दुःख, पीड़ा और बेचैनी महसूस की गयी। उन चित्रों की अपनी भाषा थी। चित्र मौन होते, लेकिन बहुत कुछ कहते। मैं तल्लीनता से उन्हें देखता और सुनता। उनके दर्द को महसूस करता। कई महिलाओं ने बुरका उतारकर बिना किसी झिझक के अपने दर्द को बयां किया था। उनमें कुछ प्रगतिशील महिलाएँ थीं और शेष पिंजरे में बंद परिंदे की तरह। जैसा उन्होंने दंगे की आग में जलते हुए महसूस किया वैसा ही वे कहती थीं। बीच-बीच में रोने और सिसकने लगती थीं। उनके पास उनकी अपनी तकलीफ थीं। बातचीत के दौरान वे आक्रोश में रही थीं। जैसे प्रत्येक महिला के भीतर ज्वालामुखी उग रहा था। दंगाइयों के द्वारा उनके गर्भ को भी नहीं बख्शा गया था। उनकी अस्मिता को तार-तार कर दिया गया था।

उनकी योनि क्षत-विक्षत कर दी गई थी। तथाकथित विराट हिंदू सभ्यता और संस्कृति के गढ़ में ऐसा जघन्य अपराध स्वयं कुछ धर्मांध हिन्दुओं ने किया था। आश्चर्य जब और भी अधिक होता है तब गांधी के राज्य में यह सब हुआ। गुजरात में नदियाँ भी हैं और आश्रम भी। गुजरात में आध्यात्मिक अड्डे भी हैं और मठाधीश भी। आरंभ से ही गुजरात के इतिहास का एक बड़ा भाग (Period) राजाओं, जमींदारों तथा पटेलों की हिंसक प्रवृत्तियों से भरपूर रहा है। उनकी संस्कृति वीभत्स रही। अहिंसा और शांति के तथाकथित महानायक गांधी जी का जन्म हिंसा के लिए उर्वरा रही गुजरात की इसी जमीन पर हुआ। लेकिन गांधी दर्शन और विशेष रूप से शांति तथा अहिंसा के मानवीय सिद्धांत की सार्थकता कम से कम गुजरात में तो सिद्ध हुई नहीं। कुछ गांधीवादी इस बात को झुठला सकते हैं। लेकिन इतिहास और राजनीति ने यह अवश्य ही दुनिया के लोगों को बतला दिया है कि गुजरात में क्रूर हत्यारे और बलात्कारियों की कमी नहीं।

इतिहास की ओर लौटें तो जिन दिनों संपूर्ण यूरोप में नवजागरण की हवा बह रही थी और समता तथा सम्मान हेतु अलग-अलग देशों के मानव समाज में आंदोलन रच-बस रहे थे तब भारत मानवीय अधिकारों के संघर्ष में सबसे पिछड़ा उपनिवेश था। ऐसे समय में गुजरात हिंसा और उत्पीड़न में सबसे आगे था। इतिहास के कुछ काले अध्याय हमें बताते हैं कि एक समय में राज्य में वर्षा न होने पर दलितों को ही उसका कोप भाजन बनना पड़ता था। ऐसा समझा जाता था कि दलितों के कारण वर्षा नहीं हुई और अकाल होने की स्थिति आई। तब दलितों को उनके ही घरों में जला कर मार दिया जाता था। तंत्र-मंत्र से वशीभूत और अंधविश्वास के गड्ढे में पड़े सवर्ण समाज को दलितों का पढ़ना-लिखना रास नहीं आता था। वरिष्ठ दलित चिंतक चन्द्रभान प्रसाद के विचार में 1892 के आसपास हुई घटनाएँ तथाकथित अगड़ों के पिछड़ेपन की चश्मदीद गवाह रही हैं। उन दिनों दलित समाज के जिन लोगों ने अपने बच्चों को पढ़ाने की हिम्मत की थी, उनके घर जला दिये गये थे और कुछ स्कूलों को बंद कर दिया गया था। इस घटना का विवरण ब्रिटिश अधिकारी जे. एस. काटन द्वारा संपादित पुस्तक 'भारत में शिक्षा की प्रगति' 1896-97 में मिलता है।

आजादी के बाद भूमि-हदबंदी कानून का विरोध गुजरात में ही क्यों हुआ? पहले 1980 में और फिर 1985 में आरक्षण विरोध के बहाने दलितों के खिलाफ बड़े पैमाने पर हिंसात्मक घटनाएँ गुजरात में ही क्यों हुईं? फिर नई शताब्दी में लगभग दो-तीन माह तक मुसलमानों का कत्लेआम गुजरात में ही क्यों होता रहा?

जिंदा शरीरों को जलाकर हत्या करना क्या गुजराती समाज की विशिष्टता रही है? मुस्लिम महिलाओं के साथ सामूहिक बलात्कार करने और उसकी वीडियो फिल्म बनवाने में हिन्दुओं के लिए कौन से गर्व की बात है ? गर्भवती मुस्लिम महिलाओं के पेट को चीर कर भ्रूण हत्या करने में गुजरात के वैभव की कौन सी बात है?

जन्म से ही मेरे मन मस्तिष्क पर सांप्रदायिक दंगों के हजारों चित्र अंकित होते रहे हैं। मैं उस शहर से ताल्लुक रखता हूँ जिस शहर में आजादी के बाद लगभग पचास बार हिंदू-मुसलमानों के बीच दंगे हुए। मेरे भीतर वह सामाजिक दुर्घटना अभी भी अंकित है। बचपन में एक शाम किसी कार्य से मुझे जली कोठी, मेरठ में नादिर अली बिल्डिंग के पास मुसलमानों की बस्ती में जाना पड़ा था। वहाँ शाम को शेख मुहम्मद अब्दुल्ला की तकरीर थी। बस्ती के नज़दीक ही भैसाली मैदान था। उसी मैदान में बड़ी संख्या में मुस्लिम समाज के लोग इकट्ठा हो रहे थे।

"हिन्दुओं को बतला दो कि तुम्हारी रगों में भी खून बहता है। तुम बुजदिल नहीं हो। आखिर कब तक मुसलमानों के कत्ल होते रहेंगे। जीना है तो मरना सीखो।

कत्ल होने से पहले कत्ल करना भी सीखो। बतला दो कि तुम्हारी कौम मुर्दा नहीं है।"

ये शब्द थे तथाकथित शेरे-कश्मीर यानी मुसलमानों के रहनुमा शेख मुहम्मद अब्दुल्ला के। शाम हो गई थी। मेरे घर पहुँचने से पहले दंगे की ख़बर बस्ती में पहुँच गई थी। बीस आदमी कत्ल कर दिये गये थे। चालीस दुकानों को आग लगा दी गई थी। कई रातों तक आसपास के परिवेश में 'नारा-ए-तकबीर, अल्लाहो अकबर तथा हर-हर महादेव' के नारे गूँजते रहे थे। शेख अब्दुला जलते हुए शहर को छोड़कर कश्मीर की सुंदर घाटी में चले गये थे। दंगों को शांत होने में एक सप्ताह लगा था पर उस समय दंगे में बलात्कार नहीं होते थे। औरतों, बच्चों तथा बूढ़ों को नहीं मारा जाता था। हाँ गाँव, कस्बों से रोजी-रोटी कमाने आते हिंदू-मुसलमान मजदूरों को अवसर देख मार दिया जाता था। कभी-कभी सामूहिक रूप से घात लगाकर हमले भी होते थे।

मैं उसी शहर में 25 बरस की उम्र तक ऐसे खौफनाक दंगों का चश्मदीद गवाह रहा। हर बरस छोटा बड़ा दंगा होता था। लोग शहर छोड़कर चले जाते थे और दंगा खत्म होने पर फिर से लौट आते थे। औसत रूप में किसी शहर तथा उसके आसपास के गाँव तथा कस्बों में कुल मिलाकर दंगे के दौरान अधिक से अधिक दस-बीस लोग मार दिये जाते थे। कुछ दुकानें जला दी जाती थीं। हालाँकि बाद के दौर में लोगों में धर्मांधता बढ़ने के कारण दंगे की भयावहता परिणामस्वरूप मरने वालों की संख्या भी बढ़ती गई। दूसरे किसी दंगे में अगर बीस मुसलमान मरते थे तो दस हिंदू भी मारे जाते थे।

गुजरात में हुए दंगे ने पिछले सभी प्रतिमानों को उलट कर रख दिया। इसलिए इसे दंगा न कह कर कुछ लेखकों तथा पत्रकारों ने कत्लेआम भी लिखा। जिन लोगों ने गुजरात के दंगे के धर्म और जाति शास्त्र का अध्ययन नहीं किया वे बार-बार गोधरा का बहाना बनाते हैं। यहाँ असगर अली इंजीनियर का कहना बिल्कुल वाजिब है। उनके विचार में तैयारी पहले से ही थी। बाद में गोधरा बहाना बना। प्रसिद्ध समाजशास्त्री एवं चिंतक धीरूभाई शेठ सुझाव देते हैं। हमें गांधी जैसे कुछ नेता पैदा करने होंगे। जो क्रूर और वीभत्स हिंदू को मर्यादित चेहरा दे सकें। लेकिन दुखद आश्चर्य की बात यह है कि स्वयं गांधी की जमीन पर एक भी गांधी उनकी मृत्यु के बाद कोई पैदा नहीं कर सका। हाँ आरएसएस ने गुरु गोलवलकर की हिंदुत्व की लेबोरेटरी के माध्यम से एक ऐसा मोदी पैदा कर दिया, जो आयोतुल्ला खुमेनी से भी कहीं अधिक क्रूर और हिंसक साबित हुआ।

मुझे ताउम्र शेख मुहम्मद अब्दुल्ला याद रहेगा, जो रहा भी है। इसलिए कि उस

शख्स ने आजादी के दूसरे दशक में मेरठ की गलियों/बाज़ारों/चौराहों पर साथ-साथ रहते भारतवासियों के भीतर अलगाव और नफरत के बीज बोए थे। मुझे खुमैनी इसलिए याद रहेगा कि उसने विश्व में आतंकवाद के दर्शन को ऊर्जा दी थी। उसने भगवान बुद्ध के मानवीय दर्शन को तहस नहस किया था। मुझे नरेन्द्र मोदी इसलिए याद रहेगा कि उसने नई पीढ़ी को उग्र हिंदुत्व के हथियारों से लैस कर नादिर शाह और चंगेज़खान की बर्बरता को भी कहीं पीछे छोड़ दिया था।

सच में ये सभी चाहे शासक हों या राजनीतिक या फिर आध्यात्मिक गुरु के रूप में कथावाचक और शंकराचार्य ही क्यों न हों, बर्बर युग को पुनः वापस लाने के लिए हिंदू समाज के खलनायक हैं। जिन्हें अधिकांश सिरफिरे हिंदुओं ने नायक बना दिया है। वैसे नायकों की बीभत्स खलनायकी को हम सभी को मिलकर खारिज करना चाहिए। यही इस उपन्यास के लिखने का उद्देश्य भी रहा है। विश्व को शांति और अहिंसा का मानवीय पाठ पढ़ाने वाले भारत देश को पुनः आज अत्याधुनिक बर्बर युग में शान्ति और भाईचारे का परचम फहराना होगा। धर्म, नस्ल जाति तथा लिंग के भेदभाव की मानसिकता को ध्वस्त करना होगा।

अंत में कहना चाहूँगा कि इस उपन्यास के लिखने के पीछे मेरा इरादा न हिंदुओं को नाराज करना है और न मुसलमानों तथा ईसाइयों को खुश करना है। सभ्यता तथा संस्कृतियों की नई रोशनी में मुख्तलिफ धर्म/नस्ल/जाति तथा लिंग के लोग एक दूसरों की अस्मिता को जानें तथा उसका सम्मान करें। ऐसी मैं उम्मीद करता हूँ।

उपन्यास लिखने के दौरान मुझे कई बार गुजरात के दौरे पर जाना पड़ा। वहां जिन साथियों ने सहयोग किया, उनमें दलित लेखक और साहित्यकार हरीश मंगलम और जोसेफ मैकवान प्रमुख हैं। उनका मैं आभारी हूँ। साथ ही सागर मेहरा और संजय बहादुर जी का भी, जिन्होंने समय-समय पर संपादन में मेरी मदद की।

—मोहनदास नैमिशराय

नीला आकाश कल जैसा ही था। पर जमीन वैसी नहीं थी। उसके गर्भ से विस्फोट हुआ था। धरती दहल गयी थी और पलक झपकते ही उसका आकार बदल गया था। उसके रंग और स्वरूप में ध्वंस ने तेजी के साथ प्रवेश किया था। भूकम्प की मार से स्कूल, मंदिर और मस्जिदें भी बची न रह सकी थीं। देवी-देवताओं की मूर्तियाँ चकनाचूर हो गयी थीं। जिन मूर्तियों के आगे लोग नत मस्तक होते थे, उनका कोई वजूद नहीं रहा था। किसे मालूम था? पल दो पल में यह सब हो जाएगा। कुछ पल पहले तक लोग बेफ़िक्र हो सो रहे थे। तभी भूचाल आया और शहर, गाँव तथा खेड़े को दुर्घटनाग्रस्त बना कर चला गया।

कुछ ही सुबह का सूरज देख पाए थे। उनकी सुबह जीवंत थी। शेष के लिए सुबह का कोई अर्थ न था। जो जाग नहीं सके थे। वे हमेशा के लिए मृत्यु की गोद में सो चुके थे। अधिकांश गंभीर रूप से घायल थे। कुछ अभी भी टूटी हुई छत या दीवारों के नीचे दबे थे। वे जीवन के लिए मौत से लड़ रहे थे। उनके पास कितनी साँसें थीं, यह उन्हें स्वयं भी मालूम न था। वे आसपास के ध्वंस को देखने और सहने के लिए मजबूर थे। जो उनकी कल्पना से कहीं बाहर था। उनके भीतर बाहर हाहाकार था। गगनचुम्बी इमारतें नेस्तनाबूद हो गयी थीं। घर हो या दुकानें इन सब पर कहर बरपा गया था। गलियाँ मलबे से पट गयी थीं। उनमें खेलते हुए बच्चों का शोर न था, अगर वहाँ थीं तो बस उनकी लाशें। परिवेश में अजीब-सी गूँज थी। लोगों के चीखने-चिल्लाने की आवाज़ों के साथ महिलाओं और बच्चों के उभरते कातर स्वर थे। जैसे उन्होंने कोई बुरा सपना देखा हो। पर सपना कहाँ था। सब कुछ हक़ीक़त थी। जीवन का कड़वा सच आसपास पसरने लगा था। कल तक उनके पास सब कुछ था। अपना शहर, अपनी बस्ती, अपना घर और आज कुछ भी नहीं बचा था।

शहर अनगिनत डेरों और कैम्पों में बँट गया था। आरंभिक चरण में ये डेरे धर्म और जाति रहित थे। जिनमें लोग साथ रहते तथा साथ-साथ खाते थे। दुनिया का यह दसवाँ आश्चर्य था। जो सुखद अनुभूतियों को जगाने वाला था। शहर में हर आदमी को तलाश थी। किसी को अपने बेटे की तो किसी को माँ की। वहीं कुछ अभी भी बस्तियों

में मलबे में दबे हुए जिन्दा लोगों की तलाश कर रहे थे। अलग-अलग समूह में बँटे वे सामाजिक कार्यकर्त्ता थे। ध्वस्त हुए शहर में वे जीवन की खुशबू खोज रहे थे।

जीवित लोगों को शिविरों में लाया जा रहा था। घायलों का उपचार किया जा रहा था और मृतकों को ख़ाक-ए-सुपुर्द किया जा रहा था। कुछ परिजन अपनों की तलाश में इन्हीं शिविरों में आ रहे थे, कुछ की आँखों में उम्मीदें थीं तो कुछ आँसुओं से भीगी आँखें लेकर लौट रहे थे। शहर के बीच ही आशादीप नाम से शिविर लगाया गया था। इस शिविर के बगल में अस्पताल भी था, जहाँ डॉक्टर और नर्स के साथ अन्य कार्यकर्त्ता भी जुटे थे। घायलों को बचाना ही जैसे उनका उद्देश्य था।

अनाथ हुई महिलाओं की आँखों से आँसू सूख गये थे। बच्चों की आँखें अपने नज़दीकी रिश्तेदारों को खोज़ रही थीं। वे खेलना भूल गये थे। उनकी आँखों में सैकड़ों सवाल थे। भूकंप ने हजारों लोगों के जीवन को लील लिया था। कुछ पेड़ जरूर जीवित खड़े थे। जो इस ध्वस्त शहर में जीवन का प्रतीक थे। वे लोगों को मृत्यु से लड़ना सिखाते थे।

परिवेश में धूप फैलने लगी थी। तम्बुओं से बाहर आकर लोग जमीन पर पसरने लगे थे। हवा में थोड़ी ठण्डक थी। भोजन का समय हुआ तो वे पंक्तियों में खड़े होने लगे थे। महिलाओं और बच्चों की एक पंक्ति थी। दूसरी पुरुषों की थी। अचानक एक व्यक्ति ने अपने आगे खड़े व्यक्ति को देखा था। उसने उसे पहचानने की कोशिश की, पर उसकी समझ में नहीं आ रहा था कि उसे कहाँ देखा था। वह बार-बार उसकी तरफ देखता और उसके भीतर से उसकी जातीय पहचान तलाशने की कोशिश करता। अपने इस प्रयास में वह पूरी तरह से बेचैन हो उठा था। जैसे उसे याद आया। तभी क्रोध में वह चीख उठा था–

"ओह ढेड़।"

सुनकर तिलमिला उठा था पंक्ति में उसके आगे खड़ा हुआ वह सीधा-सादा आदमी। हथौड़े की तरह चोट की थी पीछे खड़े हुए व्यक्ति के शब्दों में उसके मन पर। उसने आश्चर्य में इधर-उधर देखा था। वह कैम्प में था, किसी व्यक्ति के घर में नहीं। उसने न तो किसी को गाली दी और न राशन की पंक्ति तोड़ी। उसने सोचा। आखिर क्या गलती हो गयी उससे? उसके भीतर अचानक उबाल आया था। पर वह चुप रहा। तभी उसके होंठों से निकला था–

"मुझसे क्या गलती हुई?"

उसके पीछे खड़े हुए व्यक्ति ने नाराजगी के स्वर में कहा था, "तू यहाँ क्यों खड़ा है? उधर जा और अपनी अलग लाइन बना।"

उसने असमंजस में दोहराया था–

"अलग लाइन।"

डाँटने वाले व्यक्ति ने फिर से क्रोध भरे स्वर में कहा था, "हाँ, अलग लाइन।"

उसने हिम्मत कर पूछा था, "पर क्यों?"

जबकि दूसरा व्यक्ति वैसे ही गर्म स्वर में बोला था, "तू हरिजन है इसलिए।"

इस बार उस व्यक्ति ने कहने का साहस किया था, "मैं हरिजन हूँ, पर तुमसे तो भीख नहीं माँग रहा हूँ।"

सुनकर दूसरे व्यक्ति को गुस्सा आया था। उसका स्वर उखड़ गया था, "ढेड़ होकर जवान चलाता है। मेरी नजरों से दूर हो।"

इस बार पहले वाला व्यक्ति चुप हो गया था जबकि डाँटने वाले व्यक्ति ने उस पर व्यंग्य कसा था, "कलियुग आ गया है। मुझे तो फिर नहाना पड़ेगा।"

शिविर में एक धर्मांध सवर्ण की प्रतिक्रिया सभी ने सुनी। कुछ ने सुनकर मन में रख ली, जबकि शेष ने एक कान से सुनकर दूसरे कान से निकाल दी। इसलिए कि वे पूजा पाठ के लिए किसी मंदिर में इकट्ठा नहीं हुए थे। न ही वहाँ वे किसी धार्मिक यात्रा पर आये थे। वे तो मुसीबतों से घिरे लोग थे। पेट की भूख मिटाने के लिए वे लाइन में खड़े थे। उन्होंने देखा! थोड़ी देर बाद दूसरा व्यक्ति बड़बड़ाते हुए बिना भोजन लिये चला गया था।

वह उनके बीच अजनबी बन गया था। भूचाल में सब कुछ ध्वस्त हो गया था, पर जाति नहीं। सप्ताह भर पहले ही तो वह गाँव से शहर काम की तलाश में आया था। वह दलित मजदूर था। अन्य मजदूरों के साथ काम करना शुरू किया था। रात में आकाश के नीचे वह सोता। चिलचिलाती धूप में वह मेहनत करता। उसके पसीने की बूँदे सवर्ण मकान मालिक के बनते हुए घर और आँगन में टपकतीं। उसे कोई एतराज न होता। जब वह ईंटों को ढोता किसी को कोई शिकायत न होती। वह मिट्टी में पानी डालकर गारा बनाता और अपने पाँवों से मिट्टी को खूँदता। सवर्ण मकान मालिक को कहीं बुरा नहीं लगता। जैसे मंदिर वैसा ही सवर्ण का घर हो गया था। ओह! कैसी दर्दनाक स्थिति थी गांधी तुम्हारे राज्य में।

वह प्रतिदिन पचास रुपये कमाता था। दोनों वक्त वह चाय और भोजन नज़दीक के ढाबे पर लेता था। रोज वह चालीस रुपये बचा कर रखता था। गाँव में उसकी पत्नी और दो बच्चे थे। अगले सप्ताह वह घर मनीआर्डर भेजना चाहता था। पर वह दिन कभी नहीं आया। हाँ भूकंप जरूर आ गया था। उसके सपने टूट गये थे। अचानक वह यादों के जंगल से बाहर आ गया था। किसी ने पूछा था–

"क्या नाम है तुम्हारा?"

जवाब में वह बुदबुदाया था, "गुलाम अहमद।"

सुनकर उसी व्यक्ति ने अजीब-सा मुँह बनाया था। पुनः आश्चर्य के स्वर में पूछा था, "क्या तुम मुसलमान हो?"

गुलाम ने जवाब दिया था, "नहीं।"

सुनने वाले का आश्चर्य और भी बढ़ गया। अब वही व्यक्ति गुलाम के नाम के साथ उसकी जाति के इतिहास को भी जानने के लिए लालायित था–

"तो तुम हिन्दू हो।"

गुलाम ने अनमने स्वर में कहा था, "मुझे पता नहीं।"

तुरंत उसी ने अगला सवाल कर दिया था, "तुम यहाँ कैसे आये?"

उदासी में डूबे गुलाम का स्वर बाहर आया था, "किस्मत ले आयी।"

पल भर बाद ही उसकी आँखों में आँसू छलक आये थे। दिलासा देते हुए वही व्यक्ति बोला था, "रोओ मत भइया, भली करेंगे राम।"

गुलाम ने इधर-उधर देखा था। जिस व्यक्ति ने उसे डाँटा था वह कहीं दिखाई नहीं दिया। यह दिलचस्प नियति थी। असल में गुलाम को डाँटने वाला व्यक्ति कल तक मकान मालिक था। गुलाम को उसी ने अपना मकान बनवाने के लिए मजदूरी पर रखा था। आज वे दोनों राशन की पंक्ति में खड़े थे।

कुछ पलों के लिए गुलाम ने सवाल पूछने वाले व्यक्ति की तरफ देखा था। उसके द्वारा अंतिम बार कहे गये शब्दों ने जैसे उसके ज़ख़्म पर मरहम लगाया हो। उसके कानों में अभी भी उन्हीं शब्दों की गूँज थी, रोओ मत भइया, भली करेंगे राम। पंक्ति में खड़े लोग धीरे-धीरे आगे की ओर रेंग रहे थे। गुलाम का शरीर निढाल-सा हो गया था। उसकी भूख खत्म हो गयी थी। राशन लेने का मन न किया उसका।

उसकी बारी आयी तो राशन बाँटने वालों में से एक व्यक्ति ने उसे राशन लेने के लिए जोर दिया। और उसके जवाब का इंतज़ार किये बिना पहले ने उसके हाथों पर पत्तल रख दी। दूसरे ने फुर्ती से दाल चावल परोस दिये थे। दाल चावल से भरी पत्तल लेकर थोड़ी दूर जमीन पर अलग बैठ गया था वह। उसे डर था। लोगों के बीच अगर वह बैठता तो फिर वैसे ही सवाल उससे वे करते। आखिर किस-किस को वह जवाब देता। अभी भी उसका जीमने का मन न था। अंततः उसने दाल चावल को मिलाकर एक कौर मुँह में डाला ही था कि उसे अपनी पत्नी तथा बच्चों की याद हो आयी। उसकी आँखों से आँसू बहने लगे। तभी एक व्यक्ति और वहाँ आकर बैठ गया था। उसे रोते देख नज़दीक ही बैठे व्यक्ति ने उससे कहा था, "रोओ मत भैया, सब ठीक हो जायेगा।" पर उसकी आँखों से आँसुओं का बहना रुका नहीं था। भोजन में जैसे कोई स्वाद न था। उसने महसूस किया। सभी उसकी ओर टकटकी लगाये देख रहे थे। उसके भीतर से सवाल उभरा था–

"अगर वह हरिजन है तो उसमें उसका क्या दोष?"

गुलाम ने लोगों की आँखों में अजीब-सा कुछ महसूस किया था। तभी दो लोग उसके करीब आकर ठहर गये थे।

उनमें से एक ने उसकी तरफ देखते हुए कहा था, "तुम भोजन क्यों नहीं ले रहे हो?"

गुलाम ने उसकी ओर देखा था। सवाल करने वाला आदमी उसके सामने अभी भी खड़ा था। उसके हाथ में एक रजिस्टर था। उसी के नज़दीक दूसरा आदमी था। जो अपने हाथों में कुछ कागज लिए था। गुलाम के भीतर जैसे किसी ज्वालामुखी ने प्रवेश किया था। वह बेचैन हो गया था। दोनों व्यक्ति आगे बढ़ गये थे यह सोचकर कि गम का मारा कोई होगा।

दूसरी बार किसी ने उसकी जाति कुरेदने की कोशिश की थी। उसकी अस्मिता को तार-तार किया था। उसे याद हो आया। कुछ बरस पहले अयोध्या में बाबरी मस्जिद के ध्वंस के बाद जब वह शहर से अपने गाँव लौट रहा था। दो युवकों ने उसका रास्ता रोक कर सीधे-सीधे पूछा था, "क्या वह हिन्दू है?"

उससे सवाल पूछने वाले दोनों अजनबी थे। जिन्होंने रामनामी दुपट्टा गले में डाला हुआ था। उनके सवाल ने गुलाम को परेशान कर दिया था।

व्यथित हो जवाब दिया था उसने, "मैं तानारपुर गाँव में रहता हूँ।"

उसका जवाब जैसे उन्हें रास नहीं आया था। उन्होंने भड़कते हुए कहा था, "हमें इससे कोई लेना देना नहीं है कि तू कहाँ रहता है?"

गुलाम ने एक पल उनकी ओर देखा था। तभी उनमें से एक ने पूछा था—"हमें यह बतला कि तेरा धर्म क्या है? तू हिन्दू है या मुसलमान।"

उसने उत्तर में कहा था, "मैं हिन्दू हूँ।"

पर दो हिन्दूओं को एक हिन्दू पर यकीन नहीं हुआ था। दूसरे आदमी ने तत्काल सवाल कर दिया था, "हमें बतला तमारा नाम क्या है?"

धीरे से बताया था उसने, "गुलाम"

इस बार पहले साथी ने कहा था, "पूरा नाम बतला।"

गुलाम ने अपना पूरा नाम बतलाया था, "गुलाम अहमद।"

उसके मुँह से मुसलमानी नाम सुनकर उनकी रगों का खून गर्म हो गया था। वे दोनों चिल्ला उठे थे, "तूने क्या कहा, फिर से तो बतला।"

फिर से बताया था उसने, "गुलाम अहमद।"

पुनः उसका मुसलमानी नाम सुनकर वे भड़क उठे थे, "स्साले मुसलमान होकर अपने-आप को हिन्दू कहता है।"

कहते हुए एक ने लम्बे फलक वाला रामपुरी चाकू निकाल लिया था और दूसरे ने रिवाल्वर।

चाकू और रिवाल्वर देखकर मिमियाते-से गुलाम बोला था, "मुझ पर विश्वास करो भइया, मैं मुसलमान नहीं हिन्दू हूं।"

"फिर तमारा यह मुस्लिम नाम क्यों है?"

"इसमें हमारा कोई कसूर नहीं है।"

उसी समय गाँव का पटेल अपनी बैलगाड़ी के साथ उधर से निकला। उसे वहाँ देख कर पूछा था उसने, "तू यहाँ क्या कर रहा है गुलाम?"

गुलाम ने घबराये हुए स्वर में जवाब दिया था, "इन्होंने मुझे रस्ते में रोक लिया और म्हारो धरम के बारे में बार-बार पूछ रे हैं।" कुछ पल ठहरकर उसने फिर से बतालाया था, कहवै हैं मैं हिन्दू नई मुसलमान हूँ।"

उनकी बात सुनकर पटेल मुस्कराया था। जबकि दोनों युवकों को आश्चर्य हुआ था। पटेल की हँसी के रहस्य को वे समझ नहीं सके थे। पटेल अभी भी लापरवाही से मुस्करा रहा था। तभी पटेल ने कहा था, "इसे छोड़ दो भाई। यह अपना ही आदमी है।"

पटेल की बात सुनकर उन दोनों की आँखों में और अधिक आश्चर्य के चिह्न तैर उठे थे। उनमें से दूसरे व्यक्ति ने तत्काल सवाल जड़ दिया था।

"क्या कह रहे हो पटेल जी। मुसलमान होकर यह अपना कैसे हो सकता है?"

पटेल अभी भी मुस्करा रहा था। जबकि वे दोनों असमंजस में डूबे थे। उनके लिए गुलाम पहेली बन गया था और गुलाम के शरीर में अभी भी कँपकँपी थी।

अंततः पटेल ने पहेली सुलझाते हुए कहा था, "यह मुसलमान नहीं, हरिजन है।"

पहले ने जिज्ञासा भरे स्वर में पूछा था, "पर इसका नाम...।"

पटेल ने जवाब में कहा था, "यह म्हारे गाँव का मामला है।"

तभी दूसरे ने हिकारत से कहा था, "हट स्साले, भाग हियां से।"

इस बार पहला युवक व्यंग्य में बोला था, "पटेल जी, अगर आप इधर से नहीं निकलते तो यह हमारे हाथों मारा जाता।" गुलाम ने सुना। उनमें से एक कह रहा था–

"हम हिन्दू ब्रिगेड से हैं, इसे बता दो। यह अपना नाम बदल ले। हिन्दू है तो पूरी तरह हिन्दू बनकर रहे। नहीं तो कभी भी इसका कत्ल हो सकता है।"

पटेल ने गुलाम की ओर देखा था। गुलाम ने भी पटेल की आँखों में झाँका था। उसने सोचा। पटेल भी हिन्दू था, लेकिन वह कौन है, न हिन्दू और न मुसलमान।

वह तो गाँव के किनारे पर रहने वाला ढेड़ है। उसे पूरे नाम से कोई नहीं पुकारता था। मामला सुलझ गया था। पटेल को गाँव जाना था।

दोनों युवक धार्मिक आवेश में बोले थे–

"जय श्रीराम।"

जवाब में पटेल ने भी वैसा ही नारा दिया था–

"जयश्रीराम।"

बैलों को हाँकते हुए पटेल बोला था, "हथियारों की जरूरत हो तो भिजवा दूँ।"

"नहीं पटेल जी। हम ही काफी हैं। काट डालेंगे स्साला जो भी मुसल्ला इधर से गुजरेगा।"

पटेल का गंभीर स्वर उभरा था, "सावधानी बरतना।"

वे दोनों बोले थे, "चिंता मत करो पटेल जी।"

चलते हुए पटेल ने पुनः कहा था, "अच्छा जय श्रीराम भाइयो।"

दोनों ने एक साथ तेज स्वर में कहा था–

"जय श्रीराम।"

गुलाम चुप था। पर उसके भीतर अभी भी हड़बड़ाहट थी। वह कभी पटेल को देखता तो कभी उन दोनों अजनबियों को। पटेल ने दोनों हाथों में लगाम पकड़कर हई-हई के स्वर मुँह से निकाले थे। बैलों को आगे बढ़ने की हाँक सुनाई दी तो वे चल पड़े थे। तब तक गुलाम ने सड़क पर खड़े रहकर प्रतीक्षा की थी। पटेल की बैलगाड़ी के आगे वह कैसे चल सकता था। गाड़ी के पीछे-पीछे गुलाम पैदल चला। सूरज डूब गया था। गाँव यहाँ से पाँच कोस दूर था। रास्ते के बीच में जंगल पड़ता था। उसके मन में अचानक विचार आया था। अगर किसी मुसलमान ने उस पर हमला कर दिया तो...। उसके पास तो बचाव के लिए लाठी तक नहीं थी। वह नंगे पाँव था। इससे पहले गाँवों तक दंगा नहीं पहुँचा था। सभी एक दूसरे के साथ ठीक-ठाक व्यवहार करते थें। रास्ते में दो गाँव पड़ते थे। एक को मुसलमानों का गाँव कहा जाता था तो दूसरे को हिन्दुओं का गाँव। वैसे इन दोनों गाँवों का नाम रहमतपुर और सिंहापुर था। दो गाँवों के बाद तीसरा गाँव तानारपुर पड़ता था। जो उसी का गाँव था। उसके भीतर धुकड़-धुकड़ मची थी। चलते हुए वह अपने-आप से ही बातें करता जाता था–

"पर मुसलमान क्यों उस पर हमला करने लगे, मैंने उनका क्या बिगाड़ा है?"

फिर वह बड़बड़ाया था,

"बिगाड़ा तो मुसलमानों ने भी हिन्दुओं का कुछ नहीं। फिर वे क्यों उन्हें मारने-काटने में लगे हैं? पहले उन्हीं की मस्जिद तोड़ डाली और अब उन्हीं के घरों

को जलाया जा रहा है।''

पटेल की गाड़ी आगे निकल गयी थी। वह पीछे रह गया था। दो मील चलने के बाद उसे थकान होने लगी थी। अँधेरा घिरने लगा था और रास्ता भी सुनसान हो गया था। दंगे की दहशत लोगों के भीतर भर गयी थी। कभी-कभी कोई आदमी रास्ते में दिखाई देता। वह उसकी ओर देखता तथा अनजान व्यक्ति गुलाम की तरफ चौकन्ने होकर देखता। दोनों के बीच न राम राम होती और न नमस्ते। उसे याद आया। जब उसका जन्म हुआ था। उसके पिता नवाब के पास गये थे। वे उस समय रहमतपुर गाँव में रहते थे। नवाब उस समय मजाक के मूड में था। गाँव के नवाब ने उसका नाम अहमक रख दिया था। उस समय अहमक का अर्थ उसके पिता को समझ नहीं आया था। उसके पिता के लिए अहमक और अहमद में कोई फर्क न था। उनकी जाति के लोगों को गुलाम तो पहले से कहा ही जाता था। इस तरह से उसका नाम हो गया था गुलाम अहमक। तभी नज़दीक से आवाज़ आयी थी। अतीत के चित्र जैसे ओझल हो गये थे। किसी ने पूछा था–

''और कुछ चाहिए तुम्हें।''

उसने सर उठाकर देखा। शिविर में एक व्यक्ति उसके सामने खड़ा था। गुलाम कुछ न बोल सका था। उसने गर्दन हिलाई थी। पत्तल पर अभी भी वैसे ही दाल चावल पड़े थे। अनिच्छा से उसने थोड़ा-बहुत खाया था। उसने सामने की ओर देखा। राशन के लिए स्त्री-पुरुष तथा बच्चे पंक्तियों में अभी भी खड़े थे। जिन्हें राशन मिल गया था, वे जमीन पर बैठकर भोजन कर रहे थे। उससे वहाँ बैठा न गया कुछ दूरी पर पत्तल फेंक कर उसने पानी पिया था। उसने महसूस किया कि कैंप में कुछ आँखें अभी भी उसका पीछा कर रही थीं। वह सब गुलाम सहन नहीं कर पाया था। वहाँ से वह कुछ दूर आगे चला गया था। यह कैम्प का अंतिम छोर था। दो-तीन कुत्तों के अलावा कूड़ाघर के पास कोई नहीं था।

उसने ध्यान से कुत्तों की आँखों में देखा था। कुत्तों के मन में किसी तरह का जाति द्वेष नहीं था। कुत्तों के नज़दीक आकर वह सहज हो गया था। उसे घर की याद पुनः सताने लगी थी। उसने मन में विचार किया। उसे तुरंत गाँव जाना चाहिए। उसका परिवार वहाँ है। वह अपनों के बीच होगा। उनको भी कुछ तसल्ली मिलेगी। तभी उसके मन में विचार आया। पर वह जाएगा कैसे? उसके पास तो एक पैसा भी नहीं है। एक पल के लिए उसने सोचा। किसी से किराए के पैसे मांग ले। लेकिन उसकी हिम्मत नहीं हुई। कोई उसे भिखारी समझ बैठा तो ! इस बार उसके भीतर के आत्मविश्वास ने कहा था। नहीं-नहीं वह किसी के सामने हाथ नहीं फैलाएगा। भले ही उसे पैदल क्यों न जाना पड़े। कुछ देर की कशमकश के बाद उसने पैदल

गाँव जाने का निर्णय ले लिया था।

अंततः उसने अपनी यात्रा शुरू कर ही दी थी। बीस मील दूर था उसका गाँव। शहर का एक बड़ा भाग खँडहर में तब्दील हो चुका था। जगह-जगह सड़क पर मलबा पड़ा था। कहीं-कहीं सड़क के किनारे खड़ी बस पर दीवार टूटकर गिर गयी थी। सड़क पर रेडक्रास की गाड़ी दौड़ रही थीं। उनमें श्मशान की ओर जाने वाली काले रंग की गाड़ियाँ भी थीं। रास्ते पर पैदल चलने वाले कम लोग थे। जो थे, वे अपने ही शहर में शरणार्थी बन गये थे। भूकम्प ने उन्हें तोड़ दिया था। उनके चेहरों पर विषाद था और ढेर सारी चिंताओं के बोझ से वे दबे थे। शहर दुर्घटना का चश्मदीद गवाह बन गया था। बाज़ार खाली थे। बस्तियाँ उजड़ गयी थीं। आठ मील आते-आते उसे थकान होने लगी थी। शहर पीछे छूटने लगा था। सड़क पर कहीं पानी नहीं था। उसकी आँखें पानी की तलाश में थक चली थीं। चलते-चलते उसकी टाँगों में दर्द उभर आया था। दर्द उसके भीतर भी था। उसका गला प्यास से खुश्क हो गया था। पानी होता तो भी उसे नहीं मिलता। गाँव में पानी देने से पहले जाति पूछने की परंपरा जो रही है। बारह मील अभी और चलना बाकी था। रास्ते पर चलते हुए बार-बार उसकी आँखों के सामने पत्नी तथा बच्चों के चित्र तैर उठते थे। मन के भीतर संशय के अंकुर फूटने लगते थे। कैसे होंगे वे? जीवित भी होंगे भी या नहीं। सोचते हुए गुलाम की आँखों में आँसू झिलमिला आये थे। हथेली से उसने उन्हें पोंछ लिया था, पर आँखों में आये आँसू भला कभी रुके हैं। जैसे आँसुओं की नदी उतर आयी थी उसकी आँखों में। अचानक उसे चक्कर सा आया। इससे पहले कि वह गिर पड़े नज़दीक ही पुलिया पर वह बैठ गया था। गुलाम पूरी तरह थक गया था। शाम हो गयी थी। अँधेरा घिर आया था। परिवेश में सन्नाटा तैरने लगा था।

कुछ देर बाद उसकी आँखें खुलीं। उसने चारों तरफ देखा। स्वयं उसके अलावा कहीं कुछ न था। उसकी आँखों में फिर से आँसू छलछला आये। कुछ समय तक वह अकेला बैठा रोता रहा। आसपास का परिवेश पूरी तरह से अँधेरे में डूब गया था। परिवेश में थे तो सिर्फ पेड़, जिनकी आकृति अँधेरे में भयावह लग रही थी। कहीं-कहीं सड़क के नज़दीक टूटे हुए घर थे। जिन्हें देखकर उसकी आँखों के सामने अनचाहे चित्र बार-बार आ रहे थे। कुछ देर ठहरने के बाद उसने हिम्मत की और वह आगे चला। गाँव अभी कई मील दूर था। उसकी टाँगों में तीव्र दर्द उभर आया था, तभी उसने देखा। सामने से बस आ रही थी। उसने हाथ से ड्राइवर को बस रोकने का संकेत दिया था। लेकिन बस धूल उड़ाते हुए उसके सामने से निकल गयी थी। विवश होकर वह फिर से पैदल चल पड़ा था। एक घंटा लगातार चलने के बाद मीरपुर गाँव सामने नजर आने लगा था। यहाँ से छः मील और आगे उसका गाँव था। उसके

पैरों को जैसे बल मिला था। आँखों से आँसू सूख गये थे। उसके भीतर पत्नी और बच्चों से मिलने की लालसा और बलवती होती जा रही थी। ऊर्जा का स्रोत उसके भीतर फूटा था। मीरपुर गाँव गहरे सन्नाटे में डूबा हुआ था। जीवन का कोई चिह्न नहीं था वहाँ। उसने मन में विचार किया। लगता है गाँव में सभी मर गये हों। ऐसा सोचते हुए वह भयभीत हो गया था। उसकी टाँगों की ताकत जैसे खत्म हो गयी थी। घिसटते-से हुए वह आगे बढ़ा था। तभी कोई पक्षी उसके सिर के ऊपर से उड़ा था। अब उसे गाँव पहुँचना मुश्किल लगने लगा था।

अचानक गुलाम को ठोकर लगी। वह सिर के बल गिरा। सड़क पर गिरते ही उसके माथे में चोट लगी। वह दर्द से तिलमिला उठा था। उसने माथे को हाथ से छुआ। उसकी अँगुलियाँ खून में तर हो गयी थीं। सड़क के बराबर से तत्काल ही मिट्टी लेकर उसने माथे पर लगाई थी। कुछ देर के लिए खून बहना बंद हो गया था। बाद में फिर बहने लगा था। अंत में उसने अपनी कमीज फाड़ कर पट्टी बनाई थी और उसे ज़ख़्म पर बाँधा था। थकान से उसका शरीर पहले ही टूट गया था। खून बहने के कारण उसे पुनः चक्कर आने लगे थे। वह काफी देर तक जमीन पर बैठा रहा। अचानक उसे उल्टी हुई। फिर सीने में दर्द उठा। उल्टी करते-करते वह जमीन पर लेट गया था। नीम अँधेरे में वह किसे पुकारे। कोई भी तो नहीं था आसपास। उसने उठने का प्रयास किया था। पर उठ नहीं सका था। माथे पर बँधी पट्टी को उसने छुआ, जो खून में तरबतर थी। लगता था अब वह गाँव नहीं लौट सकेगा। यहीं तक उसका जीवन था। उसकी आँखें आँसुओं से भर आयी थीं। काफी देर बाद उसने फिर से उठने की हिम्मत की थी। वह उठा और उसने धीरे-धीरे चलने का प्रयास किया था।

मीरपुर गाँव पीछे रह गया था। सड़क पर कहीं-कहीं पत्थर पड़े थे। वह धीरे-धीरे आगे बढ़ रहा था। लगभग आधा घंटा चलने के बाद उसने अंदाजा लगाया। रहमत पुर गाँव आ गया था। उसने हिम्मत की। इसके बाद सिंहापुर गाँव था। सिंहापुर गाँव में भी सन्नाटा पसरा हुआ था। परिवेश पूरी तरह अँधेरे में डूबा था। भय से उसके शरीर में सिहरन दौड़ जाती थी। वह इधर-उधर देखता और अपने कुल देवताओं को याद कर आगे बढ़ लेता था। जैसे-जैसे उसका अपना गाँव नज़दीक आता जाता था। उसके कदमों में तेजी आती जाती थी। जाना-पहचाना परिवेश उसके चारों तरफ था उसकी अभ्यस्त आँखों ने देखा। सामने उसी का गाँव था। उसके भीतर आशा का संचार हुआ था।

तानारपुर गाँव आ गया था, जो अँधेरे में डूबा हुआ था। बच्चों की चीख पुकार, औरतों के परस्पर बतियाने के स्वर, भैंस और गायों के रम्भाने की आवाज़ें कहाँ थीं। परिवेश की चुप्पी को महसूस कर गुलाम सकते में आ गया था। गाँव में उसने प्रवेश

किया तो दो घर उसे ढहे हुए मिले। पहला मंगतू का घर था। दूसरा रामकली का। मंगतू के चार बच्चे थे और रामकली के दो। एक का पार साल विवाह कर दिया था उसने। न मंगतू कहीं दिखाई दिया था और न रामकली। मंगतू की गाय और रामकली की बकरी कहाँ गयीं, उनके बच्चे कहाँ खो गये? वे तो रात तक खेलते-कूदते थे और खूब शोर मचाते थे। इतना कि कभी-कभी गाँव के बड़े बूढ़े परेशान हो जाते थे। इसके बाद तीन घर और थे। वे भी उसे दिखलाई नहीं पड़े। बीच रास्ते में नीम का पुराना पेड़ भी नहीं था। तभी किनारे पर उसकी नजरें चली गयीं। पेड़ वहीं गिरा पड़ा था। उसने पेड़ की टहनियों को छुआ था। उनके भीतर जीवन नहीं था। उसके पाँव जैसे भारी होने लगे थे। कुछ कदम चलने पर उसे महसूस हुआ। एक पेड़ और गिरा पड़ा था। वह भी निर्जीव था। उसके मुँह से निकला था, 'हे भगवान यह सब क्या हो गया?' आगे गाँव का पनघट था, वह भी उदास था। सामुदायिक भवन भी खाली पड़ा था। वह बुदबुदा था, "कहाँ गये सब लोग?" अचानक उसे सामने एक छाया दिखाई दी। अँधेरे में वह भय से काँप उठा था। कंकाल जैसी आकृति छाया नज़दीक आयी तो उसने पहचाना था। वह सुखिया था। भरे गले से पुकारा था उसने–

"काका"

जैसे किसी गहरे कुएँ से सुखिया की आवाज़ आयी थी, "गुलाम आ गया तू।"

बीच में कुत्ता भौंका था, गुलाम ने कहा था, "हाँ काका।"

"तूने देर कर दी।"

"मैं समझा नहीं काका?"

"सब कुछ खतम हो गया।"

"क्या हो गया काका?"

"वे ख़ाक में मिल गये।"

उखड़ा हुआ स्वर उभरा था उसके भीतर से, "कौन काका?"

जवाब दिया था इस बार सुखिया के आँसुओं ने।

गुलाम के कदमों में लड़खड़ाहट बढ़ गयी थी। वह आगे-आगे था और सत्तर वरस का सुखिया उसके पीछे-पीछे। सामने वर्णकारों के दो घर थे और एक घर बुधवा ताई का था। वे सब मलबे में बदल गये थे।

कुछ ही देर में गुलाम अपने घर के सामने था। घर कहाँ था? कब्रिस्तान बन गया था वह तो। कहीं कोई दीया बत्ती नहीं। सिर्फ अँधेरा था और तैरता सन्नाटा। जामुन का पेड़ सही सलामत था। और पेड़ के नीचे हमेशा बैठा रहने वाला कुत्ता भी। बदहवासी के स्वर में उसके मुँह से निकला था–

"काका।"

वह दहाड़ मारकर रोने लगा था। उसकी हृदय विदारक चीखों से एक बार फिर गाँव भर में कँपकँपी हुई थी। अपने ही घर के मलबे पर उसका शरीर कटे वृक्ष की तरह गिर पड़ा था। आसपास कोई न था। सिवाय नीम के पेड़, कुत्ता और सुखिया के। बीस परिवार की बस्ती में वही जीवित बचे थे। शेष अपनी-अपनी कब्रों में मौत की गहरी नींद सो गये थे। भूकम्प से पहले गाँव में दो श्मशान थे। एक सवर्णों का दूसरा दलितों का। अब गाँव की इसी जमीन पर देखते-देखते अनगिनत श्मशान बन गये थे। काका ने सुबकते हुए बतलाया था, "बच्चे रोये थे, औरतों ने दहाड़ मारी थी। बुजुर्ग भी कहाँ भागते। उन सबको भूकंप ने लील लिया था।"

गाँव में दलितों और सवर्णों की बस्तियाँ अलग-अलग थीं। सुख-दुख में भी उनकी भागीदारी जातीय आधार पर ही थी। सवर्णों की बस्ती में भी घर गिरे थे। वहाँ भी औरतें विधवा हुई थीं। बच्चे अनाथ हुए थे। गाँव-गाँव में ऐसी ही दुःखद कथाएँ थीं। लगता था जैसे गाँव के दलित पुरुष, स्त्री और बच्चे अभी भी किसी दीवार या छत के नीचे दबे हुए छटपटा रहे थे। परिवेश में अभी भी जैसे उनकी सिसकियां उभर रही थीं।

पत्नी और बच्चों की मृत्यु की ख़बरें गुलाम पर भारी पड़ी थीं। वह जैसे टूट कर बिखर गया था। सुखिया भी मलबे पर सो गया था। वहीं उसके नज़दीक सो गया था कुत्ता। बस्ती वीरान हो गयी थी। पर कुत्ते की आँखों में नींद न थी। उसे अभी भी बस्ती के पुनः आबाद होने की आशा थी। दो दिन से वह भी भूखा था। सब कुछ दब गया था। फिर उसे कहाँ से भोजन मिलता?

आधी रात बीत गयी थी। न गुलाम की आँखों में नींद थी और न कुत्ता सो पा रहा था। वे दोनों एक-दूसरे की आँखों में बार-बार देखते। आकाश में तारे थे। जैसे वे लुकाछिपी का खेल खेल रहे थे। उसके बच्चे भी तो ऐसे ही खेलते थे। उसके सामने खुला आकाश था। उसे लगा। जैसे वे उसे पुकार रहे हों। बेटे का नाम रमेश और बेटी का नाम सबीना था। बेटा दस साल का था और बेटी बारह की। घर के नज़दीक ही वे जमीन पर पड़े कंकरों से खेलते थे। तब सबीना जीतती तो बेटा उसकी शिकायत करता था। थोड़ी देर बाद फिर से वह कहता–

"तुम मेरे साथ खेलों ना बा।"

बाद में सबीना खेलने के लिए कहती, "नहीं बा, तुम मेरे साथ खेलोगे।"

दोनों बच्चे उसके साथ खेलने की जिद करते और एक दूसरे को धक्का देते। बच्चों के बीच वह एक शब्द भी नहीं बोल पाता। केवल हँसता और बच्चों को लड़ते देखता। बच्चों की लड़ाई देखकर वह खूब आनन्दित होता। नज़दीक ही उसकी पत्नी

गोबर के उपले पाथती। उपले पाथते हुए वह कोई गीत गुनगुनाते हुए होती। गाँव में स्कूल नहीं था, दलित समाज के लोग केवल मजदूरी करते थे। बच्चे बड़े होते होते मजदूर बन जाते थे। वे डिप्टी कलक्टर नहीं बन पाते वे। आजादी के पचास वर्ष बीत जाने के बाद भी उनके व्यवसाय वैसे ही थे। गाँव में सामुदायिक भवन था जहाँ बैठकर सवर्ण दलितों के भाग्य का फैसला करते थे। दलित उनके निर्णय को केवल सुनते थे।

सवेरा हो गया था। गाँव में पक्षियों का कलरव शुरू हो गया था, कुछ चिड़ियां डाल पर बैठी टुकुर-टुकुर वीरान हुई बस्ती को देख रही थीं। आँसुओं से चिपचिपाई आँखों से उसने आसपास देखा था। वह अपने ही घर के मलबे पर पसरा था। सुखिया अभी भी सोया था। हालाँकि कुत्ता जाग गया था। उसने कुत्ते की आँखों में देखा। कुत्ते ने गुलाम को देखा था। दोनों के दुख एक जैसे थे। कुत्ता भी तो जीव था। उसे गुलाम की मौजूदगी से बल मिला था। अचानक कुत्ता भौंका तो सुखिया भी जग गया था। परिवेश में धूप फैलने लगी थी। सुखिया ने पहले कुत्ते की ओर देखा फिर गुलाम की तरफ देखा था। वह उदास था। उसके माथे पर पट्टी बँधी हुई देखी तो पूछ बैठा।

"तमारे चोट लग गयी क्या?"

"हाँ काका"

"कैसे?"

"रात में सड़क पर गिर गया था।"

"तमने कल कुछ खाया था।"

"ना।"

सुखिया को जैसे कुछ याद आ गया था। उसने कहा था, "सहर से आटा, दाल और चावल आया था और कपड़ा लत्ता भी।"

गुलाम ने केवल हुंकार भरी थी।

"सब कुछ पटेल के गोदाम में जमा हो गया। किस को क्या मिला म्हारे को पता नई।"

गुलाम ने उसकी बात सुनकर भी जैसे अनसुनी कर दी थी पल भर के लिए दोनों मौन हो गये थे।

बूढ़ा फिर बोला था, "मदद लेने वाला कोई नई बचा गाँव में।"

गुलाम की आँखों में फिर से आँसू उमड़ आये थे। सुखिया ने उसे दिलासा देते हुए कहा था, "तू बावला मत बन।"

गुलाम ने आँसुओं से भरी आँखों से उसकी ओर देखा था।

पुनः बूढ़े ने उसे मृत्यु का दर्शन समझाया था–

“हर किसी को मरना होवै है।”

गुलाम ने कुछ कहना चाहा था। रुँधे गले से कुछ शब्द बाहर आये थे, “पर काका...।”

उसकी आँखों में फिर से सैलाब उमड़ आया था। बहुत देर तक गुलाम रोता रहा और सुखिया उसके आँसू पौंछता रहा। कुत्ते की आँखों में आँसुओं के साथ उदासी उतर आयी थी। वह बीच-बीच में अपने पंजों से जमीन खोदता। मुँह से कूँ कूँ आवाज़ें निकालता और वह फिर भौंकने लगता। थोड़ी देर बाद बूढ़ा फिर बोला था–

“पटेल के घर पर चल।”

सुनकर भी गुलाम ने कोई जवाब नहीं दिया था। बड़ी मुश्किल से सुखिया ने मनाया था उसे। वे दोनों साथ-साथ चले और कुत्ता उनके पीछे-पीछे था। पटेल घर पर ही था। उसका घर सही सलामत था। उसका घर, परिवार के सदस्य, नौकर-चाकर, गाय, बैल, सभी जीवित थे। यहाँ तक कि घर के आगे खड़ा हुआ नीम का पेड़ भी। सवर्णों की बस्ती में जीवंतता थी। जबकि दलितों की बस्ती में मृत्यु की छाया। पटेल को मालूम था। गुलाम जरूर उसकी देहरी पर आयेगा। गुलाम के थके हुए हाथ जुड़े। उसने हाथ जोड़कर अभिवादन किया था। यह देखकर पटेल की आँखों में चमक तैर गयी थी। उसने कारिन्दे को आवाज़ दी। कारिन्दा आया तो पटेल ने रात का बचा हुआ भोजन लाने के लिए कहाँ कारिन्दे ने उन दोनों के सामने रात का भोजन रख दिया था।

पटेल के कहने पर भी गुलाम ने एक निवाला तक गले में नहीं डाला था। सुखिया से भी खाते नहीं बना। कुत्ते ने केवल रोटियों को सूँघा था। तीनों की स्थिति अजीब थी। अपनों के बिछड़ने के कारण उनकी भूख भी खत्म हो गयी थी। उनके भीतर अभी भी वेचैनी थी।

“अब क्या करेगा?” सुनकर गुलाम ने सिर उठाकर देखा। पटेल उससे कुछ पूछ रहा था। पर वह बोला नहीं। बाद में पटेल ने सुखिया की ओर देखा था। और सुखिया ने गुलाम की आँखों में झाँकते हुए उसके भीतर की टोह ली थी। पर गुलाम के मुँह से एक शब्द नहीं निकला था। फिर जवाब दिया था सुखिया ने, “गुलाम सदमे में है।” पटेल आगे कुछ नहीं बोला था। सवेरा होने के बावजूद गुलाम के लिए अँधेरा था। वे तीनों धीरे-धीरे कदमों से चलते हुए वापस टूटे हुए घर तक पहुँचे। वहाँ सोने के लिए न पलँग था और न चारपाई। घर के नज़दीक आते ही गुलाम मिट्टी के ढेर पर कटे वृक्ष की तरह गिर पड़ा था। साथ-साथ चल रहा कुत्ता भौंका था। उसकी हालत देख सुखिया की आँखों में आँसू भर आये थे।

जैसे-जैसे धूप बढ़ने लगी थी गाँव का परिवेश बोलने लगा था। गाँव में खँडहर

हुए घर, मलबे में दबे हुए दम तोड़ चुके जानवर, आँगन में गिरी हुई दीवारों के नीचे दब कर दम तोड़ते कुत्ते और जड़ से टूट कर जमीन पर गिरे हुए पेड़, यह सब गाँव की दुखद स्थिति को बयां करने के लिए काफी था। गुलाम को अफसोस था कि वह अपनी पत्नी तथा दो बच्चों का अंतिम संस्कार भी न कर सका था। उनके जीवंत चित्र उसकी आँखों के सामने से हटते नहीं थे। उनकी मौत के गम में वह पागल जैसा हो गया था। दुपहरी होने से पहले नज़दीक के चर्च से पादरी आ गये थे। उनके साथ पाँच लोग और थे। वे सभी ईसाई थे। उनके भीतर दर्द का अथाह समंदर था। इस गाँव में वे पहले भी आ चुके थे। दलितों से उनके पुराने रिश्ते थे। दलित बस्तियों में लोग अपने ही घरों में दफन हो चुके थे। इसकी सूचना उन्हें मिल गयी थी। उनको मलबे से निकालने वाला कोई न था। यह भी वे जानते थे। दलितों में से केवल तीन प्राणी जीवित बचे थे। गुलाम, सुखिया और कुत्ता। सत्तर बरस का बूढ़ा क्या करता। गुलाम तो पहले ही अधमरा हो गया था। कुत्ते ने अपने पंजों से बहुत मिट्टी खोदी थी। वह कहाँ तक खोदता। जितना गहरे वह मिट्टी खोदता उतना ही उसे अपनों की खुशबू और अधिक गहरी जमीन खोदने के लिए उत्तेजित करती। पादरी पाँच लोगों को लेकर आये थे। दलितों की शवयात्रा में सवर्णों के शरीक होने का रिवाज न था। गाँव में पहले से ही दो श्मशानों का चलन था। आदमी मर जाता था, लेकिन उसकी जाति नहीं।

वे सभी मलबे में दबे थे। सबने मिलकर उनकी देह पर पड़ी मिट्टी और ईंटों को हटाया था। काफी मेहनत के बाद लाशें निकाली गईं। शरीर पर चोट लगने से खून निकला होगा। जो उनके शरीरों पर जम गया था। कोई भी जीवित नहीं बचा था। उनकी आँखें खुली थीं। शायद प्रतीक्षा रही होगी कि कोई उन्हें बचाने आयेगा। उन आँखों में अब जीवन नहीं था। मृत्यु बस गयी थी वहाँ। कुत्ते को भी अपनों की पहचान थी। मलबे से एक के बाद एक कर लाशें निकाली जा रही थी। जिन्हें देखकर कुत्ता भौंक रहा था। गुलाम की रुलाई बंद नहीं हो पा रही थी। सभी की आँखों से आँसू टपक रहे थे। फादर स्वयं गिरजाघर से आये थे उनकी मैयत में सभी लोग शामिल थे। श्मशान में सभी के लिए अलग-अलग गड्ढे खोदे गये थे। प्रार्थना हुई। फिर सबने मैयत पर थोड़ी-थोड़ी मिट्टी डाली।

अंतिम क्रिया करते हुए शाम हो गयी थी। लौटने से पहले फादर ने उन्हें खाने की कुछ जरूरी चीजें दी थीं। रात घिर आयी। तीनों ने कुछ नहीं खाया। उनका मन तो चल बसे लोगों में लगा था। गाँव फिर वीरान हो गया था। रह गये थे तीन।

सुखिया ने उसके पास जाकर जैसे पते की बात कही थी।

"मेरी बात सुन, तू शहर चला जा। हो सकै है राजू भी मिल जाए।"

खामोशी तोड़ते हुए सुखिया ने फिर अपनी बात कही थी।

"तू बोलता क्यों नहीं?"

गुलाम के पास जैसे शब्द ही नहीं थे। सुखिया फिर बोला था, "पागल मत बन। गाँव में कुछ नहीं बचा है अब। यहाँ रहेगा तो तुझे सबकी यादें सताएँगी।"

गुलाम को जैसे काठ मार गया था। उसकी आँखें पथरा गयी थीं। सुखिया ने इस बार उसके सामने जीवन के दर्शन की बात की थी, "तू जीवन भर रोता रहेगा। रोने के अलावा हँसना भी सीख। जिन्दगी बहुत बड़ी होती है।"

इस बार गर्दन उठाकर देखा था गुलाम ने। उसकी आँखों में आँसू भर आये थे।

सुखिया ने फिर से कहा था, "आखिर कब तक रोता रहेगा?"

बीच-बीच में उसके पास बैठा कुत्ता भौंकता। वह पूछना चाहता था कि गुलाम आखिर कब तक मौन रहेगा। कुत्ते का नाम था टामी। वह नाम स्वयं गुलाम ने रखा था। गुलाम उससे बातें करता था। उसे अपने साथ रोटी खिलाता था। टामी उसकी आँखों में झाँकता। उसके हाथ पर अपना पंजा रखता। फिर नज़दीक आकर मुँह से कूं-कूं की आवाज़ें निकालता। वे दिन बीत गये थे, लेकिन कुत्ते को अभी भी याद थे। पर गुलाम जैसे किसी और दुनिया में खोया था। वह अपनों की यादों से छुटकारा नहीं पा रहा था। वह जितना पत्नी तथा बच्चों के बारे में सोचता उतना ही वह व्यथित होता। सुखिया भी हार मानने वालों में से नहीं था। उसने पुनः कहा था–

"तू मेरी बात क्यों नहीं सुनता?"

टामी उन दोनों के और नज़दीक आ गया था। वह भी उन दोनों की बातों में हिस्सेदारी चाहता था। कुत्ता नज़दीक आया तो उन दोनों ने उसकी ओर देखा था। सुखिया ने कुछ पलों के बाद कुत्ते का वास्ता देकर कहा था, "तु म्हारी बात नहीं मानना तो कम से कम इसकी तो मान।" तभी टामी ने अपने अगले पंजों को गुलाम की ओर उठाया था। फिर मुँह से आवाज़ निकाली थी।

गुलाम फिर भी मौन ही रहा। बूढ़े ने फिर प्रयास किया था।

"सारा गाँव श्मशान बन गया है। अब तमारी खातिर हियां कुछ नई रखा।"

गुलाम के मुँह से एक शब्द भी बाहर नहीं आया था। सुखिया भी जैसे हार मानने को तैयार न था।

"मेरी बात मान। तू सहर चला जा।"

जैसे कुछ याद हो आया था गुलाम को। उसने पूछा था–

"क्या राजू सहर से लौट आया था।" उसके मुँह से राजू की बात सुनकर सुखिया को अच्छा लगा था। उसने संक्षिप्त जवाब दिया था, "नई।"

गुलाम को भतीजे के बारे में सुनकर आशा बँधी थी। कम से कम परिवार में

एक तो बच गया होगा।

गुलाम ने जब गाँव छोड़ा तो उसे विदा करने पाँच मील चलकर सुखिया आया था। साथ में टामी भी था। बस लेने से पहले वे तीनों चर्च जाना नहीं भूले थे। गाँव के मंदिर में तो दलितों का अभी भी प्रवेश नहीं था। वे कभी-कभी चर्च में अवश्य चले जाते थे। ईसा मसीह के सामने नत मस्तक हो प्रार्थना की थी गुलाम ने! फादर ने उसे आशीर्वाद दिया था। और चलने से पहले बस का किराया भी गुलाम की हथेली पर रखा था। गुलाम ने फादर के पाँव छूने चाहे थे। तभी अपने पाँवों को पीछे हटाते हुए उन्होंने कहा था–

''नहीं गुलाम अहमद, ऐसा मत करो। हम सब बराबर हैं। हम सब से बड़ा वही एक है।'' कहते हुए फादर ने मसीह की ओर देखा था। कीलों से गड़े हुए सामने दीवार पर ईसा मसीह कीं ओर फिर से देखा था गुलाम ने। उनकी आँखों में शान्ति व्याप्त थी उनके चेहरे पर पीड़ा के जरा भी चिह्न नहीं थे। गुलाम को दिलासा मिली थी। चर्च से वह बाहर गुलाम आया तो उसने हाथ जोड़कर विदा ली थी। फादर ने उसके कंधे पर हाथ रखा था। गुलाम को अच्छा लगा। बाद में उसने सुखिया से हाथ जोड़े थे। उनकी आँखें नम होने लगी थीं। फिर गुलाम ने टामी को ऊपर उठा कर गले लगाया था। उसे चूमा था। प्यार मिलने पर कुत्ता भी कूं-कूं करते हुए उसके बदन से लिपट गया था। फिर वह भौंकने लगा था।

शहर उसके लिए एक अजनबी द्वीप बन गया था। शहर की पहचान वैसी न रही थी। चकाचौंध के स्थान पर उसके भीतर उदासी घिर आयी थी। बड़ी-बड़ी इमारतें मलबे के ढेर में बदल गयी थीं। बाज़ार में रौनक नहीं थी। लोगों के चेहरों पर भूकंप की छाप अभी भी थी। शहर में उसका कौन था। भतीजे के बारे में भी वह किससे पूछे? कौन बताएगा उसके भतीजे के बारे में? शहर के स्वभाव में फर्क आ गया था। हर आदमी हड़बड़ाहट में था। शहर के रंग और रूप को सुधारा जा रहा था। गिरे हुए मकानों को फिर से बनाया जा रहा था। बस-अड्डे पर उतरकर पैदल ही आगे बढ़ा था। उसकी जेब में केवल एक रुपया बचा था। पचास पैसे के उसने चने खरीदे थे। चने खत्म हुए तो प्याऊ पर पानी पिया था उसने। शहर की गलियों, बस्तियों तथा बाज़ारों में घूमते हुए उसके भीतर तरह-तरह के सवाल उभर रहे थे। लेकिन उन सवालों का उत्तर उसके पास नहीं था। सड़क पर चलते हुए कभी वह किसी दुकान के सामने ठिठक जाता तो कभी किसी होटल के मालिक की ओर टकटकी लगाकर देखता। कुछ देर बाद पीछे से ऑटो या कार के हौरन की आवाज़ सुनकर आगे बढ़ जाता। बस से उसे उतरे दो घण्टे हो गये थे। तभी उसकी नजर पुलिस चौकी के पास जूतों की मरम्मत करते हुए एक मोची पर पड़ी। उसके नज़दीक जाकर

धीरे से कहा था उसने–

"मैं दूर से आया हूँ और परेशान हूं।"

नज़दीक किसी की आवाज़ सुनकर सुरजा ने उसकी आँखों में देखा था, जो बहुत कुछ कह रही थीं। बदन पर मैले-कुचैले कपड़े, वे भी फटे हुए। नंगे पाँव, तीस वर्षीय व्यक्ति यांचक के रूप में उसके सामने खड़ा था। उसका मन द्रवित हो उठा था उसे देखकर बोला था वह–

"बैठ जा।"

गुलाम जमीन पर ही बैठ गया था।

"पानी पी पहले।"

गुलाम ने टीन के गिलास में पानी पीने के बाद कहा था, "तुम बहुत दयालु हो।"

सुरजा ने धीरे से कहा था, "तमारे को प्यास लगी थी भइया। मैंने पानी पिला दिया। यह तो हमारो धरम था।"

कुछ पल उनके बीच मौन रहा। फिर गुलाम बोला था, "तुमने म्हारी जात नहीं पूछी।"

उसकी बात सुनकर मोची मुस्कराया था।

"आदमी की जाति एक ही होती है।"

गुलाम के भीतर से जैसे आवाज़ आयी थी।

"तमारे नेक विचार हैं।"

सुनकर बूढ़े मोची ने कहा था, "आदमी स्वयं अच्छा हो तो दूसरा भी उसे अच्छा लगता है।"

सुनकर जैसे उसकी सारी थकान दूर हो गयी थी। कुछ पल बाद फिर बोला था वह।

"अच्छा अब बतला क्या बात है?"

गुलाम ने दो दिन पूर्व उसके साथ हुई घटना बतायी तो सुरजा बोला था, "सारे गुजरात में जाति-भेद फैला है। म्हारे और तमारे बस का क्या है?

जैसे गुलाम ने कुछ कहना चाहा था–

"पर...।"

सुरजा ने उसके सामने अपना दर्शन बांचा था–

"दुनिया ऐसे ही चलती रहवेगी भइया। गांधी बाबा आया। हरिजनों को ऊपर उठाते-उठाते स्वयं चला गया। मुझे बतला किसने उसकी बात मानी?"

गुलाम ने जबाब दिया था, "नई।"

''तो फिर, तमारे को परेशान होने की क्या जरूरत छे।''

कुछ पल उनके बीच में चुप्पी रही। सुरजा ने उसके भीतर की टोह ली थी, ''दुनिया अपने हिसाब से चलती है। तू अपनी बतला। तमारे को क्या परेशानी है?'' अनायास ही गुलाम की आखों में आँसू छलछला आये थे। रोते हुए बतलाया था उसने, ''मेरी घरवाली, बच्चे सभी ख़ाक हो गये।''

सुरजा ने दिलासा दी थी, ''भैया, तूफान से घिरी हुई इस किश्ती में तुम अकेले ही नई हो। मैंने भी अपना जवान बेटा खोया है।''

कहते-कहते स्वयं उसका गला भर आया था। पुनः वह बोला था, ''उसने तो अभी पन्द्रह बसंत ही देखे थे।''

गुलाम को महसूस हुआ। सामने वाले आदमी के भीतर अंधड़ उठने लगा है। इस बार पूछा था बूढ़े मोची ने, ''तमारा कौन सा गाँव छे?''

गुलाम ने जवाब दिया था, ''तानारपुर।''

''काम धंधे की तलाश में शहर आयो छे।''

गुलाम के मुँह से एक शब्द नहीं निकला था। मन भारी था उसका। सुरजा ने उसे तसल्ली दी थी, ''चिंता मत कर। सब ठीक हो जावेगा।''

सुनकर गुलाम का मन हल्का हुआ था। अँधेरे में जैसे उजाले की किरण मिली थी।

''तूने रोटी खाई।''

गुलाम ने गरदन हिलाकर इनकार किया था। उसके स्वर में अपनत्व उभर आया था, ''पहले रोटी खाले, सब ठीक हो जावेगा।''

कहकर सुरजा ने कपड़े की गाँठ खोली। उसमें चार रोटियाँ थीं। साथ में हरी मिर्च, नमक और प्याज। गुलाम ने पहले रोटियों को देखा फिर सुरजा को। उसे सुखिया की याद हो आयी थी। सुखिया से दस बरस ही कम होगा मोची। दो रोटियों पर हरी मिर्च, नमक और प्याज रखते हुए उसने गुलाम को दी थी।

''रोटी खा पहले भैया। शरीर ठीक रख। मन का क्या, धीरे-धीरे अपने आप ठीक हो जावेगा।''

सुरजा ने रोटी को अब तक हाथ भी न लगाया था। उसे देख सुरजा ने फिर कहा था।

''तू रोटी क्यों नई खा रहा है?''

धीरे से बोला था गुलाम, ''काका यह तो तमारे लिए हैं। मैं खाऊँगा तो तुम क्या खाओगे।''

सुरजा ने मुस्कुराते हुए कहा था, ''जब सामने कोई भूखा हो तो यह म्हारा धरम है कि पहले हम उसे भोजन दें।''

"वह तो ठीक है। पर तुम नई खाओगे तो मैं कैसे खा सकता हूँ।"

"चल दोनों खा लेते हैं।"

सुरजा के अपनत्व के कारण गुलाम इनकार नहीं कर सका था। दोनों ने मिलकर हरी मिर्च, नमक और प्याज के साथ रोटियां खाईं। बाद में पानी पिया। असीम तृप्ति मिली थी गुलाम को।

"तू मन छोटा मत कर। हवलदार मेरे गाँव का है। कहीं ना कहीं काम धंधे का जुगाड़ हो ही जावेगा।"

पुलिस चौकी बिल्कुल पास में ही थी। सुरजा बिना देर किए गुलाम को लेकर पुलिस चौकी जा पहुँचा। हवलदार वहाँ मौजूद था। जाते ही उसने हवलदार को नमस्ते की। गुलाम ने भी हाथ जोड़कर राम-राम की। हवलदार सुरजा को पहचानता था। एक आदमी के साथ उसे आते हुए देखा तो पूछ बैठा--

"क्या बात सुरजा और यह कौन है?"

सुरजा जवाब में बोला था, "हवलदार जी भूकम्प में इसका सब कुछ खतम हो गया। गरीब है बिचारा। कहीं कोई काम धंधा अगर मिल जावै तो...।"

उसकी ओर गौर से देखते हुए हवलदार ने सवाल किया था, "क्या नाम है तेरा?"

हाथ जोड़ते हुए धीरे से जवाब दिया था उसने, "गुलाम।"

सुनकर अजीब सा लगा था हवलदार को। फिर थोड़ा मुस्कराते हुए कहा था, "इसे यहीं छोड़ दे। कुछ न कुछ बंदोबस्त हो जाएगा।"

हवलदार की बात सुनकर गुलाम को कुछ उम्मीद जगी थी। सुरजा को भी तसल्ली हुई थी। उसे जाते हुए सुरजा ने धीरे से कहा था, "देख घबराना मत। हवलदार जी म्हारो गाँव के ही हैं। कहीं न कहीं कुछ काम बन ही जावेगा।"

गुलाम वहीं फर्श पर एक कोने में बैठ गया था। जाते हुए हवलदार को नमस्ते करना नहीं भूला था सुरजा। तभी मेज पर रखे फोन की घण्टी बजी थी। हवलदार ने फोन सुनते हुए कहा था, "सर, सर...मैं अभी आया सर।"

शीघ्रता में कुर्सी से उठते हुए हवलदार ने गुलाम की ओर देखा था। फिर लापरवाही के स्वर में बोला था वह, "इधर आकर जल्दी से जूते साफ कर।"

सुनकर गुलाम जल्दी से हवलदार की ओर आया था। उसने इधर-उधर कपड़े के किसी टुकड़े की तलाश की थी, लेकिन उसे कहीं गंदा कपड़ा नहीं मिला। देरी हुई तो हवलदार को गुस्सा आ गया था। उसने उसे डाँटा था, "इतनी देर लगाता है स्साला।"

हवलदार की डाँट सुनकर गुलाम भयभीत हो गया उसने ज़ल्दी में अपने कुर्ते

से ही हवलदार के जूतों को साफ कर दिया था। अचानक हवलदार को जैसे कुछ याद आ गया था। उसने पूछा था, ''सुरजा की जात का है तू।''

जवाब में कुछ नहीं बोला था गुलाम।

''शर्म आती है जात बतलाते हुए, स्साला।''

धीरे से बोला था गुलाम, ''नई हवलदार साब।''

''तो फिर बतलाता क्यों नहीं?''

गुलाम मौन रहा। हवलदार ने टोह ली थी, ''क्या तू हरिजन है?''

इस बार गुलाम के मुँह से दो टूक जवाब निकला था, ''हाँ हवलदार साब।''

जाते हुए हवलदार ने उसकी ओर अजीब-सी नजरों से देखा था। फिर रुक कर कहा था उसने, ''मेरे लौटने तक यहीं बैठना।''

घण्टा भर हो गया था हवलदार को गये हुए। वह अभी नहीं लौटा था। उसकी आँखों में नींद भरने लगी थी। डर के कारण सो नहीं पा रहा था। पुलिस चौकी में अजीबोगरीब शोर था। लोग-बाग आ जा रहे थे। दो लोगों को पुलिस के सिपाही हथकड़ी डाल कर लाये थे। उन्हें उन्होंने लॉक-अप में बंद कर दिया था। थोड़ी देर में बंदी लोगों को छुड़ाने वाले भी आये थे। पुलिस और बाहरी लोगों के बीच कहा-सुनी हो रही थी। तभी बाहर से इंस्पेक्टर आया। उसकी नजर फर्श पर बैठे गुलाम पर पड़ी। आते ही उसने सवाल जड़ दिया था–

''कौन है बे तू?''

गुलाम क्या बतलाता भला। वह चुप ही रहा। इस बार पुलिसिया अंदाज में गुर्राया था इंस्पेक्टर, ''जवाब नहीं देता स्साला।''

तभी एक कांस्टेबल बोला था, ''इंस्पेक्टर साहब हरिजन है यह।''

व्यंग्य भरे स्वर में इस बार इंस्पेक्टर बोला था, ''स्साला हरिजन है तो...। गांधी मर गया, पर हरिजन अभी जिन्दा हैं।''

इंस्पेक्टर की बात सुनकर पुलिस चौकी में बैठे तीनों सिपाही हँसे थे।

तभी इंस्पेक्टर ने पत्थर की तरह उसकी ओर सवाल उछाल दिया था–

''पर इधर कैसे आया यह। इसकी बीवी के साथ बलात्कार हो गया या बेटी के साथ।''

तीनों सिपाहियों में से इस बार दूसरा जवाब में बोला था, ''इंस्पेक्टर साहब वो सुरजा मोची है ना, वही लाया था। कुछ काम धंधे के लिए।''

''क्या नाम है बे तेरा?''

धीरे से बताया था गुलाम ने–''गुलाम।''

उसका नाम सुनकर इंस्पेक्टर ने फिर हँसते हुए कहा था, ''देश आजाद हो गया

और तू अभी तक गुलाम ही रहा स्साला।"

इंस्पेक्टर के साथ तीनों सिपाही फिर हँसे थे। जैसे इंस्पेक्टर को कुछ याद आ गया हो। उसने थोड़ा झुककर जूतों के फीते खोले थे। फिर पाँव से जूते खिसकाते हुए कहा था, "चल जूते ले जा और पालिश कराकर ला जल्दी।"

गुलाम चुपचाप जूते उठाकर सुरजा के पास ले गया था। जानबूझकर उसने सुरजा से मज़ाक वाली बात नहीं बताई। उसकी जात के लोगों के साथ तो देश भर में लंबे समय से मज़ाक हो रहा था। कौन सी बात किस-किस को बतलाई जाए। वह मन मार कर चुप ही रहा। पालिश हुई तो सुरजा ने जूतों की जोड़ी उसके हाथ में थमाते हुए कहा था, "चिंता मत कर। सब ठीक हो जावेगा।"

जूतों की जोड़ी लेकर गुलाम पुलिस चौकी में आ गया था। इंस्पेक्टर टाँगे पसारे कुर्सी में धँसा था। सामने गुलाम को आया देखा तो टाँगे सीधी करते हुए कहा था–

"चल जल्दी कर पैरों में डाल जूते।"

गुलाम ने बारी-बारी से दोनों जूते उसके पाँवों में डाले। फिर फीते बाँधे। बाद में वापस आकर वह वहीं बैठ गया था।

सारी दोपहरी बीत गयी। हवलदार अभी तक नहीं आया था। थोड़ी देर बाद इंस्पेक्टर भी जूते चमका कर चला गया था। कई घंटों से गुलाम ने पानी तक नहीं पिया था। उसका गला खुश्क होने लगा था। उसका मन किया। सुरजा के पास पानी पी ले जाकर। तभी उसने सोचा। अगर हवलदार आ गया तो वह नाराज होगा। उसने देखा सामने पानी का घड़ा रखा था। लेकिन पुलिस वाले ने मना कर दिया तो। यह सोचकर फिर वहीं बैठ गया था वह। थोड़ी देर वह ऐसे ही बैठा रहा। प्यास अधिक महसूस हुई तो वह सुरजा की ओर जाने के लिए उठ खड़ा हुआ। उसका ठीया खाली था। सुरजा को वहाँ न देख वह उदास हो गया। पर जैसे ही उसने ठीये के पास प्लास्टिक की बोतल में पानी देखा। उसके चेहरे पर चमक आ गयी थी। उसने सोचा। सुरजा नहीं है तो क्या हुआ। पानी तो यहाँ है। गिलास में बोतल से थोड़ा पानी डालकर अभी उसने दो चार घूँट ही पानी पिया होगा। उसने सुना। कोई कह रहा था–

"जल्दी से पालिश कर दे।"

सुनकर उसने गिलास वहीं रख दिया था। अभी वह पूरा पानी भी नहीं पी पाया था। उसने देखा! उसके सामने एक अधेड़ व्यक्ति खड़ा था।

"क्या बात है, तुझे सुनाई नहीं देता। चल जल्दी पालिश कर।"

डाँटते हुए सामने खड़े व्यक्ति ने जूते आगे कर दिये थे। गुलाम अजीब द्वंद्व में था। आज तक उसने पालिश नहीं की थी। वह तो चिनाई मजदूर था। जूतों को हाथ में लेते हुए देरी हुई तो उसी व्यक्ति ने गुस्से में फिर से कहा था–

"क्या इधर-उधर देख रहा है बार-बार। जल्दी से पालिश क्यों नहीं करता है?"

गुलाम कैसे इस बताए कि वह पालिश करने वाला नहीं है। ग्राहक सिर पर खड़ा था। बात-बात में लाल पीला हो रहा था। इस बार उस आदमी ने कड़क कर कहा था, "जल्दी पालिश कर। मेरे पास समय नहीं है।" मजबूरन गुलाम को पालिश करनी पड़ी। पालिश कराने के बाद हिकारत से सामने खड़े व्यक्ति ने उसकी तरफ देखा था। जैसे दुनिया में सबसे बड़ा गुनहगार वही हो। फिर दो रुपये का सिक्का उसकी तरफ फेंक कर ग्राहक चला गया था। गुंलाम को लगा। जैसे उसके सिर पर उसने वही जूता मारा हो। सुरजा आ गया था। दूर से उसने उसे पालिश करते देख लिया था।

"तमारे को पालिश करना आवै है क्या?"

गुलाम कुछ नहीं बोला था। उसके भीतर कोई अंधड़ उभरने लगा था। सुरजा ने दो रुपये का सिक्का उसकी ओर बढ़ा दिया था।

"नई, तू ही रख। यह तमारी मेहनत है।"

गुलाम ने चुपचाप दो रुपये का सिक्का जेब में रख लिया था। तभी सुरजा ने पूछा था, "पानी पिया।"

"थोड़ा पानी पिया ही था कि बाबू साब ने धमकाया। पालिश कर जल्दी।"

सुनकर सुरजा मुस्कुराया था।

"ये सहरी माणस हैं।"

गुलाम चुप ही रहा। सुरजा ने उसकी ओर पानी की बोतल बढ़ाते हुए कहा था, "कोई बात नई। अब पी ले।"

गुलाम ने तसल्ली से पानी पिया था। तभी सुरजा ने पूछा था, "हवलदार जी ने कुछ बताया।"

जवाब दिया था गुलाम ने, "हवलदार बाहर गये हैं।"

"ठीक है। हवलदार जी आयेंगे तो मैं दोबारा उन्हें याद दिलाऊंगा।"

गुलाम जाने को हुआ तो सुरजा को जैसे कुछ याद आया था—

"तूने चाय पी।"

"नई।"

"चाय तो पीवै है ना।"

गुलाम मौन रहा। तभी सुरजा ने कहा, "अच्छा दो चाय ले आ सामने से। पैसे देने की जरूरत नहीं है। कहना सुरजा ने मँगाई है।"

गुलाम झिझकते हुए चाय की दुकान पर पहुँचा। वहाँ चार-पाँच ग्राहक और भी थे। वह कुछ देर दुकान पर गुमसुम-सा खड़ा रहा। दुकानदार ने किसी अजनबी को

खड़े देखा तो पूछ बैठा, "क्या चाहिए तमारे को भई। कुछ बोलता क्यों नहीं है?"

अंततः उसे कहना ही पड़ा था, "सुरजा काका ने दो चाय मँगाई हैं।"

चाय वाले ने जवाब दिया था, "दो मिनट ठहर अभी देता हूँ।"

गैस पर रखे बर्तन में पानी पहले से ही उबल रहा था। दुकानदार ने फुर्ती से सात-आठ चम्मच चाय की पत्ती डाली। उसने थोड़ी देर में खौलती हुई चाय में दो प्याले दूध डाल दिया और फिर चार-पाँच चम्मच चीनी। कुछ देर में चाय बन गयी थी। तत्काल ही दुकानदार ने प्लास्टिक के दो गिलास में चाय डालकर दे दी थी। वापस आकर उसने एक गिलास सुरजा के हाथ में दे दिया था।

अभी उसने पहला ही घूँट पिया था कि पत्नी और बच्चों की याद आने के कारण उसकी आँखों में आँसू भर आये। दूसरा घूँट पिया ही नहीं गया उससे। चाय से भरा गिलास जमीन पर रख दिया था उसने। सुरजा ने उसकी आँखों में आँसू देखे तो पूछ बैठा—

"क्या बात है भैया?"

पर गुलाम मौन ही रहा। सुरजा ने गुलाम की आँखों में फिर से देखा था। अब वहाँ आँसुओं की नदी उतर आयी थी। उसे रोते हुए देख स्वयं उसकी आँखें भी भर आयी थीं। भरे गले से वह बोला था, "हट पगले, तमने तो म्हारे को भी रुला दिया।"

गुलाम के भीतर की पीड़ा से सराबोर स्वर उभरा था, "क्या करूँ काका? बच्चों की याद आ गयी।"

स्वयं सुरजा का स्वर भी गमगीन था, "हाँ भई याद तो आवेगी ही। अपनों के बिछड़ने का भला किसे गम नहीं होवै।"

इस बीच गुलाम चुप ही रहा। हथेली से उसने अपने आँसू पोंछ लिये थे। उसके भीतर झंझावात था। घायल पक्षी जैसी स्थिति थी उसकी। सुरजा ने उसका ध्यान बंटाने के लिए पूछा था—

"बीड़ी पीवेगा।"

गुलाम ने गर्दन हिलाकर इनकार किया था।

"अच्छा यह बतला तमारा कोई और रिश्तेदार...।"

सुनकर उसे राजू की याद आ गयी थी। उसके भीतर से घायल स्वर उभरा था, "एक भतीजा है। जो इसी सहर में है। मालूम नहीं बचा भी है या...।"

पुनः पूछा था सुरजा ने, "क्या करता है?"

जवाब दिया था गुलाम ने, "बीए में पढ़ता है।"

अच्छा लगा था सुनकर सुरजा को। उसने दिलासा देते हुए कहा था, "चिंता मत कर। वह तमारे को जरूर मिलने आवेगा।"

"तमारी बात सच हो जाए काका तो मुझे सहारा मिलेगा।"

इस बार सुरजा के स्वर में आत्मविश्वास उभरा था, "जरूर सच होगी।"

कहते हुए सुरजा ने बीड़ी सुलगा ली थी। बीड़ी के दो-तीन कश लेकर फिर से उसने कहा था, "अब तू वहीं बैठ। हवलदार आ गया होगा।"

"चलता हूँ काका।"

आँखों में उम्मीदों के चिराग लिए गुलाम पुनः पुलिस चौकी में आकर बैठ गया था। उसने इधर-उधर देखा था। पर हवलदार अभी नहीं आया था।

शाम घिरने को आयी। उसकी आँखें बाहर के दरवाजे की तरफ ही लगी थीं। तभी हवलदार उसे आते हुए दिखाई दिया। जैसे ही वह भीतर आया। गुलाम उसे देख खड़ा हो गया। अंदर जाकर हवलदार कुर्सी पर बैठ गया था। वह बाहर आँगन में था। गुलाम को खड़े देखा तो हवलदार ने उसे बुलाकर पूछा था–

"अच्छा तू मलबे में से लाशें निकालने का काम कर सकता है?"

हवलदार की बात सुनकर गुलाम को अजीब-सा लगा था। कुछ बोला नहीं था वह।

"जवाब नहीं दिया तूने।"

इस बार हवलदार का स्वर थोड़ा गुस्से में था। सुनकर वह घबरा गया था। हाँ करे या ना। वह कुछ समझ नहीं पा रहा था। इससे पहले कि हवलदार फिर से उसे डाँटता, वह हड़बड़ाहट में बोला था–

"जो भी काम आप दोगे हवलदार जी मैं कर लूँगा।"

उसकी हाँ से हवलदार के होंठों पर मुस्कान थिरक आयी थी। उसके होंठों से अनायास ही निकला था–

"शाबाश गुलाम।"

हवलदार के मुँह से शाबाश गुलाम सुनकर तीनों सिपाही हँसे थे। उन्होंने अजीब-सी नजरों से उसकी ओर देखा था। उनमें से एक ने व्यंग्य में कहा था–

"मुर्दों से बात किया करेगा स्साला।"

पहले सिपाही की बात सुनकर दूसरे ने फब्ती कसी थी–

"हाँ श्मशान भी जाएगा और भूत-प्रेतों के संग नाचेगा भी।" तीसरा भी कहाँ पीछे रहने वाला था। वह भी बोला था–

"भूत-प्रेतों से दोस्ती हो जाएगी तो इसकी किस्मत ही बन जाएगी।" फिर वे तीनों सामूहिक रूप से हँसे थे। अपनी मजाक सुनकर गुलाम ने अनमने भाव से उनकी ओर देखा था, लेकिन वह चुप ही रहा। कहता भी क्या। तभी हवलदार बोला था–

"देख गुलाम कार्पोरेशन की गाड़ी आयेगी अभी। गाड़ी में बैठकर चले जाना।"

"जी हवलदार साब।"

थोड़ी देर में कार्पोरेशन की गाड़ी आ गयी थी। गुलाम ने जाने से पहले हवलदार को रामराम की। बाहर निकलते हुए उसने सुना। इस बार दूसरे सिपाही ने चुटकी ली थी–

"गुलाम की नौकरी पक्की।"

तभी तीसरा भी बोला था।

"जितने मुर्दे ढोएगा उतना ही कमाएगा। उनकी जेबों से माल-पानी मिलेगा वह अलग।"

गुलाम पुलिस चौकी से बाहर आ गया था। उसने देखा। सुरजा वहाँ नहीं था। हो सकता है वह अपने घर चला गया हो। सामने ही कार्पोरेशन की गाड़ी खड़ी थी। ड्राइवर ने हार्न बजाया था। वह तेज कदमों से चलते हुए गाड़ी में पीछे की तरफ बैठ गया था। वहाँ चार-पाँच मजदूर पहले से थे। जल्दी ही गाड़ी आगे बढ़ गयी थी। शाम हो गयी थी। कार्पोरेशन की गाड़ी आधा घंटे बाद एक बड़े मकान के सामने जाकर रुक गयी थी। उसने देखा। तीन मंजिल का बड़ा मकान ढह गया था। आसपास के लोगों ने बतलाया कि उसमें दस लोग दब गये थे। जिनमें महिलाएँ और बच्चे भी साथ में थे। मिट्टी खोदने के सभी औजार गाड़ी में थे।

जिसके हाथ जो लगा, उसे लेकर गाड़ी से उतर पड़े थे मजदूर। उन्होंने बिना किसी देरी के काम शुरू कर दिया था। देर रात तक मिट्टी हटाते हुए उन्हें सफलता मिली थी। दो लोगों की लाशें ढूँढ़ निकाली थीं। नज़दीक के पुलिस स्टेशन में सूचना दे दी गयी थी। तत्परता से पुलिस के अफसर आ गये थे।

चूंकि लाशों को लेने वाला मौके पर कोई मौजूद न था। इसलिए उन्हें श्मशान ले जाया गया था। अन्य मजदूरों के साथ गुलाम को भी साथ में श्मशान जाना पड़ा था। वहाँ से लौटते-लौटते उन्हें बारह बज गये थे। आज का काम यहीं तक था। ड्राइवर उन्हें छोड़कर चला गया था। उन्होंने अभी तक भोजन भी नहीं लिया था। आधी रात बीत गयी थी। आसपास बिलकुल सुनसान था। कहीं-कहीं टूटे हुए घरों में ही लोग सोये हुए थे। कुछ घरों में अभी भी जीवन शेष था। रात में ही उन्होंने भोजन की तलाश की। कुछ देर घूमने के बाद एक ढाबा मिल गया था। जहाँ दो-तीन लोग अभी भी भोजन ले रहे थें। सभी मजदूरों ने दाल-रोटी का आर्डर दिया। खाना लेकर जल्दी ही वे वापस लौट आये। अन्य मजदूरों के साथ गुलाम वहीं मलबे पर सो गया था।

गुलाम ने दो दिनों में मलबे से कितनी लाशें निकाली होंगी। उनकी कोई गिनती नहीं थी। शहर की तंग गलियों से लेकर पॉश कॉलोनियों तक में रहने वालों में से

किसी को भी भूकंप ने छोड़ा नहीं था। माल असबाब के साथ लोग अभी भी मलबे में दबे थे। गिरी हुई दीवारों के नीचे धंसे महिलाओं तथा बच्चों के शरीर शवों में परिवर्तित हो गये थे। उन्हें देखकर गुलाम बेचैन हो उठता। अनायास आँसुओं की धार उसकी आँखों से फूट पड़ती। ऐसे समय पर कोई साथी मजदूर उसे समझाता–

"रोना छोड़ भैया। जो तुझे काम मिला है वही कर। यही सबसे बड़ी सेवा है।"

मिट्टी से सने हाथों से आँसू पोंछते हुए गुलाम भरे गले से कह उठता–

"तुम ठीक कहते हो भैया। पर मैं करूँ क्या। उनकी याद बहुत सताती है।"

जवाब में दूसरा मजदूर बोल उठता, "सभी को अपनों की याद सताती है।"

थोड़ी देर बाद गुलाम फिर काम पर लग जाता। जीवन में काम ही उसके लिए समाज सेवा थी। बीच में उसने कई बार अस्पताल जाकर डॉक्टर से भतीजे के बारे में पूछा, पर किसी को उसके भतीजे की ख़बर नहीं थी।

मजदूरों के काम का कोई समय निर्धारित नहीं था। ये सब अपनी-अपनी जमीन से उखड़े हुए लोग थे। किसी ने भाई खोया तो किसी ने बहन। तो किसी ने अपने बच्चों को। अपने-अपने ज़ख़्मों को भुलाकर वे दूसरों के ज़ख़्मों को भरने निकले थे। इनके लंच, डिनर और सुपर का कोई निर्धारित समय नहीं था और न ही सोने का। सोने के लिए गद्दे तकिए इनके पास नहीं थे। जिस मलबे से लाशें निकालते थे, उसी मिट्टी पर सो जाते थे। उन्हें मालूम नहीं था कि वहाँ दबा हुआ खजाना भी हो सकता है या किसी महिला का कटा-फटा शरीर भी। इन्हें तो सिर्फ यह मालूम था कि उन्हें अपना काम मेहनत और ईमानदारी से करना है। अनवरत रूप से मिट्टी खोदते जाना है। गिरी हुई दीवारों के नीचे दबे लोगों के शरीरों को उन्हें निकालना है। जब तक जिन्दा या मुर्दा लोगों के शरीर निकलते रहेंगे तब तक उसके द्वारा खुदाई का कार्य जारी रहेगा।

वे गरीबी रेखा के नीचे जीने वाले भूमिपुत्र थे वे। भूमिपुत्र होने पर भी जमीन का छोटा-सा टुकड़ा भी उनकी मिल्कियत नहीं थीं। हाँ जमीन से उनके रिश्ते गहरे जरूर थे। कभी-कभी खुदाई करते-करते उनके हाथ-पैरों में चोट लग जाती। कोई डॉक्टर भागा-भागा उन तक नहीं पहुँचता। कोई नर्स उनके घावों को साफ कर मरहम पट्टी नहीं करती। वे अपने ताजा ज़ख़्म को मिट्टी से ठीक कर लेते। मिट्टी ही उनका जीवन था।

कभी-कभी खुदाई हो रहे मकानों से जीवित बचे मालिकों या उनके वारिसों के द्वारा थोड़ा बहुत भोजन या फटा पुराना कपड़ा मजदूरों को मिल जाता था। उन्हें कुछ सिक्के दे दिये जाते थे। उनकी खुशी में मजदूरों की भी खुशी थी। मंदिर से लौटती हुई कोई महिला उन्हें प्रसाद देना नहीं भूलती थी। मलबे से जीवित लोगों का

निकलना चमत्कार हो जाता था। ऐसे समय पर उनके लिए वे भूमिपुत्र कुछ समय के लिए फरिश्ते बन जाते थे। थोड़ी देर बाद वे फरिश्ते फिर बेलचे और कुदाल हाथ में लिए काम में जुट जाते थे।

गुलाम को मलबे से लाशें निकालते, ढोते और उन्हें मरघट तक पहुँचाते-पहुँचाते पूरे चार दिन हो गये थे। इसी बीच उसे सुरजा की याद हो आयी। अजनबी शहर में सुरजा ही तो उसका अपना था। उसका मन किया। थोड़ी देर के लिए वह उससे मिल ले। यहाँ से पुलिस चौकी नज़दीक ही थी। दिन के दस बजे थे। वह तुरता-फुरती में वहाँ जा पहुँचा। सुरजा अपने ठीये पर ही था। गुलाम उससे मिलने आया तो अच्छा लगा उसे। गिलास में पानी भर कर दिया था उसने उसे। पानी पीकर गिलास जमीन पर रखते हुए बोला था गुलाम—

"तमारे से मिलने की आस थी।"

जवाब में सुरजा ने कहा था, "तू आया तो अच्छा किया। एक दूसरे से मिलने से मन की उदासी दूर हो जाती हैं।"

गुलाम ने उसका समर्थन करते हुए कहा था, "तमारी बात ठीक है काका।"

"अच्छा यह बतला। के तमारा भतीजा मिला?"

सुनकर उदास स्वर फूटा था उसके भीतर से, "अभी तलक तो उसकी कोई ख़बर नहीं मिली।"

सुरजा ने उसकी हिम्मत बँधाते हुए कहा था, "मिलेगा, तमारा भतीजा जरूर मिलेगा। तसल्ली रख।"

सुरजा की बात सुनकर उसके भीतर आशा के दीप जले थे। तभी सुरजा पुनः बोला था, "देख जरा हवलदार जी के पास हो आ।"

गुलाम पुलिस चौकी में गया। वहाँ हवलदार था नहीं। कुछ पल इंतजार करने के बाद पूछा था उसने, "हवलदार जी नहीं हैं।"

तीन सिपाहियों के स्थान पर आज वहाँ दो सिपाही ही थे। उनमें से एक ने चुटकी ली थी।

"सुना है गुलाम तमारी मुर्दों से आजकल खूब यारी हो गयी है।"

गुलाम ने धीरे से कहा था, "यह तो म्हारा धरम है और करम भी।"

गुलाम के मुँह से धर्म और कर्म की बातें सुनकर उन दोनों को आश्चर्य हुआ था। दूसरा सिपाही तत्काल व्यंग्य में बोला था, "गुलाम तू तो धरमात्मा बन गया है, पर मुर्दों की जेब जरूर टटोलते रहना।"

गुलाम ने सुना तो उसे बुरा लगा। पर सहज हो उसने जवाब दिया था, "सिपाही जी, मुरदों का तो अंतिम संसकार किया जावै है। उनकी जेब टटोलना तो पाप होवै

है।''

गुलाम के भीतर से जैसे किसी संत महात्मा के स्वर उभरने लगे थे। जो उन दोनों सिपाहियों को रास नहीं आये थे। इस बार पहले वाला पुनः बोला था–

''जय हो गुलाम बाबा की। तुम ऐसे ही धरम-करम निभाते रहना। तमारा भी कल्याण होगा और इस देश का भी।''

पुलिस चौकी में बैठे रहने का कोई फायदा न था। गुलाम वहाँ से बाहर आ गया था। वापस जाने से पहले सुरजा को उसने हवलदार के न होने के बारे में बता दिया था। वह चलने को हुआ तो उसने सुना। सुरजा कह रहा था–

''देख तमारा भतीजा मिल जावै तो म्हारे को जरूर बताना।''

उसने पीछे मुड़ कर देखा। सुरजा की आँखों में अपनत्व के साथ विश्वास की चमक थी। उसे बल मिला था सुरजा के विश्वास से। उसके पैर तेजी के साथ कार्य स्थल की ओर बढ़ने लगे थे। जल्दी ही वह मजदूर साथियों के बीच पहुँच गया था। एक बड़ी इमारत थी, जिसका आधे से ज्यादा भाग टूट कर गिर गया था। अन्य मजदूर काम पर थे। वहाँ जाते ही गुलाम ने खुदाई शुरू कर दी थी। थोड़ी देर बाद उसे लगा जैसे मिट्टी के नीचे दबी हुई कोई महिला कराह रही हो। उसने कुदाल जमीन पर रख ध्यान से सुना। महिला के कराहने की आवाज़ अब तेजी के साथ सुनाई देने लगी थी। दो-तीन मजदूरों के हाथों में कुदाल और फावड़े थे। वे अपनी-अपनी जगह खुदाई कर रहे थे। गुलाम ने उन्हें किसी महिला के बारे में बतलाया तो वे तेजी से उस तरफ आये। खुदाई बंद कर दी गयी थी। इंजीनियर और ठेकेदार मौके पर थे। अब तक उन्हें भी ख़बर लग चुकी थी। खुदाई का काम फिर से आरंभ हुआ, लेकिन सावधानी से। जल्दीबाजी में महिला के सिर में चोट लग सकती थी। गुलाम ने मलबे को हाथ से हटाया था। पहले महिला का धड़ दिखलाई दिया और बाद में चेहरा। गुलाम ने धीरे-धीरे हाथ से मिट्टी साफ की थी। मिट्टी को खुरचकर सावधानी से ईंटों को हटाया था। अब उसकी छातियाँ दिखाई देने लगी थीं। बीच-बीच में इंजीनियर की आवाज़ आती थी–

''सावधानी से मलबा हटाओ। सँभल कर। शाबाश, ठीक है।''

जैसे फिल्म का कोई रोमांचक दृश्य हो। गुलाम के साथ दो मजदूर और मिट्टी हटाने में लगे थे। महिला का अब पूरा शरीर दिखलाई देने लगा था। तीन मजदूरों ने मिल कर महिला को निकाला था। महिला की देह गर्म थी और उसकी साँसें अभी चल रही थीं। वहाँ मौजूद सभी के लिए वह खुशी की बात थी। मलबे के बाहर अपने आप को देखकर महिला की आँखों में सुखद आश्चर्य के भाव उभर आये थे। कहीं-कहीं से उसका शरीर ज़ख़्मी हो गया था। कपड़े खून से सने थे। दो मजदूर

वहीं पहले से स्ट्रेचर लिए खड़े थे। जिस पर उसी महिला को लिटा दिया गया था। मरहम पट्टी के लिए महिला को तुरंत रेडक्रास की गाड़ी के भीतर ले जाया गया। गुलाम भी साथ में गया था। अभी मूलबे में और लोगों के दबे रहने की किसी ने आशंका जताई थी। तीन दिन में यह पहली जीवित महिला मिली थी। गुलाम ने हाथ जोड़कर प्रार्थना की थी कि वह जल्दी ठीक हो जाए। तभी स्ट्रेचर पर लेटी हुई महिला ने कुछ कहना चाहा था। गुलाम ठीक उसके सामने बैठा था। महिला के होंठों से कुछ शब्द बाहर आये थे। फिर वह रोने लगी थी। गुलाम ने उसे दिलासा देते हुए कहा था।

"बेन जी, तमारे कू अस्पताल ले जाया जा रहा है।"

तभी उसी महिला ने दोहराया था, "अस्पताल!"

फिर तेज स्वर में पूछा था उसने, "पर मेरा बच्चा, मेरा आदमी कहाँ है?"

गुलाम क्या जवाब दे। एक दूसरे की ओर देखा था।

"मेरा बच्चा, मेरा आदमी। उन्हें मेरे पास ला दो।"

चीख सुनकर ड्राइवर ने जोर से ब्रेक मारा था। ड्राइवर की बगल में बैठे हुए डॉक्टर ने पूछा था, "क्या हुआ?"

जवाब दिया था गुलाम ने, "कुछ नहीं डॉक्टर साब। बेन जी को अपने बच्चे और मरद की याद आ गयी थी।"

सुनकर डॉक्टर ने ड्राइवर से गाड़ी चलाने के लिए कहा था। गाड़ी पुनः सड़क पर दौड़ने लगी थी। महिला की अब आवाज़ सुनाई नहीं दे रही थी। उसकी आँखें खुली थीं। इधर-उधर बैठे मजदूरों ने समझा। वह शायद बेहोश हो गयी है। उस महिला को देख गुलाम के भीतर भतीजे के जीवित होने की इच्छा और भी तेज हो गयी थी। उसे याद आया। सुरजा ने कहा था। देख लेना गुलाम, तमारा भतीजा जरूर मिलेगा। वह भतीजे के लिए बेचैन था। न जाने वह किस हाल में होगा, कहाँ होगा? अस्पताल आया तो वैन रुक गयी थी। भतीजे की यादें सीने से लगाए वह बाहर आया था। महिला को स्ट्रेचर से उतारा गया। अब तक डॉक्टर भी उतर कर आ गया था। उसने स्ट्रेचर पर लेटी हुई महिला को एक पल देखा। उसकी आँखें भी खुली थीं। गुलाम ने ध्यान से देखा वह पलकें नहीं झपका रही थी। उसे कुछ संदेह हुआ। उसने डॉक्टर को आवाज़ दी। डॉक्टर ने जल्दी से महिला की कलाई पकड़ कर नब्ज देखी। डॉक्टर के चेहरे पर अफसोस और बेचैनी के चिह्न उभर आये थे।

उन तीनों ने एक साथ पुकारा था। "क्या हुआ डॉक्टर साब?"

"यह मर चुकी है।"

सुनकर वे सभी हक्के-बक्के रह गये थे। डॉक्टर के साथ-साथ गुलाम भी वार्ड

में गया। वार्ड में कुछ लोग जमा थे। उनमें स्त्री, पुरुष और बच्चे भी थे। उसे अभी भी विश्वास नहीं हो रहा था। अभी तक तो वह औरत जीवित थी। अचानक कैसे मर गयी। गुलाम को दुख हुआ था। अन्य वार्ड में एक-एक मरीज को उसने ध्यान से देखा था। जैसे उन्हीं के बीच यहीं कहीं उसका भतीजा हो। अस्पताल में अफरा-तफरी मची थी। डॉक्टर और नर्स दौड़ते हुए मरीजों के पास पहुँच रहे थे। कुछ देर के बाद गुलाम दोनों मजदूरों के साथ लौट आया था।

शहर में जीवन पुनः लौटने लगा था। बाज़ार में रौनक बढ़ने लगी थी। जो दुकानें टूट गयी थीं, उन्हें ठीक किया जाने लगा था। घरों में साफ-सफाई होने लगी थी। बच्चे गलियों में खेलने लगे थे। उनके चेहरों पर उल्लास था। औरतों के भीतर अभी भी उदासी थी। उनके घरों में अँधेरा था। जिन औरतों के सुहाग उजड़ गये थे, उनके होठों पर फीकी हँसी थी। उनके लम्हे चुप्पी में खोए थे। वे बतियाती कम और रोती अधिक थीं। उनकी आँखों की चमक गायब हो गयी थी। खँडहर हुए मकान के कोने में खड़े होकर वे बाहर की दुनिया को टकटकी लगा कर देखा करती थीं।

शहर में मलबे में अभी भी लोग दबे थे। कार्पोरेशन की गाड़ियाँ शहर के एक कोने से दूसरे कोने तक घूमती थीं। उनमें मलबा हटा कर लाशें निकालने वाले मजदूर होते। उन्हें दोहरे काम करने पड़ते थे। यूँ कार्पोरेशन के पास मुर्दा ढोने वाली गाड़ियाँ भी थीं, लेकिन वे कम पड़ गयी थीं। इसलिए ट्रकों में भी लाशों को ढोया जा रहा था। लाशों को श्मशान तक पहुँचाने का जिम्मा इन्हीं मजदूरों का था। उसके बाद उन्हें जला दिया जाता था। लेकिन कभी-कभी इन्हें भी श्मशान में जाकर वह सब करना पड़ता था। दाह संस्कार करने वालों की जिम्मेदारी अन्य मजदूरों की थी। उनमें कार्पोरेशन के कर्मचारियों से लेकर पुलिस के सिपाही तक होते थे। मलबे के भीतर से दबे हुए लोगों को निकालना, कार्पोरेशन की गाड़ी में लाशों को ढोना तथा श्मशान में ले जाकर उन्हें जलाना। इन सभी जिम्मेदारियों को अंजाम देने वालों में सभी दलित कर्मचारी थे। सवर्ण समाज का कोई व्यक्ति पास भी नहीं फटकता था। न मालूम मुर्दों से ही छूत लग जाए।

मलबा हटाने और लाशें निकालते निकालते आज भी उन्हें देर हो गयी थी। वे रात गये श्मशान में सब इकट्ठा बैठे थे। चार लाशें जल रही थीं। गुलाम के अलावा तीन मजदूर और वहाँ थे। उनमें सबसे जवान मजदूर था रंगिया यानी रंगपुर गाँव का बीस वर्षीय युवक, जिसके पिता चमड़ा रंगने का कार्य करते थे। इसलिए उसका नाम रंगिया पड़ गया था। दूसरा था दुसाध, वह बिहार से था। तीसरा मजदूर सुमेर था। वह गांधी के राज्य का था। सवर्णों ने गाँव में मार-पीटकर उसे शहर का रास्ता दिखा दिया था। चौथा था स्वयं गुलाम।

मौसम बदलने लगा था। गर्मी के मारे बुरा हाल था। उसका शरीर पसीने से तरबतर था। धूप मजदूरों के शरीरों को झुलसा रही थी। सभी मजदूर खुदाई करने में जुटे थे। तीन मंजिल का बड़ा मकान कुछ ही दिनों पूर्व तक शान से खड़ा था। भूकम्प आने पर वहीं मलबे के ढेर में बदल गया था। पिछले दो दिनो में स्त्री, पुरुष और बच्चों की दस लाशें निकाली जा चुकी थीं। चश्मदीद लोगों ने बताया था। भरा पूरा परिवार था। सभी एक साथ रहते थे। वे मरे भी एक साथ ही। कोई रोने वाला तक नहीं बच पाया था।

शाम हो गयी थी। पर खुदाई का काम जारी था। वे सभी पसीने से लथपथ मलबे को हटा रहे थे। फावड़ा चलाते हुए गुलाम बीच-बीच में हथेली से पसीना पोंछ लेता था। तभी फावड़े की धार जैसे लकड़ी की अलमारी से टकराई थी। परिवेश में अलग तरह की आवाज़ गूँजी थी। गुलाम ने इस बार हथौड़े से उसी स्थान पर चोट की थी। अलमारी का थोड़ा भाग टूट कर अलग हो गया था। वह अकेला ही इस तरफ खुदाई कर रहा था। अन्य मजदूर दूसरी ओर मलबे को हटाने में लगे थे। थोड़ा उजाला अभी शेष था। गुलाम ने नज़दीक से देखा। टूटी हुई अलमारी करेंसी नोटों से भरी पड़ी थी। जीवन में पहली बार उसने इतने सारे रुपये देखे थे। फावड़ा एक तरफ फेंकते हुए जैसे वह चीखा था–

''साब जी, अंदर रुपये हैं।''

उसकी आवाज़ दूर-दूर तक गूँजी थी। अन्य मजदूर खुदाई का काम छोड़ कर उधर भागे थे। सड़क के किनारे सहायक अभियंता खड़ा था। उसी के बराबर में, बाबू और चपरासी। उन सभी ने भी गुलाम की आवाज़ सुनी थी। उन्होंने देखा। गुलाम अभी भी अपनी जगह पर खड़ा था। उसके सामने लकड़ी की टूटी हुई अलमारी थी, जो करेंसी नोटों से भरी पड़ी थी। तुरता फुरती में पुलिस को सूचित कर दिया गया। कार्पोरेशन के आयुक्त को भी इत्तिला दे दी गयी थी। थोड़ी देर में ही वे सभी अपने अमले के साथ आ गये थे। एसपी के साथ इंस्पेक्टर और हवलदार भी थे। इन सब में गुलाम सिर्फ हवलदार को ही जानता था। तभी उसने सुना। आयुक्त ने पूछा, ''किस मजदूर को मिले ये करेंसी नोट?''

सहायक अभियंता ने जवाब में गुलाम का नाम लिया था। आयुक्त के मुँह से निकला था, ''ओह गुलाम !''

आयुक्त महोदय स्वयं गुलाम के पास चल कर गये थे। उन्होंने देखा। उनके सामने धूल मिट्टी से सना एक साधारण व्यक्ति हाथ जोड़े खड़ा था। वही गुलाम था। आयुक्त ने उसके कंधे को थपथपाते हुए शाबासी दी थी, ''गुड।''

तभी पास खड़े हवलदार ने कहा था, ''सर बहुत ईमानदार और मेहनती व्यक्ति

है यह।"

आयुक्त के मुँह से पुनः निकला था, "रियली।"

गुलाम को सुनकर अच्छा लगा था। उसकी थकान न जाने कहाँ गायब हो गयी थी। उसकी आँखों में चमक उभर आयी थी। जितने लोग वहाँ आये थे, सभी ने उसकी पीठ थपथपाई थी। उनके स्पर्श ने उसके भीतर ऊर्जा भर दी थी। उस दिन गुलाम को पहली बार अपने अस्तित्व का अहसास हुआ था।

मजदूर जिस दिन जिस मकान या दुकान के मलबे से लाशें निकालने का कार्य करते थे। रात होते-होते वे वहीं पसर जाते थे। धूल-मिट्टी में लथपथ हुए, वे असाधारण कार्य करने वाले साधारण मजदूर थे। उन्होंने किस-किस की तलाश नहीं की थी। किसी का बच्चा मलबे से बाहर निकाला तो किसी की पत्नी और किसी के पति को। जुदा हुए लोगों को वे उनके रिश्तेदारों से मिलाते थे। लेकिन स्वयं अपनों से दूर रहते थे वे। अगली दो-तीन रातों में सपने में गुलाम को रुपये ही रुपये दिखाई दिए। वह जिस मकान के मलबे को खोदता वहीं से रुपये निकलते। कभी उसे मुर्दा इनसान दिखाई देते। सपने में ही उसे राजू दिखाई दिया था। फिर बच्चे और पत्नी भी दिखाई दिये। सुखिया और टामी भी दिखाई दिये। गाँव का श्मशान दिखाई दिया। पटेल दिखाई दिया और फादर सपने में आये। चर्च भी दिखाई दिया। वहीं पिता भी थे और हुक्का पीते हुए नवाब भी, जिसने मजाक में उसका नाम गुलाम अहमक रख दिया था। गाँव का समूचा परिवेश उसकी आँखों के सामने तैर उठा। अचानक उसकी आँखें खुल गयी। उसने आसपास देखा। चारों तरफ सन्नाटा था। सभी सोये हुए थे। जाग सिर्फ वही रहा था। उसने फिर से सोने की कोशिश की। पर नींद उसे नहीं आयी। सपना टूट गया था, लेकिन श्मशान में जलते हुए मुर्दों के चित्र उसकी आँखों के सामने अभी भी आ रहे थे। हर रोज उसे श्मशान में ही जाना पड़ता था। कभी-कभी कब्रिस्तान में भी जाता था वह। अस्पताल में लोगों को दम तोड़ते हुए देखा था उसने। यह सब देखते देखते उसकी आँखें पथरा गयी थीं। उसके चारों तरफ चीख-पुकार होती, अँधेरे में छटपटाते लोग होते। ऐसे समय पर उसके भीतर आशा की किरणें फूटने लगतीं। वह प्रार्थना करता। कोई मरे नहीं। सभी जीवित रहें। काफी देर के बाद वह सो सका था।

सुबह हुई तो उसके सारे बदन में दर्द था। धूप जैसे-जैसे फैलने लगी थी। उसके बदन का दर्द भी बढ़ने लगा था। उसके सभी साथी नाश्ता पानी कर काम पर लग गये थे, पर उससे उठा ही नहीं जा रहा था। एक साथी ने मदद की तो बड़ी मुश्किल से उठ पाया। रात का गंदा पानी बर्तन में पड़ा था। उसे उसने गले में उतारा। रंगिया तब तक उसके लिए चाय ले आया था। वह मुश्किल से ही चाय पी सका था। सुबह

दस बजे तक कार्पोरेशन से सहायक अभियंता आ गये थे। उसके साथ स्टाफ भी था। सहायक अभियंता के हाथ में आज का अखबार था। उसमें कल की ख़बर छपी थी। अपनी ख़बर के बारे में जानकर सभी भूमि पुत्रों को अच्छा लगा। गुलाम के अलावा वे सभी खुदाई का काम कर रहे थे। साथ में आये बाबू ने गुलाम को आराम करने के लिए कहा था। थोड़ी देर उसने आराम किया, पर उसकी कल नहीं लग रही थी। उसके सारे शरीर में से बेचैनी फूटने लगी थी। उसका मन किया। थोड़ी देर के लिए सुरजा के पास हो आया जाए।

नज़दीक ही तो था ठीया उसका। जाने से पहले उसने सहायक अभियंता को सूचना दे दी थी। धीरे-धीरे चलते हुए वह वहाँ तक पहुँचा था। गर्मी में सुरजा जूते की मरम्मत कर रहा था। धीरे से पुकारा था उसने, "काका..."

आवाज़ सुनकर सुरजा का ध्यान बँटा था। गर्दन उठाकर देखा था उसने।

गुलाम को आया देख सुरजा को अच्छा लगा था। उसने जमीन पर चमड़े का टुकड़ा बिछाते हुए कहा था, "बैठ भई गुलाम।"

वह झुककर चमड़े के टुकड़े पर बैठ गया था। कुछ पल ठहर सुरजा बोला था, "हवलदार जी तेरी बहुत तारीफ कर रहे थे।"

धीरे से कहा था गुलाम ने, "काका हमारा जीवन तो तिनके की तरै है। जहाँ से भी सहारा मिल गया, समझो जीवन की साँस कुछ और आगे बढ़ गयी।"

सुरजा ने महसूस किया। जैसे गुलाम अपने भीतर कोई तूफान समेटे था। उसने कहा था, "नहीं रे गुलाम, हरेक आदमी के जीवन का मोल होता है। चाहे कोई गरीब हो या अमीर।"

तभी चाय वाला प्लास्टिक के गिलास में चाय लेकर आया। सुरजा ने गुलाम के आने से पहले ही चाय का आर्डर दिया हुआ था। चाय पीते हुए सुरजा ने पूछा था, "तमारे भतीजे का कुछ पता चला।"

"नहीं काका। उसे तो देखे हुए ही महीनों बीत गये। पता नहीं अब देख पाऊँगा भी या नहीं।"

उसकी आवाज़ में बेचैनी थी और आँखों में दुख और पीड़ा की नदी उतर आयी थी। सुरजा ने उसे दिलासा दी थी।

"मन छोटा मत कर। तमारा भतीजा जरूर मिलेगा।".

"उसी दिन के लिए तो काका जिंदा हूँ।" कहते हुए गुलाम सुबका था और पलभर बाद ही उसकी आँखें आँसुओं से भर आयी थीं। सुरजा ने समझाया था, "भले आदमी रोने से हिम्मत घटती है। फिर तमारी अभी उमर ही क्या है। तमारे को भौत दिन जिंदा रहना है।"

"जिंदा तो हूँ काका। रोज मलबे से मुरदों को निकालता हूँ।"

"जीवित लोगों को भी तो निकाला है तूने। इससे नेक काम और क्या हो सकता है।"

"यह सब तो भगवान की मर्जी है।"

"तेरी मेहनत भी तो है।"

"यह तो मेरा धरम है काका।"

"तमारी बात ठीक है।"

तभी सुरजा को जैसे कुछ याद आ गया था। उसने सोचते हुए कहा था, "तमारा नाम...गु...ला...म मुझे अच्छा नहीं लगता।"

असहज से होते हुए कहा था गुलाम ने, "इसमें मैं क्या कर सकू हूँ काका?"

पल भर सुरजा ने उसकी ओर देखा था। फिर कहा था उसने, "नाम बदल ले पगले। जमाने को देख वह बदल रहा है।"

"नाम भी कहीं बदला जावै है काका?"

"क्यों नहीं बदला जावै नाम?"

कुछ देर के बाद सुरजा फिर से बोला था, "सब कुछ बदला जा सकता है।"

सुनकर वह सोच में पड़ गया था। उसे चुप देख सुरजा पूछ बैठा, "क्या सोचने लगा तू?"

गुलाम को अपने भतीजे की बात याद हो आयी थी। दो बरस पहले राजू परमार ने कहा था, "डॉग्टर उम्बेडकर ने हिन्दू धर्म छोड़कर बौद्ध धर्म अपनाया था। हमें भी अब बौद्ध बन जाना चाहिए।"

यादों के कोहरे से बाहर आते हुए गुलाम ने पूछा था, "पर क्या धरम बदला जा सकता है?"

सुरजा ने जवाब में कहा था, "क्यों नहीं बदला जा सकता। नाम भी बदला जा सकता है और धरम भी।"

कहते हुए सुरजा ने उसकी आँखों में झाँका था। उनमें लाली थी। तभी बूढ़े ने उसकी कलाई छूकर महसूस की थी। तत्काल ही सुरजा ने आश्चर्य के स्वर में कहा था, "अरे तमारे को तो बुखार है।"

सुनकर भी गुलाम गुमसुम ही रहा। फिर पूछा था सुरजा ने, "दवाई ली।"

"नई।"

"क्यों भला?"

गुलाम फिर मौन रहा। सुरजा ने उसका माथा छूकर ताप महसूस किया था।

"चल मेरे साथ।"

डॉक्टर के पास जाने से पहले गुलाम ने कहना चाहा था, "मैं ले ले लूँगा काका दवाई।"

"मुझे मालूम है। तू नहीं लेगा दवाई। अरे मलबे से लोगों को निकाल-निकाल कर तू जीवन दान देवै हैं। और अपनी चिंता नई। तमारे को कुछ हो गया तो।"

इस बार भरे गले से बोला था गुलाम, "म्हारे को कुछ नहीं होगा काका।"

"कैसे नहीं होगा। दवाई न लेने से तबीयत और भी बिगड़ सकती है। नज़दीक ही एक डॉक्टर है। भौत अच्छा है वह। मेरा जानने वाला भी है।"

पाँच मिनट में वे दोनों डॉ. बलदेव के क्लिनिक पर पहुँच गये थे। भीतर कोई मरीज न था। इसलिए जाते ही गुलाम का नम्बर आ गया था। डॉक्टर के कमरे में प्रवेश करते हुए गुलाम सुरजा के पीछे था। सुरजा ने नमस्ते की। जबकि गुलाम ने सिर्फ हाथ जोड़ लिए थे। डॉक्टर बलदेव सुरजा को पहचानता था। हँसते हुए तुरंत बोल उठा वह, "क्या बात है सुरजा, तू खुद तो बीमार होता नहीं और दूसरों को ले आता है।"

"डॉग्टर साब, यह दूसरा नई, म्हारा आदमी है।"

डॉक्टर ने जिज्ञासावश दोहराया था, "म्हारा आदमी।"

"हांजी म्हारा आदमी।"

इस बार पूछा था डॉक्टर ने, "क्या नाम है इसका?"

सुरजा को न चाहते भी वह नाम लेना पड़ा था।

"गुलाम।"

"ओह गुलाम।"

कहते हुए जैसे कुछ याद आ गया था डॉक्टर को।

"तुम्हारा नाम तो मैंने कहीं पढ़ा या सुना है भाई।"

डॉक्टर की बात सुनकर सुरजा और गुलाम दोनों ने एक-दूसरे की ओर देखा था। तभी डॉक्टर ने याद करने की कोशिश की थी। जल्दी ही उन्हें याद आ गया था कि गुलाम के बारे में कहाँ पढ़ा है।

"मुझे याद आ गया है।"

बिना बोले ही उन दोनों ने डॉक्टर की ओर देखा था। डॉक्टर ने पुनः कहा था, "हाँ याद आ गया है। अखबार में तुम्हारे बारे में पढ़ा था।"

कहते हुए वे हाथ जोड़ते हुए पुनः बोले थे, "तुम तो मेरे भी गुरु हो भाई। अच्छा बताओ क्या हुआ?"

इस बार गुलाम नहीं सुरजा बोला था, "डॉग्टर साब, इसकी तबीयत ठीक नहीं।"

डॉक्टर ने चेक किया। गुलाम को 102 टैम्प्रेचर था। दवाई देने के बाद आराम करने की हिदायत दी थी डॉक्टर ने। दवाई लेते हुए पूछा था गुलाम ने, "कितने पैसे हुए डॉग्टर साब?"

तभी सुरजा ने झट से बीस रुपये का नोट डॉक्टर की ओर बढ़ा दिया था। डॉक्टर ने पहले बीस रुपये का नोट देखा, फिर सुरजा तथा गुलाम की ओर अपनी फीस लेने से इनकार करते हुए उन्होंने बोला था, "न तुमसे पैसे लूँगा और न अपने इस भाई से।"

"क्यों डॉक्टर साब?"

डॉक्टर बलदेव के भीतर से उनके मन की बात निकली थी, "सुरजा, जो रोज इतने लोगों के जीवन को बचाता है, उससे मैं भला किस मुँह से पैसा लूँ।"

तभी सुरजा ने कहा था, "डॉक्टर साब हमसे जो बनता है, हम करते हैं। इससे जो बना इसने किया, पर...।"

"नहीं सुरजा इस आदमी से पैसा लेकर मैं पाप में भागीदार नहीं बनना चाहता हूँ। फिर मुझे भी तो अपना धर्म निभाने दो।" डॉक्टर बलदेव के तर्क के सामने दोनों निरुत्तर हो गये थे। दोनों को सुनकर अच्छा लगा था।

सुरजा अपने ठीये पर लौट आया था। उसके साथ गुलाम भी था। ठीये पर बैठते हुए बोला था वह, "थोड़ी देर यहीं बैठ मेरे पास।"

गुलाम उसके सामने जमीन पर बैठ गया था। तभी एक ग्राहक आ गया था। ग्राहक ने जूते उतारते हुए कहा था, "जल्दी से पालिश कर दे।"

सुरजा ने उसके जूतों को पहले ब्रश से साफ किया था। फिर पालिश लगाकर उन्हें चमकाया था। पालिश किये जूते को पहनकर ग्राहक ने दो रुपये का सिक्का निकालकर सुरजा की तरफ फेंक दिया था। सुरजा ने सिक्का उठाकर जेब में रखते हुए कहा था, "पहले पानी के साथ गोली ले ले।"

गुलाम ने हथेली पर डॉक्टर के द्वारा बताई गयी गोलियां रखीं फिर बोतल से गिलास में पानी उँडेला। एक-एक कर सभी गोलियाँ उसने पानी के घूँट के साथ ले ली थीं। तभी सुरजा ने पूछा था, "कुछ आराम लगा!"

गुलाम केवल हूँ कर पाया था।

"फिकर मत कर। तमारा बुखार जल्दी ठीक हो जावेगा।"

गुलाम इस बार भी कुछ नहीं बोला। बस टुकुर-टुकुर सुरजा की ओर देखता रहा।

"क्या बात है भइया?"

"काका ये कुछ पैसे रख लो।"

जेब से एक सौ रुपये निकालकर सुरजा की ओर बढ़ाते हुए बोला था वह, "अपने पास ही रखे रहने दो भइया।"

"नहीं काका तमारे पास रहेंगे तो ठीक। म्हारे पास खो जावैंगे।"

उसकी बात ने सुरजा के मन को छू लिया था।

"म्हारे पर इतना विश्वास है तमारे को।"

गुलाम कुछ बोला नहीं। एक सौ रुपये सुरजा की हथेली पर रख धीरे-धीरे कदमों से वह आगे बढ़ गया था। उसे जाते हुए देख सुरजा ने तत्काल कहा था, "देख आराम करना भइया। तमारे पैसे म्हारे पास रहवेंगे। जब चाहे आकर ले जाना।"

गुलाम जाते हुए कुछ नहीं बोला। उसके होठों पर फीकी मुस्कान थी। सिर्फ हाथ हिलाया था उसने। जब तक गुलाम आगे जाकर दाएँ मुड़ नहीं गया था तब तक सुरजा की नजरें उस पर टिकी रही थीं। जैसे ही वह ओझल हुआ। सुरजा अपने आप से ही बोला था, "वह एक सौ रुपये ही नहीं दे गया बल्कि विश्वास की गंध देकर चला गया था।"

थोड़ी देर में गुलाम कार्य स्थल पर पहुँच गया था। जहाँ सभी मजदूर अपने-अपने काम पर लगे थे। बीच-बीच में अभियंता और बाबू उन्हें हिदायतें दे रहे थे। वह भी मिट्टी खोदने लगा था। अभी उसे कुछ ही देर हुई होगी कि उसके हाथ कुदाल चलाते-चलाते रुक गये थे। घड़ी भर उसने सुस्ताना चाहा था। अचानक उसे बेहोशी आयी और वह वहीं मिट्टी पर गिर पड़ा।

अगले दिन हवलदार ने सुरजा को गुलाम के बेहोश होने की ख़बर दी तो वह दौड़ा-दौड़ा उसे देखने आया। टूटे हुए घर के एक कोने में नंगी जमीन पर गुलाम लेटा था। एक मजदूर उनके पास बैठा था। शेष खुदाई का कार्य कर रहे थे। उसकी हालत देखकर उसका कलेजा मुँह को आ गया था। उसके नज़दीक आकर सुरजा नाराजगी में बोला था, "जब तमारी तबियत ठीक नई तो क्यूं काम करने लगा।"

मिनट भर बाद फिर से बूढ़े ने भरे गले से कहा था, "अराम कर भइया अराम। जान है तो जहान है।"

गुलाम ने सुरजा की ओर देखा था। उसे देख उसकी आँखों में चमक आ गयी थी। वह बुदबुदाया था, "काका!"

फिर उसने अपना दाहिना हाथ धीरे-धीरे ऊपर किया था। सुरजा ने उसके हाथ को अपने हाथ में लेकर दिलासा देते हुए कहा था, "फिकर मत कर। तमारी तबियत ठीक हो जावैगी।"

सुनकर गुलाम के होठों पर फीकी मुस्कान आयी थी। उसने बोलने की कोशिश की थी, "काका, मेरा भतीजा नई मिला अभी तलक।"

पुनः ढाढ़स बँधाते हुए कहा था सुरजा ने, "मिलेगा तमारा भतीजा, जरूर मिलेगा।"

गुलाम को डॉ. बलदेव ने दो दिन की दवाई दी थी। सुरजा ने अपने हाथ से उसे दवाई दी। थोड़ी देर बाद वह लौट आया था।

अन्य मजदूरों के साथ गुलाम को संतोष था कि उसने अनेक जानें बचायी थीं, पर दुख भी था कि वह अपने भतीजे को खोज नहीं पाया था। और एक दिन गुलाम मुर्दों को ढोते-ढोते स्वयं मुर्दा हो गया था। उसकी मृत्यु पर किसी अखबार ने एक वाक्य तक लिखने की जरूरत नहीं समझी थी। रेडियो से उसके गुजर जाने का समाचार प्रसारित नहीं हुआ था और न ही दूरदर्शन के किसी चैनल ने लाइव टेलिकास्ट किया था। अस्पताल में न ही किसी डॉक्टर ने सम्मान से अपना सर झुकाया था। राष्ट्र का झंडा वैसे ही फहराता रहा था। कार्पोरेशन की गाड़ी पहले की तरह मुर्दों को ढो रही थी। वह बात अलग थी कि अब मलबे में से मुर्दे निकलने बंद हो गये थे। न मुर्दे निकलेंगे और न ही कोई उनकी जात पूछेगा। इक्कीसवीं शताब्दी का यह दुःखद आश्चर्य था। सवर्ण मुर्दों की भी जात पूछने लगे थे। गुलाम, रंगिया, सतना, परमार और रैदासी ने रात दिन एक कर मलबे को हटाने का कार्य किया था। उन भूमिपुत्रों को शायद ही राष्ट्रपति से कोई पुरस्कार मिल पाए।

गुलाम अपने भतीजे की जीते जी तलाश नहीं कर पाया था। जिस दिन गुलाम की अस्पताल में मृत्यु हुई उसी दिन उसी के भतीजे राजू परमार को अस्पताल से डिस्चार्ज करने का आदेश मिल गया था। हालाँकि उसके पाँव में अभी भी दर्द था। घाव पूरी तरह से भरा नहीं था। बाँह में भी ज़ख़्म शेष था। जो कपड़े वह पहने था। उस पर मिट्टी के निशान के साथ खून के धब्बे भी थे। उसकी जेब में एक भी पैसा न था।

नर्स ने बेरुखी भरे स्वर में कहा था, "ऐ मैन जल्दी बैड खाली करो। दूसरे मरीज आयेंगें। उन्हें बैड चाहिए।"

नर्स की बात सुनकर राजू ने धीरे से कहा था, "मेरी बात तो सुनो सिस्टर।"

नाराजगी से भरा स्वर उभरा था इस बार नर्स का, "हम कुछ नहीं सुनना चाहता। कल सुबह आकर ड्रेसिंग करा लेना।"

नर्स की बात सुनकर तेज स्वर में बोला था वह "मैं अभी पूरी तरह से ठीक नहीं हुआ हूँ और आप मुझे डिस्चार्ज कर रहे हैं।"

सामने से डॉक्टर को आते देख नर्स ने अपनी अँगुली होठों पर रखते हुए राजू को चुप रहने के लिए कहा था।

रमेश ने डॉक्टर से कुछ कहना चाहा था पर डॉक्टर दूसरी ओर मुँह किये अन्य

मरीज से बातें करने में व्यस्त था।

अंतिम कोशिश की थी कुछ कहने की उसने। इस बार जैसे झल्लाई थी नर्स,

"बाबा हमारा समय क्यों खराब करता है? जैसा डॉक्टर ने बोला। वैसा ही करो।"

उसे बेड खाली करना था। दूसरे मरीज आयेंगे। डॉक्टर इलाज करेंगे। अखबार में छपेगा। अमुक अस्पताल में इतने ज़ख़्मी लोगों का इलाज हुआ। कितनों को जीवनदान दिया डॉक्टरों की टीम ने। अस्पताल का नाम ऊँचा होगा। डॉक्टरों के कद भी अपने आप बढ़ जाएँगे। उनकी पदोन्नति होगी। उन्हें पुरस्कारों से नवाजा जाएगा। अस्पताल की भव्य इमारत सर ऊँचा किए खड़ी थी। यही सोच कर बार-बार वह परेशान होता था। आखिर इस हालत में वह कहाँ जाएगा। उसके ज़ख़्म भी पूरी तरह से भरे नहीं थे। उसका मन तो पहले से ही छलनी हो गया था।

वह भारी मन लेकर अस्पताल के वार्ड से निकला। उसके भीतर अनगिनत सवाल उभर आये थे। गाँव तो वहाँ से बहुत दूर था। बुद्ध विहार भी पूरे दो मील दूर था। किसी से किराए आदि के लिए कुछ माँगेगा तो लोग उसे भिखारी ही समझेंगे। वह भिखारी नहीं बनना चाहता था। उसके भीतर आत्म विश्वास उभर आया था। बिना देरी किये अस्पताल की चारदीवारी से वह बाहर सड़क पर आ गया था। उनके मन में आस थी। बुद्ध विहार से जैसे ही किराये की व्यवस्था हो जाएगी वैसे ही वह गाँव चला जाएगा। उसे लगा, जैसे शहर पूरी तरह बदल गया हो। वह धीरे-धीरे पैदल ही आगे बढ़ा। शहर के जिस्म पर जगह-जगह दाग धब्बे उभर आये थे। उन्हीं को ठीक करने में लगे थे लोग। शहर के होटल और शोरूम पहचान में नहीं आ रहे थे। चौक बाज़ार से वह थोड़ा आगे आया तो उसे याद आया। वहाँ एक चाय की दुकान थी। कभी-कभी वह यहाँ आकर चाय पीता था। पिछले माह चाचा के साथ चाय पी थी। चाय की दुकान का कहीं अता पता नहीं था। चाचा की याद आयी तो वह बुदबुदा उठा, "कहाँ होगा चाचा?"

अंतिम बार इसी दुकान पर मुलाकात हुई थी। चौक बाज़ार पार करने के बाद उसके शरीर में थकान होने लगी थी। उसने सोचा, घड़ी भर सुस्ता ले। पर कहाँ बैठे वह? सब कुछ अजीब सा लगा उसे। हर कोई अपनी भागदौड़ में था। वह थमा नहीं। बस धीरे-धीरे आगे बढ़ता रहा। सड़क पर बसें नहीं थीं। केवल रिक्शा थे। कुछ खाली और शेष में सवारियाँ बैठी थीं। उसने देखा बुद्ध विहार के दोनों कमरे गिर गये थे। चारों तरफ केवल मलबा बिखरा था। वह नज़दीक आया। चौकीदार से पता चला। भंते आनंद बुद्ध विहार की छत के नीचे दब गये थे। मलबे से निकालकर उनकी अंत्येष्टि कर दी गयी थी। संध्या में वहाँ न कोई मोमबत्ती जलाने वाला बचा था और

न बुद्ध वंदना करने वाला। जहाँ प्रतिदिन आवाज़ाही लगी रहती थी वहीं के पलभर में चित्र बदल गये थे। जीवन से मृत्यु के चित्र थे वे। मात्र खँडहर रह गयी थी वह जगह। मलबे के चारों तरफ तार खींच दिए गये थे। नज़दीक की बुद्ध बस्ती में किसी ने बतलाया। लोहे के तार लगाने का कार्य कार्पोरेशन के कर्मचारियों ने किया था। दलितों के ज़ख़्मों पर नमक छिड़कने का कार्य था यह। अधिकारियों ने बुद्ध विहार के नाम से फाइल बंद कर दी थी। इतिहास में कोई खोजेगा कि कभी यहाँ एक बुद्ध विहार होता था। उसी बुद्ध विहार में कोई भंते आनंद थे, जो सुबह शाम वंदना करते थे। उनके सामने घुटनों के बल हाथ जोड़कर बौद्ध अनुयायी प्रार्थना के शब्दों को दोहराते करते थे।

बुद्ध विहार ढह गया था। अब कहाँ रहेगा वह। कुछ ही दूरी पर विधायक चौहान रहते थे। राजू के भीतर उनसे मिलने की इच्छा जगी। उनसे मिलना जरूरी था। हो सकता है विधायक महोदय कहीं इंतजाम करा दें। लगभग एक घंटा चलने के बाद थके पाँवों पर खड़े हुए उसने देखा था। उसकी आँखें आश्चर्य से फैलती चली गयी थीं। चौहान का घर घर न रहा था मलबे का ढेर बन गया था वह। परमार ने आवाज़ दी तो घुटनों में से मुँह निकाल कर नौकर ने देखा था। वह परमार को पहचानता था। उसकी आँखों में वीरानी थी। राजू ने नज़दीक जाकर उसके कंधे पर हाथ रखा तो वह फफक कर रोने लगा।

"चौहान साहब नहीं रहे राजू भैया।"

परमार ने उसे दिलासा दी थी। पर उसे दिलासा देने वाला कोई न था। उसे वहाँ से भी निराश वापस लौटना पड़ा। शाम होने को थी। दो कदम आगे बढ़ा ही था कि वह चक्कर खाकर गिर पड़ा।

असलम सड़क पर चलते हुए ठहर गया था। उसने देखा। कोई युवक बीस कदम दूरी पर सड़क के किनारे पड़ा था। कुछ लोग सड़क पर आ जा रहे थे। कुछ ने देखा चार-पाँच लोग उसके आसपास खड़े थे। असलम फुर्ती से जमीन पर गिरे हुए युवक के पास गया। कई बार आवाज़ें देने पर राजू ने आँखें खोली थीं। उसने सामने एक अजनबी को देखा तो पूछ बैठा–

"मैं यहाँ कैसे?"

"मेरा नाम असलम है। तुम्हें यहाँ पड़े हुए देखा तो..।"

"हाँ असलम भाई। चक्कर आने से मैं गिर गया था।"

उसने अजनबी युवक के मुँह से असलम भाई कहते हुए सुना तो उसे अच्छा लगा। असलम ने उसे सहारा दिया था। राजू ने फिर से अपने पाँवों पर खड़े होने की कोशिश की थी। कंधे पर हाथ रखते हुए पूछा था असलम ने–

"पर तुम्हारा नाम क्या है?"

"राजू परमार।"

"बाहर गाँव से आये हो क्या?"

"फिलहाल तो अस्पताल से आ रहा हूँ।" सुनकर आश्चर्य हुआ था उसे। पुनः बतलाया था राजू परमार ने–

"हाजी तालाब के नज़दीक वाले बुद्ध विहार में वह रहता था। भूकम्प में सभी लोग मर गये।"

उसकी दर्दनाक कहानी सुनकर असलम के मुँह से निकला था, "ओह...।"

लोग अभी भी सड़क पर आ जा रहे थे। तभी असलम ने धीरे से पूछा था, "क्या करते हैं आप?"

"मैं गाँव से शहर में आया था। आगे और पढ़ना चाहता था।"

उसकी बात सुनकर पूछा था असलम ने, "थोड़ी दूर पैदल चल सकोगे?"

पूछ बैठा वह, "पर कहाँ?"

जवाब दिया था असलम ने, "मेरे साथ, मेरे घर पर।"

सुखद आश्चर्य हुआ था सुनकर उसे। अचानक कहा था राजू ने, "मेरी जाति नहीं पूछोगे।"

"मुझे तुम्हारी जाति से नहीं तुमसे मतलब है। फिर अल्लाह के बंदे तो बराबर ही होते हैं।"

"पर तुम तो मुझे जानते तक नहीं।"

"कोई बात नहीं। अब जान जाऊँगा। फिलहाल तो आपको मदद की जरूरत है और जरूरतमंद की मदद करना शबाब का कार्य होता है।"

तभी असलम ने देखा। सामने से कोई रिक्शा आ रहा था। रिक्शा वाला नज़दीक आया तो उसने उसे पहचान लिया था।

"जय भीम सुरेश भाई।"

जवाब में सुरेश ने भी कहा था, "जय भीम असलम भाई।"

रिक्शा चालक के मुँह से जय भीम सुनकर राजू परमार चौंका था। यह तो वह जान ही चुका था कि रिक्शे वाले का नाम सुरेश था। सुरेश ने जिज्ञासा भरे स्वर में पूछा था।

"क्या हुआ असलम भाई।"

"चलो इन्हें जरा घर तक ले जाना है?"

"पर कौन हैं ये?"

असलम ने जवाब में कहा था, "एक आदमी जिन्हें मदद की जरूरत है।"

सुरेश ने रिक्शा का हैंडल सँभाला। असलम ने सहारा देकर राजू परमार को रिक्शा की सीट पर बैठा दिया था। साथ में वह स्वयं भी बैठा। राजू परमार एक अजनबी के सहृदय से अभिभूत हुए बिना न रह सका। सुरेश नाम के युवक ने पैंडल पर पाँव रखे तो रिक्शा आगे बढ़ने लगा। उसने देखा। रिक्शा वाले ने मुस्लिम बस्ती की ओर रिक्शा मोड़ लिया था। आगे जाकर सड़क सँकरी हो गयी थी। वहीं बाएँ तरफ एक मस्जिद थी। कई लोगों ने असलम को देखकर सलाम अलैकुम कहाँ जवाब में असलम ने भी वालेकुम सलाम कहाँ थोड़ा आगे जाकर दाहिनी ओर एक गली में सुरेश ने रिक्शा धीमा कर एक घर के सामने रोक लिया था। दोनों ने परमार को उतरने में मदद की। तभी पचास वर्षीय महिला घर के भीतर से आयी। उसने दरवाजे पर खड़े हुए एक अजनबी युवक के साथ असलम और सुरेश को देखा तो वह पूछ बैठी–

"क्या हुआ बेटे इन्हें?"

"अम्मी जान सड़क पर बेहोशी की हालत में पड़े थे।"

"या अल्लाह। खुदा इन्हें सलामत रखे।"

सुरेश जाधव ने कहा था, सलावाले कुम अम्मी जान, "वआलैकुम सलाम बेटे। कैसे हो?" इस बीच रिक्शा से उतरकर, परमार कमरे में पहुँचा तो वहाँ अलमारी में रखे काँच के बर्तनों/गुलदस्तों/चित्रों तथा अन्य सामान को व्यवस्थित रूप में रखे देख कर उसे अच्छा लगा। जल्दी ही वही महिला अदब के साथ एक तश्तरी में तीन गिलास शर्बत ले आयी। राजू परमार ने उन्हें देखा तो खुद-ब-खुद उसके मुँह से निकला था, "सलाम अलैकुम अम्मी।"

"वआलैकुम सलाम बेटे। अब कैसी तबियत है तुम्हारी?"

"असलम भाई का लाख-लाख शुक्र है। सड़क से उठाकर इन्होंने अपने घर में इज्जत दी।"

"इसे अपना ही घर समझो बेटे।"

कहते हुए अम्मी रसोई में चली गयी थी। उसके कहे हुए शब्द अभी भी उसके कानों में गूँज रहे थे। इसे अपना ही घर समझो बेटे..। उनके शब्दों ने जैसे उसके मन को छुआ था। उन्हें देख राजू परमार को अपनी माँ की याद आ गयी थी। तभी असलम और सुरेश जाधव डॉक्टर को लेने चले गये थे। रसोई में असग़री बेगम ने सुना। असलम ने जाते हुए कहा था, "अम्मी जान मैं डॉक्टर को लेने के लिए जा रहा हूँ। इनका ख्याल रखना।"

उन्होंने वहीं से कहा था, "फ़िक्र मत करो बेटे, ये तो हमारे मेहमान हैं।"

फिर वे रसोई से कमरे में आ गयी थीं, वहाँ राजू परमार बिस्तर पर लेटा हुआ

था।

"क्या नाम है तुम्हारा बेटे?"

जबाव दिया था उसने, "राजू परमार"

फिर से पूछा था उन्होंने, "बहुत चोट लगी है क्या?"

"कुछ ज़ख़्म भर गये हैं और कुछ अभी भरने हैं।"

"इंसा अल्लाह तुम जल्दी ही ठीक हो जाओ।"

थोड़ी देर में ही डॉक्टर आ गये थे। ज़ख़्मों को साफ कर उन्होंने मरहम पट्टी की। बाद में कुछ गोलियाँ दीं। जाते हुए उन्होंने आराम करने की सलाह दी। राजू परमार ने दीवार पर लगे एक चित्र को देखा तो उसे वह जाना-पहचाना लगा। पूछ बैठा, "यह किसका चित्र है?"

जवाब में असलम ने बतलाया था, "दलित मुस्लिम महासंघ के उपाध्यक्ष प्रो. कवाडे साहेब और मेरे वालिद साहेब हैं।"

सुखद आश्चर्य के स्वर में पुनः पूछा था उसने, "क्या प्रो. कवाडे साहेब यहाँ आ चुके हैं?"

"कई बार परमार भाई। शहर की मुख्तलिफ बस्तियों में हमने जलसे भी कराये थे।" कुछ पल बाद उसने पुनः कहा था, "कुछ लोगों ने महासंघ को कई बार तोड़ने की कोशिश की।"

सुनकर उसके मुँह से निकला था, "ओह !"

तभी असलम ने पूछा था, "क्या तुम इन्हें जानते हो?"

"हाँ जानता हूँ और कई बार मिल भी चुका हूँ। प्रो. जोगेन्द्र कवाड़े साहेब तो दलितों के क्रांतिकारी नेता हैं।"

आश्चर्य का स्वर उभरा था असलम के भीतर से, "पर कहाँ?"

जवाब दिया था राजू परमार ने, "नागपुर और औरंगाबाद में।"

असलम को अच्छा लगा था सुनकर। उसके मुँह से अनायास ही निकला था, "तब तो तुम अपने ही आदमी हो।"

तभी उसने सुरेश का परिचय कराते हुए कहा था, "यह है सुरेश भाई।"

सुरेश ने अपना हाथ आगे किया। राजू ने भी गर्मजोशी से हाथ मिलाया था। तीनों को पहली मुलाकात में अच्छा लगा था। वे हम उम्र ही थे। सुरेश जाधव दलित था और राजू भी। जबकि असलम मुसलमान था। पर दलितों के सवालों के प्रति वह गंभीर था। वे दोनों भी मुसलमानों के सवालों तथा समस्याओं को तरजीह देते थे। गुजरात में बहुत पहले दलित मुस्लिम महासंघ का गठन हुआ था। इसी मंच के माध्यम से दलित-मुस्लिम एक-दूसरे के नज़दीक आने लगे।

शाम हो गयी थी। बाहर अँधेरा घिर आया था। नज़दीक की मस्जिद से नमाज़ की आवाज़ें आने लगी थीं। बस्ती और अधिक जीवंत होने लगी थी। घर-घर से धुआँ उठने लगा था। औरतें भोजन बनाने में जुट गयी थीं। परिवेश में अलग-अलग खुशबू और उसमें मिलती मुस्लिम तहजीब फैलने लगी थी, जिससे राजू रू-ब-रू होने लगा था। थोड़ी देर बाद वापस लौटने की बात कहते हुए सुरेश चला गया था। रह गये थे असलम और परमार। जैसे कुछ याद हो आया था असलम को–

"हाँ तो तुम आगे पढ़ने के लिए कह रहे थे ना।"

उदास भाव से जवाब दिया था राजू परमार ने, "हां असलम भाई पढ़ने के लिए तो कह रहा था। लेकिन...।"

"लेकिन क्या, जब तुम्हें यार बना कर घर में रखा है तो हम मदद करेंगे ना।"

बीच में कहने का प्रयास किया था उसने, "कहीं अगर हॉस्टल में रहने का इंतजाम भी हो जाए तो।"

"सब कुछ हो जाएगा। तू फ़िक्र मत कर। मेरे वालिद की जान पहचान एक अच्छे हिन्दू से थी।"

तभी अम्मी ने कमरे में प्रवेश करते हुए कहा था, "हाँ बेटा तुम्हें फ़िक्र करने की जरूरत नहीं है। इंशा अल्लाह सब ठीक हो जाएगा।"

राजू परमार बिस्तर पर लेटा हुआ था। अम्मी को देखा तो उठते हुए वह बोला, "अम्मी जी...।"

"अपनी सेहत का ध्यान रखो बेटे। सेहत ठीक है तो दुनिया जहान ठीक है।"

कहते हुए असगरी बेगम ने उसके माथे पर हाथ रखा था। उनके प्यार भरे स्पर्श से जैसे उसे दुनिया जहान मिल गयी हो। माँ की यादें पुनः लौट आयीं थी और साथ में लाई थीं आँसुओं की झड़ी। अम्मी को अपनी हथेली गीली महसूस हुई तो उन्होंने देखा। घर में आये बेटे के बराबर की उम्र के युवक की आँखें गीली होने लगी थीं।

"अरे यह क्या, तुम तो बेटे रोने लगे।"

"रो कहाँ रहा हूं अम्मी। इसी जन्म में फिर से मां मिल गयी। ये तो खुशी के आँसू हैं।"

"मेरा भी तो गया हुआ बेटा लौट आया।"

कहते हुए उनका गला भर आया था। राजू ने जैसे उनकी सुप्त भावनाओं को छेड़ दिया था। आँसू छुपाते हुए अनायास ही वे बाहर चली गयी थीं। भारी मन से जाते देखा था राजू परमार ने। उसने असलम की आँखों में इसका सबब जानना चाहा था। अम्मी के जाने के बाद असलम ने बतलाया था पिछले वर्ष हुए दंगे में उसके भाई को बजरंगियों ने जान से मार दिया था। बरबस ही राजू के मुँह से सवाल उभरा

था, "क्यों?"

"इसलिए कि हिन्दू नहीं चाहते कि मुसलमान हिन्दुस्तान में रहें।"

"पर यह देश तो मुसलमानों का भी है।"

"वे ऐसा नहीं मानते।"

"उनके न मानने से क्या होता है।"

"परमार भाई सरकार भी तो उनके साथ है।"

राजू ने असहज होते हुए कहा था, "यही तो देश और समाज की त्रासदी है।"

रात में दस्तरखान पर राजू परमार के साथ असलम के अलावा सुरेश और जब्बार भी थे। जब्बार मुस्लिम दुनिया पाक्षिक का संपादक था। भोजन करते हुए बहुत-सारी बातों का उसे पता चला। मसलन गुजरात में दलित और मुसल्मानों की कितनी संख्या है। वे शहर की किन-किन बस्तियों में रहते हैं। यह दलित अल्पसंख्यक सुरक्षा महासंघ का मुख्य अखबार था। एक दशक पूर्व प्रो. कवाड़े साहेब ने एक विशेष कार्यक्रम में दलित और मुस्लिम दुनिया का विमोचन किया था। अखबार फिलहाल उर्दू में छपता रहा था। राजू परमार ने सुझाया था कि अखबार में दो पृष्ठ हिन्दी में भी छापे जाएँ। साथ ही मुस्लिम दुनिया के स्थान पर अगर इंक़लाब टाइटल लिया जाये तो अच्छा रहेगा इसके लिए वह स्वयं मदद करने को तैयार था।

राजू का विचार अच्छा था। असलम और जब्बार ने समर्थन किया था। सुरेश ने भी मदद करने की हामी भरी थी। इस बीच दलितों और हिन्दुओं के सम्बन्धों पर भी चर्चा हुई। जब्बार ने बहस को आगे बढ़ाते हुए कहा था, "इन परिस्थितियों में जबकि उग्र हिंदुत्व दलित समाज पर हावी है हमें दलित और मुसलमानों को संगठित करने की जरूरत है।"

राजू परमार ने भी असलम का समर्थन करते हुए एक नई संभावना व्यक्त की थी, तभी सुरेश ने अपना तर्क रखा था, जब्बार भाई, दलितों और मुसलमानों को एक मंच पर लाने की कोशिशें तो पहले भी हुईं।"

बीच में कहा था असलम ने, "हमें फिर से वैसी कोशिशें करनी चाहिए।"

"अगर हम एक नहीं हुए तो फिर से हमें हाशिये पर फेंक दिया जायेगा।"

भोजन करने के बाद सुरेश और जब्बार चले गये थे। हफ्तों के बाद राजू को घर का खाना नसीब हुआ था। भोजन स्वादिष्ट हो तो बात ही क्या। खाने के बाद उसे नींद आने लगी थी। तभी अम्मी ने भीतर आते हुए पूछा था, "बेटे गोलियाँ ले लीं।"

सुनकर आँखें खोलते हुए बोला था वह, "ओह अम्मी, गोली लेना तो ध्यान नहीं रहा।"

"कोई बात नहीं। मैं दे देती हूँ। तुम्हें सिर्फ मुँह खोलना है।"

राजू ने बच्चे की तरह 'आ...' किया था। अम्मी ने मुस्कराते हुए पहले उसकी हथेली पर गोलियाँ रखीं। फिर पानी से भरा गिलास उसके हाथ में थमाया था। राजू ने गोलियाँ मुँह में रख पानी पीते हुए कहा था, "काश ऐसी अम्मी सबको मिले।"

उसके हाथ से गिलास वापस लेते हुए इस बार वह बोली थी, "सब कुछ परवर दिगार की नियामत है। हम कुछ नहीं हैं।"

"पर माँ से बड़ा कौन है?"

"सबसे बड़ा अल्लाह ताला है। जब तक उसकी रहमत है तब तक हमारे भीतर जान है।"

इसी बीच असलम ने बतलाया था, "जब भी घर में कोई आता है। अम्मी को अच्छा लगता है।"

असलम ने हुंकारा भरा था। असलम पुनः बोला था, "अम्मी कहती है। घर पर आये व्यक्ति की हमें पूरी तरह से खिदमत करनी चाहिए।"

इस बार अम्मी बोली थी, "ख़िदमतगार होना अच्छी बात है बेटे।" असलम और राजू ने एक दूसरे की आँखों में झाँका था। थोड़ी देर बाद वे चली गयी थीं। असलम ने लाइट ऑफ की। रात में राजू को खूब नींद आयी। सुबह हुई तो उसे अपने माथे पर किसी के हाथ का स्पर्श महसूस हुआ। उसने आँखें खोलीं। राजू ने देखा। नज़दीक ही अम्मी खड़ी हुई थी। उनके स्वर में प्यार की गंध थी। पूछा था उन्होंने–

"कैसा लग रहा है बेटे अब?"

"जिस पर आप जैसी माँ का साया हो, उसे कैसा लगेगा?"

परिवेश में कुछ पल चुप्पी रही। राजू ने पुनः पूछा था, "बताओ न अम्मी।"

"नगमानिगारों जैसी बातें करने लगे बेटे तुम तो।"

जवाब दिया था राजू ने, "नहीं अम्मी, मैं तो एक अदना-सा आदमी हूँ।"

"तुम्हारे भीतर बहुत कुछ है बेटे। मैंने तुम्हारी आँखों में इंक़लाब के सूरज को उगते देखा है।" कुछ पल ठहरकर उन्होंने फिर से कहा था, तुम वास्तव में ही कुछ करना चाहते हो।"

"हाँ अम्मी आप ठीक कहती हैं। मैं अपने जीवन में बहुत कुछ करना चाहता हूँ, लेकिन कर नहीं पा रहा हूँ।"

अम्मी ने जैसे उसके भीतर ऊर्जा भरते हुए कहा था, "जिस कार्य को पूरा करने की ख्वाहिश इंसान के भीतर होती है। वह उसे अवश्य ही पूरा करता है। तुम भी उसे जरूर पूरा करोगे।"

असलम की आँखें खुल गयी थीं। अम्मी और राजू के बीच गुफ्तगू उसने सुन

ली थी।"उसे अच्छा लगा। कुछ ही घण्टों में राजू परिवार में हिलमिल गया था। तभी अम्मी ने कहा था, "अब तुम दोनों हाथ-मुँह धो लो। मैं तुम्हारे लिए चाय ले आती हूँ।" कहते हुए वे चली गयी थीं। थोड़ी देर में वे चाय ट्रे में ले आयीं। राजू अम्मी और असलम तीनों ने चाय पी। चाय की खुशबू और अपनत्व की भावना ने मौसम को और भी खुशगवार बना दिया था।

शहर में पुनः जीवन लौटने लगा था। जिसे बनाने तथा सँवारने में जुट गये थे दलित। वे स्वयं टूटे हुए लोग थे। बावजूद इसके वे दूसरों के टूटे हुए घरों को बना रहे थे। पुरानी जमीन पर नये मकान खड़े किए जा रहे थे। दुकानों/होटलों/रेस्त्रां की भीतरी तथा बाहरी संरचना में तराश जारी थी। पॉश कालोनियों में कुछ घरों की दीवारों/भीतरी छतों/खिड़कियों पर नये डिजाइन से पच्चीकारी की जा रही थी। जिन्होंने कुछ खोया था, उन्हें पाने की लालसा थी। प्राकृतिक आपदा को लोगों ने भुलाना आरंभ कर दिया था। उनके ज़ख़्म भरने लगे थे। कब तक वे बिछड़े हुओं की यादें सीने से लगाए रखते। मृत्यु चित्र पीछे छूटते जा रहे थे। लोगों के बीच फिर से जीवन का सौंदर्य बोध उभरने लगा था। वे अपने परिवार के साथ बाज़ारों/पार्कों/थियेटरों की ओर निकलने लगे थे। बाज़ारों में गहमागहमी होने लगी थी।

जिन्होंने रिलीफ कैंपों में अपने दिन और रातें बितायीं थीं। वे दरगाहों/मस्जिदों/मंदिरों में सिजदा कर अपने टूटे हुए घरों को आशियाना बनाने की लालसा लिए लौटने लगे थे। जबकि कुछ अपने घरों को बेचकर नये स्थान पर चले गये थे। वहीं पुराने घरों में नये आने वाले रूहों/भूतों प्रेतों से बचने के लिए टोटके करने लगे थे। उन घरों का परिवेश फिर से लोबान/अगरबत्ती की महक से भर उठा था। कुछ ने गृह प्रवेश के समय कथा कराई थी। पंडितों, पुरोहितों और पुजारियों का व्यवसाय फिर से चमकने लगा था। हवन सामग्री की माँग बढ़ गयी थी। गुजराती समाज के पास विराट धार्मिक संपदा थी। उनके अपने विश्वास थे, आस्थाएँ थीं। वे दुर्घटनाओं से बचने तथा जीवन उत्सव के लिए कुछ भी करने को बेताब थे। उनकी आँखों में अब भविष्य के इन्द्र धनुषी सपने थे। जिन्हें जल्दी से जल्दी वे सच कर लेना चाहते थे।

बहुत देर से सैयद अकरम साहब छत की मुंडेर पर बैठे चांद की ओर टकटकी लगाए देख रहे थे। जैसे-जैसे रात गहरी होने लगी थी। वैसे-वैसे आसमान में छिटकी चाँदनी में शवाब आने लगा था। लंबे समय के बाद उन्होंने छत पर आकर फुरसत से चाँद को देखा था। वे कुछ समय पहले ही फैक्ट्री से लौटे थे। चाय का प्याला लेकर वे ऊपर आ गये थे। और चाय की चुस्की लेते हुए चाँद सितारों में खो गये थे। जैसे उन्होंने अपने आप से कहा था, तारों भरी कितनी हसीन रात। कहीं उनकी नजर न लग जाए। ऐसा सोचकर वे नीचे उतर आये थे। जहाँ उनकी बेटी उनका

इंतजार कर रही थी। सादिया सय्यद घराने का नूर थी। मुस्लिम रिवायतों की बन्दिशों की जकड़न न उसने देखी थी और न भोगी थी। कुरान की आयतें कभी-कभार पढ़ लेती थीं। मदरसे में उसकी आरंभिक शिक्षा नहीं हुई। सीधे पब्लिक स्कूल में भेज दिया गया था उसे। उर्दू से अधिक अंग्रेजी भाषा पर तवज्जह दी थी सैयद साहब ने अपनी बेटी की शिक्षा के लिए। वैसे बचपन में गली-कूचों से होकर गुजरना पड़ा था उसे, पर जवान होते-होते चौड़ी और सपाट सड़कें आ गयी थीं उसके जीवन में। उसने बालों में दो-दो चोटियाँ बाँधीं थीं। यहाँ उसे कयामत से डराने वाला न कोई हाजी था और न मौलवी। वह झरोखे से झांकती नहीं थी। खुली खिड़की से खुलेआम सिर बाहर निकालकर बातें करती थी। कभी घर में कोई महिला रिश्तेदार आ जाती। सादिया का खुला सर देखकर वह टोक देती। तब वह मुस्कराते हुए कहती–

"फ़िक्र मत करो खाला जान। कयामत के दिन मैं खुद अल्लाह मियां से बात कर लूँगी।"

तभी खाला जान का आश्चर्य से भरा हुआ स्वर उभरता, "अय, तू इतनी बड़ी हो गयी, जो अल्ला ताला से सीधे-सीधे बात करेगी।"

जवाब में वह तनिक हँसते हुए कह बैठती, "अल्लाह से सीधे-सीधे बात करने के लिए कितने बड़े कद की जरूरत होती है खाला जान?"

"अय बस कर। ख़ौफ़ खा। तुझे जरा भी डर नहीं लगता।"

खाला जान की बात सुनकर सादिया मंद-मंद मुस्कराते हुए कहती, "डर तो लगता है मुझे, पर..."

तभी झट से खाला जान पूछ बैठती, "जरा मैं भी तो सुनूँ आखिर किससे?"

पहले सादिया खाला जान की तरफ देखती। फिर मुस्कुराते हुए धीरे से कहती, "अल्लाह से।"

तब खाला जान निरुत्तर हो जाती। उसे सुनकर अच्छा लगता। फिर उसकी बलाएँ लेकर वह मन ही मन में खुदा से दुआयें माँगती। पल भर उनके बीच चुप्पी रहती। लेकिन खाला जान को चुप रहने में भला कहाँ चैन था। अल्लाह ताला से दुआयें माँगने के बाद झट से वह पूछ बैठती, "एक बात तो बता सादिया।"

सादिया तुरंत पूछ उठती, "एक बात नहीं दो पूछो खाला जान।"

"पहले एक बात बता।"

"अच्छा पूछो।"

"अय तेरे पास बुरका नहीं है क्या?"

सादिया फिर से मुस्कुराई थी, पर जवाब नहीं दिया था उसने। खाला जान ने दोबारा वही सवाल तड़ से जड़ दिया था, "अय बताएगी नहीं तू।"

तब मुस्कुराते हुए सादिया जवाब देती, "है खाला जान। अगर हमारे पास बुरके न हों तो हमें भला मुसलमानी कौन कहेगा?"

सादिया का जवाब सुनकर खाला जान भड़की थी।

"अय कैसी बात के रही है तू साहबजादी?"

सादिया थोड़ी देर जान बूझ कर चुप रही। फिर संजीदगी से जवाब में वह बोली थी, "ठीक ही तो कह रही हूँ। अब आप ही बताओ खालाजान हम लड़कियाँ अगर बिना बुरके के घर के बाहर जाएँ तो हमें कौन मुसलमानी कहेगा?"

सुनकर जैसे कुछ सोच में पड़ गयी थी खालाजान। वे धीमे स्वर में बोली थी, "हां यह बात तो ठीक है।"

तभी सवाल किया था सादिया ने "इसका मतलब यह हुआ कि हमारी पहचान के लिए मुस्लिम समाज में बुरके का ईजाद हुआ।"

पल भर के लिए उन्होंने कुछ सोचा था। फिर कहा था, "यह तो अल्लाह ही जाने।"

तभी तड़ से बोली थी सादिया, "चलिए खाला जान। आप अल्लाह से मालूम करना और मैं अब्बाजान से पूछूँगी।"

सादिया का जवाब सुनकर पुनः नाराजगी से भरा स्वर उभरा था उनका—

"अय क्या भला?"

"यही कि बुरके का ईजाद किसने किया?"

इस बार मौलवियों की तरह संजीदगी से कहा था उन्होंने, "किसी ने भी किया हो, लेकिन हम औरतों के लिए बुरका ओढ़ना जरूरी है।"

पुनः सवाल किया था सादिया ने, "पर क्यों जरूरी है हम औरतों को बुरका ओढ़ना?"

सवाल सुनकर खाला जान ने उसकी आँखों में आँखें डालते हुए कहा था, "देख सादिया मेरी बेटी, यह सब मुस्लिम रिवायतें हैं। इनमें दखल देना ठीक नहीं।"

"आप भी बस जहाँ से चली थीं वहीं आ गईं।"

जवाब में कहा था खालाजान ने, "हम आम औरतें हैं बेटी। कोई पीर पैगम्बर नहीं।"

"क्या आम औरतों को सोचने-समझने का हक भी नहीं है खाला जान?"

तड़ से जवाब दिया था उन्होंने, "हमारे खाविंद ने जैसा कहा हमने सुन लिया। अब तेरी बात अलग है।"

ऐसे समय पर झट से पूछ बैठती वह, "मेरी बात अलग कैसे है खाला जान?"

उसकी आँखों में झाँकते हुए खाला जान कहती, "तू नये जमाने की है ना।"

तभी सादिया रसोई में चली जाती। गैस पर चाय का बर्तन रखते हुए वहीं से कहती वह, "चाय अगर नहीं बनाई तो खाला जान कहेंगी कि साहेबजादी ने चाय तक नहीं पिलाई।"

सुनकर खालाजान केवल मुस्कराती। फिर खौलते हुए पानी में चाय की पत्ती डालते हुए पूछती, "खाला जान चाय में कितनी चम्मच चीनी लोगी?"

सुनकर खाला जान कह उठती, "अय मीठे के बारे में भी तू पूछ रही है कि कितने चम्मच चीनी डालें? मिठास तो बेटी जितनी अधिक हो उतना ही अच्छा है।"

कुछ पल ठहरकर वह फिर से कहने लगती, "आजकल मिठास कहाँ रह गयी लोग-बागों में। सब कुछ तो कड़वाहट में बदलता जा रहा है।"

तभी रसोई में से सादिया बोलती, "खाला जान फिर मत कहना कि सादिया ने फीकी चाय पिला दी।"

सुनकर तुनक मिजाजी के स्वर में कहती वह, "अय कैसी बात के रई है तू?"

इसी बीच सादिया दो प्यालियों में चाय ले आती। खाला जान प्याली उठाकर घूँट भर चाय पीते हुए कह उठती, "अय तूने तो कमाल कर दिया।"

"क्या हुआ खाला जान?"

"अय इतनी जायकेदार चाय बनाई है तूने।"

इस बार शाम होते-होते खाला जान चली गयी। दस मील दूर तक जाना होता था उन्हें। अगर वह ठहर जाती तो रात भर सोने नहीं देती। खुद भी जागती और दूसरों को भी जगाती। रात भर अंताक्षरी में कौन शामिल होता भला? खाला जान के जाने के थोड़ी देर बाद अब्बा आ गये थे। खाला जान ने तो अल्लाह ताला से बुरके के बारे में पूछा होगा या नहीं। सादिया पूछे बिना नहीं रह सकी।

"अब्बा यह बुरके का इजाद किसने किया था?"

जवाब देने से पहले उन्होंने सादिया की ओर देखा था। आज से पहले बेटी ने ऐसा सवाल नहीं किया था। फिर आज अचानक कैसे इस तरह का सवाल उसने पूछा था? सैयद साहब को गमगीन देख कर बोली थी वह–

"क्या हुआ अब्बा?"

जवाब देने से पहले उन्होंने स्वयं सवाल कर दिया था, "पहले यह बतला। घर में कोई आया था क्या?"

सादिया ने मुस्कुराते हुए जवाब दिया था, "आया था नहीं अब्बा जान आयी थी।"

"कौन भला?"

"खाला जान।"

संतोष की साँस लेते हुए वे बोले थे, "शुक्र है अल्लाह का। वह चली गयी।"

बिना देरी किये फिर से सवाल उछाल दिया था सादिया ने, "पर मेरा सवाल तो रह गया अब्बा जान।"

जवाब के लिए कुछ पल विचार किया था उन्होंने। इस बार वे गंभीर स्वर में बोले थे, "बेटी बुरके में औरत महफूज रहती है।"

सादिया की ओर से फिर एक सवाल हुआ था, "कैसे अब्बा जान?"

वैसा ही जवाब फिर उन्होंने दोहराया था, "रहती है बेटे बुरके में औरत महफूज।"

सादिया ने फिर से पूछा था, "पर मेरा सवाल तो रह ही गया अब्बा जान।"

"तेरे सवाल का जवाब तो बेटा खुदा ही दे सकते हैं।"

"पर आप क्यों नहीं दे सकते?"

"अच्छा हुआ खाला जान चली गयी। वरना तुम दोनों के सवाल-जवाब में आज मुझे खाना भी नसीब नहीं होता।" तभी नीचे से गफ्फार की आवाज़ आयी थी। आवाज़ सुनकर सादिया कमरे से बाहर आयी। फिर उसने छज्जे से नीचे झाँककर देखा। गफ्फार दोनो हाथों में सब्जी से भरी थेली लिए खड़ा था। उसे देख वहीं से बोली थी, "अभी आयी गफ्फार चच्चा।"

"जल्दी आ बेटी। ग्राहक दुकान पर खड़े होंगे।"

"अभी आयी बस।"

कहते हुए सादिया जल्दी से नीचे जाकर सब्जी ले आयी थी। रसोई में सब्जी रखते हुए बोली थी वह, "तो गोया सब्जी भी मंगवा ली गयी।"

"खाना बनाओ बेटा। आज तेज भूख लगी है।"

कुछ दिनों से नौकरानी नहीं आ रही थी। सादिया को ही सब कार्य निबटाने पड़ते थे। पहले सादिया ने बर्तन साफ किये। इसी बीच जल्दी के कारण दो-तीन बर्तन नीचे गिर गये। आवाज़ सुनकर सैयद साहब रसोई में चले गये। उन्होंने देखा। सादिया फर्श पर गिरे हुए बर्तनों को उठा रही थीं। दरवाजे के पास से ही उन्होंने कहा था, "इतनी जल्दी भी क्या है बेटा। आराम से काम करो। भूख तो मुझे लगी है। तुम्हें तो नहीं।"

शिंक में बर्तन धोते हुए कहा था सादिया ने, "ऐसे ही बस अब्बा बर्तन हाथ से फिसल गये थे।"

इस बार वे प्यार से बोले थे, "मैंने तो सिर्फ इसलिए ही कहा था कि कहीं इस तरह के सवाल-जवाब के झमेले में उलझ गये तो आज खाना ही मयस्सर न हो।"

धुले हुए बर्तन रखते हुए कहा था सादिया ने, "ऐसी बात नहीं है अब्बा। पर

मेरा सवाल अभी बाकी है।''

''हाँ मेरी अम्मी बाकी है।''

बर्तन मांजते हुए सादिया होठों ही होठों में मुस्काने लगी थी। जबकि उनके भीतर उलझनें थीं। जिनसे जूझते हुए वे बाहर आ गये थे।

सादिया का सवाल उन्हें कुछ सोचने पर बाध्य कर रहा था। सोचते हुए वे अपने कमरे में चले गये थे। दीवार पर उनकी बीवी का चित्र टँगा था। उसके नज़दीक जाकर पूछा था उन्होंने, ''देखों बेगम साहिबा, तुम्हारी बेटी कैसे ऊलजलूल सवाल करने लगी है।''

उधर रसोई में बर्तन माँजने के बाद सादिया बाहर आयी। उसे कहीं अब्बा दिखाई नहीं दिये। यह सोचकर कि अपने कमरे में गये होंगे, वह चुपके से उसी तरफ चली गयी थी। दरवाजे से देखा उसने। अब्बा दीवार के सामने खड़े थे। वहीं से पूछा था उसने—

''क्या कर रहे हैं अब्बा जान।''

जवाब दिया था उन्होंने, ''तेरे सवाल का जवाब तेरी अम्मी जान से पूछ रहा हूँ।''

धीरे से कहा था सादिया ने, ''मैं तो समझी, अकेले में जाकर खुदा से पूछ रहे होंगे।''

सैयद साहब ने सिर्फ गर्दन घुमाकर देखा भर था उसकी ओर। वे एक शब्द भी न बोल सके थे। सादिया वहाँ से पुनः रसोई में आ गयी थी और बर्नर जलाकर सब्जी तैयार करने लगी थी।

आज रविवार का दिन था। धूप आसमान से उतरकर जमीन तक आ गयी थी। परिवेश में सूरज की किरणें चमक-दमक रही थीं। सुबह 9 बजे तक चाय के दो-दो दौर हो चुके थे। बाप बेटी आज घर पर ही थे। सैयद साहब की फैक्ट्री की आज छुट्टी थी और सादिया के कॉलेज की। अब्बा भीतर के कमरे में बैठे फैक्ट्री के कागजों में उलझे थे। चाय का खाली प्याला उनके सामने पड़ा था। सादिया बाहर छज्जे में बैठी थी। अखबार पढ़ते हुए नीचे सड़क पर भी उसकी निगाहें चली जाती थीं। बराबर का मकान एक सप्ताह पहले बिक गया था। पुराने मालिक का सामान जा चुका था। नये मालिक का घर-गृहस्थी का सामान दो दिन से आ रहा था। बीच-बीच में भारी सामान उतारते हुए मज़दूरों की आवाज़ें आती थीं। साथ ही नये मालिक की हिदायतें भी सुनाई पड़ती थीं।

''सँभल के..., धीरे से। सावधानी से उतारना। काँच का सामान है।''

सुनकर मजदूर सावधानी से एक-एक सामान उतारते। जब सारा सामान उतर जाता तो टैम्पों के स्टार्ट होने की आवाज़ें उभरतीं। फिर ढेर सारा धुआँ परिवेश में घुलमिल जाता और घर्र...करते हुए टैम्पो आगे बढ़ जाता। बस्ती में कोई आये जाए। किसी को कोई विशेष फर्क नहीं पड़ता था। महानगरीय संस्कृति उनके भीतर भी रची बसी थी। लेकिन महिलाएँ बिना बोले-बतियाए नहीं रह पातीं। बस्ती में अधिकांश महिलाएँ गृहिणी थीं। अपने-अपने घरों की खिड़की दरवाजे खोलकर वे दिन में खोद-खोद कर नये मकान मालिक के बारे में जरूर पूछतीं। शाम को लौटते हुए उनके पति पड़ोसिनों से हैलो करते। ऐसे समय पर पत्नियाँ अपने-अपने पतियों को पड़ोसिनों से बातें करने का अधिक अवसर नहीं देतीं। वे उन्हें लेकर भीतर चली जातीं। अलबत्ता बच्चों को बाहर खेलते रहने दिया जाता। उनका शोर बस्ती को अवश्य ही जीवंत बनाए रखता था। उन पर न लगाम थी और न पाबंदी। उनके लिए अभी जीवन सिर्फ खेल था और लुका छुपी के खेल में फिर एक दूसरे को ढूँढ़ते भी थे। बच्चों में लड़के भी होते और लड़कियाँ भी। हालाँकि उम्र का बढ़ना लड़कियों को लड़कों के साथ खेलने से रोकता था। माँएँ अक्सर उन्हें डाँटते हुए कहतीं–

"तुम्हारी उम्र अब खेलने की नहीं रही। घर बैठो काम करो।"

लड़कियाँ मन मसोसते हुए अपने ही घरों में कैद हो जातीं। घर में माँ होती, पिता होते, दादी होती, पर उनके हम उम्र साथी कम ही होते। घर-घर में दूरदर्शन होता। उस पर समाचार आते। वे उनके किस काम के थे। संसद की कार्यवाही में किसने किसको मारा, किस सांसद ने कौन से राष्ट्रीय सवालों को सदन के सामने उठाया। किस पार्टी के प्रवक्ता ने सत्ता पक्ष की किस मुद्दे पर कितनी आलोचना की? इन सब में उनकी रुचि न थी। उनकी रुचि होती फिल्म में नायक और खलनायक के टीम के साथ डिसुम डिसुम में या फिर खुले उरोजों और नंगी जाँघों वाली खूबसूरत औरतों के नृत्य में। प्रेमी प्रेमिका रोमांस के दृश्यों में कितना आगे तक जा सकते हैं, इसकी जिज्ञासा उनके भीतर होती। लेकिन जब भी ऐसा कोई गर्म दृश्य आता तो चैनल बदल दिया जाता। ऐसे समय पिता समझाते–

"अच्छी चीज देखो।"

ऊपर से माँ बोलती,

"भक्ति करो।"

पिता फिर कहते, "यह गांधी का देश है। इन टीवी वालों को क्या हो गया है हे भगवान? इन्हें तो आध्यात्मिकता का संदेश देना चाहिए।" दो पल ठहरकर वे अपनी भड़ास निकालते–

"भौतिकवाद के गटर में जा रही है नई पीढ़ी।"

माँ पति की बात का समर्थन करते हुए जोड़ती, "हमारा भी तो जमाना था। अब तो न जाने क्या हो गया है?"

अलबत्ता दादी चुप ही रहती। उनकी आँखें बदलती हुई दुनिया को देखतीं। बच्चों के मुँह से नये शब्दों को सुनकर वे अवाक् रह जातीं। वे वर्तमान समय के बारे में विचार करतीं। फिर अपने आस-पास से पूछतीं। क्या जमाना इतना बदल गया है? फिर स्वयं ही वे जवाब दे देतीं।

"हाँ इतना ही बदल गया है। तुम्हें बदलते हुए जमाने को सिर्फ देखना है, सहना है और अपनी जीवन यात्रा पूरी करनी है।"

बस्ती में बूढ़े-बूढ़ियों की संख्या कम ही थी। कम तो वैसे पूरे राज्य में ही थी। वे घरों में कम रहती थे और वृद्धाश्रमों में अधिक। अत्याधुनिक पति-पत्नी बूढ़ों को आश्रमों में छोड़ आते थे। राज्य में आश्रमों की संख्या भी कम नहीं थी। इस बस्ती में अधिक सबसे अधिक उम्र की औरत का नाम था पार्वती। उम्र होगी साठ के लगभग। दो बेटे और दो बेटियों के साथ पोते-पोतियाँ थे। बच्चों का कभी कहानियाँ सुनने का मन होता तो वे सब इकट्ठा होते। कोई नानी कहता तो कोई दादी। पार्वती को सुनकर अच्छा लगता। अपने पोपले मुँह से वह कहानी सुनाना आरंभ करती। तभी कोई बच्चा बीच में टोक देता—

"दादी यह कहानी नहीं कोई दूसरी कहानी सुनाओ।"

वह दूसरी कहानी कहने लगती। तभी दूसरा बच्चा कहता, "दादी यह कहानी तो आपने कल ही सुनाई थी। कोई और अच्छी सी कहानी सुनाओ।"

तीसरा बच्चा फिर टोक देता, "नहीं जैसी कहानी टीवी में आती है। वैसी सुनाओ।"

बच्चों की बातें सुनकर दादी अचरज में रह जाती। कभी-कभी आस पड़ोस के बच्चे इकट्ठा हो जाते। कोई परी की कहानी सुनना चाहता तो कोई तितलियों की। कोई राजा-रानियों की क़हानी में रुचि लेता तो कोई राजकुमारी की कहानियाँ सुनना चाहता। साठ बरस की पार्वती क्या करे? कभी पोतों की ओर देखती तो कभी धेवतों की तरफ। कहाँ से नई कहानी लाए? उसके पास वैसी कहानियों का जखीरा तो न था। केवल यादें थीं, और थीं कुछ स्मृतियाँ वे भी केवल पुराने जमाने की। फिर वे उन्हीं में डूब जातीं। ऐसे समय पर दादी आँखें मूँद लेती। बच्चे उन्हें उनकी स्मृतियों से जगाते। वह जागती, पर यादों की खुमारी अभी भी उसके मन मस्तिस्क में होती। अतीत के चित्र भला कैसे भुलाए जा सकते हैं। दादी भी नहीं भूल पाती। वे बतलातीं—

"तुम्हारे दादा ऐसे थे, तुम्हारे नाना वैसे थे। वे कैसे हँसते थे। वे कैसे रोते थे।"

कहते-कहते स्वयं पार्वती की आँखें भीग जातीं। समूचे जीवन के चित्र उसकी आँखों के सामने तैर उठते। अतीत में जिया हुआ एक-एक पल उन्हें याद आ जाता। बच्चों को दादी के पास अधिक समय हो जाता तो मम्मी या पापा डाँटते हुए कह उठते, "चलो , अब दादी जी को ज्यादा परेशान मत करो," पर दादी तत्काल बोल उठती, "नहीं रे काहे की परेशानी, मेरा भी मन लगा रहता है इन बच्चों में।" पार्वती समय पहले तक नज़दीक के मंदिर में सुबह-शाम जाती थी। उसके हाथ में लाठी होती। ठक..., ठक पुरानी लाठी की आवाज़ें परिवेश में गूँजतीं। उस गूँज में जैसे इतिहास बोलता, पर वर्तमान में अपना रास्ता स्वयं बनाती। कभी कोई सड़क पार कराने में उन्हें मदद कर देता। सादिया अक्सर कॉलेज जाते हुए दादी को देखती। एक दिन सड़क पार कराई थी उसने दादी को। तब दुआयें देते हुए पूछा था पार्वती ने–

"तमारो नाम के छै?"

जवाब दिया था उसने, "सादिया।"

फिर से पूछा था उन्होंने, "किस की बेटी छे?"

"मेरे अब्बा का नाम सैयद है।"

दादी ने धीरे-धीरे वे शब्द दोहराये थे, "सै..य...द...।"

कुछ पल टकटकी लगाकर सादिया की ओर उन्होंने देखा था। जैसे सादिया के भीतर मुसलमान धर्म की इबारत पढ़नी चाही हो। उन्होंने फिर दादी ने आशीर्वाद दिया था। सुनकर सादिया को अच्छा लगा था। उसके भीतर जैसे खुशबू भर गयी थी। वह खुशबू अनंत थी। दादी बस्ती के लोगों को खूब आषीश देती थी। पर एक शाम पार्वती गिर ही गयी। चोट लगी थी उनकी कमर में। हड्डियाँ टूट गयी थीं। दादी को डॉक्टर को दिखाया। वे दस दिन अस्पताल रहीं। वे लौटीं तो पार्वती ने देखा। घर के आँगन में ही जैसे मंदिर उग आया था। शरीर में लगी चोट का दर्द भूल गयी थी पार्वती। मंदिर उसके जीवन में नई ऊर्जा लेकर आया था। जब-जब भी मंदिर की घंटियाँ उनके कानों में बजतीं तब-तब घंटियों की सुरीली आवाज़ें सुनकर वह निहाल हो जाती। साठ बरस का उनका जीवन जैसे सफल हो गया था।

सुबह का वक्त था। सैयद साहब फैक्ट्री चले गये थे। आज वह कालिज नहीं गयी थी। कोर्स में लगी शेली और कीट्स की कविताएँ वह पढ़ रही थी कि नीचे से किसी ने कॉल बेल बजाई थी। किताब मेज पर रख उसने नीचे जाकर दरवाजा खोला था। साँवले रंग की चौबीस वर्षीय महिला। शरीर पर साधारण कपड़े थे उसके। पाँवों में रबड़ की चप्पलें पहनी थीं उसने। इससे पहले कि अजनबी महिला अपने बारे में बताए। उसे देखकर पूछा था सादिया ने, "तुम्हारा नाम क्या है?"

सहज भाव से उत्तर दिया था उसने, "कस्तूरी।"

सुनकर अच्छा लगा था सादिया को। कुछ पल ठहरकर पूछा था उसने, "जानती हो कस्तूरी का क्या अर्थ होता है?"

"नहीं बैन जी।"

फिर से पूछा था सादिया ने, "बिल्कुल नहीं।"

इस बार भी संक्षिप्त जवाब दिया था नौकरानी ने, "नहीं।"

तभी सादिया ने बतलाया था, "कस्तूरी में खुशबू होती है।"

सुनकर हुंकार भरी थी नई नौकरानी ने। सादिया ने पुनः बतलाया था, "कहते हैं वह हिरन के भीतर होती है।"

इस बीच मेहरी चुप रही। उसकी जिज्ञासा ने पंख फैलाये थे। वह खुशबू वाली कस्तूरी के बारे में और भी जानना चाहती थी। आज तक उसे इस बारे में किसी ने कुछ नहीं बतलाया था। तभी उससे दूसरा सवाल सादिया ने पूछा था, "घर में कौन-कौन हैं?"

थोड़ी देर मौन रहने के बाद अचकचाते हुए बोली थी वह, "मेरा आदमी।"

"क्या करते हैं?"

"फैक्ट्री में काम करता है।"

"और घर में कौन हैं?"

जवाब दिया था उसने, "माँ है।"

दो पल ठहरकर फिर से बोली थी वह, "माँ गाँव में रहती है। कभी-कभी शहर आती है।"

सादिया के सवाल अभी कम नहीं हुए थे।

"कितने बच्चे हैं?"

"दो।"

इससे पहले कि सादिया पूछे। उसने खुद-ब-खुद बच्चों के बारे में बतला दिया था।

"एक लड़का है और दूसरी लड़की है।"

इस पर पूछा था सादिया ने, "बच्चे पढ़ते हैं क्या?"

"हाँ बीबी जी।"

इस बार बुजुर्ग की तरह कहा था सादिया ने, "बच्चों को पढ़ाना अच्छी बात है।"

थोड़ा आश्वस्त होने के बाद पूछा था उसने, "अच्छा कॉफी पिएगी।"

नौकरानी ने कोई जवाब नहीं दिया था।

तभी सादिया ने कहा था, "ठहर मैं बनाती हूँ।"

"नहीं बैन जी आप मेरे लिए कैसे कॉफी बना सकती हैं? मैं बना देती हूँ।"

पूछा था सादिया ने, "तुम जानती हो कॉफी बनाना।"

"हूँ। बराबर के घर में कभी-कभी बनाती हूँ।"

रसोई ड्राइंग रूम के पश्चिमी तरफ थी। कमरे में प्रवेश करते हुए उसने देखा। वहाँ किसी देवी-देवता की न मूर्ति थी और न कोई चित्र था। किसी आसाराम बापू, मोरारजी बापू या अन्य आध्यात्मिक गुरु का कलैण्डर भी नहीं था। शिवलिंग और हनुमान की मूर्ति भी न थी। उसके भीतर विचार कुलबुलाया। क्या ये हिन्दू नहीं हैं? तभी उसकी नजर दीवार पर लगे चित्र पर पड़ी। जिसमें मक्का में किसी महिला को कुरान पढ़ते हुए दिखाया गया था। जिज्ञासा भाव से उसने पूछा था–

"यह कौन हैं बीबी जी?"

"यह कुरान पढ़ रही है।"

पुनः पूछा था उसने, "क़ुरआन क्या होता है?"

उसने उसे समझाते हुए कहा था, "हिन्दुओं की धार्मिक पुस्तक गीता होती है ना।"

"हाँ-हाँ।"

"वैसी ही मुसलमानों की धार्मिक पुस्तक का नाम कुरान है।"

अनायास उसने आश्चर्य भरे स्वर में "बीबी जी आप मुसलमान हैं क्या?"

धैर्य से जवाब दिया था सादिया ने, "हाँ हम मुसलमान हैं।"

सुनकर पल भर के लिए नौकरानी मौन हो गयी थी। उसके चेहरे पर अजीब से भाव उभर आये थे। उसे गुमसुम देख पूछा था सादिया ने, "क्यों तुझे हमारे घर काम करना पसंद नहीं।"

कुछ पल वह मौन रही फिर हिचकिचाते हुए वह बोली थी, "नहीं बीबी जी, ऐसी कोई बात नहीं।"

नई नौकरानी के भीतर झाँकने का प्रयास किया था सादिया ने, "मन से कह रही हो।"

"हाँ बीबी जी मन से ही। हमें भला क्या एतराज होगा? काम करेंगे और मेहनत का पैसा लेंगे।"

सादिया ने उसे पुनः टटोलते हुए कहा था, "देख लो, दोबारा सोच लेना तसल्ली से।"

इस बार बिना किसी देरी के जवाब दिया था उसने, "सोच लिया बीबी जी।"

अब तक नई नौकरानी से सादिया निश्चिंत हो गयी थी। उसने उसकी ओर

देखते हुए कहा था, "हूँ, चल फिर काफी बना कर ले आ।"

वह रसोई में जाने को हुई तो सादिया ने पुनः टोका था, "अरे हाँ, अपने लिए भी बना लेना।"

"नहीं बीबी जी, आपके लिए बना देती हूँ।"

"अपने लिए भी बनाएगी तो ही मैं पियूँगी।"

सादिया ने जोर देकर कहा था। सुनकर उसे अच्छा लगा था। नई मालकिन की बातों में उसे अपनेपन की खुशबू महसूस हुई थी। रसोई में कौन-सी चीज कहाँ रखी है, सादिया उसे बता आयी थी। थोड़ी देर में ही वह कॉफी बना लाई। ट्रे से प्याला उठाकर कॉफी का पहला घूँट भरा तो उसे वह अच्छी लगी। सादिया ने उसकी तारीफ करते हुए कहा था, "तू तो अच्छी कॉफी बनाना जानती है।"

कस्तूरी धीरे से बोली थी,

"बस बीबी जी ऐसे ही बना लेते हैं।" "देख आज तो सुबह का मैंने स्वयं काम कर लिया है। शाम को समय से आ जाना।"

"ठीक है बीबी जी"कहते हुए नई नौकरानी फिर से रसोई में चली गयी थी। अभी सादिया ने चार-पाँच कविताएँ ही पढ़ी थीं कि अनायास काल बैल की आवाज़ आयी। सादिया ने कस्तूरी को नीचे देखने के लिए भेजा। नौकरानी सीढ़ियाँ उतरते हुए नीचे गयी। उसने दरवाजा खोला तो उसने देखा। सीढ़ियों के पास एक लड़की के साथ बच्चा था। उसने पूछा था, "आप कौन हैं?"

उन दोनों का संयुक्त स्वर उभरा था, "हम हैं।"

ऊपर जाकर कस्तूरी ने वैसा ही बतला दिया। सुनकर अजीब-सा लगा था सादिया को। किताब एक तरफ रखते हुए उसने फिर से पूछा था, "हम हैं का मतलब क्या होता है?"

कस्तूरी ने जवाब दिया था, "बीबी जी मैंने पूछा था। उन्होंने ऐसा ही कहाँ"

"उन्होंने माने।"

"एक लड़की और साथ में बच्चा है।"

"अच्छा मैं देखती हूँ।"

कहते हुए सादिया सीढ़ियाँ उतरने लगी थी। दरवाजा खुला था। अंतिम सीढ़ी तक आयी तो किसी लड़की के साथ एक बच्चे को नीचे खड़े पाया। लड़की के हाथ में डब्बा था। सादिया के होंठों से अनायास निकला था–

"आप...।"

जवाब दिया था इस बार लड़की ने,

"हम...हम माने आपके नये पड़ोसी।"

बेसाख्ता मुँह से निकला था सादिया के, "ओह।"

तभी लड़की ने उसकी ओर डिब्बा बढ़ाते हुए कहा था, "यह स्वीट लीजिए।"

सादिया को अच्छा लगा सुनकर। वह कह उठी, "पर ऊपर तो आइए आप।"

लड़की ने जल्दी में कहा था।

"हमें अभी कहीं जाना है।"

"ऐसे नहीं चलेगा। थोड़ा समय तो निकालना पड़ेगा। तभी आपकी मिठाई हम कबूल करेंगे।"

लड़की ने बच्चे की आँखों में देखा था और बच्चे ने अपनी बहन की आँखों में। जैसे दोनों एक-दूसरे से पूछना चाहते हों। पड़ोसी के घर जाएँ या नहीं। या फिर दरवाजे से ही वापस लौट जाएँ। पर तत्काल ही उन्होंने फैसला ले लिया था। उन्होंने सीढ़ियों पर कदम रखे तो सादिया को अच्छा लगा। ऊपर जाने पर दोनों की नजरों ने दीवारों पर लगे चित्रों तथा ड्राइंग रूम में रखीं मेज, कुर्सियों तथा अलमारी में व्यवस्थित रूप से सजी किताबों का अवलोकन किया। इसी बीच सादिया ने नौकरानी को शर्बत बनाने के लिए कहाँ थोड़ी देर में काँच के दो गिलास में कस्तूरी शर्बत रख गयी थी। साथ में प्लेट में नमकीन भी। सादिया ने अपना परिचय देते हुए कहा था–

"मेरा नाम सादिया सैयद है। आपका...।"

लड़की सकुचाते हुए बोली थी, "सुरुचि।"

"और आप नहीं बताएँगे अपना नाम।"

धीरे से बुदबुदाया था वह, "वैभव"

"ओह बड़ा प्यारा नाम है।"

बातचीत का सिलसिला आगे बढ़ाते हुए पूछा था सादिया ने, "आप किस कालिज में पढ़ती हैं?"

"अभी एडमीशन लिया है।"

"कहाँ?"

"सरदार पटेल कालिज में।"

उसका उत्तर सुनकर उसे अच्छा लगा था। वह तुरंत बोली थी, "सच, वहाँ तो मैं भी पढ़ती हूँ।"

वे दोनों हम उम्र थीं। सुरुचि को भी अच्छा लगा था। चलते हुए सुरुचि ने वही सवाल पूछ लिया था, जो उसके भीतर बार-बार खदबदा रहा था।

"दीदी एक बात पूछना चाहती हूँ। अगर आप बुरा न मानें तो।"

सहज भाव से उत्तर दिया था सादिया ने, "जब आपने हमें दीदी मान ही लिया

तो बुरा क्यों मानूँगी भला?"

हिचकिचाते हुए धीरे से कहा था सुरुचि ने, "क्या आप मुसलमान हैं?"

"हाँ हम मुसलमान हैं।"

उनके बीच कुछ पलों के लिए चुप्पी छा गयी थी। जिसे तोड़ते हुए पूछा था सादिया ने, "आपको मुसलमानों से कोई गिला शिकवा तो नहीं है।"

"नहीं ऐसी कोई बात नहीं। मैंने तो सिर्फ जानना चाहा था।"

"और कोई सवाल पूछिये।"

"नहीं नहीं ऐसी कोई बात नहीं।"

इस बार किसी बुजुर्ग की तरह बोली थी सादिया, "देखो भई मोहतरमा, हमें एक ही साथ रहना है। ऐसे में एक दूसरे के बारे में मालूमात तो होना ही चाहिए।"

धीमे से कहा था सुरुचि ने, "अच्छा दीदी फिर मिलेंगे।"

सादिया ने उसकी हां में हां मिलाते हुए कहा था, "इंशा अल्लाह जरूर मिलेंगे।"

सुरुचि अपने भाई के साथ सीढ़ियों से नीचे उतर गयी थी। सुरुचि चली गयी, लेकिन हजार सवाल छोड़ गयी। जिनके बीच उलझ गयी थी सादिया। उसने सोचा। अगर वह हिन्दू होती तो भी क्या वे हमसे हमारे धर्म के बारे में पूछते। फिर स्वयं ही जवाब दिया था उसने। शायद नहीं, बावजूद इसके सुरुचि उसे अच्छी लगी। नये पड़ोसी की खुशबू आने के लिए उसने अपने मन के दरवाजे खोल दिए थे। मेज पर मिठाई का डब्बा रखा था। जिसकी खूबसूरत पैकिंग थी। धीरे से उसने पैकिंग खोली। डब्बे के भीतर खुशबूदार मिठाई थी। एक टुकड़ा उठाते हुए उसने कस्तूरी को आवाज़ दी थी।

"कस्तूरी जरा इधर तो आ।"

"आयी बीबी जी।"

कस्तूरी को सामने खड़ी देखा तो पूछ बैठी वह, "मिठाई खाएगी।"

कुछ बोली नहीं थी वह। मिठाई का एक टुकड़ा सादिया ने उसकी ओर बढ़ाते हुए कहा था, "खाकर तो बतला कैसी है?"

कस्तूरी ने संकोच से मिठाई का वह टुकड़ा लिया था, जिसे मुँह में डालते हुए बोली थी, "अच्छी है बीबी जी।"

सादिया ने स्वयं भी एक टुकड़ा लेते हुए बतलाया था, "नये पड़ोसी हैं हमारे।"

"जी बीबी जी।"

थोड़ी देर में काम वाली भी चली गयी थी। सादिया घर में अकेली रह गयी थी। पुराने पड़ोसी मकान बेचकर अमेरिका चले गये थे। पहले बेटा गया। फिर बेटे ने वहीं गोरी मेम से विवाह कर लिया। छः माह बाद बेटा अकेले लौटा। आते ही उसने

अपने माता-पिता को आश्रम में रहने की व्यवस्था करा दी। बाद में बहन और भाई भी चले गये। वे गुजराती से भारतीय तो नहीं बन सके, पर अमेरिकन जरूर बन गये थे। उसे याद हो आया। कल ही तो उसने कोई लेख पत्रिका में पढ़ा था। बड़ी संख्या में गुजराती हिन्दू नौकरी के लिए अमेरिका जा रहे थे।

पाँच वर्षीय वैभव बहन के साथ सीढ़ियाँ उतरकर नीचे आया तो उसके भीतर मुसलमान धर्म के बारे में सवाल कुलबुला रहे थे।

"मम्मी मुसलमान कौन होते हैं?"

घर पहुँचते ही पाँच वर्षीय बेटे ने माँ से सवाल कर दिया था। अनायास ही इस तरह के सवाल से सुनीतां को घबराहट-सी हुई थी। वह पूछ बैठी थी—

"क्यों, क्या हुआ बेटे?"

बीच में बोली थी सुरुचि, "मम्मी पड़ोसी के घर मिठाई देने गयी थी ना।"

बेटी की बात सुनकर मम्मी के भीतर से संदेह उभरा था। वह पूछ बैठी, "वे मुसलमान हैं क्या?"

सुरुचि ने जवाब दिया था, "हाँ मम्मी।"

पुनः मालूम करना चाहा था उन्होंने, "कौन-कौन रहते हैं वहाँ?"

"अब मुझे क्या मालूम" फिर पूछा था उन्होंने, "क्यों, घर तो गयी थी न तू?"

"गयी थी मम्मी तभी तो कह रही हूँ।" फिर थोड़ा ठहर कर बोली थी सुरुचि—

"एक नौकरानी थी।"

सुनकर थोड़ा गुस्सा हो आया था उन्हें, "मैंने नौकरानी के बारे में नहीं पूछा।"

"अब मम्मी मैंने वहाँ जिन्हें देखा, उन्हीं के बारे में बताऊँगी ना।"

वैभव ने फिर से पूछा था, "मम्मी मुसलमान कौन होते हैं बताओ ना?"

इस बार मम्मी ने बतलाया था, "बेटा मुसलमान मुस्लिम धर्म को मानते हैं। जैसे हिन्दू, सिक्ख...।"

अपनी मम्मी की बात पूरी की थी बेटे ने, "और ईसाई...।"

"तुम्हें किसने बतलाया बेटे?"

"स्कूल में टीचर ने।"

एक पल मौन रहने के बाद पुनः बोला था वैभव, "मालूम है और क्या बतलाया था टीचर ने।"

जिज्ञासा भरे स्वर में पूछा था माँ ने, "बताओ बेटे क्या बतलाया था टीचर ने?"

"हिन्दू, मुस्लिम, सिक्ख, ईसाई, यह हैं सब भाई-भाई।"

कहते हुए वैभव ने स्वयं तालियाँ बजाई थीं। फिर पूछा था, "ठीक है ना मम्मी।"

मम्मी ने समर्थन किया था, "ठीक है बेटे।"

सुनीता और हरीश एक ही कम्पनी में कार्य करते थे। उनकी दो बेटियाँ थीं और एक बेटा। बड़ी बेटी का विवाह हो गया था। बेटा अमेरिका में था। वे हिन्दू थे, पर सनातनी नहीं। प्रगतिशील विचारों के परिवारों में पले बड़े हुए। सुनीता और हरीश ने प्रेम विवाह किया था। बिना दहेज के विवाह कर आदर्श प्रस्तुत किया था उन्होंने। दोनों के परिवार वालों ने आरंभ में ना की थी, लेकिन बाद में उनकी ना हाँ में बदल गयी थी।

शाम को सैयद साहब घर आये तो पूछ बैठे, "सादिया बेटा, नई नौकरानी आज आयी थी...?"

जवाब में कहा था सादिया ने, "आयी तो थी लेकिन..."

पुनः पूछा था उन्होंने, "लेकिन क्या...?"

"वह हिन्दू है।"

"तो...।"

"पूछ रही थी?"

"क्या पूछ रही थी।"

"यही कि क्या हम मुसलमान हैं?"

"तो क्या हुआ बेटे?"

"हुआ तो कुछ नहीं लेकिन मन नहीं मानता।"

"क्या मन नहीं मानता।"

"यही कि वह यहाँ काम करेगी भी या नहीं।"

"कोई बात नहीं सादिया बेटा। जितने दिन भी कार्य करे, उसकी मर्जी।" फिर कुछ पल बाद वे गंभीरता से बोले थे, "बेटा, यह हिन्दुस्तान है। यहाँ जातियाँ और धर्म पहले हैं और आदमी बाद में।"

सादिया ने भी समर्थन करते हुए कहा था, "आप ठीक कहते हैं अब्बा।"

रात हो गयी। दोनों ने एक साथ भोजन लिया सैयद अपनी फैक्ट्री के कागजों में डूब गये थे और सादिया कालिज की पुस्तकों में।

सुबह हुई। नौकरानी समय पर आ गयी थी। उसे आये देख सादिया आश्वस्त हुई। मन का संदेह दूर हो गया था। सैयद साहब को भी अच्छा लगा। चलो बेटी को घर क़े काम-धंधों में मदद हो जाएगी।

सुनीता के भीतर दो-तीन दिनों से अजगर की तरह वही सवाल रेंग रहा था। हालांकि सवाल नहीं था वह और न ही समस्या। वह विचार था अस्मिता और पहचान का।

इतिहास के गर्भ से जिसका जन्म हुआ था। और वही विचार बनकर राजनीति के भीतर रच बस गया था। राजनीतिज्ञों ने ही उसे अपने राजनीति का औजार बनाकर घर-घर पहुँचाया। आज राजपत्रित अवकाश था। चाय पीते हुए सुनीता ने मुख पृष्ठ पर दंगे के बारे में दो कालम की ख़बर पढ़ी तो वही विचार उसके भीतर से पुनः उभर आया। उसके सामने उसके पति बैठे थे। वह पूछ बैठी–

''आपको मालूम था कि हमारे बिल्कुल बराबर में कोई मुसलमान परिवार रहता है।''

पत्नी के द्वारा किये गये सवाल ने जैसे उसके भीतर कड़वाहट-सी भर दी थी। जवाब में वे बोले थे, ''नहीं तो।''

कुछ पल उनके बीच चुप्पी रही। उसी चुप्पी को तोड़ते हुए पूछा था हरीश ने, ''अगर कोई मुसलमान हमारा पड़ोसी है तो इसमें परेशानी की क्या बात हैं?''

''नहीं कुछ भी नहीं मैंने तो बस ऐसे ही पूछ लिया था।''

पति ने पत्नी के भीतर की फिर से टोह लेने की कोशिश की थी, ''कोई बात तो होगी।''

''नहीं कोई ऐसी बात नहीं है।''

''सुनीता, यह बात जरूर है कि हम जिस धर्म और जाति से होते हैं, उसकी बहुत सारी रूढ़ियाँ छोड़ नहीं पाते हैं। लेकिन अब हम नई शताब्दी में रह रहे हैं। हमें धर्म, जाति, और नस्ल के भेद को भुलाकर एक अच्छे पड़ोसी के रूप में एक दूसरे के साथ रहना चाहिए।''

शायद सुनीता अपने पति से सहमत थी। इस बारे में उसने कुछ नहीं कहाँ तभी उसे जैसे कुछ याद हो आया था। उसने बतलाया था–

''सुरुचि के कालेज में ही उनकी बेटी पढ़ती है।''

सुनकर अच्छा लगा था उन्हें। तत्काल बोले थे वे, ''यह तो और भी अच्छी बात है।''

''हूँ।'' सुनीता ने सिर्फ हुंकार भरी थी।

तभी हरीश ने पुनः कहा था, ''दोनों हम उम्र हैं। एक साथ पढ़ने जाएँगी। पढ़ाई में भी एक दूसरे की मदद मिलेगी।''

दो पल उनके बीच चुप्पी रही थी। पति ने पत्नी के मन की किताब पढ़ने के लिए उसकी आँखों में झाँकते हुए पूछा था,

''बताओ सुनीता?''

सुनीता ने धीरे से कहा था, ''आप ठीक ही कहते हैं।''

सुनकर अच्छा लगा हरीश को।

कुछ ही दिनों में सादिया और सुरुचि की गाढ़ी दोस्ती हो गयी। वे आपस में हिल मिल गयी थीं। सुनीता के भीतर छाये भय और संदेह के बादल भी छँट गये थे। कालिज वे साथ-साथ जाती और वापस भी एक साथ ही लौटतीं। वैभव को भी सादिया के घर जाना अच्छा लगता था। कभी वह सादिया के घर सुरुचि के साथ जाता तो कभी अकेला ही चला जाता था।

सूरज डूबने लगा था। शाम घिर आयी थी। घर पर न मम्मी थी और न पापा। सुरुचि भी जल्दी लौट आने की कह अभी तक नहीं आयी थी। ऐसे में उसका अकेले मन नहीं लग रहा था। उसने सोचा। क्यों न वह थोड़ी देर के लिए सादिया दीदी के घर हो आये। सोचते हुए वह अपने घर से बाहर आ गया था। घर से बिल्कुल सटा हुआ मकान था। उसने देखा। सीढ़ियों वाला दरवाजा बन्द था। दरवाजे के ऊपर बेल लगी थी। वहाँ तक उसका हाथ नहीं पहुँच सकता था। क्या करे वह? उसके सामने दरवाजा पीटने के अलावा कोई चारा नहीं था। यही सोचकर वह दरवाजा पीटने लगा था।

नीचे से किसी के द्वारा दरवाजा पीटने का शोर सादिया के कानों तक पहुँचा था। आवाज़ सुनकर पूछा था उसने–

"कौन है?"

जवाब में वैभव की आवाज़ आयी थी, "मैं हूँ।"

वहीं से सादिया ने पूछा था, "मैं कौन?"

"मैं वैभव दीदी।"

सादिया ने सुना तो अच्छा लगा। दरवाजा खोलते हुए वह बोली थी, "ओह तो डब्बू भाई हैं।"

उसने थोड़ा नाराजगी में कहा था, "दीदी मेरा नाम डब्बू भाई नहीं वैभव है।"

"ओह, भई गलती हो गयी छोटे मियाँ साहब ख़ता माफ करें।"

सचमुच सादिया ने कान पकड़ लिए थे। वैभव ने देखा तो हँस पड़ा।

"कहो कैसे आना हुआ?"

"दीदी वह क्या है...।"

"हाँ हाँ बोलो भई डब्बू भाई।"

"मैं नहीं बोलता, आपने मुझे फिर डब्बू भाई कहाँ"

"ओह सचमुच गलती हो गयी। कहो वैभव जी।"

अपना नाम सुनकर अच्छा लगा था उसे।

"वह क्या है दीदी...।"

"बोलो भई।"

हिचकिचाहते हुए पूछा था उसने, "आप मुझे ट्यूशन पढ़ा देंगी।"

सादिया को सुनकर अच्छा लगा। उसने पूछा था, "कौन सी कक्षा में पढ़ते हैं आप?"

"फोर्थ क्लास में।"

"हूँ, अच्छी बात है। अगर आप हमसे पढ़ना चाहेंगे तो हम अवश्य ही पढ़ाएँगें।"

"थैंक्स दीदी।"

उसके द्वारा थैंक्स दीदी कहना बहुत अच्छा लगा था सादिया को। तत्काल उसने पूछा था–

"कब से पढ़ना चाहोगे?"

"जब से आप पढ़ाना चाहें दीदी।"

"अभी से।"

"मैं तैयार हूँ दीदी।"

किसी मुस्लिम परिवार में एक दिन से अधिक समय रहने का राजू का यह पहला अनुभव था। हालाँकि उसके मित्रों में पहले से बहुत से मुसलमान मित्र थे। दलित मुस्लिम महासंघ की कई बैठकों में मुस्लिम समाज के बुद्धिजीवियों से उसकी मुलाकात हुई थी। उनके सवालों तथा समस्याओं से फिर से रू-ब-रू होने का उसे अवसर मिला था। असलम की मदद से सरदार पटेल कालिज में उसे अंततः दाखिला मिल ही गया। रविदास हॉस्टल में रहने का इंतजाम भी हो गया। राजू के लिए यह खुशी की बात थी। अब वह शहर में रहकर बीए कर सकेगा। परिवार में वह सिर्फ अकेला बचा था। भूकंप में गाँव के गाँव तबाह हो गये थे। राजू परमार को गाँव जाने पर इतना ही पता चल सका था कि उसके चाचा गाँव छोड़ कर शहर चले गये थे। लेकिन उसे क्या मालूम था कि जिस चाचा की याद अभी भी वह अपने भीतर सँजोये हुए था, वे अब इस दुनिया में नहीं रहे।

शहर में रहते हुए अब वह अपने-आपको व्यस्त रखने लगा था। व्यस्त होगा तो कम से कम अपनों की यादें तो नहीं सताएँगी। दलित मुस्लिम महासंघ का साप्ताहिक भी अब वह देखने लगा था। अखबार के लिए लिखने के साथ-साथ वह साथियों को सदस्य भी बनाता था। कुछ ही माह में इंक़लाब साप्ताहिक की सदस्यता संख्या दोगुनी हो गयी थी। सुरेश और असलम आदि आंदोलनकारियों के साथ हर दूसरे दिन उसे मिलना तय होता था। मिलने का स्थान कभी इंक़लाब का आफिस होता तो कभी लाल चौक पर कॉफी हाउस। यह कॉफी हाउस अख्तर मियाँ चलाते

थे। उम्र होगी उनकी यही पचास बरस। सच पूछा जाए तो इंकिलाबियों का अड्डा था वह कॉफी हाउस। शाम होते-होते वहाँ भीड़ हो जाती थी। शहर में कोई भी घटना होती, उसकी ख़बर सबसे पहले वहाँ पहुँच जाती थी।

कॉफी हाउस से सटी हुई मिर्जा बेकरी और उससे दस कदम आगे संतु की चाय की दुकान थी और रहीम चाचा के कबाब बेचने का ठीया भी वहीं था। नसीर की पान की दुकान भी नज़दीक थी। नसीर की दुकान पर जो ख़बर पढ़ी और सुनी जाती थी, उसकी भनक संतु और रहीम चाचा को जरूर लग जाती थी। आज शाम को इंक़लाब ऑफिस में महासंघ की मीटिंग थी। तीनों की आज वैसे भी छुट्टी थी। वे एक साथ गोष्ठी स्थल पहुँच चुके थे। तीनों ने अपना-अपना परिचय देने के बाद पाँच-पाँच रुपया चंदा भी दिया था। पुराने शहर से और भी कुछ साथी आये थे। इंक़लाब का ऑफिस नये और पुराने शहर के दरम्यान था। अधिकांश मुसलमान पुराने शहर की ही बस्तियों में रहते थे। नया शहर उन्हें रास नहीं आता था। अलबत्ता नये विचारों के कुछ मुसलमान जरूर नये शहर में अपना वजूद बनाने में लगे थे। दलित मुसलमानों का एक ही साझा दर्द था। और वह यह कि आजादी के पचास बरस बीत जाने के बाद भी उन पर जुल्म और अत्याचार होते रहे हैं। सवर्णों की केन्द्रीय धारा में उन्हें जान बूझ कर शामिल नहीं किया जाता रहा है। धन और धरती में उनकी हिस्सेदारी नगण्य थी। कई साथियों ने इसी तरह के सवाल उठाये थे। जिन पर गंभीरतापूर्वक विचार-विमर्श हुआ था।

धीरे-धीरे हार्डकोर के साथियों की संख्या बढ़ रही थी। जिनके दिल में कौम तथा उसकी अस्मिता के लिए जज्बा था। गांधी के राज्य में हाशिये पर फेंके गये लोग केन्द्र में आने लगे थे। वे आंदोलनरत थे।

मीटिंग खत्म हुई तो असलम ने राजू से घर चलने की पेशकश की। पर राजू को रात में ही नये सदस्यों के फार्म भरने थे। इसलिए उसने इनकार कर दिया था। असलम घर पहुँचा तो अम्मी ने पूछा था—

"राजू को क्यों नहीं साथ में लाए?"

"अम्मी! मैंने कहा था।"

"फिर"

"उसे कुछ जरूरी काम था।"

सुनकर अनमने स्वर में बोली थी वह, "उसकी याद हो आयी, तो मैंने पूछ लिया।"

जवाब में कहा था असलम ने, "एक-दो दिन में ले आऊंगा उसे।"

"जरूर लाना बेटे। खुदा उसे सलामत रखे।"

कहते हुए रसोई में चली गयी थी। भोजन का समय हो गया था। दोनों ने भोजन लेना शुरू किया। खाना खाते हुए अचानक हाथ में लिया हुआ कोर हाथ में ही रह गया था। असलम की नजरें अम्मी की ओर गईं तो वह पूछ बैठा–

"क्या हुआ अम्मी जान, आप रिजक क्यों नहीं ले रही हैं?"

धीरे से बोली थी वह, "कुछ नहीं बेटे।"

पुनः कहा था असलम ने, "कुछ तो है अम्मी जान।"

इस बार भरे गले से कहा था उन्होंने, "राजू की याद हो आयी।"

सहसा ही असलम के मुँह से निकला था, "ओह।"

रात हो गयी थी। अचानक उनके गले से चीख निकली थी। फिर उनकी नींद उचट गयी। अम्मी की चीख सुनकर असलम जाग गया था। चौंकते हुए पूछा था उसने, "क्या हुआ अम्मी?"

जैसे उन्हें सुनाई नहीं दिया था। उन्होंने देखा। चारों ओर अँधेरा पसरा था। परिवेश में चुप्पी थी। पर उनके भीतर हाहाकार था। अपना ही मरहूम बेटा दिखाई दिया था अम्मी को।

लाइट ऑन करते हुए पुनः पूछा था असलम ने, "क्या हुआ अम्मी जान।"

अम्मी चुप थी। बस उसकी ओर देखे जा रही थी।

"कोई बुरा सपना देखा क्या?"

"हाँ बुरा सपना ही तो था वह।"

बंद गली के आखिरी मोड़ पर अख्तरी धोबन का ठीया था। वहीं उसका घर था और दुकान भी। सुबह शाम वह इस्त्री करती। ठीये के नीचे एक फट्टा बिछा लेती और दोपहरी में उस पर आराम करती। धूप वहाँ तक कम पहुँचती थी। इसलिए कि दोनों तरफ बहुमंजिले मकान थे। बरसात से बचने के लिए कभी-कभार वह प्लास्टिक की चादर ठीये के ऊपर तान लेती थी। मौसम बदलते, पर वह नहीं बदलती। बिना नागा के सुबह से शाम तक वह प्रेस करती होती। उस पर काम करने का जुनून सवार रहता। कर्म ही उसका जीवन था। पाँच किलो वजन की कोयलों से चलने वाली भारी भरकम प्रेस थी दो बरस से उसके पास। जैसे पानी में मछली भागती-दौड़ती, वैसे ही कपड़ों पर इस्त्री करते हुए उसकी लोहे की प्रेस होती। कपड़े जनाने हों या मर्दाने उसके लिए कोई अंतर न पड़ता था। तसल्ली बख्श काम करती थी वह। सुबह शाम कपड़ों के ढेर उसके ठीये पर लग जाते थे।

इस कार्य में उसकी बेटी मदद करती थी। जरीना नाम था उसका। वह घर-घर जाकर सुबह प्रेस के लिए कपड़े इकट्ठा करती और स्कूल जाने से पहले उन्हीं कपड़ों

को अलग-अलग गाँठ बाँधकर मेज पर रख जाती। दो बरस हो गये थे उन्हें प्रेस करते-करते। कपड़ा देख कर कपड़े के मालिक का नाम बता देती थी वे। मजाल है कि कभी उससे भूल हुई हो। उन्हीं कपड़ों में रचा बसा था माँ-बेटी का जीवन। बेटी की दौड़ घर से स्कूल और स्कूल से घर थी। माँ की भाग दौड़ तो और भी सीमित थी। यही बस्ती और बस्ती के आसपास की गलियाँ उसकी दुनिया थी। दोपहर होते-होते माँ थक जाती तो बेटी हाथ में इस्त्री ले लेती।

सुबह होते ही माँ-बेटी काम पर लग जाती थीं। बेटी घर-पर जाकर प्रेस के लिए कपड़े इकट्ठा करती थी और मां इस्त्री में कोयले दहकाने लगती थी। बस्ती के लोगों को सुविधा से प्रेस किये हुए कपड़े मिल जाते थे और माँ बेटी को काम। बस्ती में रच-बस गयी थी उनकी जीवनचर्या। किसी को तुरंत इस्त्री किये हुए कपड़ों की जरूरत होती तो वह अपने बेटे, भाई या नौकर को कपड़े देते हुए कहता।

"जा भई जल्दी जा, अख्तरी धोबन से प्रेस करा कर ले आ।"

अख्तरी किसी के लिए चाची थी तो किसी के लिए भाभी। तीन बरस पहले उसके खाविंद गुजर गये थे। अख्तर नाम था उसका। बस्ती के लोग उसी नाम से पुकारने लगे थे उसे।

महानगरों में हर पॉश कालोनी के पीछे स्लम होता है। इस शहर में भी सर्वोदय एन्क्लेव के पिछवाड़े दलित, पिछड़े और अल्पसंख्यकों के घर थे। रुक्मणी देवी विवाह होने के बाद इसी स्लम में आयी थी। जहाँ उसकी ससुराल थी। अभी उसके हाथ से मेहँदी भी नहीं छूट पाई थी कि उसके हाथ में झाड़ू पंजर पकड़ा दिए गये थे। सदियों से चला आ रहा यह दस्तूर था। उसका घर वाला नगर निगम में नौकरी करता था। जात से भी वह भंगी था और काम से भी भंगी। गांधी के राज्य में किसी सफाई कर्मी परिवार को चपरासी या बाबू की नौकरी देने का रिवाज नहीं था। नादिर ने जब बाबू की नौकरी के लिए आवेदन किया था, तब वह दस जमात पास था। तीन माह तक बड़े बाबू ने उसका आवेदन अपनी व्यक्तिगत फाइल में रखे रखा। धैर्य के बाँध में जब दरार-सी आने लगी तो पूछा था एक दिन नादिर ने—

"बड़े बाबू मेरी एप्लीकेशन का क्या हुआ?"

पर बड़े बाबू के भीतर असीम धैर्य था। कंजी आँखों को चमकाते हुए कहा था उसने—

"सबर रख नादिर सबर का फल मीठा होता है।"

नादिर ने एक माह और सब्र रखा। महीना खत्म हुआ तो पूछ बैठा, "मेरी एप्लीकेशन का क्या हुआ बड़े बाबू?"

इस बार धैर्य रखने के लिए नहीं कहा था बड़े बाबू ने। धीरे से जैसे उसे कोई

नया मंत्र दिया था–

"देख नादिर बाबुओं की जगह तो खाली है नहीं। अगर तू कहे तो सफाई वाले की नौकरी के खाते में डाल दू तेरी एप्लीकेशन।"

पहली बार नादिर ने अपनी बात कहने की हिम्मत जुटायी थी–

"पर आपने तो पहले ही कहा था कि...।"

बड़े बाबू को मालूम ही नहीं था कि नादिर के पास जबान भी है। उसने अपनी जबान खोली ही थी कि वे पैंतरा बदलते हुए बोले।

"कहा था भई नादिर लेकिन हर आदमी बाबूगिरी करने लग गया तो दूसरे काम कौन करेगा?"

नादिर कहना चाहता था कि दूसरे काम करने का ठेका क्या हमारी जात के लोगों ने ही लिया हुआ है। पर कह नहीं सका था। बड़ी मुश्किल से इतना ही कह सका था, "बड़े बाबू हमारे माँ-बाप ने भी तो हमें पढ़ाते हुए कुछ सपना देखा होगा...।"

"जरूर देखा होगा नादिर। हर माँ-बाप अपने बच्चों को पढ़ाते हुए सपना देखता है।"

"तो फिर...।"

बड़े बाबू को कोई जवाब न सुझाई पड़ने पर राजनीति पर उतर आना जरूरी था। उन्होंने आँखों पर लगा चश्मा उतार कर उसके दोनों शीशे रूमाल से साफ करते हुए कहा था–

"देख नादिर मेरी मान। पहले तू यहीं नौकरी कर ले जो तेरी इंतजार कर रही है।" पलभर ठहर फिर बोला था वह, "अरे आती हुई लक्ष्मी को कोई छोड़े है क्या।"

नादिर की बात थोड़ी समझ में आयी। शेष उसे परिस्थितियों ने समझा दिया था। घर-घर में झाड़ू पंजर होते थे। वही उनकी रोजी-रोटी कमाने का जरिया था। नादिर की सगाई हुए सात-आठ माह हो गये थे। रुक्मणी देवी स्वयं आठ दर्जे पास थी। उसने सोचा था। वह बाबू बन जाएगा और घरवाली चपड़ासन। रोज-रोज गू को बटोरना तो नहीं पड़ेगा। पर जैसा सोचा वैसा हुआ नहीं।

विवाह होने से दो-तीन माह पूर्व वही झाड़ू वाले की नौकरी करनी पड़ी उसे। विवाह हुआ। रुक्मणी देवी के हाथ में भी झाड़ू पंजर पकड़ा दिए गये। बीस बरस से वह घर-घर जाकर पखाना साफ करती है। रुक्मणी देवी का नाम घटते-घटते रुक्मो रह गया था। नाम ही क्यों सभी कुछ तो घट गया था। सिर पर मैला ढोने वाली का भी कहीं रुतबा होता है। रुतबा होता है ब्रह्मा के मुख से पैदा होने वाली संतानों का। सदियों से अभिशप्त जीवन जीने को मजबूर थे। फिर भी अँधेरे में कोशिश जारी थी।

कभी तो इज्जत की नौकरी मिलेगी।

"अरी ओ रुकमो। यह सड़क पर फैला मैला क्या तुझे दिखाई नहीं देता? भागी जा रही है यूँ ही।" सर पर मैले से भरी टोकरी को दाएँ हाथ से पकड़ते हुए उसने पीछे मुड़ कर देखा था। अपने घर के दरवाजे के सामने अर्धनग्न स्थिति में पटेल खड़ा था। उसी ने उसे टोका था। उसका मन हुआ। पटेल के घर के सामने ही मैले से भरी टोकरी सर से उठा कर पटक दे, लेकिन अपने भीतर उपजे गुस्से को बर्दाश्त किया था उसने। तभी फिर से पटेल ने कहा था–

"अब खड़ी-खड़ी क्या देख रही है तू, उठाती क्यों नहीं यह गंद?" इस बार वह गुस्से को रोक नहीं सकी थी। सीधे हाथ की झाड़ू पटेल की तरफ करते हुए बोली थी वह–

"तू क्यों नहीं उठावै यह गंद?"

पटेल ने सुना तो उसके बदन में आग-सी लग गयी। चमकते हुए कहा था उसने, "तुझे बोलने की तमीज नहीं है।"

तुरंत जवाब दिया था रुकमणी ने, "तुझे तमीज है। औरतों से कैसे बात करनी चाहिए।"

पटेल ने गुर्राते हुए कहा था, "तुम लोगों से ऐसे ही बात करनी चाहिए।"

रुकमणी ने भी तड़कते हुए जवाब दिया था, "क्या हम लोगों की कोई इज्जत नहीं है? बतला मुझे। सारी इज्जत कराने की ठेका तुम्हीं लोगों ने लिया हुआ है।"

शेर-ए-कश्मीर कौन बनेगा? इसके लिए राजनैतिक गलियारों में मुहिम तेज की जा रही थी। कश्मीर की वादियों में अब खुशबू कहाँ शेष रही थी। घाटियों में बारूद पिघलता था। उसकी जानलेवा चिंगारी लोगों के तन भी जलाती और मन भी। चिनार नदी में जितना पानी बहा था उससे कहीं अधिक कश्मीर घाटी में खून बहा होगा। लोगों को उनकी अपनी जिंदगी का हिन्दुस्तान-पाकिस्तान कहाँ नसीब हुआ था। एशिया के नक्शे में भूगोल के दो टुकड़े हिस्से में आये थे। उसी टुकड़ा-टुकड़ा इतिहास को अपने-अपने सीने से लगाए जीने के लिए अभिशप्त थे वे हिन्दुस्तानी पाकिस्तानी के रूप में।

हिन्दुओं से पीछे नहीं थे कुछ मुस्लिम नेता। वे भी आपस में लड़ रहे थे। उनके सामने कौम की खिदमत का सवाल नहीं था। सियासत में अपना-अपना कद बड़ा करने की मुहिम थी उनकी। वे न धर्म को जानते थे, और न मुल्क को। अखबारों और रिसालों के माध्यम से वे जहर उगल रहे थे।

कश्मीर में एक ही परिवार के बारह हिन्दुओं को आतंकवादियों ने जान से मार

दिया था। यह इस वर्ष की सबसे बड़ी घटना थी। पूरे देश के भीतर कँपकँपी फैल गयी थी। सुबह के अखबारों में हिन्दुओं के बहते हुए लहू के अनगिनत चित्र थे। हिन्दू मन के भीतर आक्रोश था और ढेर सारी प्रतिक्रियाएँ भी। बजरंगियों और तोगड़ियों ने अपनी-अपनी जंग खाई तलवारें निकाल ली थीं। सुबह के अखबारों में उनके आग लगाने वाले बयान भी छपे थे। सभी मुसलमानों को उन्होंने पाकिस्तानी करार दे दिया था। हर जगह मुसलमानों की वफादारी के बारे में चर्चा थी।

कालिज से सादिया बाहर आयी तो दो बज चुके थे। सड़क पर वाहनों की लंबी कतारें थीं। पैदल चलना भी मुश्किल हो गया था। वह सड़क पर खड़े-खड़े परेशान थी। वह सोच रही थी। क्या करे वह, किस ओर जाए? जिससे घर जल्दी से जल्दी पहुँच सके। तभी उसने देखा। सामने से भीड़ का सैलाब आ रहा था। वह सड़क के किनारे हो गयी। भीड़ नज़दीक आने लगी थी। भीड़ में अधिकांश नवयुवक थे। उनके हाथों में नारे लिखी हुई पट्टियाँ थीं। कुछ ने अपनी बाँहों पर काली पट्टियाँ बाँध रखी थीं। हाथों में बैनर भी थे। वे नारे लगा रहे थे। उनके स्वर में नफरत के भाव थे—

"खून का बदला खून।"

बाद के जत्थे से भी नारे लगाने की आवाज़ें आ रही थीं। कुछ लोग पहला वाक्य तेज आवाज़ में कहते—

"मुस्लिम आतंकवादियों को",

दूसरे जत्थे वाले उस नारे को पूरा करते—

"गोली मारो।"

सभी आंदोलनकारी हिन्दू थे। उनके हाथों में विश्व हिन्दू परिषद, बजरंग दल, हिन्दू ब्रिगेड, शिवसेना आदि के बैनर भी थे। सभी रास्ते रोक दिये गये थे। लोग सड़क के किनारे खड़े होने के लिए मजबूर थे। सादिया भी एक दुकान के नज़दीक सिमटी खड़ी थी। लगभग एक घंटे बाद रास्ता खुला। उसने ऑटो-रिक्शा लिया। जब वह घर पहुँची तो पाँच बज चुके थे। उसके सारे शरीर में थकान भरी हुई थी। कॉफी पीने का मन था उसका, पर बनाए कौन? कुछ देर तक इंतजार करने के बाद काम वाली नहीं आयी थी। बाद में सादिया ने स्वयं ही कॉफी बनाई। उसे आज अच्छा नहीं लग रहा था। शरीर की थकान के साथ मन पर बोझ भी था। मुसलमानों के खिलाफ एक स्वर में प्रतिक्रियाएँ व्यक्त की जा रही थीं।

वैभव आज स्कूल से जल्दी आ गया था। आते ही वह सीधे सादिया के पास गया और पूछ बैठा, "दीदी एक कविता सुनाऊँ।"

"हाँ-हाँ सुनाओ भई।"

पुनः पूछा था वैभव ने, "सुनाऊँ दीदी...।"

जवाब में बोली थी सादिया, "सुनाओ भई।"

कविता सुनाने से पहले उसने गला साफ किया था। फिर लय में उसने कविता सुनानी शुरू की थी–

"हिन्दू मुस्लिम सिख ईसाई
यह हैं सब भाई-भाई
आपस में मत लड़ो तुम
दुश्मन नहीं दोस्त बनो भाई।"

कविता सुनकर सचमुच सादिया का दिल बाग-बाग हो उठा। मुस्कराते हुए वह बोली थी, "सचमुच तुम्हारी कविता तो बहुत अच्छी है।"

"धन्यवाद दीदी।"

"अच्छा यह बतलाओ तुमने यह कविता कहाँ से सीखी।"

"दीदी सीखी नहीं, मैंने खुद लिखी है।"

तभी सादिया के अब्बा आ गये। उन्होंने आते ही पूछा, "अरे भई क्या लिखा है छोटे मियाँ ने? जरा हम भी तो सुनें।"

वैभव ने पुनः कविता सुनाई थी। सुनकर उन्हें भी अच्छा लगा था।

"इस कविता पर तो तुम्हें पुरस्कार मिलना चाहिए भाई वैभव।"

तभी तपाक से बोला था वैभव, "वह तो मुझे पहले ही मिल चुका है।"

सैयद साहब ने पूछा था, "अरे भई कब?"

"पिछले माह।"

सात-आठ बार घर आने पर ही वैभव एक मुस्लिम परिवार में खूब हिलमिल गया था। सादिया के अब्बा उसे छोटे मियाँ कहते और स्वयं वैभव उन्हें चच्चा जान कहकर पुकारता। सादिया उसे कभी-कभी अंग्रेजी पढ़ा दिया करती थी। सच बात तो यह कि उसका वहाँ खूब मन लगता। सादिया को भी उसके साथ अच्छा लगता। कभी सादिया नहीं होती तो वह छज्जे पर आकर बैठ जाता और चिड़ियों से बातें करने लगता।

जब भी उसके भीतर सवाल उभरते वह झट से सादिया के पास पहुँच जाता था। उसके स्वयं अपने घर की छत के नीचे उसे सवालों का जवाब नहीं मिल पाता। वह मम्मी से सवाल पूछता तो भोजन तैयार करते हुए वह कहती–

"अपनी दादी से पूछो।"

दादी कमर खुजाते हुए थोड़ा झुँझलाते हुए कह बैठती, "तुम अपने पिता से इस तरह के सवाल क्यों नहीं पूछते हो बाबा?"

पिता से वह पूछता तो डाँटते हुए वे कह उठते, ''अपनी स्कूल की किताबें पढ़ो। गणित के सवाल हल करो।''

लेकिन वैभव जीवन के सवाल हल करना चाहता। जीवन की समस्याओं को समझना चाहता था।

शाम हो गयी थी। अभी भी उसका मन उचाट था। छत पर गयी तो सादिया ने देखा। सूरज पश्चिम में अस्त हो रहा था। छत पर मुर्गियों के लिए वह दाना भी डाल आयी थी। बाहर छज्जे पर चिड़ियों के पिंजरे में बाजरा रखा।

तभी सादिया ने दरवाजे पर दस्तक सुनी तो बालकनी से झांककर देखा। नीचे वैभव था।

''अभी आयी बाबा।''

दरवाजा खोला तो सामने वैभव खड़ा था।

''आइये वैभव साहब।''

वैभव भीतर आया तो सादिया ने फिर से दरवाजा बंद कर लिया था। दोनों सीढ़ियाँ चढ़ते हुए ऊपर चले गये थे।

''कोई नहीं है घर में दीदी?''

''मैं तो हूँ वैभव जी।''

''ओफ्फो दीदी आप तो हैं, पर आपके अलावा चच्चा जान और...''

उसकी बात सुनकर सादिया जवाब में बोली थी, ''अब्बा फैक्ट्री चले गये।''

''उन्होंने छुट्टी क्यों नहीं की?''

सादिया ने संक्षिप्त जवाब दिया था, ''नहीं की बाबा।''

वैभव ने फिर सवाल किया था, ''क्यों दीदी?''

''इसलिए कि आराम हराम है।''

इस बार बुजुर्गों की तरह बोला था वह।

''मैं जानता हूँ दीदी।''

सादिया को सुनकर अच्छा लगा था। वह पूछ बैठी, ''कैसे?''

''चाचा नेहरू ने ही तो यह कहा था।''

आश्चर्य के स्वर में पूछा था सादिया ने, ''अरे तुम्हें कैसे पता?''

''मम्मी ने बतलाया था।''

''अच्छी बात है। माँ को अपने बेटे से ऐसी ही अच्छी बातें बतलानी चाहिए।''

''मेरी मम्मी बहुत अच्छी है।''

''हर अम्मी को अच्छा ही होना चाहिए।''

तभी जिज्ञासा भाव से वैभव ने पूछा था, ''तुम्हारी मम्मी नहीं है दीदी।''

"नहीं।"

"क्यों नहीं है दीदी?"

अब सादिया क्या जवाब दे। बच्चे को कैसे समझाए कि उनके नसीब में अम्मी का प्यार बस उतना ही था। वैभव फिर पूछा बैठा, "बताओ ना दीदी। तुम्हारी मम्मी कहीं गयी है क्या?"

घर पर अब्बा भी नहीं थे। सिर्फ वह अकेली थी और सवाल-दर-सवाल कर उसके ज़ख़्मों को कुरेदने वाला नन्हा वैभव। अंततः उसे बतलाना ही पड़ा था।

"मेरी अम्मी को मार दिया गया।"

कहते-कहते रोने लगी थी। वैभव ने पुनः पूछा था, "किसने मारा अम्मी को दीदी?"

"दंगाइयों ने।",

पूछा था फिर वैभव ने, दंगाई कौन होते हैं दीदी?"

आँसू पोंछते हुए कहा था सादिया ने, "दंगाई वे होते हैं जो धर्म और जाति के बहाने लोगों को मारते हैं, उनके घरों को जलाते हैं।"

"उन्हें पुलिस नहीं पकड़ती दीदी।"

"नहीं वैभव।"

"बहुत खराब बात है। पुलिस का काम तो लोगों की रक्षा करना है।" सादिया की आँखों में आँसू भर आये थे।

वैभव ने उसकी आँखों में आँसू देखे तो वह भी परेशान हो गया था। वह पूछ बैठा, "मेरी वजह से रोने लगी हो तुम दीदी। मुझे माफ कर दो।"

"नहीं वैभव। ऐसी बात नहीं।"

थोड़ी देर में वैभव चला गया था। सादिया फिर अकेली रह गयी थी।

राजू और असलम इंक़लाब के आफिस से बाहर आये तो पाँच बज चुके थे। अखबार की कुछ प्रतियाँ उन्हें आज ही बाँटनी थी। पहले वह ऑटो लेकर मिर्जा बेकरी गये। फिर कॉफी हाउस। शाह बाज़ार पहुँचते-पहुँचते उन्हें सात बज गये। हिन्दू ब्रिगेड ने आज बंद का ऐलान किया था। कुछ दुकानें खुली थीं और कुछ बंद थीं। अचानक अकरम बाज़ार की दक्षिणी ओर की सड़क पर कुछ लोग भागते हुए दिखाई दिये। वे दोनों उसी तरफ दौड़ते हुए पहुँचे। उन्होंने देखा। सदर बाज़ार की एक दुकान के भीतर से धुआँ उठ रहा था। नज़दीक जाकर पता चला। जुलूस में शामिल किसी ने जलते हुए कपड़े का टुकड़ा दुकान के भीतर डाल दिया था। कपड़े की दुकान में काफी नुकसान हो गया था। पचास वर्षीय मुस्लिम दुकानदार की आँखों में आँसू थे। असलम ने उसके कंधे पर हाथ रख दिलासा देते हुए कहा था–

"अब गम करने का क्या फायदा भूल जाओ मियाँ।"

सुबकते हुए जवाब उभरा था गमज़दा दुकानदार के भीतर से, "कैसे भूल जाऊं भाई। कल ही तो दस हजार रुपया खर्च कर कपड़े की गांठें मँगाई थीं उल्हास नगर से।"

"फिर तुमने दुकान क्यों खोली? जब तुम्हें मालूम था कि आज शहर में बंद का ऐलान किया गया था। आँसू पोंछते हुए जवाब दिया था मुसलमान दुकानदार ने।"

"हिन्दुओं की दुकानें तो पहले से ही खुली थीं। उन्हें देख मैंने भी अपनी दुकान खोल ली।"

इस बार असलम के स्वर में थोड़ा बदलाव था, "वे हिन्दू हैं चाहे जो करें। पर तुम्हें तो मौके की नजाकत समझनी चाहिए थी।"

इस बार भरे गले से आवाज़ उभरी थी, "तुम ठीक कहते हो भाई। गलती मुझसे ही हुई।"

बाद में असलम ने चलते हुए कहा था, "खैर जो भी हुआ! यह अखबार रख लो। इसमें हमारा पता है। मेरा नाम असलम है और ये राजू परमार साहब हैं। तुम्हें कुछ मुआवजा दिलाने की कोशिश करेंगे।"

मुसलमान दुकानदार की आँखों में जैसे उम्मीदों के चिराग जले थे।

"खुदा तुम्हें लम्बी उम्र दें"

लौटते हुए असलम ने सीधे अपने घर की राह ली थी। साथ में राजू भी था।

"जानते हो राजू ऐसे समय में किसी शख्स के धर्म और जाति की खुराफाती लोग कैसे पहचान कर लेते हैं?"

"कैसे?"

"उस मुसलमान दुकानदार के दुकान पर बोर्ड जो लगा था–'रहमान क्लॉथ हाउस' वही उसकी बर्बादी का सबब बना।"

राजू के मुँह से निकला था, "ओह!"

थोड़ी देर में वे दोनों घर पहुँच गये थे। अम्मी को राजू ने दरवाजे पर खड़े हो इंतजार करते देखा तो कह उठा–

"सलाम अलैकुम अम्मी जान।"

असलम के साथ राजू को भी आया देख उनका स्वर खुशी से उभरा था–

"वआलैकुम सलाम बेटे। कैसे हो?"

"इनायत है अम्मी जान आपकी।"

उनका शिकायती स्वर उभरा था–

"मैंने कई दफा असलम से पूछा भी तुम्हारे बारे में। क्या तुम्हें हमारी याद नहीं आती?"

"ऐसी बात नहीं है अम्मी जान। याद तो आती है।"

'फिर...।"

"बस कुछ कामों में उलझा रहा।"

"अच्छा ठीक है। तुम दोनों हाथ साफ कर लीजिए । मैंने तुम्हारे लिए गोश्त बनाया है।"

कहते हुए वह रसोई में चली गयी थी। वापस आयीं तो उनके हाथों में गोश्त से भरी रकाबी, रोटियाँ और सलाद था। भोजन परोसते हुए बोली थी वह, "सुना है शाह बाज़ार में दंगा हो गया है।"

पहला ही टुकड़ा असलम ने अभी मुँह में रखा था कि वह पूछ बैठा, "कब अम्मी जान?"

"ममदू पहलवान उधर से अभी-अभी लौटा । उसी ने बतलाया।"

सुनकर रोटी का दूसरा टुकड़ा असलम के हाथ में ही रह गया। उसका मन न हुआ खाने का। अम्मी ने असलम को भोजन न लेते हुए देखा तो कह उठी, "मुझे भी क्या हो गया, जो खाने के बीच दंगे का जिक्र कर बैठी।"

तभी राजू बोला था, "अम्मी जान उधर से तो हम आ ही रहे हैं।"

सुनकर अम्मी के जिस्म में सिहरन सी पैदा हो गयी थी। काँपता हुआ स्वर उभरा था उसका–

"हाय अल्लाह, तुम्हें कुछ...।"

"अभी मुझे कुछ होने वाला नहीं है।"

"तू खुदा से रुक्का लिखा कर लाया है क्या?"

कहते-कहते उनका स्वर भारी हो गया था। तभी असलम ने कहा था, "अम्मी जान खुदा से तो रुक्का लिखाकर कोई नहीं लाता, लेकिन उधर गमज़दा लोगों की आँखों में आँसू हों और हम इधर दस्तरखान पर बैठे आराम से खाते रहें।"

"तुझे कौम की आँखों में आँसू दिखाई तो देते हैं, पर अपनी अम्मी की आँखों में नहीं।"

कहते-कहते सचमुच ही उनकी आँखों में आँसू भर आये थे। वे तेजी के साथ रसोई में चली गयी थीं। अम्मी की आँखों में आँसू देखकर राजू परमार को बुरा लगा। बुरा तो असलम को भी लगा। लेकिन वह मजबूर था। उसके भीतर बार-बार यही द्वंद्व उठता था। पहले घर या कौम। वह किसका रहनुमा बनें, घर का या कौम का या फिर मानवता का? अम्मी के जाते ही दोनों दस्तरखान से उठ गये थे। रसोई से

अम्मी के रोने की आवाज़ें आ रही थीं। राजू से रहा न गया। वह रसोई में चला गया। उसने देखा अम्मी रसोई के एक कोने में खड़ी हुई रो रही थी।

"अम्मी जान।"

आवाज़ सुनकर आँसुओं से भरी हुई आँखों ने देखा था। पुनः कहा था राजू ने, "अम्मी जान हमारे साथ भोजन कर लीजिए।"

"मुझे भूख नहीं बेटे।"

"ऐसा कैसे हो सकता है अम्मी जान। आपके बिना हम कैसे खा सकते हैं?"

"खा सकते हैं बेटे, जब घर में अपना कोई नहीं होता। तब भी तो पेट भरना ही होता है।"

"कैसी बातें कर रही हो अम्मी जान?"

"ठीक ही तो कह रही हूँ बेटे।"

कुछ पल ठहरकर वह फिर से बोली थी, "जानते हो बेटे पिछले तीन बरस में इस बस्ती ने दस मुसलमानों को खोया है। किसी का बेटा जान से गया तो किसी का भाई और किसी का खाविन्द।"

"मैं आपके दर्द को समझता हूँ अम्मी जान।"

तभी आवेश में कहा था उन्होंने, "पर असलम क्यों नहीं समझता?"

इस बार धीरे से कहा था उसने, "वह समझता है अम्मी जान।"

कुछ पल उन दोनों के बीच चुप्पी रही। उसी चुप्पी को पुनः तोड़ा था उसने, "अब चलिए भी अम्मी जान।"

"तुम चलो बेटे, मैं आती हूँ।"

थोड़ी देर में वे आ गयी थीं। दोनों इंतजार कर रहे थे। तीनों ने मिलकर भोजन लिया। भोजन के बाद अम्मी ने राजू को हिदायत देते हुए कहा था, "राजू बेटे रात में हॉस्टल नहीं जाना है।"

"बिल्कुल ठीक फरमाती हैं आप अम्मी जान! मैं नहीं जाऊँगा।"

असलम ने कनखियों से राजू की ओर देखा था। राजू भी उसकी ओर देखे बिना न रह सका था। परिवेश में उदासी घिर आयी थी। उन दोनों को नींद नहीं आ रही थी। शाहगंज में हुए दंगों की ख़बर ने उन्हें परेशान कर दिया था।

जगमगाता हुआ शहर पीछे छूट गया था। आगे थीं पुरानी बस्तियाँ, जिनमें अधिकांश घर खँडहरों में तब्दील हो गये थे। बड़ी संख्या में न चलने वाली बीमार फैक्ट्रियाँ थीं, जो अंतिम साँसें गिन रही थी। उनके आसपास कूड़े के ढेर, जर्जर इमारतें बिरतानियाँ शासन की याद दिलाती थीं। जब बोम्बे प्रेसीडेंसी के तहत व्यापार का विकास हुआ था। पुराने शहर की विरासत यहीं तक सीमित नहीं थी। इसके पार

भी बहुत कुछ था। अवैध शराब बेचने वालों के अड्डे। शरीर बेचने वाली औरतों के चकले। कबाड़ियों के बड़े-बड़े गोदाम, जिनके नज़दीक से गुजरने पर अजीब-सी गंध नाक में बस जाती थी। पास ही दो टाकीज थे, जिनमें गुजराती फिल्म कम और हिंदी फिल्में अधिक चलती थीं। उनमें खुले रूप में सेक्स थिरकता था। दर्शक भूखों की तरह आते थे और उतावले मन लिये भड़भड़ाते हुए हाल में प्रवेश करते थे। दर्शकों में जवान भी होते थे और बूढ़े भी। वे पान भी खाते थे और सिगरेट भी पीते थे। वे शराब पीने में भी पीछे न थे। हालाँकि वे गांधी के गृह राज्य में रहते थे, परिवेश में खूब शोर होता था। लाउडस्पीकर पर फिल्मी गीत से लेकर लोहा मण्डी में कटर मशीन के चलने से मिली-जुली आवाज़ें परिवेश में गूँजती थीं। यह कोलाहल शाम तक ही रहता।

अँधेरा जैसे-जैसे घिरने लगता आवाज़ें गुम होने लगती। मजदूरों की अनुपस्थिति में मशीनें सोने लगतीं। मजदूर अपने-अपने घर लौटने लगते। लोहे के जिस्मों में ठण्डक पसरने लगती। रह जाते वहाँ कुछ लोग जो सस्ती वेश्याओं को उनके कोड वर्ड से ग्राहकों की तलाश करते, कुछ वेश्याएँ बाहर रास्तों में मिलतीं तो कुछ सीलन तथा अँधेरी कोठरियों में ग्राहकों का इंतजार करतीं। कुछ वेश्याएँ थक जातीं तो वे शराब के अड्डों पर चली जातीं और शराब पीकर अपनी कड़वी यादों को भुलाने का प्रयास करने लगतीं। उनकी दुनिया अलग होती। घर के पिछले दरवाजे की तरह हर शहर में वह सब कुछ होता है। घर को पिछवाड़े से देखें या शहर को। दोनों में कोई अंतर नहीं है। जैसा घर वैसा ही शहर। इस शहर में भी ऐसा ही था यानी परिवेश में घर के पिछवाड़े वाली बास।

भीम कालोनी से निकलते-निकलते राजू को रात के आठ बज गये थे। आगे का रास्ता न सड़क का था और न फुटपाथ का। बल्कि जमीन पर बेतरतीब से उगे पौधों के बीच से लोगों को गुजरना होता था। उस रास्ते पर बिजली के खम्बे होने का सवाल ही पैदा नहीं होता था। ऐसे समय नीम अँधेरा चारों तरफ पसरा होता। जमीन समतल न थी। ऊबड़-खाबड़ थी। जहाँ काँच से लेकर लोहे के छोटे-बड़े टुकड़े भी पड़े होते थे। दिन हो या रात फिर भी हजारों स्त्री-पुरुष इसी रास्ते से होकर गुजरते थे। रास्ता खराब भले ही था, पर इधर से गुजरने वालों को अपनी-अपनी मंजिल तक पहुँचने के लिए कम समय लगता था। वे घूम कर जाना पसंद नहीं करते थे। जल्दी में इन्हीं झाड़ियों से भरे रास्ते की ओर उनके पाँव मुड़ जाते थे। हर गुजरने वाला जल्दी में होता था।

राजू भी प्रायः रात में इधर से ही गुजरता था। आज भी वह इधर से ही जा रहा था कि अचानक किसी महिला का स्वर उभरा था। उसने एक पल ठहर कर सुना।

जैसे किसी को जिबह किया जा रहा हो। परिवेश में पसरा सन्नाटा भंग हो गया था। वहीं आवाज़ दूर-दूर तक चली गयी थी। राजू ने इस बार ध्यान से सुना और उसने दिशा का अंदाजा लिया। दायीं तरफ शराब की अवैध भट्ठी थी। अब महिला की आवाज़ के साथ पुरुष आवाज़ें भी उभरी थीं। तभी राजू के पैर के नीचे एक बड़ा खाली डिब्बा आया। उसने दोगुनी ताकत से खाली डिब्बे को उसी तरफ हवा में उछाल दिया था। डिब्बा उछला और फिर किसी पत्थर से टकराया था। इस कारण जोरदार आवाज़ हुई थी। उस आवाज़ से जैसे किसी को बल मिला था। परिवेश में पुनः आवाज़ गूँजी थी–

"बचाओ बचाओ..."

साथ ही परस्पर छीनने-झपटने और उफ तथा आह की मिली-जुली आवाज़ें भी आयी थीं। नज़दीक ही उसे कोई दुर्घटना होने का अहसास हुआ था। उससे रहा न गया।

"ठहरो मैं आया..." जोर से कहते हुए वह तेजी के साथ उसी तरफ दौड़ा था। नज़दीक जाने पर उसने देखा। दो पुरुष छायाएँ भाग रही थीं। और एक छाया स्थिर थी। वह और पास आया तो मामला उसकी समझ में आ गया था। उसने अँधेरे में देखा। शलवार कमीज पहने एक लड़की अपने-आप में सिमटे हुए खड़ी थी। पूछ बैठा वह–

"कौन थे वे?"

भारी गले से स्वर उभरा था लड़की का, "अब मुझे क्या मालूम।"

"फिर भी।"

अजनबी लड़की ने कुछ कहने का प्रयास किया था, "वे कह रहे थे...।"

फिर से पूछा था उसने, "क्या कह रहे थे?"

"यही कि स्साली मुसलमानी आज बचनी नहीं चाहिए।"

राजू के मुँह से निकला था, "ओह, इसका अर्थ बलात्कार करने की कोशिश करने वाले हिन्दू होंगे।"

कुछ कहने से पहले ही वह सिसकने लगी थी, कुछ पल परिवेश में मौन रहा। जिसे उसी अजनबी लड़की ने तोड़ा था–

"आप।"

राजू ने जवाब में कहा था, "न मैं हिन्दू हूँ और न मुसलमान।"

सुनकर आश्चर्य हुआ था उसे। हल्के से स्वर उभरा था, "तब...।"

इस बार विश्वास के साथ राजू बोला था, "मैं दलित समाज से हूँ।"

सुनकर लड़की ने गहरे साँस ली, "ओह।"

लड़की फिर से सुबकी थी। उसकी आँखों से आँसुओं का दरिया जैसे बहने लगा था।

"आओ मेरे साथ। मैं तुम्हें तुम्हारे घर तक छोड़ देता हूँ।"

अजनबी लड़की ने राजू की आँखों में देखा था। उसकी आँखों में अभी भी संशय और घबराहट तैर रही थी। पुनः चुप्पी तोड़ी थी राजू ने, "तुम मुझ पर विश्वास कर सकती हो।"

उसकी सुबकियाँ अभी थमी नहीं थीं। राजू ने कहा था, "रोना बंद करो। रोने से कुछ नहीं होगा। मुझे अपना हाथ दे दो। रास्ता ठीक नहीं हैं। कहीं ठोकर लगकर गिर गयी तो...।"

सचमुच उस लड़की ने अपना हाथ राजू के हाथ में दे दिया था। मादा अजनबी की नर्म-नर्म हथेली के स्पर्श से उसके शरीर में सनसनाहट सी हुई थी एकाएक। चारों ओर अँधेरा पसरा था। लड़की चुप थी तभी उसने मौन तोड़ा था।

"पर आप इधर कैसे आ गयी?"

घबराए हुए से जवाब दिया था लड़की ने, "किसी सहेली से मुलाकात करनी थी। सोचा इस रास्ते से जल्दी घर पहुँच जाऊँगी।"

अँधेरे में रास्ता बनाते हुए वे दोनों आगे बढ़े। उसके भीतर अजनबी लड़की के बारे में जिज्ञासा उभरी तो पूछ बैठा वह–

"क्या नाम है तुम्हारा?"

लड़की का जवाब उभरा था, "सादिया सैयद।"

फिर कुछ पल चुप्पी के बाद धीरे से पूछा था अजनबी लड़की ने–

"और आपका नाम।"

उसने जवाब दिया था, "राजू परमार।"

कुछ समय उनके बीच खामोशी रही। रास्ता खराब होने के कारण बीच-बीच में सादिया गिरने को होती तत्काल ही राजू सँभाल लेता। कभी पाँवों के नीचे पत्थर का अहसास होता तो वह हिदायत दे देता। टाकीज में रात का शो चल रहा था। गाने की आवाज़ परिवेश में गूँज रही थी। कच्चे रास्ते से अब वे सड़क पर आ गये थे। सामने बिजली का खम्बा था, जिस पर साठ वाट का बल्ब टँगा था। चारों तरफ गहन अंधकार और एक अदद बल्ब का उजाला। सादिया के भीतर की घबराहट अब कम हुई थी। आगे बाएँ तरफ मोड़ था। तभी एक कार तेजी से आयी और उनके नज़दीक से होते हुए आगे चली गयी थी। एक अदद बल्ब की रोशनी पीछे छूटने लगी थी। आगे फिर अँधेरी सड़क थी। पर लोग-बाग आ-जा रहे थे। लगभग दस मिनिट चलने पर बस्ती आ गयी थी। जहाँ उजाला था।

थोड़ी देर बाद सादिया का घर आ गया था। घर का दरवाजा बंद था। स्वयं सादिया ने दस्तक दी थी। जल्दी ही दरवाजा खुल गया था। दरवाजा खोलने वाला एक बूढ़ा आदमी था। लगता था जैसे वे सादिया के अब्बा थे।

पिता की अनुभवी आँखों ने बेटी की आँखों में पीड़ा देखी तो पूछ बैठा, "क्या हुआ बेटा?"

जवाब में आँसुओं का सैलाब उमड़ आया था सादिया की आँखों से। पिता को समझते देर नहीं लगी। वे तुरंत बोल उठे—

"ऊपर चल पहले।"

दरवाजा बंद करते हुए उसके भीतर से आवाज़ उभरी थी, "या खुदा।"

वे सीढ़ियाँ चढ़ते हुए ऊपर गये। उनके कदमों की आवाज़ें उनके भीतर से उठते तूफान का अहसास करा रही थीं। सबसे आगे सादिया थी। सादिया के पीछे राजू और राजू के पीछे उस अजनबी युवक की टोह लेते हुए सैयद। सीढ़ियाँ चढ़ते हुए वे जल्दी ही खुले आँगन में आ गये थे। उसके नज़दीक ही बड़ा कमरा था। जो बैठकखाना था। बूढ़ा आदमी जल्दी से रसोई में गया। वापस लौटा तो उसके दोनों हाथों में पानी से भरे गिलास थे।

"ले बेटी पहले पानी पी।"

दूसरे हाथ में पकड़ा पानी का गिलास राजू को दिया था उन्होंने। उनके होंठों पर अनायास ही शब्द आये थे। इससे पहले कि बेटी कुछ बोले भरे गले से अब्बा का स्वर उभरा था—

"मुझे कुछ मत बतला। तेरे आँसुओं ने सब कुछ कह दिया है।"

सादिया की आँखों में फिर से आँसुओं की नदी उभर आयी थी। पानी से भरा गिलास मेज पर रख वह रूंधे गले से बोली थी, "अब्बा।"

पिता के भीतर पीड़ा का समंदर उछालें मार रहा था, पर वे शान्त थे।

"अब्बा अगर मौके पर ये नहीं आ जाते तो तुम्हारी बेटी की शायद लाश भी नहीं मिलती।"

कहते हुए सादिया फफक-फफक कर रोने लगी थी। उन्होंने राजू का शुक्रिया अदा करते हुए कहा था, "खुदा ने मेरी बेटी की अस्मत बचाने के लिए फरिश्ता भेजा।"

तभी राजू ने कहा था, "यह तो मेरा धर्म था। अगर जान भी चली जाती तो...।"

"खुदा ने तुझे अच्छी शक्ल सूरत दी। तू दिल का भी अच्छा है बेटे।"

"आप स्वयं अच्छे हैं तो...।" पलभर बाद राजू ने सादिया की ओर देखते हुए कहा था, "अच्छा मैं चलता हूँ।"

सादिया की आँसू भरी आँखों ने उसको धन्यवाद कहा था।

वे राजू परमार को नीचे तक छोड़ने आये थे। दरवाजा बंद करने से पहले सैयद साहब ने कहा था, "अच्छा बेटे खुदा हाफ़िज।"

राजू के जाने के बाद वे दरवाजा बंद कर ऊपर आये थे।

सैयद साहब ने पूछा था, "कौन थे वे?"

जवाब दिया था सादिया ने, "दो लड़के।"

बूढ़े व्यक्ति का स्वर पुनः उभरा था, "पर आखिर कौन थे जामिल?"

सादिया के जवाब न देने पर उन्होंने पुनः आक्रोश में कहा था, "हिन्दू होंगे। जगह-जगह मुसलमानों पर हमले हो रहे हैं।"

सादिया फिर से रोने लगी थी।

क्रोध से भरा स्वर उभरा था सैयद साहब के भीतर से, "मेरे भीतर आग भरी है।"

सादिया ने कुछ कहना चाहा था पर कह नहीं सकी थी।

"तुम भूल गईं। पिछले दंगे में तुम्हारे भाई की क्या गत बनाई उन्होंने।" पल भर चुप्पी रही उनके बीच।

पहले तेरी माँ की अस्मत को रौंदा। तू बच गयी इसलिए कि अपनी आपा के पास बंबई गयी हुई थी। वर्ना तू भी नहीं बचती। बीच में बोली थी वह, "अब्बा।"

उनके स्वर में अभी भी तुर्शी थी, "मैंने कितनी बार कहा है रात में कहीं मत जाया कर, यह भेड़ियों का राज्य बन गया है। हिन्दुओं के इस राज्य में मुसलमान बहन-बेटियों की इज्जत महफ़ूज नहीं हैं।"

"क्या करूँ अब्बा, एक सहेली के घर पर गयी थी।"

बीच में ही पूछा था उन्होंने, "कौन थी सहेली?"

जैसे उसका धर्म पूछना चाहा था। भय के मारे जवाब में होठ काँपे थे, "कमला नाम है उसका।"

उनका स्वर फिर गर्माया था, "हिन्दू है ना वह।"

मिमियाते से कहा था सादिया ने, "जी अब्बा जान।"

इस बार उनके स्वर में पीड़ा भी थी, "इन हिन्दुओं से सारे रिश्ते तोड़ दे बेटा। अब हमारा इनसे भरोसा उठ गया है।"

बीच में थोड़ा ठहर वे बोले थे, "आखिर कब तक एतबार रखें। कब तक?"

पल भर के बाद फिर कहा था उन्होंने, "वे बार-बार हमें ज़ख़्म देते हैं। पहला ज़ख़्म अभी भरता भी नहीं कि फिर एक ज़ख़्म और हमें दे दिया जाता है।"

सादिया कहना चाहती थी कि अब्बा हम हिन्दुस्तान में रहते हैं फिर हिन्दुओं से अपने रिश्ते कैसे तोड़ सकते हैं, लेकिन उसने एक शब्द भी नहीं कहाँ वह जानती

थी कि अब्बा के भीतर से क्यों इतनी कड़वाहट उभर रही थी। रात अधिक हो गयी थी। उसने बिना किसी देरी के अपने बिस्तर पर जाना ही ठीक समझा।

थोड़ी देर बाद सैयद साहब फिर से बोले थे, "तूने खाना लिया बेटा।"

"हाँ अब्बा, मैंने ले लिया था।"

दो पल बाद जैसे उन्हें फिर कुछ याद आ गया था।

"यह लड़का मुसलमान तो नहीं लगता।"

"अब मुझे क्या मालूम अब्बा जान? उनकी मदद से सही-सलामत घर तक आ गयी। यही क्या कम है।"

सादिया ने जानबूझ कर राजू के बारे में नहीं बतालाया था।

"यह बात तो ठीक है बेटे।"

कहते हुए वे अपने कमरे में चले गये थे।

पुराने शहर की पुरानी इमारत में रैदास हॉस्टल था। उसी के कमरा नम्बर दस में राजू परमार रहता था। हॉस्टल के पिछवाड़े नदी थी, पर नदी में पानी नहीं था। फिर भी नदी का अहसास तो था। राजू कभी-कभी इसी नदी के पास आकर बैठ जाता था और घण्टों-घण्टों बैठ कर सोचा करता था। कल रात की घटना वह भूला नहीं था। रात में किसी अजनबी लड़की से हुई मुलाकात ने उसके भीतर सपनों को जगा दिया था। क्या नाम था उसका? उसने खुद अपने आप से पूछा था। जल्दी ही उसे याद आ गया था। सादिया सैयद नाम बतलाया था उसने अपना। काफी देर तक वह उसी के बारे में सोचता रहा। क्या करती है वह? पूछने का अवसर ही नहीं मिला। पढ़ती होगी। क्या मालूम? उसके भीतर तरह-तरह के सवाल उभरते। जवाब भी वह स्वयं ही देने का प्रयास करता।

गाँव से शहर तक की यात्रा में उसके साथ बहुत कुछ जुड़ा था। खेतों में हल चलाते हुए लोग अब उसके सपनों में नहीं आते थे। शहर में रिक्शा खींचते हुए बूढ़े, नारे लगाते हुए युवक, त्रिशूल तथा चाकू अपने हाथों में लिए बजरंगी बार-बार उसके सपनों में आते थे। अचानक उसे चाचा की याद आ गयी थी। शहर में कहाँ गुम हो गये थे चाचा? उसने देखा। सूखी नदी में पानी की तलाश में पक्षी आसमान से उतरकर नीचे आते और पानी की एक बूँद भी न मिलने पर फिर से उड़ जाते। तभी उसने अपने कंधे पर किसी का स्पर्श महसूस किया था। उसने पीछे गरदन घुमाकर देखा तो असलम खड़ा था। हठात् ही उसके मुँह से निकल पड़ा—

"तुम..."

"हाँ मैं।"

"तुम्हें कैसे पता चला कि मैं यहाँ हूँ?"

असलम ने जवाब में कहा था, "तुम्हारे जैसा व्यक्ति या तो किसी लाइब्रेरी में या फिर नदी के किनारे ही मिल सकता है।"

"तो तुमने आखिर नदी किनारे ढूँढ़ ही लिया मुझे। खैर बतलाओ क्या बात है?"

जवाब में कहा था उसने, "अम्मी तुम्हें याद कर रही थी।"

राजू सुनकर भी चुप ही रहा। इस बार गंभीर स्वर उभरा था असलम के भीतर से, "दंगे में मारे गये मेरे भाई के अक्स वह तुम्हारे भीतर देखती है।"

"मुझे मालूम है मेरे भाई। अम्मी जान तो मुझे देखकर तसल्ली कर लेती हैं। पर मैं क्या करूँ?"

कहते-कहते उसका गला भर आया था।

"क्या बात है राजू?"

"चाचा का अभी कुछ पता नहीं चला।"

"ओह...।"

पुनः कंधे पर हाथ रखते हुए दिलासा दी थी असलम ने, "धीरज रखो राजू, तुम्हें तुम्हारे चाचा जरूर मिलेंगे।"

"अब उम्मीद नहीं लगती।"

"उम्मीद नहीं छोड़ते मेरे भाई।"

इससे पहले कि राजू फिर से उदासी के बादलों में घिर जाए, असलम ने जोर देते हुए कहा था, "चलो राजू वापस चलते हैं।"

वे दोनों वापस हॉस्टल के कमरे में आ गये थे। कुर्सी पर बैठते हुए असलम ने पूछा था, "तू इस कमरे में अकेला रहता है।"

जवाब दिया था राजू ने, "नहीं मेरे साथ ये किताबें हैं।"

असलम ने देखा। कमरे के एक कोने में मेज पर चालीस पचास किताबें रखी हुई थीं। उसकी रुचि बढ़ी तो वह किताबों को उलटने पुलटने लगा था। अम्बेडकर, मार्क्स, लेनिन, गांधी, एडवर्ड सईद, शेक्सपीयर आदि महापुरुषों, चिंतकों नाट्यकारों की पुस्तकें थीं। अम्बेडकर की पुस्तक हिन्दुत्व का दर्शन के पृष्ठ पलटते हुए कहा था असलम ने, "तू तो यार सचमुच ही जीनियस है।"

"नहीं रे मेरे भाई, ऐसी बात नहीं है। हाँ जब भी मैं उदास होता हूँ। इन्हीं किताबों से मुझे ऊर्जा मिलती है। ये पुस्तकें ही मेरा सहारा है।"

"हाँ राजू तुम ठीक कहते हो। पुस्तकें ही तो आदमी को जीना सिखाती हैं।"

शाम हो गयी थी। अँधेरा घिरने लगा था। असलम ने चलते हुए घर साथ चलने

को कहा था। पर राजू चाहते हुए भी न जा सका था। तीन-चार दिनों से वह कालिज नहीं जा पाया था। होमवर्क भी करना था। असलम को बाहर छोड़ने के बाद उसी कमरे में लौट आया था। जहाँ किताबें उसका इंतजार कर रही थी।

अगले दिन वह सही समय पर कालिज गया था। जैसे ही उसने क्लास में प्रवेश किया, किसी ने पीछे से पुकारा था, "हैलो मिस्टर जीनियस।"

राजू परमार ने पीछे मुड़कर देखा था। उसी के एक सहपाठी ने पुकारा था।

"मेरा नाम मिस्टर जीनियस नहीं राजू परमार है।"

उसी सहपाठी ने मुस्कराते हुए कहा था, "नाम में क्या रखा है मिस्टर जीनियस, इस बार राजू चुप ही रहा। मुश्किल से उसे कालिज ज्वाइन किये एक सप्ताह हुआ था।..."

वही युवक फिर से बोला था, "आप लाइब्रेरी में अधिक बैठते हैं। अरे अभी तो आप आये हैं। लाइब्रेरी और क्लास रूम के अलावा भी दुनिया है। वो देखो सामने नये मौसम के फूल उगने लगे हैं। बाय द वे मेरा नाम विक्रम सिंह है।"

राजू परमार कुछ कहना चाहता था तभी क्लास में लेक्चरर आ गये थे। उन दोनों को ही अपनी-अपनी जगह पर बैठना पड़ा था। अभी उन्होंने पढ़ाना ही शुरू किया था कि दरवाजे से आवाज़ आयी थी, "मैं आयी कम इन सर।"

उन्होंने दरवाजे की ओर देखे बिना ही कहा था, "कम इन।"

पर राजू परमार उधर देखे बिना नहीं रह सका था। दरवाजे के भीतर प्रवेश करने वाली दो लड़कियों में से एक सादिया सैयद जैसी थी। वे दोनों पीछे की बेंच पर जाकर बैठ गयी थीं। उसने सोचा। इसका अर्थ यह हुआ कि वह उसी की क्लास में पढ़ती है। उसके भीतर जैसे किसी खुशबू ने प्रवेश किया हो। उसके सामने इतिहास पढ़ा रहे लेक्चरर थे और पीछे सादिया। वह चाहते हुए पीछे मुड़कर देख नहीं सकता था। इतिहास का पीरियड समाप्त हुआ तो समाज शास्त्र पढ़ाने के लिए धन जी शाह आ गये थे। किसी को भी अपने जगह से उठने तक का भी समय नहीं मिल सका था। इसके बाद तीसरा पीरियड खाली था। राजू ने अब पीछे मुड़कर देखा था। वह सादिया सैयद ही थी। कुछ लड़के लड़कियाँ क्लास रूम से बाहर आ गये थे। सादिया अभी वहीं बैठी थी। उसका मन किया। सादिया से बात करें। तभी दूसरा विचार आया। वह उसकी क्लासमेट ही तो है। मुलाकात हो ही जाएगी। यही सोचकर वह लाइब्रेरी की ओर बढ़ गया था। वहाँ बड़ी टेबल पर एक-दो पत्रिकाओं के साथ चार-पाँच अखबार पड़े थे। उसने ख़बरें देखीं। आज भी आतंकवादियों की न्यूज मुखय पृष्ठ पर थी। अखबार के भीतर के पृष्ठों पर आतंकवाद से सम्बन्धित विचार और टिप्पणियाँ थीं। शहर के भीतर गर्म हवा थी। वे ख़बर नहीं थीं। जैसे आग की लपटें

थीं। लोग जैसे झुलस रहे थे।

तभी उसके नज़दीक आहट हुई थी। उसने ख़बरों से अपनी आँखें हटायी थीं। उसकी आँखों के सामने सादिया सैयद खड़ी थी। बड़ी-बड़ी आँखें होंठों पर गुलाब सी लाली लिए वह तनिक मुस्कुराई तो उसके होंठ और भी सुर्ख हो गये थे। राजू को वहाँ देखकर उसके मुँह से निकला था—

"आप यहाँ...।"

राजू ने जवाब में कहा था, "हाँ, मेरा एडमीशन लेट हुआ।"

सादिया बोली थी, "यह तो अच्छी बात है।"

राजू को सुनकर अच्छा लगा था। जैसे उसने समर्थन में कहा था, "मेरे लिए भी।"

"क्या पढ़ रहे हैं आप?"

संक्षिप्त जवाब दिया था उसने, "इस शहर को।"

सुनकर अजीब-सा लगा था सादिया को। तुरंत बोली थी वह, "पर आप तो अखबार पढ़ रहे हैं।"

"बात एक ही है।"

"मैं समझी नहीं।"

किसी शहर या देश को जानना हो तो वहाँ का अखबार पढ़ना चाहिए।"

जैसे नया दर्शन खुला था सादिया के लिए यह। कुछ पल चुप्पी रही उनके बीच। फिर मौन तोड़ा था सादिया ने ही, "कितना पढ़ लिया है आपने हमारे शहर को?"

"अभी तो पढ़ना शुरू ही किया है, शहर और हमलावरों को।"

सादिया ने महसूस किया। राजू की बातों के पीछे का दर्शन उसे कुछ सोचने के लिए मजबूर कर रहा था। उसके भीतर वह सब कुछ है, जो अन्य युवकों के भीतर नहीं है। सादिया की रुचि जैसे उसमें बढ़ने लगी थी। इस बार पूछा था उसने, "उस दिन घर ठीक से पहुँच गये थे।"

सिर्फ हुंकारा भरा था उसने, "हूँ।"

"मैं रात में आपका ठीक से शुक्रिया अदा भी नहीं कर सकी थी।"

"आप मेरे साथ सकुशल घर तक पहुँच गईं। यही मेरे लिए बहुत कुछ है।"

"वह तो ठीक है, पर...।"

तभी लाइब्रेरी में सुरुचि ने प्रवेश किया था। पास आकर उसने शिकायती लहजे में कहा था, "मैंने तुझे कई जगह तलाश किया और तू यहाँ...।"

सादिया ने राजू से सुरुचि का परिचय कराया था। "आप हैं राजू परमार। हमारे

नये साथी।'' साथी शब्द पर जोर दिया था सादिया ने। जवाब में उसने हाय कहा था।

राजू ने देखा। गोरे रंग की इकहरे बदन की सुंदर लड़की थी वह।

''आपने इनका परिचय नहीं कराया।''

''ओह सॉरी। इनका नाम सुरुचि है।''

राजू ने उसकी ओर देखते हुए कहा था, ''इनका नाम तो बहुत सुंदर है।''

''सिर्फ नाम ही।''

कहते हुए सादिया ने पहले सुरुचि की तरफ देखा था फिर राजू की ओर।

''आपकी सहेली सुंदर है। इसमें तो कोई संदेह ही नहीं है।''

''चलो ना दीदी।''

''ठहर तो जाइये दो पल। आपकी कोई तारीफ करे और आप...।''

आज कालिज में अवकाश था। सादिया घर पर ही थी। सुबह काम वाली सफाई आदि कर जा चुकी थी। सैयद साहब भी फैक्ट्री चले गये थे। वह घर पर अकेली थी। वैभव को आना था। वह उसी का इंतजार कर रही थी। तभी उसने सोचा। वैभव के घर चलकर देखना चाहिए। सुरुचि ने कई बार कहा भी था। वह तैयार होकर नीचे आ गयी। सीढ़ियों के दरवाजे पर ताला लगाया। नज़दीक ही घर था। उसने दरवाजे पर दस्तक दी। थोड़ी देर में दरवाजा खुला था। सामने ही सुरुचि खड़ी थी। उसने सादिया को देखा तो तत्काल बोल उठी–

''सादिया दीदी आप।''

तभी भीतर से आवाज़ आयी थी, ''कौन है सुरुचि?''

''सादिया दीदी है मम्मी।''

सुनकर वैभव बाहर आया था।

''दीदी आप।''

''क्यों कैसा लगा?''

''बहुत अच्छा दीदी।''

बातें करते हुए वे तीनों ड्राइंग रूम में चले गये थे। सुरुचि की मम्मी को देखा तो वह कह उठी, ''नमस्ते मम्मी।''

''नमस्ते बेटे।''

सुरुचि चाय बनाने के लिए रसाई में चली गयी और वैभव पानी लेने के लिए। सादिया ने पानी पिया। थोड़ी देर में सुरुचि ट्रे ले आयी। सभी ने मिलकर चाय पी। चलने से पहले सुरुचि से उसने अंग्रेजी के नोट्स लिए। तभी सुरुचि ने उसे एक

पैकेट देते हुए कहा, "दीदी यह तुम्हारे लिए है।"

पूछा था सादिया ने, "यह क्या है?"

वैभव ने तुरंत बताया था, "तुम्हारे लिए।"

सादिया ने जिज्ञासा भाव से पुनः पूछा था, "पर है क्या?"

"खोलकर देखो।"

सादिया ने पैकेट खोल कर देखा। फिर पूछ बैठी, "आपने बनाया?"

सुरुचि ने जवाब में कहा था, "मेरी मम्मी ने।"

"पहनो ना।"

"अभ्भी।"

"हाँ अभ्भी।"

सादिया ने स्वैटर पहना। जो उस पर खूब फब रहा था। तभी सुरुचि की मम्मी ने कहा था, "बहुत अच्छा लगता है। उतारना मत बेटी। ऐसे ही पहने रहो।"

"आपका कहना तो मानना ही पड़ेगा।" कुछ क्षणों के बाद वह पुनः बोली थी,

"पर इसमें सितारों की क्या जरूरत थी?"

"थी बेटे, इसलिए कि आसमान में भी सितारे होते हैं।"

होमवर्क करते कब शाम हो गयी, उसे पता नहीं चला। स्वेटर उसके बदन पर अभी भी था । बीच-बीच में उसकी निगाहें स्वेटर पर चली जातीं। उसे अच्छा लगता। उसकी अम्मी भी हर बरस उसके लिए स्वेटर बुनती थी। अम्मी की याद आने पर वह उदास हो गयी थी। उसे ध्यान ही नहीं रहा। अँधेरा घिर आया था उसने स्विच आन कर दिया। कमरे में उजाला फैल गया था। सामने ही आदमकद आयीना था। दर्पण में उसने अपने आपको देखा तो देखती रह गयी। आसमानी रंग का सितारों से जड़ा हुआ स्वेटर। उसका चेहरा दमक उठा था। कुछ देर तक वह ऐसे ही आयीने के सामने खड़ी हो अपने आपको निहारती रही। तभी अब्बा आ गये थे। उन्होंने सादिया के शरीर पर नया स्वेटर देखा तो पूछ बैठे–

"नया स्वेटर कब खरीदा।"

"मैंने खरीदा नहीं अब्बा जान।"

"तो फिर...।"

"वैभव की अम्मी ने दिया है।"

सुनकर सुःखद आश्चर्य हुआ था उन्हें। वे तत्काल बोल उठे, "अच्छा है बेटे।"

पूछा था सादिया ने, "सिर्फ अच्छा।"

"बहुत अच्छा है बेटे।"

"सिर्फ बहुत अच्छा अब्बा।"

उनके बीच कुछ पल खामोशी रही। जैसे सादिया उन्हें कुछ याद दिलाना चाहती थी। उन्हें याद आ गया था।

"मैं गलत था सादिया बेटे। हमें हिन्दुओं से रिश्ते तोड़ने नहीं जोड़ने चाहिए।"

इस बार सादिया ने कहा था, "बिना रिश्तों के हम रह कैसे सकते हैं?"

कुछ पल वे चुप रहे थे। सादिया पुनः बोली थी, "अब्बा जान घर में भी तो झगड़े होते हैं।"

"तुम ठीक कहते हो बेटा।"

चार पीरियड के बाद रेसिस हुई तो सादिया क्लास रूम से बाहर आ गयी थी। उसने राजू को आस-पास देख उसने सोचा। राजू कहाँ चला गया। अभी तो यहीं था। फिर वह लाइब्रेरी में चली गयी। वह वहीं था। उसके नज़दीक आकर कहा था उसने, "आप यहाँ।"

मुख पृष्ठ पर दो कॉलम की ख़बर से आँखें हटाते हुए उसने देखा था। उसके ठीक सामने सादिया खड़ी थी। उसने आज नया स्वेटर पहना हुआ था। जो उसके बदन पर खूब फब रहा था। अचानक राजू के होठों से निकला था—

"आपके बदन पर स्वेटर देखकर याद आ गया कि मौसम बदलने लगा है।"

"चलिये आपको कुछ याद तो आया। वर्ना क्लास रूम से लाइब्रेरी... ।"

बीच में बोल उठा था राजू, "क्लास रूम से सिर्फ लाइब्रेरी नहीं।" कहते हुए एक पल ठहरा था वह। और फिर कहा था उसने, "लाइब्रेरी से इंक़लाब ऑफिस और इंक़लाब से हॉस्टल।"

"तभी आप उस दिन कह रहे थे कि अखबार पढ़ने से शहर को पढ़ लिया जाता है।"

सुनकर राजू ने उसकी तरफ टकटकी लगाते हुए देखा था। इस बार सादिया के स्वर में सवाल उभरा था, "पर क्या अखबारी ख़बरों से वाकई शहर को पढ़ लिया जाता है।"

"तुम्हें शक है क्या?"

"शायद।"

"अच्छा यह बतलाओ तुम अखबार पढ़ती हो।"

जवाब दिया था सादिया ने, "हाँ भई पढ़ते तो हैं।"

"कितना समय?"

"यही पाँच-दस मिनट।"

इस बार राजू मुस्कराया था।

"पाँच-दस मिनट में तो अखबार भी नहीं पढ़ा जा सकता। फिर शहर को कैसे पढ़ सकती हो।"

"चलिये आज से हम अखबार को अधिक समय दिया करेंगे।"

"धन्यवाद।"

"अच्छा यह तो बतलाएँ कि आप इंक़लाब से कब से जुड़े?"

"आप इंक़लाब पढ़ती हैं क्या?"

"कभी-कभी।"

"बस समझिये, कुछ महीनों से ही रिश्ता है।"

"आपको इंक़लाब पसंद है?" पूछा था राजू ने।

"हाँ मुझे इंक़लाब पसंद है। असल में कोई तो अखबार ऐसा हो जो हाशियों पर रहने वालों की ख़बर दे।"

राजू को लगा कि सादिया सैयद को इंक़लाब का वार्षिक सदस्य बनाया जा सकता है। उसने बिना देर किये बैग से रसीद बुक निकाली और इंक़लाब के ताजा अंक के साथ 20 रुपये की रसीद काट कर उसे दे दी। सादिया ने भी बिना एक शब्द कहे पचास रुपये दे दिये। तभी राजू ने कहा था–

"इसका अर्थ यह हुआ कि आज से आप भी इंक़लाब से जुड़ गयीं।"

जवाब में सादिया ने कुछ भी नहीं कहा थ। उसकी चुप्पी ने ही राजू का समर्थन किया था।

सुबह की चाय पीते हुए सैयद साहब अखबार पढ़ रहे थे वे। बालकनी में तभी उनकी नजर नीचे खड़े हुए वैभव पर पड़ी। उसने फौजी जनरल की वर्दी पहनी हुई थी। उन्होंने पूछा था, "कहो मियाँ जनरल मुशर्रफ, आज कहाँ चले बावर्दी?"

जवाब में कहा था वैभव ने, "पैरेड में चच्चा जान।"

आश्चर्य के स्वर में पूछा था उन्होंने, "पैरेड में, अरे भई कौन सी पैरेड में?"

"चच्चा जान हमारे स्कूल में आज एक नाटक है।"

"नाटक का भला नाम क्या है?"

"हिन्दुस्तान पाकिस्तान।"

तभी भीतर से सादिया की आवाज़ आयी थी, "अब्बा किससे बातें कर रहे हो?"

"जनरल मुशर्रफ साहब से।"

हैरत में उसने वहीं से दोहराया था, तभी उत्सुकतावश वह रसोई से निकलकर बालकनी में आ गयी थी। देखा नीचे वैभव खड़ा था।

"सलाम वालेकम दीदी।"

जवाब देते हुए सादिया ने पूछा था, "वालेकम सलाम छोटे मियाँ, पर यह तो बतलाओ आज कहाँ के लिए कूच कर रहे हैं? अकेले जनरल भी कहीं युद्ध लड़ते हैं।"

"अकेले जनरल ही युद्ध लड़ते हैं दीदी।"

"अच्छा यह तो बतला, तूने नजर का टीका लगवा लिया।"

"क्यों दीदी?"

"अरे भई आज हमारे छोटे मियाँ बहुत सुदंर लग रहे हैं।"

"यह देखो, मम्मी ने लगा दिया है।"

सादिया ने देखा। उसकी दाईं आँख के पास काला टीका लगा था। उसे अच्छा लगा। वैभव के जाने के बाद अब्बा की ओर मुखातिब होते हुए कहा था सादिया ने,

"कितना प्यारा बच्चा है?"

बेटी का समर्थन करते हुए बोले थे सैयद साहब, "अगर हिन्दुओं ने इस बच्चे के दिमाग में जहर नहीं भरा तो यह एक अच्छा आदमी भी बनेगा।"

सादिया सुनकर भी चुप रही।

कालिज में आज दो पीरियड खाली थे। सुरुचि और राजू दोनों में से कोई नहीं आया था। क्लास रूम में उसका मन नहीं लग रहा था। उनकी नजरें बार-बार दरवाजे की ओर चली जाती थीं। पर वहाँ किसी को न पाकर वे ही आँखें निराश होकर वापस लौट आती थीं। वह बुदबुदा उठी थी, "राजू क्यों नहीं आया आज?"

पर जवाब कौन देता? तभी उसने राजू को क्लास रूम में प्रवेश करते हुए देखा। जहाँ उसे राजू के आने से खुशी हुई, वहीं उसके चेहरे पर नाराजगी के चिह्न भी उभर आये थे। राजू ने उसे देखकर कहा था–

"हैलो सादिया।"

"घड़ी देखी है आपने। जनाबे आला दो पीरियड मिस हो गये हैं आपके।"

जवाब में कहा था उसने, "आपकी बात वाजिब है।"

अभी उसके स्वर में नाराजगी ही थी, "नहीं आप यह कहिइयेगा कि मेरी बात गलत है।"

राजू ने मुस्कुराते हुए कहा था, "ऐसी गुस्ताखी भला मैं कैसे कर सकता हूँ?"

"बातें बनाना तो कोई आपसे सीखे।"

पल भर बाद वह चुप बैठी, "पर आपको देर कैसे हो गयी?"

"वो क्या है सादिया जी, मैं एक जरूरी काम में फँस गया था।" सादिया ने

दोहराया था–

"जरूरी काम।"

उसके होंठों पर मुस्कान भी थी और गुस्सा भी।

क्लास रूम में कम ही सहपाठी थे। तभी भरत, महेश और चिंटू की नजरें उन पर पड़ीं। भरत ने कहा था–

"अबे देख उधर।"

तीनों की निगाहें राजू और सादिया पर टिक गयी थीं। तभी महेश बोला था, "देखो ना कैसे फाँस रही है?"

चिंटू ने भी हाँ में हाँ मिलाते हुए कहा था, "अभी ले जाएगी इसे जामा मस्जिद में और कलमा पढ़वाएगी।"

"राजू बाहर चले कहीं।"

वे दोनों क्लास रूम से बाहर आ गये थे।

"कुछ अपने बारे में बताओ राजू।"

उसकी ओर देखते हुए राजू ने पूछा था, "क्या बताऊँ?"

"कुछ भी।"

कुछ पल बाद सोचते हुए बोला था वह, "यही कि मैं गाँव में पैदा हुआ। दलित समाज से हूँ और मेरे पिता मजदूरी करते थे।"

जैसे वह और अधिक पूछना चाहती थी। राजू क्या बताए। गाँव में हाशिये पर बसी बस्ती की विषमता से भरी कथा या अभाव में बिताए गये दिन या फिर सवर्णों के द्वारा उनकी जाति के लोगों पर किये गये जुल्म। वह इतना ही कह सका था, "कभी-कभी लगता है कि इस दुनिया में मैं अकेला हूँ।"

"कौन कहता है आप अकेले हैं?"

थोड़ी देर उनके बीच चुप्पी रही। सादिया ने चुप्पी तोड़ते हुए कहा था, "तुम्हारे भीतर तो पूरा आंदोलन रचा बसा है।"

तभी उसने कहा था, "सादिया तुम बताओ ना अपने बारे में।"

"यही कि मैं एक मुस्लिम लड़की हूँ। मेरे पिता एक छोटी फैक्ट्री चलाते हैं। उनके अलावा मेरे जीवन में...। बीच में टोका था राजू ने–

"आराम से बतलाओ सादिया। इतनी जल्दी भी क्या है? मैं तुम्हारे जीवन की किताब पढ़ना चाहता हूँ।" सुनकर सादिया के होंठ बुदबुदाये थे–

"सच।"

"हाँ सच।"

"पर मेरे जीवन में कुछ खास नहीं राजू।" राजू का जिज्ञासा से भरा स्वर उभरा

था–

“फिर भी।”

“यही कि एक मध्यम परिवार में मेरा जन्म हुआ। मुस्लिम होते हुए भी हिन्दू स्कूल में एडमिशन दिला दिया गया। मैं जींस और शर्ट पहन कर स्कूल जाती थी। हिन्दू लड़के मुझे देखकर व्यंग्य करते थे।”

पूछा था राजू ने, “क्या कहते थे?”

“बताती हूँ।”

कुछ पलों के बाद बताया था सादिया ने, “मुझे देखकर लड़के कहते थे। देखो बुरके वाली जा रही है।”

फिर दूसरा लड़का पूछता, “बुरकेवाली मतलब।”

पहला जवाब देता, “अरे मुसलमानी भई।”

दूसरा लड़का फिर कहता, “पर वह तो बुरके में नहीं है।”

पहला फिर जवाब में कहता, “क्योंकि वह हिन्दुस्तान में रहती है।” राजू ने सुनकर हुंकार भरा था–

“हूँ।”

पल भर के लिए वह खामोश हो गयी थी। इस बार भरे गले से बोली थी वह–

“दंगे में मेरी अम्मी और भाई को मार दिया गया। मैं टूट गयी थी। अब्बा टूट गये थे। मैंने एक बार आत्महत्या करने की सोची। प्रयास भी किया।”

“फिर।”

“असफल हुई मैं। अब्बा ने समझाया था। जैसे मैं निराशा से उबरी थी। अब्बा ने आगे आत्महत्या न करने की कसम दिलाई थी। वही मेरी अम्मी थे और वही अब्बा। सब कुछ वही थे। मैंने एक बार उनसे पाकिस्तान जाने की बात की।”

सवाल उभरा था राजू के भीतर से, “तब।”

दो पल ठहरकर सादिया ने कहा था, “जानते हो अब्बा ने क्या कहा था उस समय?”

पूछा था राजू ने, “क्या कहा था?”

“उन्होंने कहा था। हमें हिन्दुस्तान में ही मरना है बेटा।”

“जिस देश में उनका जन्म हुआ, उससे उन्हें लगाव है। यह अच्छी बात है। यही तो देश प्रेम है सादिया और अपने देश के प्रति सम्मान थी।”

“पर दुख की बात यह है कि राजू कुछ फिरकापरस्त हिन्दू मुसलमानों की भावना को ही नहीं समझते।” राजू ने पल भर उसकी ओर देखा था। फिर गंभीरता के स्वर में कहा था उसने–

"मुसलमानों की भावना समझना तो दूर की बात है वे उनकी भावनाओं को आहत किये बिना भी नहीं मानते।"

कुछ पल वह ठहरकर बोली थी, "तुम्हीं बताओ राजू, क्या हम इस देश में दो नम्बर के नागरिक हैं।"

"नहीं तो।"

"तो फिर मुसलमानों के साथ ऐसा सलूक क्यों होता है?"

राजू को लगा कि सादिया ने अपने साथ उसके ज़ख़्मों को भी छेड़ दिया है।

"सादिया, दलितों के साथ भी ऐसे ही व्यवहार किया जाता रहा है।"

"पर ऐसा क्यों हो रहा है इस देश में?"

"जब तक हम एकजुट नहीं होंगे, ऐसा ही होता रहेगा।"

कालिज में सादिया और राजू के एक-दूसरे के नज़दीक आने से चर्चा होने लगी थी। इस चर्चा को तूल दिया था कुछ सवर्ण विद्यार्थियों ने। इसके पीछे हिंदुत्व का भ्रमित दर्शन था। वे मानते थे कि दलित गुलाम हैं और मुसलमान विदेशी। दोनों को एक कैसे होना चाहिए।

भरत ने एक दिन जानबूझ कर राजू को टोका था, "यार तुम तो आजकल हमसे बातें ही नहीं करते।"

बीच में महेश बोल पड़ा था, "अब हमसे बातें क्यों करेंगे राजू भाई?"

भरत ने पुनः सवाल किया था, "क्यों?"

महेश ने चुटकी ली थी, "हाजियों और मौलवियों की बारात में शामिल जो हो गये हैं राजू भाई।"

इस बार तीसरा साथी भी बिना बोले नहीं रह सका था, "मस्जिद तो जाते होंगे।"

जवाब दिया था राजू ने, "मैं तो मंदिर भी नहीं जाता।"

"अच्छा तुमने कलमा तो पढ़ लिया होगा।"

महेश ने पुनः कहा था, "पढ़ लेगा यार। जब बगल में मुसलमानी को रखेगा तो कलमा तो पढ़ना ही पड़ेगा।"

राजू का स्वर नाराजगी से भरा था, "यह सब क्या कह रहे हो तुम, मेरी तो कुछ समझ में नहीं आ रहा है।"

"आ जाएगा सब समझ में आ जाएगा। मुसलमानी देखो और मुसलमानी की धार देखो।"

वह जैसे क्रोध में चीखा था, "बंद करो यह सब बकवास।"

तीनों ने एक साथ कहा था, "हाय अल्लाह...।"

वे तीनों मजाक करते हुए चले गये थे। राजू अकेला रह गया था। तभी उसका नाम लेकर पुकारा था किसी ने, "हैलो राजू"

राजू ने देखा। सामने साँवले रंग की एक लड़की जींस पहने खड़ी थी। उसने पुनः कहा था, "मेरा नाम सोफिया है। आप ही की क्लासमेट हूँ। बीच में लीव पर थी इसलिए..."

राजू को अच्छा लगा। वरना उसका मूड तो खराब ही हो चुका था। उसने प्रत्युत्तर में कहा था, "मेरा नाम राजू परमार है।"

सुनकर सोफिया बोली थी, "मुझे मालूम है।"

"कैसे।"

"एक दो बार बातचीत में सादिया ने बतलाया। आप बहुत क्रांतिकारी हैं।"

कहने के बाद वह थोड़ा मुस्कराई थी। राजू ने भी मुस्कराने का प्रयास करते हुए कहा था, "ऐसी कोई बात नहीं।"

उसके स्वर में अपनापन उभरा था, "मुझे अपना प्रशंसक ही समझो।"

राजू को अच्छा लगा सुनकर। उसने कहा था, "तुम मेरी एक अच्छी दोस्त बन सकती हो।"

"ओह रियली, हाऊ स्वीट यू आर।"

कुछ पल उन दोनों के बीच चुप्पी रही थी। सोफिया ने फिर से कहा था, "आप हमें इंक़लाब का मेंबर नहीं बनाएँगे।"

"पर वह तो उर्दू में छपता है।"

"दो पेज हिंदी में भी तो छपते हैं और उन्हें आप ही एडिट करते हैं।"

"आप को किस ने बतलाया यह सब।"

"सादिया ने।"

"ओह माई गुडनेस।"

"आप हमें मेंबर नहीं बनाना चाहते क्या?"

"आज मेरे पास रसीद बुक नहीं है। आप मुझे अपना पता दे दें।"

सोफिया ने एक कागज पर उसे अपना पता लिखकर दे दिया था। राजू ने पता लिखा हुआ कागज जेब में रखते हुए कहा था, "थैंक्स।"

पल भर बाद वह बोली थी, "हैव ए कप ऑफ टी।"

राजू इनकार नहीं कर सका था। नज़दीक ही कॉफी हाउस था। आर्डर देने से पूर्व पूछा था सोफिया ने, "एनीथिंग विद टी।"

"नो सोफिया, इट इज सफीशिएंट।"

"ओ के राजू जी।"

तभी बेयरा पास आया तो उसने दो प्याला चाय का आर्डर दे दिया था। कुछ ही देर में बेयरा चाय के दो प्याले टेबल पर रख गया था। चाय का घूँट भरते हुए कहा था सोफिया ने–

"एक सप्ताह से मैं तुमसे बात करने की सोच रही थी।"

राजू ने चाय पीते हुए उसकी तरफ देखा था। पुनः बोली थी वह, "पर निर्णय नहीं ले पा रही थी कि तुमसे अपने मन की बात कहूँ या नहीं।"

राजू धीरे-धीरे चाय पीते हुए उसकी बात सुन रहा था। जबकि प्याले में पड़ी हुई चाय सोफिया ने समाप्त कर ली थी।

"हमें लगता है, हम अभी भी वहीं हैं।"

इस बार उसका स्वर गंभीर हो गया था। राजू उसके भीतर की गाँठे खुलने की इंतजार में था। उसने पूछा था–

"वन मोर टी।"

राजू ने अपनी स्वीकृति दे दी। जल्दी ही बेयरा चाय ले आया था। सोफिया ने गर्म चाय के घूँट गले के नीचे उतारे थे। प्याला मेज पर रख उसने बेग से सिगरेट का पैकेट निकालते हुए पूछा था, "हैव यू स्मोक?"

"नो प्लीज।"

सिगरेट सुलगाकर उसने दो-तीन लंबे कश लिये। फिर राख को एस्ट्रे में झाड़ते हुए कहा था, "मेरे फादर ने अपने टेस्टामेंट में लिखा था कि जब मैं पैदा हुई थी उसके एक वर्ष पहले उन्होंने धर्म परिवर्तन किया था।"

राजू ने चाय पीते हुए सोफिया की आँखों में दलितों के इतिहास को उभरते देखा था। इस बार वह बोला था।

"तुम्हारे पिताजी ने सम्मान की तलाश में नया धर्म स्वीकार किया। उन्होंने अच्छा ही किया। जीवन में रोटी से ज्यादा सम्मान की जरूरत है।"

तभी सवाल किया था सोफिया ने, "इट मींस मेरे फादर ने ठीक किया।"

"हाँ, तुम्हारे फादर ने ठीक किया। राजू ने पल भर ठहरने के बाद फिर से कहा था, मेरे पिता वह नहीं कर सके। जीवन भर वे गुलाम बनें रहे।"

इस बार पूछा था सोफिया ने, "पर तुमने रिलीजन चेंज क्यों नहीं किया?"

राजू ने महसूस किया कि जैसे सोफिया ने उसके ज़ख़्मों को कुरेदा था। पुनः उसी सवाल पर जोर दिया था उसने, "टैल मी, राजू।"

"हाँ सोफिया, पिछले दिनों तक मेरे भीतर इतनी परिपक्वता नहीं आयी थी कि मैं हिन्दू धर्म को छोड़कर नया धर्म अपना लेता। वह अब धीरे-धीरे आ रही है।"

कुछ पल ठहरकर वह फिर से बोला था, "वैसे मैं बौद्धधर्म के नज़दीक हूँ। अपने आपको बौद्धिष्ट कहता भी हूँ। लेकिन विधिवत रुप से बौद्ध दीक्षा नहीं ली है।"

सुनकर सोफिया की आँखों में चमक आयी थी।

"दलितों के लिए धर्म बदलना जरूरी है।"

कॉफी हाउस से राजू ने सीधे इंक़लाब आफिस के लिए बस ली। रास्ते में उसके कानों में सोफिया के कहे गये शब्द गूँज रहे थे। पर तुमने अभी तक रिलीजन चेंज क्यों नहीं किया? इंक़लाब ऑफिस पहुँचा तो सबसे पहले उसने सोफिया के नाम रसीद काटी। नया अंक छप कर आ गया था। सुरेश और असलम के साथ अन्य साथी आ गये थे। उन सभी ने मिलकर सदस्यों के पते लिखे। राजू के आलेख तथा रपट पर कई पाठकों ने अपनी प्रतिक्रिया भेजी थी। रात में हॉस्टल लौटकर उसने नया लेख लिखा था। हम हिन्दू क्यों हैं?

जहाँ तेजी के साथ राजू परमार के भीतर आंदोलन रच बस रहा था वहीं सादिया के भीतर राजू के लिए प्यार उपजने लगा था। उसका मन उर्वरा जमीन बन गया था। राजू से वह बेहद प्रभावित हुई थी। उसके कानों में राजू के शब्द गूँजते थे। रात में सोते हुए अक्सर वह उसके सपने में आता था। जबकि राजू इन सबसे बेख़बर था। वह सादिया को एक अच्छा दोस्त मानता था। आंदोलन में कितने साथी जुड़ते हैं। और फिर बिछुड़ जाते हैं। पर क्या सादिया भी बिछुड़ने के लिए है, यह सवाल अक्सर उसके भीतर से उभरता था।

कालिज में तीन-चार दिनों का अवकाश था। घर पर सादिया को कुछ जरूरी काम था। इसलिए वह घर से बाहर तक नहीं निकली। राजू को आंदोलन के कामों से ही फुर्सत न थी। इंक़लाब का सर्कुलेशन एक हजार से दो हजार हो गया था। शहर के साथ गाँवों तक में भी इंक़लाब पढ़ा जाने लगा था। उसके आलेख हम हिन्दू क्यों हैं? पर सैकड़ों की संख्या में पत्र आये थे। जैसे पत्र लेखकों को राजू से विकल्प की आशा थी। सादिया ने भी यह आलेख पढ़ा था। उसने अपने विचार लिखकर इंक़लाब के ऑफिस भी भेजे थे। राजू उसके लिए महज एक सहपाठी ही नहीं था। वह समाज बदलने वाला एक गंभीर चिंतक था।

आज जैसे ही कालेज खुला, वह समय पर पहुँच गयी थी। शुरू के चार पीरियड में जैसे-तैसे वह बैठी रह सकी थी। वह राजू से अकेले में बातें करना चाहती थी। पाँचवाँ पीरियड खाली था। राजू जैसे ही क्लास रूम के बाहर आया, सादिया भी बाहर आ गयी थी। तभी पीछे से आवाज़ दी थी उसने–

"राजू।"

आवाज़ सुनकर पीछे मुड़कर देखा था उसने। उसके सामने सादिया थी।

"राजू।"

पुकारा था सादिया ने।

"कुछ कहना चाहती हो।"

"हाँ।"

"फिर कहो ना।"

इस बार उसकी आँखों में झाँकते हुए बोली थी वह, 'यहाँ नहीं।"

"तो फिर कहाँ?"

"पार्क में चलते हैं।"

"ठीक है। राजू ने हामी भरी थी।"

सुनकर अच्छा लगा था सादिया को। थोड़ी देर में ही वे कालेज से बाहर आ गये थे।

वातावरण में उमस थी। आकाश में बादल घिर आये थे। नज़दीक ही पार्क था। तभी आकाश से बूँदें टपकी थीं। राजू के होठों से निकला था–

"आह बारिश की पहली बूँद।"

वे चलते-चलते पार्क में ठहर गये थे। बारिश में थोड़ी तेजी आयी तो राजू को अच्छा लगा। तभी हवा का झोंका आया और उन दोनों के शरीरों को पानी की तेज बौछारों ने भिगो दिया। सादिया का बदन भीगा तो उसका मन मोर की तरह नाच उठा। लंबी इतजार के बाद धरती की प्यास बुझी थी। उसे भी तृप्ति हुई थी। पानी अब जोरों से बरसने लगा था। बीच-बीच में बादलों के गड़गड़ाने तथा बिजली के चमकने से आवाज़ें होतीं। वे एक दूसरे के और नज़दीक आ जाते।

सामने दूर-दूर तक घास से हराभरा मैदान था। घास पर पानी की बौछारें पड़ीं। जैसे तिनके-तिनके की प्यास बुझी। बारिश ने सभी को सराबोर किया। मन को भी और तन को भी। जैसे सादिया के भीतर से कोई स्वर उभरा था। पूछा था राजू ने–

"तुमने कुछ कहा सादिया।"

रिमझिम होती बारिश की ओर से नजरें हटाकर बिना एक शब्द कहे उसने राजू की ओर देखा था बस। राजू ने पुनः पूछा था, "तुमने कुछ कहा सादिया।"

इस बार सादिया के होठ गुनगुनाए थे, "मन करता है कि सभी सीमाएँ तोड़ दूँ।"

राजू ने बीच में कहा था, "फिर।"

जवाब में धीरे से बोली थी वह, "फिर तुमसे कुछ कहूँ।"

"पर क्या?"

"मैं तुम्हें प्यार करने लगी हूँ राजू।"

राजू ने कुछ पल देखा था उसकी ओर। फिर उसकी आँखों में आँखें डालते हुए पूछा था, ''सच।''

''हाँ सच।''

''पर प्यार का अर्थ समझती हो सादिया।''

सादिया मौन रही। तभी राजू ने कहा था, ''प्यार का अर्थ होता है विश्वास और प्रतिबद्धता।''

''मुझे मालूम है। अगर विश्वास नहीं होता तो तुम्हारे साथ यहाँ क्यों आती?''

राजू ने कहा था, ''यह आवेश भी तो हो सकता है।''

''मेरे मन में तुम्हारे प्रति अपार श्रद्धा है।''

जवाब दिया था उसने,

''जब से तुमसे मुलाकात हुई।''

राजू ने उसकी आँखों में कुछ पढ़ा था। जो बहुत कुछ कह रही थीं, जैसे सादिया ने उसके होंठों पर अपने प्यार की मोहर लगानी चाही थी। रिमझिम बारिश की फोहारें फिर से शुरू हो गयी थीं। इसका बदन फिर से भीगा तो और भी अच्छा लगा। पानी की बूँदों ने उसके भीतर उमंगों के पंख खोल दिये थे।

पार्क में सिवाय उन दोनों के कोई न था। बारिश के साथ तेज हवा भी चलने लगी थी। आकाश में जहाँ बादल गड़गड़ा रहे थे। वहीं वे बरस भी रहे थे। जमीन प्यासी थी। तभी आकाश में बिजली चमकने से जोरदार आवाज़ हुई थी। सादिया राजू से लिपट गयी थी।

कितने समय तक वह राजू के आगोश में रही। उसे कुछ पता नहीं चला। अचानक पेड़ पर बैठे हुए पक्षी उड़े थे। वे दोनों जैसे किसी खूबसूरत सपने से अलग हुए थे। उन्होंने देखा। बारिश थम गयी थी। तूफान शांत हो गया था। मौसम खुशगवार हो गया था।

उनके सारे कपड़े बारिश में भीग गये थे। पार्क से बाहर आकर उन्होंने ऑटो रिक्शा लिया। वह घर पहुँची। उसने देखा। सीढ़ियों का दरवाजा खुला था। ऊपर पहुँची तो अब्बा को इंतजार करते बैठे हुए पाया। सैयद साहब ने बेटी को देखा। उसके तमाम कपड़े बारिश में भीग गये थे। अनायास पूछ बैठे वे–

''इस तूफान में कहाँ से आ रही हो बेटी?''

''अब्बा बारिश थी। क्या करती।''

धीरे से कहा था सादिया ने।

''अच्छा ठीक है। पहले अपने कपड़े बदल लो। मैं कब से कॉफी के लिए इंतजार कर रहा हूँ।''

सादिया ने अपने कमरे में जाते हुए कहा था, "अभी बनाती हूँ कॉफी अब्बा।"

सादिया जैसे ही गयी सैयद साहब स्वयं किचन में चले गये। फ्रिज में से उन्होंने दूध निकाला। फिर गैस का स्विच ऑन कर बर्नर जलाया और दो प्याली दूध बर्तन में डाला। जल्दी ही कॉफी तैयार हो गयी। तभी सादिया ने किचन में प्रवेश किया। उन्हें वहाँ देख कर वह आश्चर्य में बोल उठी–

"अब्बा आप...।"

दो प्यालियों में कॉफी उँडेलते हुए कहा था उन्होंने, "कॉफी तैयार हो गयी।"

थोड़ा नाराजगी के स्वर में बोली थी सादिया, "अब्बा आपने क्यों बनाई कॉफी? मैं बना देती।"

कॉफी से भरी प्याली बेटी की ओर बढ़ाते हुए कहा था सैयद साहब ने, "क्यों मैं नहीं बना सकता कॉफी?"

"ऐसी बात नहीं है अब्बा।"

"अच्छा पीकर तो बताओ। मैंने कॉफी कैसी बनाई है?" सादिया ने कॉफी का घूँट सिप किया था। उसके होठ खुद-ब-खुद तारीफ में बुदबुदाये थे–

"थैंक्स अब्बा, कॉफी वास्तव में अच्छी बनी है।"

शाम हो गयी थी। आकाश में अभी भी बादल थे। बीच-बीच में बादलों के गरजने की आवाज़ें आती थीं। सादिया अपने कमरे में विचार मग्न थी। राजू के स्पर्श ने जैसे उसके शरीर में अग्नि भर दी थी। पार्क में बारिश में भीगता उसका बदन। साथ में राजू। पहली बार राजू ने उसे कुछ अहसास कराया था। उसे लगा, जैसे राज़ू उसके बिल्कुल ही पास हो। रात हो गयी। उसने भोजन तैयार किया। खाना खाने के बाद वह सपनों में खो गयी। बीच-बीच में उसकी आँखें खुल जाती थीं। उसे महसूस होता। जैसे कोई उसके दरवाजे पर दस्तक दे रहा हो।

सुबह काम वाली आ गयी थी। रसोई में बर्तन धोने से आवाज़ें हो रही थीं। शोर सुनकर अचानक उसकी नींद खुल गयी। उसने आँखें खोली। उसने देखा। कमरे में खिड़की से धूप प्रवेश कर गयी थी। उसकी आँखों में चिपचिपाहट थी और पलकें भारी थीं। रात में ठीक से वह सो नहीं सकी थी। उसने सोचा, उसे उठना चाहिए वरना अब्बा नाराज होंगे। बिस्तर से उठकर सामने रखे आदमकद दर्पण में सादिया ने अपने आपको देखा था। कुछ समय तक वह अपने-आपको निहारती रही थी। कंघी लेकर उसने बालों को ठीक किया। मेहरी रसोई में थी। वह अभी भी बर्तन माँज रही थी। उसने वहीं से काफी के लिए पुकारा था। रसोई में से कस्तूरी की आवाज़ आयी थी–

"अभी तैयार हो जाती है। बीबीजी।"

दूध गैस पर उबल रहा था। उसने अलग बर्तन में दो प्याली दूध रख दूसरे चूल्हे पर रख दिया था। पहले दूध में चीनी डाली फिर कॉफी। फिर गैस को बंद कर दिया था। अभी वह प्यालियों में कॉफी उँडेल कर देने ही जा रही थी कि सादिया स्वयं किचन में आ गयी थी।

अचानक उसे अब्बा के बारे में ध्यान आया। वहाँ वे न थे। बाहर आकर पूछा था उसने, "अब्बा चले गये क्या?"

जवाब दिया था कस्तूरी ने, "हाँ बीबी जी।"

"ओह।"

अनायास ही उसकी नजरें वाल क्लाक की ओर चली गयी थीं। नौ बज गये थे। तभी मेहरी ने कॉफी लेकर उसके कमरे में प्रवेश किया। उसके हाथ में आज का अखबार था।

उसने मेहरी के हाथों से कॉफी से भरा प्याला ले लिया था। कॉफी पीते हुए वह फिर से राजू के खयाल में खो गयी थी।

अंजुमन हाल में दलित मुस्लिम महासंघ की बैठक चल रही थी। बैठक में असलम, शम्सुल, सुरेश और राजू आये थे। साथ में सादिया भी थी। राज्य में दलित और मुसलमानों पर हो रहे हमलों को कैसे रोका जाए। इस पर बहस जारी थी। दो दिन पूर्व गंगापुर गाँव में एक दलित का घर जला दिया गया था। तभी असलम ने कहा था, "हमें राजनैतिक गुलाम बना दिया गया है।"

तत्पश्चात सुरेश बोला था, " कुछ भड़वों ने हमारे बीच भ्रांति पैदा कर दी है।"

इस बार राजू परमार का गंभीरता से स्वर उभरा था, "यह भ्रांति डॉ. अम्बेडकर के समय से रही है।"

तभी किसी ने पूछा था, "कैसे?"

राजू ने पुनः कहा था, "हिन्दू नेताओं ने हर संभव प्रयास किये थे कि डॉ. अम्बेडकर को मुसलमानों का दुश्मन साबित किया जाए।"

इमरान के भीतर से जैसे प्रतिक्रिया उभरी थी, "आप यह कैसे कह सकते हैं?"

राजू जवाब में बोला था, "तुम्हें विश्वास तो करना ही होगा।"

कुछ पल के बाद फिर से कहा था उसने, "क्या आपमें किसी ने अम्बेडकर को पढ़ा है?" लगभग बीस लोगों में से किसी ने जवाब नहीं दिया था। राजू का स्वर उभरा था–

"यही तो त्रासदी है। हिन्दुओं की तरह मुस्लिम बुद्धिजीवियों ने भी अम्बेडकर को भी नहीं पढ़ा। यहाँ तक कि वे जिन्ना तक को पूरी तरह से नहीं पढ़ पाए, क्योंकि

हिन्दू नेताओं ने उन्हें खलनायक जो बना दिया था। बाबा साहेब डॉ. अम्बेडकर ने न सिर्फ संविधान बनाया बल्कि मोहम्मद अली जिन्ना और डॉ. अम्बेडकर की अनगिनत मुलाकातें भी हुई थीं'' अपनी बात कहने के बाद राजू ने बारी-बारी से सबके चेहरों की तरफ देखा था। परिवेश में चुप्पी थी। उसी चुप्पी को तोड़ते हुए राजू ने बतलाया था–

''क्या आप सभी यह भी भूल गये कि गांधी ने स्वयं अपनी आत्मकथा में क्या लिखा था?''

बीच में किसी ने पूछा था, ''क्या लिखा था?''

राजू ने पुनः अपनी बात रखी थी, ''गांधी जी की माँ ने उन्हें एक बार सुझाव दिया था कि जब कभी वे किसी अछूत को छू लें तो उस छूत से बचने के लिए मुसलमान का स्पर्श करें।''

बीच में किसी ने पूछा था, ''क्या ऐसा लिखा गांधी ने?''

''मुझे अपनी पूरी बात कह लेने दें। इसके पीछे तर्क यह था कि किसी अछूत को छू लेने के कारण उससे उत्पन्न मलिनता मुसलमान के भीतर हस्तांतरित हो जाएगी।''

सभा में आये साथियों के चेहरों पर आश्चर्य के भाव उभर आये थे। तभी सुरेश ने जैसे गर्म लोहे पर हथौड़े से चोट की थी–

''हमें कोई बतलाए पिछले दिनों जब आरक्षण विरोधियों ने दलितों पर हमले किये थे, उनके घरों को जलाया था तब मुस्लिम बुद्धिजीवी कहाँ गये थे।''

कुछ पलों के बाद राजू ने पुनः अपनी बात कही थी, ''सही बात तो यह है कि हमें न हिन्दुओं ने अपना समझा और न मुसलमानों ने। दोनों के लिए हम अछूत रहे।''

तभी दो-तीन लोगों ने बीच में कहा था, ''राजू भाई आज हमें क्या करना चाहिए? कृपया यह बतलाएँ।

''मैं वही बताना चाहता हूँ। मुसलमान भाइयों को दलितों के दोस्त बनना चाहिए, क्योंकि वे स्वयं उत्पीड़ित वर्ग से हैं।''

तभी बीच में असलम ने कहा था, ''राजू भाई ठीक कहते हैं। हम जब एक दूसरे की मुसीबत में उनका साथ नहीं देंगे तो ऐसे ही उत्पीड़न होता रहेगा।''

राजू परमार फिर से बोला था, ''पर दुख की बात तो यह है कि मुस्लिम समाज का एलीट वर्ग भी अपने आपको खुदा से कम नहीं समझता।''

उसकी बात सुनकर कुछ मुस्लिम साथियों ने एक दूसरे की तरफ देखा था। उन्हीं के बीच एक कार्यकर्ता ने खड़े होकर कहा था, ''मुसलमानों में वह एलीट वर्ग

किसी गुलाम से बढ़कर नहीं है।''

तभी इमरान ने आक्रोश में कहा था, ''कुत्ते की तरह पूँछ हिलाता है वह। हिन्दुओं के सामने और अपने ही पिछड़े मुसलमानों पर अत्याचार होते देखता है।''

इस बार राजू ने कहा था, ''मुझे बताएँ आजादी के बाद आधी शताब्दी बीत जाने के बाद भी क्या किसी दैनिक अखबार या टीवी चैनल में कोई दलित मुस्लिम संपादक, संवाददाता या समाचार वाचक है? मुझे बताएँ कि क्या देश में किसी दलित या मुसलमान का कोई दैनिक अखबार है?''

उसकी बात का समर्थन करते हुए सादिया ने कहा था, ''अरे हम भी इस देश के नागरिक हैं भई। हमारी भी तो कुछ हिस्सेदारी होनी चाहिए।''

राजू की बात से सभी सहमत थे। सहमत ही नहीं थे बल्कि उससे प्रभावित भी हुए थे। सभा के बाद में असलम, सुरेश और सादिया ने राजू को धन्यवाद दिया था।

''राजू मैं अम्बेडकर को पढ़ना चाहती हूँ।''

सुनकर राजू को अच्छा लगा था।

''मैं महसूस कर रहा हूँ सादिया, तुम्हारे भीतर चेतना का सूरज उगने लगा है।''

''यह सब तुम्हारे साथ रहने का ही प्रभाव है।''

''सादिया, हम कितने लोगों के साथ रहते हैं। पर क्या वे सभी बदलते हैं।''

सादिया जवाब नहीं दे सकी थी। कुछ पल उनके बीच चुप्पी रही तो उसकी टोह ली थी राजू ने, ''कहो, सादिया, तुम चुप क्यों हो?''

वह फिर भी मौन थी। राजू ने कहा था, ''जब तक किसी का मन स्वयं कुछ नहीं कहता। तब तक कुछ भी नहीं होता।''

दलित मुसलमानों की मिली-जुली मीटिंग समाप्त हो गयी थी। कुछ मुस्लिम लड़कों ने राजू का समर्थन किया था तो कुछ को उसकी बात नागवार लगी थी।

असलम, सुरेश और अन्य साथी बस से चले गये थे। सादिया ने ऑटो लिया था। साथ में राजू था। थोड़ी देर बाद वह ऑटो से उतर गया था। सादिया ने इसी ऑटो से वापस घर जाना था। जबकि राजू को यहाँ से दूसरी बस लेनी थी। कुछ ही दूर पैदल चलने पर उसे बस मिल गयी थी।

अगले दिन सादिया के टेबल पर वैभव ने इंक़लाब की प्रति देखी तो वह पूछ बैठा, ''दीदी इंक़लाब का क्या अर्थ होता है।''

सादिया ने बताया था, ''क्रांति।''

कुछ पल सोचने के बाद फिर से पूछा था वैभव ने, ''जैसी 1857 की क्रांति।''

''हाँ वैभव तब की क्रांति और अब की क्रांति में फर्क है।''

पुनः पूछा था वैभव ने, "क्या फर्क है दीदी?"

सादिया ने उसे समझाते हुए कहा था, "तब की क्रांति अंग्रेजों का शासन खत्म करने के लिए थी और यह क्रांति है समाज बदलने के लिए।"

तभी नीचे से सुरुचि आ गयी थी। उसने सादिया के मुँह से क्रांति और समाज बदलने की बात सुनी तो पूछ बैठी, "दीदी क्रांति और समाज बदलने की क्या बात हो रही है?"

थोड़ा मुस्कराते हुए जवाब दिया था सादिया ने, "वैभव इंक़लाब का मतलब पूछ रहा था।"

"ओह तो यह बात है।"

तभी सादिया ने सुरुचि के हाथ में बड़ी प्लेट देखी तो पूछ बैठी, "क्या है इसमें सुरुचि।"

"हलवा।"

सुनकर इस बार वैभव ने पूछा था, "किस ने बनाया हलवा?"

"मम्मी ने।"

वैभव और सादिया दोनों को सुनकर अच्छा लगा। सुरुचि ने प्लेट से ढक्कन हटाया तो सादिया ने पूछा था, "इतना सारा हलवा किसके लिए।"

"हम तीनों के लिए।"

तीनों ने एक ही प्लेट में मिलकर खाया। बाद में सुरुचि ने कहा था, "चलो वैभव, मम्मी ने बुलाया है।"

तभी उसे जैसे कुछ याद हो आया था।

"अरे हाँ मैं तो भूल ही गयी थी। दीदी इंगलिश का नोट्स देना तो जरा। एक्जाम भी आने वाले हैं।"

सादिया ने बैग से नोट्स निकाल कर दे दिये थे। कुछ ही मिनट बाद वैभव और सुरुचि चले गये थे।

समाज में तेजी के साथ बदलाव होने लगा था। पर सवर्ण वर्ग वहीं था। वह अपने-आप को सनातनी जड़ों से दूर नहीं कर पा रहा था। उसकी पहुँच घर से मंदिरों तक और मंदिरों से सिर्फ आश्रमों तथा मठों तक ही थी। मुक्ति के उनके प्रयास एकांगी थे। राज्य की सत्ता पर हिंदुत्व काबिज था। वे देश में पुनः रामराज लाने को आतुर थे। दलितों, मुसलमानों और ईसाइयों को हाशिये पर ढकेला जा रहा था। इतिहास के गर्भ से निकले सवालों को राजनीति के गलियारों में हल किया जा रहा था।

6 दिसम्बर हिन्दुओं के लिए जश्न मनाने का दिन था। जबकि दलित तथा मुसलमानों के लिए यह शोक दिवस था। इसी दिन डॉ. अम्बेडकर का परिनिर्वाण हुआ था और इसी दिन ऐतिहासिक बाबरी मस्जिद गिराई गयी थी। शहर में तनाव था और विवादित स्थल पर दर्शनार्थियों की खूब भीड़ रही थी।

अयोध्या और फैजाबाद में जहाँ मुस्लिमों ने बाबरी मस्जिद के पुनर्निर्माण की दुआ माँगी वहीं हिन्दू समुदाय के लोगों ने मंदिरों में पूजा-अर्चना की। अयोध्या के बाज़ारों में भी खामोशी का आलम रहा तथा जिले के आला अफसरान अपने दल-बल के साथ संवेदनशील स्थलों की निगरानी करते रहे। इस बीच कार सेवकों ने राम पुरम में विहिप शौर्य दिवस कार्यक्रम मनाया। आर्य पीठ अध्यक्ष ने हनुमान गढ़ी पर हुए रोजा अफ्तार कार्यक्रम की निंदा करते हुए कहा कि हम भी मिल बैठकर इस ज्वलंत समस्या का हल करना चाहते हैं। मगर राम मंदिर में नमाज नहीं होनी चाहिए, क्योंकि यह साधु परंपरा के विपरीत है। उन्होंने कहा कि जो लोग अयोध्या में फिर से मस्जिद बनाने की कल्पना कर रहे हैं उन्हें स्पष्ट कर देना चाहता हूँ कि अयोध्या की सीमा में कोई मस्जिद नहीं बनने दी जाएगी। यह उनका ऐलान था और सार्वजनिक रूप से चेतावनी भी।

शहर के बाज़ारों, चौराहों तथा मंदिरों के प्रांगणों में त्रिशूल लिये हुए धर्मांधों के नृत्य देख साधुओं, संतों के चेहरे खिले हुए थे। वे खुश थे। उनके भीतर देश भर में हजारों मंदिर बनाने की धर्मांधता के बीज उग रहे थे।

देश के अनगिनत शहरों, कस्बों और गाँवों की तरह गांधी के राज्य में भी दोनों धाराओं के पैरोकार लोगों की भावनाओं को उद्वेलित कर रहे थे। एक तरफ ग़मज़दा लोग थे तो दूसरी ओर खुशी और उल्लास में गाते तथा झूमते राम के भक्त। मदरसे के भीतर बरसी पर कुछ आंदोलनकारी जमा थे। जबकि बाहर गली में कुछ मुस्लिम युवा शोर कर रहे थे। वहाँ इमाम को आना था, जो अभी नहीं आये थे। एक तकरीर बाहर चल रही थी तो दूसरी मदरसे के भीतर। मदरसे के भीतर सुलझे हुए लोग बैठे थे जबकि मदरसे के बाहर शोल गुल करने वाले अधिक थे। तभी मदरसे के मुख्य दरवाजे से आठ-दस पुलिस वालों ने प्रवेश किया था। पुलिस पार्टी के साथ हिन्दू ब्रिगेड के कुछ युवा भी थे। पुलिस इंस्पेक्टर सबसे आगे था। वे हथियारों से लैस थे। पुलिस वालों की आँखों में काइयांपन उभर रहा था। तभी इंस्पेक्टर ने कड़ाई से पूछा था—

"आप सब यहाँ क्या कर रहे हैं?"

असलम ने जवाब में कहा था, "इंस्पेक्टर साहब हम यहाँ जलसे में आये हैं।"

उसकी बात सुनकर इंस्पेक्टर ने अजीब-से स्वर में पूछा था, "कैसा जलसा?"

दो-तीन लोग बीच में एक साथ बोले थे, "हिन्दुओं ने जो बाबरी मस्जिद ढहाई थी, उसकी आज बरसी है।"

तभी हिन्दू ब्रिगेड का कोई युवा बोल उठा था, "बाबरी मस्जिद कैसी? वहाँ तो पहले से ही राम मंदिर था।"

उसकी बात सुनकर कुछ मुस्लिम युवकों ने भड़कते हुए कहा था, "वहाँ कोई राम मंदिर नहीं था। वहाँ हमारी बाबरी मस्जिद थी, जिसे तुम लोगों ने गिरा दिया था।"

इस बार दो बजरंगी बोले थे, "चुप करो मुसल्लो।"

तभी असलम चिल्लाया था, "जबान सँभाल कर बात करो।"

कुछ और मुस्लिम युवकों ने प्रतिक्रिया में एक साथ बोलना शुरू किया। इससे पहले कि झगड़ा फसाद हो इंस्पेक्टर ने उन्हें शांति रखने के लिए कहा था।

बीच में कोई अधेड़ उम्र का व्यक्ति बोला था, "इंस्पेक्टर तुम हमारे ही घर में पहले फसादियों को साथ ले आये। फिर उनसे गालियां दिलवाईं और जब हमने अपनी बात रखी तो हमें ही शांति का सबक सिखा रहे हो।"

एक बजरंगी बोला था, "पर हमने क्या गलत कहा?"

उसी बुजुर्ग ने जवाब में कहा, "ठीक है! हम मान लेते हैं। पुलिस को कहीं भी आने का अधिकार है, लेकिन इन बजरंगियों का...।"

"देखिये हमने शहर में ला एण्ड आर्डर रखना है।"

असलम ने पुनः कहा था, "बड़ी अजीब बात है। हम केवल मदरसे के भीतर शांति पूर्वक बैठक ले रहे हैं। और आप कहते हैं कि...।"

इंस्पेक्टर ने बीच में बात काटते हुए कहा, "हमें ख़बर मिली थी कि यहाँ कुछ असामाजिक लोग आये हुए हैं।"

अब जलसे में आये लोगों के बौखलाने की बारी थी। उन्होंने एक-दूसरे की ओर देखते हुए कहा था, "असामाजिक लोग।"

इंस्पेक्टर साहब आप क्या कर रहे हैं? हमारी तो कुछ समझ में नहीं आ रहा है।"

"आप लोगों की समझ में अभी आयेगा भी नहीं, पर इतना सुन लीजिए कि अगर यह सब इसी तरह से चलने दिया जाएगा तो वह दिन दूर नहीं जब इस राज्य में भी स्थितियाँ खराब हो जाएँगी।"

इस बार राजू ने जवाब दिया था, "इंस्पेक्टर साहब यहाँ जितने भी लोग आये हैं, वे सब पढ़ लिखे हैं और लोकतांत्रिक तरीके से अपनी बात कहने में विश्वास रखते हैं।"

तभी हिन्दू ब्रिगेड के दो युवाओं की नजरें राजू पर पड़ीं। वे इंस्पेक्टर के नज़दीक ही खड़े थे। उन्होंने धीरे से इंस्पेक्टर के कान में कुछ कहा था। उनकी बात सुनकर इंस्पेक्टर की आँखों में चमक आ गयी थी। राजू की ओर देखकर पूछा था उसने, "क्या तुम मुसलमान हो?"

इंस्पेक्टर का सवाल सुनकर सिर्फ राजू ही नहीं सभी आश्चर्य में रह गये थे। किसी को भी उम्मीद नहीं थी कि ऐसा बेतुका सवाल इंस्पेक्टर करेंगे।

राजू अभी तक मौन था। इंस्पेक्टर ने फिर से पूछा था, "बताइये, मेरे सवाल का जवाब दीजिए।"

अब राजू का स्वर उभरा था, "क्या यह बताना जरूरी है?"

इंस्पेक्टर ने पुनः पूछा था, "अच्छा, क्या आप हिन्दू हैं?"

इस बार राजू ने जवाब दिया था, "इंस्पेक्टर साहब ना मैं हिन्दू हूँ और ना ही मुसलमान।"

"तब।"

"मैं दलित हूँ।"

इस बार इंस्पेक्टर ने मुस्कुराते हुए कहा था, "जनगणना रिपोर्ट के आधार पर मिस्टर राजू परमार आप हिन्दू हैं।"

सुनकर राजू तेज स्वर में बोला था, "यह सब आपका षड्यंत्र है।"

पुलिस इंस्पेक्टर ने नाराज होते हुए कहा था,

"यह षड्यंत्र नहीं है बल्कि हिन्दू व्यवस्था है।"

तपाक से जवाब दिया था राजू ने, "मैं तुम्हारी हिन्दू व्यवस्था को नहीं मानता।"

"तुम्हें हिन्दू व्यवस्था को मानना ही होगा।"

"क्यों?"

"इसलिए कि तुम हिंन्दुस्तान में रह रहे हो।"

तभी राजू ने जोरदार आवाज़ में अपना तर्क रखा था, "यह हिन्दुस्तान नहीं भारत है।"

उसकी बात सुनकर हिन्दू ब्रिगेड के युवाओं ने दाँत निकाले थे। राजू ने कहा था,

"इंस्पेक्टर तुम्हें इतिहास पढ़ना चाहिए।"

"हम अपना इतिहास जानते हैं। हमें पढ़ने की जरूरत नहीं है।"

"अच्छा छोड़ो यह सब, जब आप मुसलमान नहीं हो तो यहाँ इस मदरसे में क्या कर रहे हो?" इसी बीच असलम बोला था–

"इंस्पेक्टर साहब आप यह क्या कह रहे हैं?"

इस बार राजू ने कहा था, "इन्हें कहने दो असलम। इंस्पेक्टर इन्होंने मुझे बुलाया था।"

पूछा था इंस्पेक्टर ने, "केवल तुम्हें? चलो मान लेता हूँ। पर क्यों?"

"इसलिए कि हम एक दूसरे की समस्याओं को सुलझाने का प्रयास करते हैं।"

"ओह।"

"अच्छा मिस्टर, क्या नाम है तुम्हारा?"

दो पल ठहर उन्होंने स्वयं नाम पुकारा था, "राजू परमार।"

इस बार इंस्पेक्टर पुलिसया अंदाज में बोला था, "देखो मिस्टर राजू परमार अपने-आपको मुसलमानों की राजनीति से दूर रखो और ध्यान रखो, शहर में फिर कोई डिस्टरबेंस फैलाने की कोशिश न करना"

"इंस्पेक्टर हम कोई डिस्टरबेंस नहीं फैला रहे हैं।"

"मैं तुम्हें वार्निंग दे रहा हूँ। अगर कोई भी गलत कदम उठाया तो परिणाम भुगतने के लिए भी तैयार रहना।"

जाने से पूर्व इंस्पेक्टर ने पुनः वार्निंग दी थी, "देखो राजू परमार, तुम राजू हो रहीम नहीं। और यह भी समझ लो कि दलित हिन्दू धर्म और व्यवस्था का एक ही एक भाग हैं। मुसलमानों से ज्यादा मिक्स अप करने की कोशिश न करना।"

इंस्पेक्टर ने जाते हुए संकेत कर सबको कहा था, "आप सब भी अपने-अपने घर चले जाइये।"

इंस्पेक्टर चेतावनी देकर चला गया था। और वे सब हाथ मलते हुए रह गये थे। उनकी भावनाओं को जैसे पत्थर मारकर लहूलुहान कर दिया था एक अदना से इंस्पेक्टर ने। हिन्दू राज में मुसलमान और दलित मिलकर सभा या सम्मेलन क्यों करे। वह पुलिस इंस्पेक्टर नहीं था। हिन्दू राज का चौकीदार था।

थोड़ी देर में सब लोग बड़बड़ाते हुए अपने-अपने घर चले गये थे। मदरसे का दरवाजा बाहर से बंद कर दिया गया था। सड़क तक असलम, सुरेश और राजू साथ-साथ आये।

असलम ने कहा था, "राजू मेरे साथ घर चलो।"

"चिंता मत करो असलम भई, मुझे कुछ नहीं होगा।"

"तो फिर कुछ समय के लिए इंक़लाब ऑफिस चलो। वहीं बैठेंगें।"

तभी सुरेश बोला था, "आज तो इंक़लाब ऑफिस बंद है।"

असलम के मुँह से निकला था, "ओह।"

उसे पेपर मार्किट जाना था और राजू को हॉस्टल। ऐसे में सुरेश राजू के साथ हॉस्टल तक गया। हॉस्टल के मुख्य दरवाजे पर राजू को छोड़ सुरेश वापस चला गया

था। रात में उसे ठीक से नींद न आ सकी। उसके भीतर बेचैनी थी। अगले दिन देरी से उसकी नींद खुली थी। जल्दी-जल्दी कालिज के लिए वह तैयार हुआ। जैसे ही उसे सादिया मिली, वह बिना किसी देरी के पूछ बैठा, ''सादिया तुम कल मदरसे में होने वाले जलसे में नहीं आयीं?''

जवाब में धीरे से बोली थी वह, ''हाँ राजू, मैं नहीं आ सकी।''

पुनः सवाल किया था राजू ने, ''पर क्यों?''

सादिया को सच बतलाना पड़ा, ''राजू कल शहर में तनाव था। अब्बा ने मना किया था।''

राजू के भीतर से सर्द आवाज़ आयी थी, ''ओह।''

सादिया ने कुछ कहना चाहा था, तभी राजू स्वयं बोला था, ''सादिया मैं समझता हूँ। पर तनाव तो कल सारे देश में ही था और कल ही क्यों जबसे बाबरी मस्जिद का ध्वंस हुआ तभी से न सिर्फ कोई एक शहर, राज्य या देश बल्कि समूचे विश्व में मुस्लिम समाज की भावनाएँ आहत हुई थीं।''

कुछ पल वह ठहरा फिर गंभीर स्वर में कहा था, ''देखना सादिया, तनाव अभी और बढ़ेगा।''

सादिया कुछ बोल नहीं सकी। चुपचाप रहकर राजू को सुनती रही थी।

''उन्होंने मुसलमानों के इतिहास, संस्कृति और अस्मिता को तार-तार किया है। वे धुआँ-धुआँ हो रहे हैं। अपने मन की बात साथियों को बताना चाहते हैं। उन्हें कुछ भी कहने नहीं दिया जाता है।''

फिर उसने कल मदरसे में इंस्पेक्टर और बजरंगियों के आने की बात बताई।

दिन का भरपूर उजाला था, पर राजू के आसपास जैसे अँधेरा घिर आया था। बाहर धूप खिली हुई थी, जो उसे उदास लगने लगी थी। उसे कुछ सुझाई नहीं दे रहा था कि वह क्या करे। इंस्पेक्टर के द्वारा जारी किया गया पत्र उसके सामने पड़ा था। जिसे अभी चौकीदार दे गया था। पत्र कहाँ था, निर्णय था। जैसे किसी तानाशाह न्यायाधीश ने अपना फैसला सुना दिया हो। उसी को देखकर बार-बार उसके भीतर आक्रोश उभरता था। वह आक्रोश में मुट्ठियाँ भींचता और मेज पर मारने लगता। शाम होते-होते वह साबरमती नदी के किनारे जाकर बैठ गया था। नदी भी उदास थी और वह भी। नदी सूखी थी, बिन पानी की । पर पक्षियों को उम्मीद थी पानी की। पक्षियों की आँखों में पानी की चाह थी। और राजू के भीतर उस निजाम को बदलने के लिए इच्छा शक्ति। वापस लौटा तो उसके भीतर दृढ़ संकल्प था। रात में काफी देर तक वह कार्य करता रहा। अगले पूरे दिन वह उसी में लगा रहा। सभी

साथियों की सूची उसने फिर से तैयार कर ली थी।

छात्रावास के कमरे में वह अकेला था। और अपने आप से ही बातें करने लगता था। तभी दरवाजे पर आहट हुई। उसने देखा। वहाँ सादिया थी। सादिया ने राजू का गमगीन चेहरा देखा तो पूछ बैठी, "क्या हुआ राजू?"

राजू ने सिर्फ उसकी ओर देखा था। उसकी आँखों में अजीब-सा खालीपन महसूस किया था सादिया ने। फिर से पूछा था उसने, "क्या हुआ राजू, तुम बतलाते क्यों नहीं?"

राजू की चुप्पी वैसी ही थी। बिना कुछ कहे उसने वही पत्र उसके हाथ में दे दिया था। जिसे पढ़कर सादिया भी परेशान हो गयी थी। उसने तुरंत सवाल किया था, "यह सब कैसे हो गया?"

इस बार राजू के भीतर से गंभीर स्वर उभरा था, "सरकार चाहती है कि मैं चुप रहूँ।"

"पर क्यों?"

"इसलिए कि सवर्ण नहीं चाहते कि दलित और मुसलमान एक-दूसरे के सुख-दुख में शरीक हों।"

तभी सादिया के मुँह से निकला था, "यह तो अजीब बात है।"

राजू ने जवाब में कहा था, "यह उनकी तानाशाही है।"

दो पल के लिए राजू मौन रहा। बाद में उसका स्वर पुनः उभरा था, "जानते हो यह सब किसलिए?"

"किसलिए?"

"वे हमें अलग-अलग कर मारना चाहते हैं।"

कुछ पल बाद आक्रोश का स्वर फिर से फूटा था, "उन्हें हमें अलग-अलग कुचलने में सुविधा होती है। मुश्किल जब होती है तब दलित और मुसलमान एक साथ आ जाते हैं।"

सादिया ने उसका समर्थन करते हुए कहा था, "क्योंकि हम लोग उनकी आँखों की किरकिरी बने हुए हैं।"

"तुम ठीक कहती हो सादिया। दलित और मुसलमानों की जब अस्मिता और पहचान उभरती है तो हिन्दुओं को बर्दाश्त नहीं होती।"

राजू को लगा जैसे कोई दरवाजे के पास खड़े हो उनकी बातें सुनने का प्रयास कर रहा है। कौन हो सकता है? वह फुर्ती के साथ बाहर निकल कर आया। उसने देखा। बरामदे में चौकीदार था। जो तेजी के साथ मुख्य दरवाजे की ओर जा रहा था। राजू को उस पर पहले से ही संदेह था, उसे बुलाकर पूछने से कोई फायदा न था।

वह इंस्पेक्टर का आदमी था और इंस्पेक्टर सरकार का नौकर। वह पुनः कमरे में लौटा तो सादिया ने पूछ लिया, ''क्या हुआ राजू?''

''कोई हमारी गुफ्तगू सुन रहा था।''

आश्चर्य से उसके मुँह से निकला, ''क्या?''

''हाँ।''

''पर क्यों?''

''सरकार को हमारी गतिविधियों पर नजर जो रखनी है।''

सादिया के मुँह से निकला था, ''ओह।''

''तुम चिंता न करो।''

''मुझे तुम्हारी चिंता है।''

''राजू ने पूछा था।''

''मेरी चिंता क्यों?''

''इसलिए कि इस आंदोलन में तुम एक नेक साथी हो। और...।'' आगे के शब्द वह कह न सकी। जैसे वह कहना चाहती थी। राजू मैं तुम्हें खोना नहीं चाहती हूँ। राजू ने सादिया की झील-सी आँखों में देखा। वहाँ बहुत कुछ था।

कुछ पल उनके बीच चुप्पी रही। राजू सूनी हो चली दीवारों की ओर देखने लगा तो सादिया उसके चेहरे पर उग आये खुदा के नूर की तरफ टकटकी लगाए देख रही थी। राजू के चेहरे पर हल्की दाढ़ी बढ़ आयी थी। उसकी बड़ी-बड़ी आँखें, हल्की मूँछे और चेहरे पर उगे हुए बाल। राजू को महसूस हुआ। दो आँखें उसकी ओर तल्लीनता से देख रही हैं। पूछा था उसने–

''क्या देख रही हो सादिया?''

सादिया ने मुस्कुराने का प्रयास करते हुए कहा था, ''तुम्हारे चेहरे की इबारत पढ़ रही हूँ।''

उदास परिवेश को जैसे सादिया की मुस्कान ने धो डाला था। पल भर के लिए राजू मुश्किल से उबरा था। पूछा था उसने, ''राजू अब कहाँ रहोगे?''

राजू मौन था। चुप्पी तोड़ते हुए पुनः कहा था सादिया ने, ''तुम चाहो तो मैं अब्बा से बात करूँ।''

राजू ने इस बार चुप्पी तोड़ी थी, ''अभी नहीं।''

पूछा था सादिया ने, ''क्यों भला?''

''इसलिए कि छोटी-छोटी बातों के लिए बुजुर्गों को परेशान नहीं करना चाहिए।''

नाराजगी उभर आयी थी सादिया के स्वर में, ''राजू इसे तुम छोटी-सी बात कह

रहे हो।''

''रिलैक्स सादिया।''

सादिया के स्वर में अभी भी नाराजगी थी, ''मैं तुम्हारी परेशानियाँ कम करना चाहती हूँ और एक तुम हो कि...।''

बीच में बोल उठा था राजू, ''सादिया यह मेरी अकेली की तो परेशानी नहीं है। मैं तो सिंधु घाटी की उस गौरवशाली परंपरा से हूँ, जिनका इतिहास आर्यों ने खत्म कर दिया था।''

सादिया ने महसूस किया राजू ठीक ही कह रहा है। पर कुछ तो करना ही होगा। राजू को वह यूँ अकेले नहीं छोड़ सकती। उसे गमगीन देख पूछा था राजू ने–

''क्या सोचने लगी सादिया।''

जैसे उसके मन की बात होठों पर आ गयी थी, ''राजू मैं तुम्हें इस हालत में कैसे अकेला छोड़ सकती हूँ?''

थोड़ी देर बाद वे दोनों कमरे से बाहर आये। सादिया आगे थी और राजू उसके पीछे। हॉस्टल का मुख्य दरवाजा अभी सादिया पार करने वाली ही थी कि नज़दीक खड़े चौकीदार ने कहा था, ''मैडम रजिस्टर पर अपना नाम और पता लिख दीजिए।''

सादिया ने तपाक से पूछा था, ''क्यों?''

चपरासी ने जवाब दिया था, ''वार्डन साब के आर्डर हैं।''

प्रत्युत्तर में कहा था सादिया ने, ''पहले तो ऐसा नहीं था।''

''वार्डन साब ने कहा है कि कोई भी बाहर से आये उसका नाम और पता रजिस्टर में दर्ज होना चाहिए।''

सादिया ने अपना नाम और पता लिखने से पहले राजू की ओर देखा था। राजू ने उसे अपनी मौन सहमति दी थी। फिर कालॅम के आधार पर उसने जरूरी बातें लिख दी थीं। बाद में वे दोनों बाहर आये। जैसे किसी घुटन से मुक्त हुए थे वे। तभी पूछा था सादिया ने–

''रूम खाली करने के लिए कितना समय दिया है?''

दो टूक जवाब दिया था राजू ने, ''चौबीस घण्टे।''

सुनकर अनायास ही सादिया के मुँह से निकला था, ''पर...।''

''सादिया। मुझे रूम खाली करना ही होगा।''

''पर इतना जल्दी...।''

''इसलिए हम एक मोर्चे पर ही लड़ाई लड़ सकते हैं। वार्डन के खिलाफ संघर्ष छेड़ने का अर्थ है बड़ी लड़ाई को हारना। रात में मुझे एक छत ही तो चाहिए।''

''राजू जब तक दूसरे रूम का अरेंजमेंट नहीं होगा तो कैसे...?''

"वह सब मैं करूँगा।"

"फिर भी...।"

"सादिया प्लीज, तुम क्यों इतना परेशान हो रही हो? कमरे की व्यवस्था हो जाएगी।"

"राजू।"

"प्लीज सादिया। कोई समस्या आयेगी तो मैं तुम्हें बताऊँगा।"

"सच।"

"हाँ।"

वे बातें करते हुए सड़क पर आ गये थे। बस लेने से पहले सादिया ने कहा था, "अपना ध्यान रखना राजू।"

राजू केवल मुस्कराया था। पर उसकी मुस्कुराहट के पीछे असीम वेदना थी। जल्दी ही सादिया को बस मिल गयी थी। राजू सड़क पर अकेला रह गया था। उसने विचार किया। सचमुच ही नया घर जुटाना मुश्किल था। पुराने साथियों को भूकम्प ने खत्म कर दिया था। दलित पेंथर के कितने साथी जीवित बचे थे। कुछ कहा नहीं जा सकता। जीवित भी होंगे तो क्या वे अब तक पेंथर रहे होंगे या...। फिर उसके पास पैसा भी तो नहीं है। कैसे होगी यह सब व्यवस्था। अचानक एक साथी की याद हो आयी थी। इसके होठों पर उसका नाम आया था गजेधर चौहान।

सादिया वापस घर लौटी तो उसके माथे पर अनगिनत सलवटें थीं और मन के भीतर बवण्डर। जो शांत नहीं हो पा रहा था। वह किसी नदी की तरह अशांत थी। सादिया आयी तो ऊपर छत पर नहीं गयी छन्नों को देखने के लिए। जो उसका रोज का नियम था। वह सीधे अपने कमरे में चली गयी। सैयद साहब ने कमरे में जाकर देखा। बेटी बिस्तर पर लेटी थी। वे पूछ बैठे–

"क्या बात है बेटी?"

सादिया ने लेटे-लेटे ही जवाब दिया था, "कुछ भी तो नहीं। बस ऐसे ही।"

"बस ऐसे ही। मुझसे छुपा रही हो बेटे। अपने अब्बा से।"

"अब्बा, वो क्या है...।"

"हाँ, हाँ, कहो ना।"

सादिया ने कुछ कहने की हिम्मत जुटायी थी, "राजू को हॉस्टल छोड़ने का नोटिस दे दिया गया है।"

सुनकर सैयद साहब मौन ही रहे। पलभर दोनों के बीच चुप्पी रही। फिर धीरे से वे बोले थे, "बेटे इसमें हम क्या कर सकते हैं?"

सादिया ने सुना तो हैरत में रह गयी।

"अब्बा यह आप कह रहे हैं।"

उन्होंने पुनः धीरे से कहा था, "हाँ बेटा।"

जबकि सादिया के स्वर में तुर्शी थी, "अब्बा, जानते हो वही तो एक साथी है, जो हमारे लिए लड़ता-मरता है।"

"बेटा वह तो सब ठीक है।"

बीच में ही बोल उठी थी सादिया, "फिर गलत क्या है?"

"बेटा गलत कुछ भी नहीं है।"

"तो फिर।"

सैयद साहब ने बेटी को समझाते हुए कहा था, "हमें हर समय भावुक नहीं होना चाहिए।"

"मैं भावुक नहीं हूँ अब्बा। यह यथार्थ है। राजू जुल्म का मुकाबला अकेला ही कर रहा है और आप चाहते हो कि मैं जरा भी परेशान न हूँ।"

इस बार धीरे से कहा था उन्होंने, "पर परेशान होने से कुछ होता नहीं है ना।"

"अब्बा आपने तो बड़े आराम से कह दिया कि इसमें हम क्या कर सकते हैं, लेकिन आप भूल गये कि वह राजू ही था, जिसने मुझे बलात्कारियों से बचाया था।"

अपने स्वर को और धीमा करते हुए कहा था उन्होंने, "मैं कैसे उसे भूल सकता हूँ, जिसने मेरी बेटी को गुण्डों से बचाया था।"

"नहीं अब्बा आप भूल गये।"

"बेटी, मैं तुम्हें कैसे समझाऊं।"

"मुझे कुछ भी समझाने की जरूरत नहीं है। बस अकेला छोड़ दीजिए मुझे।"

"बेटी यह तुम क्या कह रही हो?"

"प्लीज अब्बा, मुझे तनहाई चाहिए।"

सैयद साहब ने कमरे से जाना ही ठीक समझा और वे बिना कुछ बोले बाहर आ गये थे।

अगले दिन चौबीस घण्टे भी नहीं हुए थे कि रैदास हॉस्टल में दस-बारह लड़के आ धमके। वे सभी तैश में थे। उनमें सुरेश, असलम, इमरान आगे थे और शेष पीछे। उन्होंने धड़धड़ाते हुए मुख्य दरवाजा पार किया था।

वहीं नज़दीक चौकीदार ने उनसे रजिस्टर पर जरूरी जानकारी भरने के लिए कहा था। उसकी बात सुनकर वे और भी भड़क उठे थे और रजिस्टर को फेंकते हुए राजू के कमरे तक जा पहुँचे। चौकीदार उनके पीछे आते हुए कह रहा था,

"देखिये वार्डन साब का आदेश है। आप सभी रजिस्टर पर जानकारी भर दें।"

इस बार सुरेश ने धमकाते हुए कहा था, "भाग स्साले, नहीं तो मार खाएगा।"

उन्होंने देखा! राजू सामान पैकअप करने में लगा था। यह सब देखकर असलम बोल उठा था, "राजू यह तुम क्या कर रहे हो।"

"जो मुझे करना चाहिए।"

असलम ने पुनः कहा था, "इसका अर्थ है तुम हारना चाहते हो।"

जवाब दिया था राजू ने, "हम अपनी लड़ाई को और मजबूत करना चाहते हैं।"

इस बार सुरेश बोला था, "हमारी कुछ समझ में नहीं आ रहा है।"

"मैं समझाता हूँ।" कहते हुए दो पल ठहर कर वह बाहर बरामदे में आया था। वह देखना चाहता था कि आसपास वार्डन का तो कोई आदमी नहीं है। फिर कमरे के भीतर आकर उसने बताया था, "हमें इस हॉस्टल के लफड़े में नहीं उलझना चाहिए।"

इमरान ने धीरे से कुछ कहना चाहा था, "पर..।"

"मुझ पर सीआयीडी की नजर है।"

दो-तीन लड़कों की मुँह से एक साथ आश्चर्य भरे स्वर निकला था, "क्या?

"इसलिए तो कहता हूँ। जितना जल्दी हो मुझे रूम खाली कर देना चाहिए।"

उसकी बात सुनकर असलम ने कहा था, "वह तो ठीक है, लेकिन तुम्हें परेशानी तो होगी।"

"असलम भाई, जब संघर्ष की राह पर हमने कदम बढ़ा ही दिया तो परेशानियों का सामना भी करना पड़ेगा।"

"लेकिन राजू भाई, तुम अकेले ही मुसीबतों का सामना क्यों करोगे? हम सब तो तुम्हारे साथी हैं ना और साथियों से यह सब शेअर नहीं करोगे।"

कुछ पल उनके बीच चुप्पी रही। राजू कुछ कहना चाहता था। तभी असलम ने पुनः कहा था, "तुम मेरे घर तो रह ही चुके हो। जब तक कमरे का बंदोबस्त नहीं हो जाता हमारे साथ ही रहो।"

राजू ने एक-दो चीजों को बैग में रखते हुए कहा था, "पुलिस और खुफिया विभाग के लोग तुम्हें और अम्मीजान को सताएँगे।"

"सताने दो पुलिस को हमें।"

"पागल मत बनो असलम।"

तभी सुरेश बोला था, "राजू भाई असलम के घर पर नहीं तो मेरे घर पर ही रहो कुछ दिन।"

"एक ही बात है सुरेश भाई। चाहे असलम के घर रहूँ या तुम्हारे।"

कमरे में फिर मौन पसर गया था। सभी साथी एक दूसरे की ओर ताकने लगे

थे। थोड़ी देर बाद राजू ने कहा था, "एक साथी ने कमरे का इंतजाम कराने की हामी भरी है।"

असलम ने पूछा था, "किसने?"

"जब इंतजाम हो जाएगा, मैं बता दूँगा।"

इस बार सुरेश ने कुछ कहना चाहा था, "लेकिन।"

सभी साथी मायूस होकर रैदास हॉस्टल से बाहर आये थे। राजू भी उनके साथ था। उन्होंने देखा। चौकीदार मुख्य दरवाजे पर खड़ा था। इस बार उसने कुछ नहीं कहा था।

उसी शाम को राजू परमार ने रूम खाली कर दिया था। दलित पेंथर के साथी गजेधर चौहान तथा अन्य उसे लेने आये थे। सुरेश और असलम को भी राजू ने दूरभाष से जानकारी दे दी थी। असलम किसी कारणवश नहीं आ सका था। सुरेश आया था। हॉस्टल के ही तीन-चार साथी उस समय मौजूद थे। जिन सभी को राजू के कमरा छोड़ने का दुख था। कमरा छोड़ते समय जैसे ही राजू परमार ने रैदास हॉस्टल को अलविदा कहा, नज़दीक ही खड़े चौकीदार ने हाथ जोड़ते हुए कहा था।

"राजू भैया हमें माफ कर दो। तुम तो जानते हो। हम भी नौकर हैं।"

राजू परमार ने चौकीदार की ओर देखा था। उसकी आँखों में अपनत्व उभर आया था। उसके कंधे पर हाथ रखते हुए बोला था वह, "काका तुम्हारी इसमें कोई गलती नहीं है। मैं जानता हूँ।"

चौकीदार को राजू के मुँह से काका शब्द सुनकर अच्छा लगा था। उसकी आँखों में आँसू भर आये थे। जिन्हें पौंछते हुए कहा था उसने, "राजू बेटे तुम जहाँ भी रहो, बस ठीक ठाक रहो।"

अंततः राजू ने विदा ली थी।

दो-तीन दिनों तक सादिया को राजू के बारे में चिंता रही। इन दिनों वह कालिज भी नहीं आया। राजू के पास मोबाइल भी नहीं था। कैसे पूछती वह? असलम के घर का फोन मिल नहीं रहा था। उसने कई बार कोशिश की। बाद में जाकर उसे राजू के नये घर के बारे में पता चला।

आज सुबह वह कालिज नहीं गयी। कालिज के स्थान पर राजू से मिलने के लिए आटो-रिक्शा लिया।

जयभीम बस्ती दूर थी। आधा घंटे ड्राइवर ने सामने बस्ती की ओर संकेत करते हुए स्कूटर रोक दिया था। ऑटो से उतर कर सादिया ने किराया दिया। ड्राइवर ऑटो स्टार्ट कर वापस चला गया था। वह अकेली रह गयी थी। बस्ती में जाने के लिए सँकरी गली थी। गली के बाहर पार्क था। जिसमें दस-बारह भैंस थीं। आसपास गोबर

की गंध व्याप्त थी। कुछ मर्द चारपाई पर बैठे हुक्का पी रहे थे और औरतें उपले पाथ रही थीं।

कमरे में अँधेरा पसरा था। साथ में लकड़ी के धुएँ की गंध भी व्याप्त थी। कमरे के बीचोबीच तार पर गीले कपड़े टँगे थे। जमीन पर दो-चार बर्तन बेतरतीब से पड़े थे। गीली जमीन थी और मौसम में चिपचिपाहट। एक अदद कमरा था। वही रसोई, वही बैडरूम और वही बाथरूम। सब कुछ उसी में था।

सादिया ने देखा तो देखती रह गयी। उसका कलेजा मुँह को आ गया था। आँखों में नमी उतर आयी थी। मन के भीतर परतों से संवाद उभरा था, "उसका राजू और इस स्थिति में।"

वह थोड़ा और भीतर गयी। उसने देखा। राजू एक टूटी हुई चारपाई पर लेटा था। भावाश में उसके ओठों से निकला था—

"राजू...।"

जवाब तुरंत नहीं मिला था। बीमार-सा दाढ़ी वाला चेहरा सादिया की तरफ घूमा था, "कौन?"

सादिया तुंरत बोली थी, "राजू तुम्हें क्या हो गया है?"

जैसे नींद में बड़बड़ाया था वह, "मैं ठीक हूँ।"

"यह तो स्लम है। तुम मजदूरों के बीच रहते हो?"

सादिया की बात सुनकर उसे अच्छा नहीं लगा था, लेकिन उसने प्रतिक्रिया भी व्यक्त नहीं की थी। सिर्फ इतना ही कहा था, "हाँ मैं मजदूरों के बीच रहता हूँ। तुम्हें अचरज हुआ न।"

सादिया को अहसास हुआ था जैसे उसके मुँह से कुछ गलत निकल गया है। राजू की भावनाओं को ठेस लगी थी। लेकिन उसने अपने आप को संयत करते हुए कहा था, "नहीं, नहीं मुझे अचरज क्यों होने लगा भला?"

राजू अब तक जग चुका था। पर उसकी आँखें अभी भी बोझिल थीं, सादिया मौन थी राजू पुनः बोला था, "अचरज तो होना ही चाहिए। एक आंदोलनकारी, बुद्धिजीवी, भला स्लम में रहता है क्या?" सादिया के पास शब्द नहीं थे जैसे कुछ और कहने के लिए।

वह उसके और नज़दीक गयी। उसके माथे को छुआ।

"राजू तुम्हारी तबियत ठीक नहीं है।"

उदासी में डूबा हुआ स्वर फिर से उभरा था, "मुझे कुछ नहीं हुआ है।"

"तुम्हारे कहने से क्या? सारा शरीर जल रहा है तुम्हारा।"

"सादिया सारा देश जल रहा है।"

"राजू तुम भावुक हो रहे हो।"

"नहीं मैं भावुक कहाँ हो रहा हूँ? मुझे बताओ, क्या सारा देश जाति और सांप्रदायिकता की आग में जल नहीं रहा है? बताओ सादिया।"

सादिया मौन थी। दो पल बाद फिर से कहा था राजू ने, "बताओ ना सादिया, मैंने क्या गलत कहा?"

इस बार सादिया बोली थी, "नहीं तुमने गलत नहीं कहाँ पर मैं जो कह रही हूँ उसका तुम नोटिस क्यों नहीं ले रहे हो?"

"सादिया मैं अगर मर भी जाऊँगा तो क्या...।"

बीच में उसके होंठों पर अपनी अँगुलियाँ रखते हुए कहा था सादिया ने, "राजू क्यों ऐसी बातें करते हो। तुमने तो लोगों के बीच उम्मीदें जगाई हैं। तुम अगर जीवित नहीं रहोगे तो उनका क्या होगा?"

तभी दस वर्षीय बच्चा भीतर आया। उसने देखा। राजू परमार का हाथ किसी अजनबी लड़की ने अपने हाथ में लिया हुआ था। जो डॉक्टर की तरह राजू की कलाई की नब्ज पढ़ रही थी। उसने सोचा। शायद वह डॉक्टर थी। अनायास पूछ लिया उसने, "क्या आप डॉक्टर हैं दीदी?"

सादिया ने उसकी खुशी के लिए ऐसे ही कह दिया, "हाँ मैं डॉक्टर हूँ।"

"डॉक्टर दीदी राजू भाई को आप अच्छा कर देंगी ना।"

एक बच्चे के भीतर से उभरे शब्दों को सुन उसका मन द्रवित हो गया था। उसने मुस्कुराने का प्रयास करते हुए कहा था, "हाँ हम तुम्हारे राजू भाई को ठीक कर देंगे।"

बच्चे की आँखों में चमक आयी थी, "सच डॉक्टर दीदी।"

"बिल्कुल सच।"

कुछ पल बाद सादिया ने पुनः कहा था, "देखा राजू, एक बच्चे के दिल में भी तुम्हारे लिए कितना लगाव है।"

राजू ने उसकी तरफ केवल देखा था।

"क्या नाम है तुम्हारा?"

बच्चे ने जवाब में कहा था, "अख्तर डॉक्टर दीदी।"

"अख्तर मियाँ, इनकी तीमारदारी के लिए इनके पास कोई रहता नहीं है।"

"रहते हैं डॉक्टर दीदी। पर अभी वे कहीं गये हैं।"

"अच्छा ठीक है। तुम जरा बाहर स्कूटर देखो, मैं इन्हें डिस्पेंसरी ले जाती हूँ।"

"ठीक है डॉक्टर दीदी।"

कहते हुए अख्तर चला गया था। तभी राजू को सहारा देते हुए कहा था सादिया ने, "चलो राजू, तुम्हें डॉक्टर को दिखाना है। कुछ देर में वह राजू को सहारा देकर

बाहर सड़क तक ले आयी थी। सड़क के किनारे ऑटोरिक्शा खड़ा था। नज़दीक ही अख्तर भी था। सादिया राजू के साथ ऑटो में बैठ गयी थी। चलने से पहले सादिया ने कहा था, ''हम अभी आते हैं। तुम्हारे राजू भाई को लेकर अख्तर मियाँ।''

''ठीक है डॉक्टर दीदी।''

ऑटो स्टार्ट हुआ तो अख्तर की आँखों में फिर से चमक उभर आयी थी। कुछ देर बाद रास्ते में सादिया ने डॉक्टर का बोर्ड लगा देखा तो ड्राइवर को रुकने के लिए कहाँ तभी ऑटो रुक गया था। दाएँ तरफ डॉ. एन. पारिख का बोर्ड लगा था। पहले सादिया उतरी और फिर उसने सहारा देकर राजू को उतारा। डॉ. पारिख अपने क्लिनिक में मौजूद थे। मुआयना करने के बाद डॉक्टर ने कहा था, ''इनकी हालत गंभीर है। इन्हें किसी सरकारी अस्पताल में भर्ती करना पड़ेगा।''

''मुझसे जो बन पड़ेगा, मैं करूँगी। मुझे कोई दिक्कत नहीं।''

''पर मुझे दिक्कत है।''

आश्चर्य के स्वर में पूछा था सादिया ने, ''क्या दिक्कत है?''

डॉक्टर ने संजीदगी से कहा था, ''एक हिन्दू लड़का और उसे भर्ती कराने वाली मुसलमान लड़की।''

''मैं समझी नहीं डॉक्टर साहब।''

जैसे समझाना चाहा था डॉक्टर ने, ''राज्य में हालात ठीक नहीं है। हम कितना भी निष्पक्ष होकर अपनी ड्यूटी निभाएं। कहीं न कहीं हमारी जाति और धर्म के सवाल हमारे सामने आकर खड़े हो ही जाते हैं।''

पूछा था सादिया ने, ''ऐसे में मैं क्या करूँ?''

कुछ पल ठहर उसने पुनः पूछा था, ''क्या कोई मुसलमान डॉक्टर नहीं है?''

इस बार सादिया का गंभीर स्वर उभरा था, ''बात तो एक ही है। अधिकांश लोगों में ऐसे समय पर अपने धर्म और जाति का जज्बा होता है। लोग उससे मुक्त नहीं हो पाते।''

''असल में मेरे द्वारा यह सब बतलाने का उद्देश्य केवल सावधान करना था। जरूरी नहीं जिस डॉक्टर को आप इन्हें दिखाएँगी वह... ।''

''फिर।''

''आप कोशिश करें।''

डॉक्टर ने कहते हुए अपना पल्ला झाड़ लिया था। सादिया को भी डॉक्टर से कोई उम्मीद न थी। अंततः उसने सहारा देकर राजू को ऑटो की सीट पर बैठाने में मदद की थी।

लगभग तीन मील के बाद एक बड़ा क्लीनिक दिखाई दिया। सादिया ने ऑटो

ड्राइवर को रुकने के लिए कहाँ ड्राइवर ने सड़क के किनारे ऑटो रोक दिया था। उसने बाहर आकर बोर्ड पढ़ा। डॉ. जुबैर खान एम.बी.बी.एस. ड्राइवर की मदद से सादिया राजू को लेकर क्लीनिक में आ गयी थी। ड्राइवर चला गया था। उसने अन्य मरीजों के साथ राजू के साथ बैठकर प्रतीक्षा की। थोड़ी देर में उनका नम्बर आया। सादिया ने राजू को सहारा देते हुए कमरे में प्रवेश किया। उसने देखा। लगभग पचास की उम्र का एक व्यक्ति चेयर पर बैठा था। उसकी आँखों में ख़ास चमक थी। सादिया के मुँह से निकला था–

"नमस्ते डॉक्टर साहब।"

जवाब में डॉक्टर ने भी कहा था, "नमस्ते, कहिइयेगा मैडम।"

"डॉक्टर साहब इनकी तबीयत ठीक नहीं।"

"क्या नाम है इनका?"

राजू ने स्वयं बताया था, "राजू परमार।"

डॉक्टर ने फिर कहा था, "क्या नाम बतलाया? जरा फिर से तो बतलायें।"

इस बार सादिया ने बतलाया था, "राजू परमार।"

सुनकर उन्हें जाना-पहचाना सा नाम लगा। तभी डॉ. खान ने पूछा था, "आप इंक़लाब अखबार में लिखते हैं क्या?"

धीमे स्वर में कहा था राजू ने, "जी...।"

सुनकर डॉक्टर के मुँह से निकला था, "गुड।"

फिर सादिया की ओर देखकर उन्होंने सवाल किया था, "आपका नाम।"

"सादिया।"

"फ़िक्र मत करें सादिया जी। ये जल्दी ही ठीक हो जाएँगे। मैं खुद इनके लेख इंक़लाब में पढ़ता रहा हूँ।" तभी राजू की ओर देखते हुए बोले थे वे, "अच्छा लिखते हैं राजू परमार जी आप।"

"आपकी जर्रानवाजी है। मैं तो बस कोशिश करता हूँ।

"इस तरह की कोशिश अगर बीस प्रतिशत लोग भी करें तो सचमुच ही इस देश में इंक़लाब आ सकता है।"

डॉ. खान ने अच्छी तरह से राजू परमार का चेकअप किया था। बाद में घंटी बजाकर सहायक को बुलाया। वह आया तो उसे कागज पर लिखी हुई दवाई लाने को कहाँ थोड़ी देर में वही युवक गोलियों के साथ एक शीशी में दवाई ले आया था। वह सब राजू परमार को देते हुए बोले थे वे, "लीजिए राजू परमार जी दवाई और जल्दी से जल्दी ठीक होकर इंक़लाब के लिए अपना कॉलम लिखें।"

तभी सादिया ने पर्स खोलते हुए पूछा था, "डॉ. साहब कितने पैसे दें?"

इस बार मुस्कराते हुए डॉ. खान बोले थे, "सादिया जी, राजू परमार जी मेरे मरीज नहीं हैं।" थोड़ा ठहरकर वे पुनः बोले थे, "कल तक मैं इनका पाठक था आज से ये मेरे हमसफर भी बन गये हैं। सचमुच राजू साहब इंक़लाबी हैं।"

चलते हुए सादिया ने कहा था, "अच्छा डॉक्टर साहब सलाम अलैकुम।"

डॉ. खान भी कुर्सी से उठकर खड़े होते हुए जवाब में बोले थे, "वआलैकुम सलाम सादिया जी।"

उस दिन सादिया ने महसूस किया था। खान सिर्फ अच्छे डॉक्टर ही नहीं अच्छे इंसान भी हैं। रास्ते भर उस अच्छे इंसान की खुशबू महकती रही थी।

सादिया ने जैसे ही जय भीम बस्ती में प्रवेश किया। अख्तर उसे देखते ही डॉक्टर दीदी आ गयी, डॉक्टर दीदी आ गयी कहते हुए दाहिने तरफ की गली में मुड़ कर आगे-आगे भागने लगा। और राजू जिस खोली में रहता था, वहीं आकर साँस उसने लिया। वह कुछ कहना चाहता था, लेकिन साँस फूलने के कारण कह नहीं पा रहा था।

मेश्राम और पटेल वहीं थे। पटेल ने पूछा था, "क्या है अख्तर?"

"राजू भाई और डॉक्टर दीदी...।"

दोनों ने आश्चर्य से पूछा था, "कौन डॉक्टर दीदी?"

तभी सादिया ने बिना दस्तक दिये घर में प्रवेश किया था। उसे देखकर वे तीनों बोल पड़े, "ओह डॉक्टर दीदी।"

"क्या हुआ?"

"कुछ नहीं, आपके आने की सूचना हमारे मियाँ अख्तर ने एडवांस में ही दे दी थी।"

हमारे छोटे मियाँ अख्तर सुनकर सादिया को अपनेपन का अहसास हुआ। वह पूछ बैठी, "क्या करते हैं छोटे मियाँ अख्तर साहेब जी?"

दस वर्ष के अख्तर ने पहली बार अपना इतना लंबा नाम सुना तो उसे भी अच्छा लगा। वरना उसे तो सभी अबे छोटू, अबे अख्तर, क्यों बे, इन्हीं नामों से पुकारते थे। पटेल इस बीच बोला था–

"नमस्ते नहीं करोगे अख्तर मियाँ डॉक्टर दीदी से।"

"सलामवालेकुम।"

सादिया ने भी जवाब में कहा था।, "वालेकुम सलाम"

तभी असलम और सुरेश आ गये। उन्हें देखती ही बोली थी वह, "कैसे दोस्त हो असलम भाई। राजू बीमार है और तुम्हें ख़बर नहीं।"

सुनकर असलम संजीदगी से बोला था,

"अम्मी जान की तबियत ठीक नहीं । दो दिन से...।"

बीच में पूछ उठा था राजू।

"क्या हुआ अम्मी जान को?"

कुछ नहीं राजू भाई, अब ठीक है वह।"

दो पल राजू की ओर देखकर असलम ने पुनः कहा था, "राजू भाई किसी की सुनते ही नहीं। अम्मी भी बहुत याद करती है। मैं क्या करूँ?"

कहते-कहते उसकी आँखें भर आयी थीं। तभी राजू परमार ने कहा था, "दो-तीन दिन बाद मैं जरूर अम्मी को देखने आऊँगा।"

"अब कितना बुखार है?"

कहते हुए असलम ने राजू की कलाई पकड़कर नब्ज महसूस की थी, "लगता है टैम्प्रेचर घट गया है।"

सभी ने सादिया की ओर देखा था। इस बीच अख्तर ने पूछा था, "चाय पीएँगी आप?"

जवाब में बोली थी वह, "आज नहीं फिर कभी। मुझे जल्दी निकलना है।"

शाम हो गयी थी। असलम और सुरेश के साथ सादिया भी चली गयी थी। अँधेरा घिर आया था। सादिया के जाने के बाद राजू ने अख्तर से मोमबत्ती लाने के लिए कहा था। थोड़ी देर बाद अख्तर मोमबत्ती लेकर आ गया था। मेश्राम और पटेल भी चले गये थे। अब वहाँ अख्तर और राजू रह गये थे। अख्तर पाँचवीं कक्षा पास था। दिन भर वह चाय की दूकान पर काम करता और शाम होंते-होते वह राजू के पास आकर इतिहास की पुस्तकों के साथ इंक़लाब के अंक भी पढ़ता था। अख्तर वहीं जमीन पर एक पुस्तक लेकर पढ़ने लगा था और राजू ने इंक़लाब के लिए कॉलम लिखना आरंभ कर दिया था।

सादिया को दूसरे दिन आना जरूरी था। इसलिए कि डॉक्टर ने जो दवाई दी थी, यह पूछने के लिए कि उसने वह ठीक से लिया...। जैसे ही सादिया आयी, राजू ने पूछा था, "कल बहुत देर हो गयी होगी।"

"मेरी चिंता छोड़ो, पहले बताओ तबियत कैसी है?"

"कल से बेहतर है।"

"हूँ।"

राजू ने फिर से पूछा था, "रात में देरी से घर पहुँची होंगी।"

"हाँ।"

"क्यों रिस्क लेती हो?"

जवाब में सादिया का गंभीर स्वर उभरा था, "जिसने मेरे लिए रिस्क लिया,

उसके लिए अगर मैं रिस्क नहीं लूँगी तो परवर दिगार को क्या जवाब दूँगी।"

उसकी बात सुनकर राजू को अच्छा लगा था। तभी अख्तर आया, सादिया को देखकर वह तपाक से बोला था, "सलाम अलैकुम डॉक्टर दीदी।"

"वआलैकुम सलाम अख्तर मियां।"

तभी राजू ने पूछा था, "चाय पियेंगी आप?"

तत्काल ही सादिया बोली थी, "मैं बनाती हूँ।"

"अरे अख्तर मियाँ चाय नहीं पिलाओगे अपनी डॉक्टर दीदी को।"

"आप छोड़िये सादिया जी। हमारे अख्तर मियाँ बहुत अच्छी चाय बनाते हैं।"

"सच अख्तर मियाँ।"

अख्तर ने मौन स्वीकृति दी थी। सादिया कोने में पड़े एक स्टूल पर बैठ गयी जबकि अख्तर चाय बनाने के लिए स्टोव चलाने लगा। थोड़ी देर में मेश्राम और पटेल आ गये थे। दोनों ने सादिया को नमस्ते की।

राजू ने उन्हें देखकर कहा था, "सादिया जी, कल इनका परिचय कराना मैं भूल गया था। ये हैं मेश्राम जी और यह पटेल।"

सादिया ने देखा तीस बरस की उम्र रही होगी मेश्राम नाम के युवक की जबकि बीस बरस का पटेल रहा होगा।

"क्या करते हैं मेश्राम जी?"

बेबाकी से जवाब दिया था उसने, "कबाड़ी का काम।"

सादिया को आश्चर्य हुआ था सुनकर। तत्काल ही पूछ बैठी थी वह "क्यों पढ़ाई नहीं की?"

"बी.ए. किया है मैंने।"

"फिर नौकरी वगैरह।"

"यहाँ तो रामराज है दलितों को कौन नौकरी देगा? उनके लिए तो पुश्तैनी धंधे ही सुरक्षित रख छोड़े हैं।"

"और आप?"

"यह मेरा सहायक कबाड़ी है।"

सुनकर सादिया के मुँह से निकला था, "ओह।"

"आपने...।"

जवाब में कहा था उसने, "मैंने हाईस्कूल किया है।"

राजू ने बतलाया था, "पिछले दिनों आरक्षण विरोधी दंगे में इन दोनों के सभी सर्टिफिकेट्स जला दिये थे सवर्णों ने।"

"ओह।"

"मैंने सोचा काम तो कुछ न कुछ करना ही है।"

तभी अख्तर ने चाय बना दी थी। प्याले में चाय डालते हुए उसने कहा था, "लीजिए चाय डॉक्टर दीदी।"

चाय का घूँट भरते हुए सादिया के होंठों से निकला था, "चाय तो वास्तव में ही अच्छी बनाते हैं अख्तर मियाँ आप।"

अख्तर ने धीमे स्वर में कहा था, "शुक्रिया डॉक्टर दीदी।"

लौटते हुए वह कबाड़ की दुकान पर रुकी तो हैरत में रह गईं। अनगिनत पुरानी पुस्तकें थीं वहाँ। उनमें भी कुछ तो बहुत महत्त्वपूर्ण थीं। उदाहरण के लिए डॉ. अम्बेडकर की 'हू वेयर शूद्राज'; गांधी की 'माई एक्सपीरिएंस विद ट्रुथ', एडवर्ड सईद की 'कल्चर एण्ड इम्पीरिलिज्म';...।"

"दोनों किताबें मुझे दे दो, पर मुफ्त में नहीं लूंगी।"

"यह तो अच्छी बात है सादिया जी, आप पैसा देकर पुस्तकें लेंगी।"

सादिया किताबों के साथ जयभीम बस्ती से लौटी वह खुश थी। इन तीन दिनों में उसने बहुत कुछ सीखा था। दलितों के जीवन दर्शन से वह रू-ब-रू हुई थी। उनकी तकलीफों से आमना-सामना हुआ था। शाम होते-होते वह घर पहुँच गयी थी। उसे दरवाजे पर दस्तक नहीं देनी पड़ी। दरवाजा पहले से ही खुला था। खुले दरवाजे को पार कर एक ही साँस में सीढ़ियाँ चढ़ गयी थी वह। ऊपर गयी तो देखा, अब्बा चाय बना रहे थे। एक नहीं दो प्याले।

तभी पूछा था उसने, "अब्बा दूसरा प्याला किसके लिए?"

"सादिया के लिए।"

सुनकर सुःखद आश्चर्य हुआ उसे।

"पर आपको कैसे मालूम मैं जल्दी आ जाऊँगी?"

"मुझे मालूम था।"

तत्काल ही पूछा था उसने, "पर कैसे?"

सैयद साहब ने रहस्य को बरकरार रखते हुए जवाब दिया था, "यह मैं क्यों बताऊँ?"

"ओह अब्बा, तुम भी बस पहेली बुझाने लगते हो।"

तभी सीढ़ियों से किसी के आने की पदचाप हुई। सैयद साहब ने रसोई से बाहर आकर देखा। रसूल मियाँ ऊपर के पायदान पर खड़े थे। उन्हें सामने देखकर उनके मुँह से अनायास ही निकला था, "सलाम वालेकम भाई जान।"

"वालेकम सलाम।"

"कैसे हो भाईजान?"

"खुदा की मेहरबानी है।"

"एक प्याला चाय और बनाना बेटे।"

"बना देती हूँ अब्बा।"

ऊपर आते ही रसूल मियाँ ने कहा था, "भाई जान आपने नीचे दरवाजा खुला ही छोड़ दिया। कोई आकर खुराफात कर बैठा तो।"

"खुले दरवाजे से कोई नहीं आता रसूल मियाँ। देख लेना, कोई आयेगा तो दरवाजा तोड़ कर।"

रसूल मियाँ ने कहना चाहा था, "फिर भी।"

इस बार सैयद साहब का गंभीर स्वर उभरा था, "तुम ठीक कहते हो रसूल मियाँ। अब किसी का भरोसा नहीं।"

थोड़ी देर में सादिया ट्रे में चाय के प्याले बिस्किट ले आयी और वह बोल उठी, "आप दोनों बातें करें। मैं छन्नो से ऊपर जाकर बात करती हूँ।"

छन्नो को भी जैसे सादिया के आने का अहसास हो गया था। तभी तो वह बार-बार पिंजरे के दरवाजे पर चोंच मारने लगी थी। असल में वह मुक्त होना चाहती थी। दिन भर पिंजरे में बंद जो रही थी। चाय से भरा प्याला लेकर वह सीढ़ियाँ चढ़ते हुए ऊपर छत पर चली गयी। छन्नो की उतावली देख कर सादिया ने कहा था–

"हाँ हाँ खोलती हूँ तेरा पिंजरा। इतना जल्दी क्यों मचाती हैं?"

तभी बराबर की छत से किसी के खाँसने की आवाज़ आयी। सादिया ने पीछे मुड़ कर देखा। वहाँ वैभव था। छन्नो से सादिया को बातें करते हुए देख जो धीरे-धीरे मुस्करा रहा था।

"क्या बात है छोटे मियाँ?"

"दीदी क्या छन्नो तुम्हारी भाषा समझती है?"

"हाँ हाँ समझती है।"

"पर यह बोलती क्यों नहीं?"

सादिया ने फर्श पर बाजरा बिखेरने के बाद पिंजरा खोला था। तभी पिंजरे के भीतर से मुर्गी कुकुड़ कू कर बाहर निकली थी। सादिया ने जवाब में कहा था, "देखो बोली ना। इसकी अपनी जुबां है।"

पुनः वैभव ने सवाल किया था, "पर दीदी क्या आप इसकी भाषा समझती हैं?"

"क्यों नहीं?"

वैभव का जिज्ञासा से भरा स्वर उभरा था, "कैसे भला?"

"छन्नो ने मुझे धन्यवाद कहाँ इसलिए कि हमने इसे मुक्त किया।"

वैभव ने तालियाँ बजायी थीं। शोर सुनकर छन्नो ने उसकी तरफ देखा था और

आवाज़ की थी, "कुकुड़ कू...कू...।"

वैभव को अच्छा लगा था सुनकर। फिर उसे न जाने क्या याद आ गया। वह पूछ बैठा, "दीदी इसके बच्चे नहीं हैं।"

सादिया ने मुस्कराते हुए कहा था, "इसका दूल्हा राजा आयेगा तब।"

फिर पूछा था वैभव ने, "कब आयेगा दूल्हा राजा दीदी?"

"जल्दी ही आयेगा।"

थोड़ी देर में नीचे से सुरुचि की आवाज़ आयी थी, "वैभव कहाँ हो?"

"मैं यहाँ हूँ छन्नो के पास।"

छन्नो ने अपना नाम सुनकर फिर से कुकुड़ कू की थी। वह बाजरा चुगते हुए उनकी तरफ देख लेती थी। अब तक सीढ़ियाँ चढ़ते हुए सुरुचि भी ऊपर आ गयी थी। उसने छत पर सादिया को देखा तो कह उठी, "नमस्ते दीदी।"

"नमस्ते, कैसी हो सुरुचि?"

"ठीक हूँ। तुम बताओ अपनी।"

"तुम दो दिन कालेज नहीं आयी।"

"हाँ सुरुचि।"

"पर क्यों?"

"राजू बीमार था।"

"ओह!"

फिर धीरे से बोली थी वह, "लगता है अपने से ज्यादा राजू की चिंता है तुम्हें।"

बीच में वैभव पूछ बैठा था, "दीदी राजू कौन है?"

सुरुचि ने तिरछी नजर से सादिया को देखते हुए कहा था, "है कोई।"

थोड़ी देर बाद सादिया नीचे गयी तो रसूल मियाँ को न देख पूछ बैठी, "चच्चा जान चले गये क्या?"

"हां बेटी उन्हें जल्दी जाना था।"

रात हुई तो सादिया ने भोजन तैयार किया। दोनों ने मिलकर खाया। कुछ देर बाद सादिया अपने कमरे में चली गयी और सैयद साहब अपने कमरे में। सादिया की दिल की बात बार-बार बाहर आना चाहती थी, लेकिन वह कह नहीं पाती थी। दो-तीन दिनों से वह इसी कशमकश में थी। रात अधिक हो गयी थी। पर वह अभी सो नहीं सकी थी। सैयद साहब ने सादिया के कमरे की लाइट जली देखी तो कमरे में जाकर पूछ बैठे, "क्या बात है बेटे, सोई नहीं अभी?"

"नहीं अब्बा, बस ऐसे ही।"

"एक बात पूछना चाहती थी अब्बा।"

"पूछो बेटा।"

"राजू के बारे में आपका क्या ख़याल है?"

सैयद साहब ने तपाक से अपने जवाब में कहा था, "राजू एक नेक इंसान है बेटा।"

सादिया के भीतर से स्वर उभरा था, "अब्बा।"

"तुम कुछ कहना चाहती हो बेटा।"

"हाँ अब्बा।"

"तो कहो ना।"

सादिया ने हिम्मत कर कहा था, "अब्बा मैं उनसे निकाह करना चाहती हूँ।"

आश्चर्य भरा स्वर निकला था उनके होठों से, "क्या!"

"हाँ अब्बा।"

"यह तुम क्या कह रही हो बेटा?"

"हाँ अब्बा, मैं...

"यह मालूम होते हुए भी कि वह एक गैर मुसलमान है।"

"हाँ यह मालूम होते हुए भी।"

"और वह... ।"

"वह भी अब्बा।"

कुछ पल बाद पूछा था उन्होंने, "क्या वह मुसलमान बनेगा?"

आश्चर्य से भरा स्वर उभरा था सादिया का, "क्या?"

"हां बेटा, बताओ, क्या वह मुसलमान बनेगा?"

"पर... ।"

इस बार संजीदगी से कहा था उन्होंने, "बेटा तवारीख गवाह है कि अव्वल तो हम अपनी बेटियां किसी गैर मुसलमान को देते नहीं और अगर देते भी हैं तो उसे इस्लाम कबूल करना पड़ता है।"

"पर क्या यह जरूरी है कि वह निकाह होने के समय मुसलमान बने।"

"बेटी आदमी को कोई न कोई मुकम्लि धर्म तो चाहिए ही। बिना धर्म के आदमी भला कैसे रह सकता है।"

"अब्बा... ।"

उन्होंने गंभीर होते हुए कहा था, "कभी वह कहता है कि न वह हिन्दू है ना मुसलमान।"

जवाब दिया था सादिया ने, "वह एक नेक इंसान है।"

"नेक इंसान को भी जीवन चलाने के लिए धर्म तो चाहिए।"

"वे बौद्ध हैं।"

"बौद्ध कोई धर्म नहीं, विचार है बराबरी और न्याय का।"

"पर।"

उन्होंने मीमांसा करते हुए कहा था, "वह भी हिन्दू धर्म का एक अंग है।"

"पर राजू कहता है कि बौद्ध धर्म एक मुकम्मल धर्म है।"

"बेटी यह तो उसका अपना विश्लेषण है।"

तभी सादिया ने कहा था, "वे तो यह भी कहते हैं कि हिन्दू धर्म कोई धर्म ही नहीं है।"

"फिर क्या है?"

"सिर्फ अलग-अलग विचारों का गुच्छा है।"

सैयद साहब ने महसूस किया कि उनकी बेटी के विचारों में तेजी के साथ परिवर्तन होने लगा है। सादिया अब बच्ची नहीं रही है। जैसा वे कहें और वे मान लें। रात अधिक हो गयी थी। वे अपने कमरे में चले गये थे। अगले दिन सुबह काम वाली समय पर आ गयी। वह नाश्ता लेकर कालेज के लिए निकल गयी। पाँचवाँ पीरियड अंतिम था। कालेज से सादिया को राजू के पास जाना था। बस्ती के बाहर ऑटो से उतरकर उसने सीधे राजू की खोली की ओर कदम बढ़ाए थे। जैसे ही उसने प्रवेश किया, भीतर बैठे कुत्ते ने किसी अजनबी को देख भौंका था। तभी पीछे से आवाज़ आयी थी–

"मास्टर नहीं।"

राजू की आवाज़ सुनकर कुत्ता शांत हो गया था। सादिया ने पलट कर देखा। राजू कंधे पर बैग लटकाए खड़ा था।

"राजू तुम, तुम्हारी तो तबियत ठीक नहीं है। तुम कहाँ गये थे?"

राजू ने मुस्कराते हुए जवाब दिया था, "इंक़लाब ऑफिस।"

"ओह माई गॉड। पर क्यों?"

वैसे ही मुस्कराते हुए पुनः बोला था, "सादिया, तुम जानती हो कि मैं वहाँ क्यों गया था।"

प्रतिवाद करते हुए वह बोली थी, "लेकिन राजू तुम....?"

इस बार गंभीर स्वर में कहा था राजू ने, "सादिया मुझसे बढ़कर आंदोलन है।"

वे दोनों भीतर गये तो मास्टर दरवाजे के पास बैठ गया था। राजू ने बैग से इंक़लाब की ताजा प्रति सादिया की ओर बढ़ाते हुए कहा था, "हमारे जीवन का उद्देश्य यही होना चाहिए कि हम मरें या जियें, लेकिन इंक़लाब चलते रहना चाहिए।"

सादिया ने अखबार के भीतरी पृष्ठों पर देखा। इंक़लाब में यथा स्थान पर उसका कॉलम छपा था।

"पर तुम्हें तो टेम्प्रेचर था। ऐसी स्थिति में...?"

"सादिया उद्देश्यपूर्ण अगर कुछ लिखना हो तो शरीर से नहीं मन से लिखा जाता है।"

"हाँ तुम ठीक कहते हो राजू।"

कहते हुए उसने इंक़लाब की प्रति अपने बैग में रख ली थी।

"राजू...।"

"हाँ हाँ बोलो।"

"राजू मैं तुम्हें कैसे बताऊँ?"

"क्या बात है सादिया?"

"राजू...।"

"कहो ना।"

"अब्बा चाहते हैं...।"

"बताओ अब्बा क्या चाहते हैं?"

"यही कि तुम्हें मुझसे शादी करने के लिए मुसलमान बनना होगा।"

"ओह!"

कुछ पल के लिए वातावरण में मौन पसर गया था और गंभीरता भी। इतना कि वह चुप्पी काटने लगी थी। दोनों के भीतर जैसे द्वंद्व उभर आया था। कहीं गहरे जाकर वे कुछ तलाशने में लगे हुए थे। राजू ने सादिया की आँखों में देखा। उनमें सवाल-दर सवाल थे। तभी उसने चुप्पी तोड़ते हुए कहा था।

"अच्छा सादिया, एक बात बतलाओ।"

"पूछो।"

"क्या विवाह करने के लिए हमें धर्म बदलने की जरूरत है?"

कुछ पल वह मौन रही। राजू ने फिर से पूछा था।

"बताओ न सादिया। जवाब दो।"

"मैं क्या जवाब दूँ।"

"तुम जैसा सोचती हो।"

सादिया फिर भी मौन रही। राजू ने उसके मन की टोह ली थी।

"सादिया धर्म बदला जाता है मुक्ति के लिए। जैसा हमारे पुरखों ने बदला।"

इस बार सादिया ने केवल हुंकारा ही भरा था।

"असल में हमने धर्म को समझा ही नहीं है।"

"राजू मैं कैसे बताऊँ कि अब्बा... ।"

बीच में कहा था राजू ने, "तुम उनकी इकलौती बेटी हो। इसलिए... ।"

"पर मैं क्या करूँ राजू?"

"कुछ मत करो। भविष्य में परिस्थितियाँ हमारे अनुकूल होंगी।"

शाम हो गयी थी। वहाँ से दोनों डॉ. खान के क्लीनिक पर गये। डॉ. खान को देखते ही सादिया कह उठी, "देखिये डॉक्टर साहब, अभी इनकी तबियत भी ठीक नहीं हुई और... ।"

इसी बीच राजू परमार ने इंक़लाब की ताजा प्रति डॉ. खान की ओर बढ़ाते हुए कहा था, "डॉक्टर साहब अब हमें अपने स्वास्थ्य को नहीं समाज के स्वास्थ्य को ठीक करना चाहिए।"

डॉ. खान ने गरदन हिलाकर सहमति दी थी।

देर रात गये सादिया ने अपने ही घर के दरवाजे पर दस्तक दी थी। आवाज़ सुनकर सैयद साहब सीढ़ियाँ उतरते हुए नीचे आये थे। उन्होंने दरवाजा खोला तो देखा, उनके सामने सादिया खड़ी थी। हल्के से उनके होंठों से निकला था–

"आओ बेटी।"

बेटी ने महसूस किया। पिता के स्वर में नाराजगी थी। पीछे-पीछे वह सीढ़ियाँ चढ़ते हुए ऊपर की मंजिल तक आ गयी थी। उसने देखा। रसोई की लाइट अभी तक जली हुई थी। पूछा था उसने–

"आपने खाना लिया अब्बा?"

"तुम्हारे बिना भला कैसे लेता।"

"ओफ अब्बा, आप भी बस। मैं तो ले ही लेती।"

कुछ देर बाद पूछा था उन्होंने, "इतनी देर कहाँ हो गयी?"

"जयभीम कालोनी गयी थी।"

अनायास ही उनके होंठों से निकला था, "क्या?"

"क्या हुआ अब्बा।"

जवाब दिया था उन्होंने, "वह तो स्लम है और बदनाम जगह भी।"

अब्बा का जवाब सुनकर उसे अच्छा नहीं लगा था, "होगी बदनाम जगह, पर राजू वहीं रहता है।"

फिर से आश्चर्य भरा स्वर उभरा था, "क्या कह रही हो सादिया? राजू वहाँ रहता है।" उन्हें विश्वास ही नहीं हो रहा था।

"अब्बा वे एक सप्ताह से बीमार हैं। डॉक्टर के पास ले गयी थी उन्हें।"

पूछा था उन्होंने, "दवा दिलाने।"

जवाब में कहा था सादिया ने, ''हाँ अब्बा।''

उन्होंने आशंका जतायी थी, ''पर कल को तुम्हें अगर कुछ हो गया तो... ।''

''मुझे कुछ नहीं होगा अब्बा।''

''नादान मत बनो बेटी। पिछली बार भी तुम्हारे साथ दुर्घटना होते-होते बची थी।''

''तब भी मुझे राजू ने ही बचाया था।''

''राजू कोई फेण्टम नहीं है, जो तुम्हारी मदद को कहीं भी पहुँच जाए।''

''वह मेरे लिए फेण्टम से भी बढ़कर है।''

''अच्छा बहस छोड़ो भोजन ले लो।''

दोनों ने रात के भोजन की साथ-साथ शुरुआत की। उन्होंने भोजन खत्म भी कर दिया था, पर सादिया अभी वहीं थी। कारण था भोजन लेने के बीच सादिया को बार-बार राजू की याद आ जाती थी। याद आने पर मुँह तक आते-आते कोर वाला हाथ रुक जाता था। अनिच्छा से वह मुँह में निवाला डालती तो वह गले में ही अटक जाता। कई बार बेटी की ओर पिता ने पानी का गिलास बढ़ाया था। पानी पीती तो उसे उचकियाँ आने लगतीं। बड़ी मुश्किल से जैसे-तैसे वह भोजन ले सकी थी। रात काफी हो गयी थी। नींद उससे दूर थी। बार-बार वह करवटें बदलती थी। बाहर से चौकीदार की आवाज़ें आने लगी थीं। जो परिवेश में पसरे सन्नाटे को तोड़ती थी।

जब से राजू ने छात्रावास छोड़ा था तभी से वह बेचैन था। उसके भीतर बवंडर समा गया था। तरह-तरह के सवाल उभरते थे, जिनका जवाब नहीं था उसके पास। आर्थिक संकट से वह और भी परेशान हो जाता। सादिया उसकी परेशानियों का सबब अच्छी तरह से जानती थी। वह राजू की भावनाओं की इज्जत करती थी। वह अच्छी तरह से जानती थी कि राजू एक खुद्दार व्यक्ति है। उससे किसी तरह की मदद की बात कहना भी उसकी नाराजगी मोल लेना था। आज जैसे ही सादिया उसकी खोली पर पहुँची वह कहीं जाने के लिए तैयार था। पूछ बैठी वह–

''कहाँ जा रहे हो राजू?''

राजू के भीतर से गंभीर स्वर उभरा था, ''एक हिसाब साफ करना है।''

''मैं भी तुम्हारे साथ चलती हूँ।'' सुनकर राजू ने सहमति दे दी थी।

वे बस्ती से बाहर आये तो स्वयं राजू ने बस की टिकट ली थी। बस रुकी तो वह पूछ बैठी, ''यह तो पुलिस स्टेशन है।''

''मेरे साथ आओ।''

''पर क्यों?''

"सवाल मत करो।"

सादिया राजू के पीछे-पीछे थी। सामने ही इंस्पेक्टर का कमरा था। राजू तेजी के साथ कमरे में प्रवेश हो गया था। उसके बाद सादिया ने भी कमरे में प्रवेश किया। उसने देखा इंस्पेक्टर वहाँ मौजूद था।

उसे देखकर राजू के भीतर का लावा जैसे बाहर आ गया था, "बताइये इंस्पेक्टर मुझे कब एनकाउंटर करना है?"

हड़बड़ाहट में बोला था इंस्पेक्टर, "राजू तुम किस तरह से बातें कर रहे हो, होश में तो हो तुम।"

"मैं तो होश में हूँ। पर तुम नहीं।"

"कुछ समझने की कोशिश करो।"

"क्या समझने की कोशिश करूँ? यही कि तू दलितों और मुसलमानों की हत्या करने वाली सरकार की तरफदारी कर रहा है। बता, तुझे कितना इनाम मिला है, मुझे भी तो पता चले सरकार ने तेरी कितनी कीमत लगाई है?"

"मैं बिकने वाले लोगों में से नहीं हूँ।"

"तू किन लोगों में से है मूझे मालूम है।"

"राजू जबान सँभाल कर बात कर। वरना अभी हवालात में बंद कर दूँगा।"

"करो मुझे गिरफ्तार।"

शोर सुनकर इंस्पेक्टर के कमरे में अन्य पुलिस कर्मचारी इकट्ठा हो गये थे। वह हाथ भी उठा सकता था। जलती आँखों से राजू ने इंस्पेक्टर की ओर देखा था। तभी सादिया ने समझाया था उसे–

"राजू तुम यह सब...।"

"मैंने तुम्हें अकेले आने के लिए कहा था। इस मुसलमानी को साथ में लाने के लिए नहीं।"

"मैंने इन्हें साथ में चलने के लिए नहीं बुलाया। मैं घर से निकलने वाला ही था कि ये आ गयी।"

इस बार इंस्पेक्टर ने मुस्कराते हुए कहा था, "और तुम इन्हें साथ में ले आये।"

"हाँ इंस्पेक्टर मैं इन्हें साथ में ले आया।"

"क्या लगती है तेरी यह?"

बीच में बोल उठी सादिया, "इंस्पेक्टर आप किस तरह से बातें कर रहे हैं?"

"मुझे घटिया स्तर पर भी बात करना आता है।"

कहकर कुटिलता से मुस्कराया था वह। फिर बोला था, "नहीं मोहतरमा, यह बेकार की बहस नहीं है। अब तुम भी कान खोलकर सुन लो।"

"क्या सुनाना चाहते हैं आखिर आप हमें?"

"यह कि हिन्दुओं को झेलते-झेलते लंबा समय हो गया है। अब निर्णय करने की हमारी बारी है।"

"ओफ चलो भी राजू।"

तभी राजू बीच में बोला था, "तुमने इंस्पेक्टर यही सब कहने के लिए बुलाया था।"

"हां राजू परमार, मैंने यही कहने के लिए तुम्हें थाने में बुलाया था।"

तभी सादिया को बोलना पड़ा था, "सुन लिया न राजू, अब तो चलो।"

वे दोनों पुलिस स्टेशन से बाहर आ गये थे।

"वह भी करके देख लो इंस्पेक्टर।"

"करूँगा, अवश्य करूँगा। पर एक मौका और देना चाहता हूँ।"

"क्या मौका देना चाहते हो तुम?"

"यही कि एक हिन्दू होने के नाते तुम मुसलमानों का साथ छोड़ दो।"

"इंस्पेक्टर मैंने कितनी बार कहा कि मैं हिन्दू नहीं हूँ।"

"तुम्हारे कहने से क्या होता है?"

"फिर किसके कहने से होता है?"

"हमारे यानी हिन्दुओं के मानने से।" कहकर इंस्पेक्टर ने उसकी ओर देखा था। तभी सादिया बोली थी।

"चलो यहाँ से राजू, इस बेकार की बहस में क्या पड़ रहे हो?"

रात में राजू को इंक़लाब के कार्यालय में ही सोना पड़ा। बारह बजे तक असलम, सुरेश, इमरान साथ में थे। इंक़लाब में छपे ताजा कॉलम से राज्य सरकार के भीतर बेचैनी हो गयी थी। लेख ही कुछ ऐसा था। राजू ने बेबाकी से अपने कॉलम में सवाल-दर-सवाल उठाये थे। हालाँकि राजू पर पुलिस की पहले से ही नजर थी। इस कॉलम के छपने से पुलिस प्रशासन और भी सजग हो उठा था। सीधे एसपी कार्यालय से फोन आया था। इंस्पेक्टर अभी इसी बारे में सोच ही रहा था कि तभी उनके कक्ष में हिन्दू ब्रिगेड के चार-पाँच युवकों ने प्रवेश किया था। इंस्पेक्टर उन्हें अच्छी तरह से जानता था। वे स्थानीय विधायक अशोक बंदूकवाला के आदमी थे। आते ही उनमें से किसी ने कहा था–

"इंस्पेक्टर, तुमसे उसका बंदोबस्त नहीं हुआ न।"

"तसल्ली रखो भाई कर रहा हूँ उसका इंतजाम।"

कहते हुए इंस्पेक्टर ने हवलदार को बुलाया था। पल भर बाद हवलदार आ गया था। उसे देख कहा था उसने, "हवलदार एक सिपाही ले जाओ और राजू परमार को

अपने साथ थाने ले आओ।"

हवलदार जाने को हुआ तो उसी युवक ने कहा था, "हवलदार रहने दो। तुम जरा बाहर जाओ।"

हवलदार को बाहर जाने पर उसी ने पुनः कहा था, "इंस्पेक्टर, तुमसे कुछ नहीं होगा।"

आश्चर्य से भरा स्वर निकला था, "क्या।"

"हाँ इंस्पेक्टर, उस स्साले का बन्दोबस्त हम करेंगे।"

"लेकिन।"

इस बार दूसरे युवक ने कहा था, "उस पर एक मुसलमानी से इश्क करने का भूत सवार है ना। उसे हम उतारेंगे।"

तभी तीसरा भी बोला था, "तुम तो इंस्पेक्टर यहाँ बैठे रहोगे और वह उस स्साली मुसलमानी से शादी कर कलमा भी पढ़ लेगा। राज्य में एक और मुसलमान की संख्या बढ़ जाएगी।"

अंत में शेष दोनों युवकों ने भी एक स्वर में कहा था, "हाँ हाँ हम स्वयं उसका बंदोबस्त करेंगे।"

"जैसी तुम्हारी मर्जी। लेकिन जरा सँभल कर।"

"तुम चिंता मत करो इंस्पेक्टर।"

कहते हुए वे चले गये थे।

"सादिया मैं क्या करूँ, मुझे कुछ समझ नहीं आता।"

"तुम्हें कुछ नहीं करना। केवल शान्त रहना है।"

"नहीं सादिया मेरे रोम-रोम में बेचैनी भरी है। मैं शान्त नहीं रह सकता।"

कुछ बोलना चाहती थी वह। लेकिन वह चुप रही। कैसे समझाए राजू को। वह मौन थी जबकि राजू के भीतर जैसे लावा दहक रहा था। उसका आक्रोश फिर फूटा था-

"इसी राज्य में देख लो। इतना सब हो रहा है पर कहाँ क्या हुआ। फिर भी सब तरफ शान्ति है। अंततः सादिया को कहना पड़ा, "बस करो राजू।"

"सादिया मेरा मन तो कहता है कि इस सरकार के सिपहसालारों को गोली मार दूँ।"

"कितने लोगों को गोली मारोगे? यह गांधी का राज्य है।"

"नहीं यह गोडसे की जमीन बन गयी है।"

"कभी गोडसे तो कभी सावरकर तो कभी बाल ठाकरे यहाँ पैदा होंगे, जो

एक-एक मुसलमान को चुन-चुन कर मारेंगे। कोई गांधीवादी बचाने नहीं आयेगा। हाँ सीएम उनकी पीठ थपथपाने जरूर आयेगा।''

कुछ पलों के लिए वह चुप हो गया था। फिर बोला था वह, ''सादिया मेरी माँ नहीं, बाप नहीं, बहन नहीं, भाई नहीं। सब कुछ भूकम्प ने लील लिया। मेरा घर नहीं रहा। सब कुछ खत्म हो गया। न मेरे घर की पहचान बची और न मेरी जाति की अस्मिता। सब कुछ तार-तार कर दिया है उन्होंने।''

शाम ढल गयी थी। सूरज अस्त हो रहा था। समूची पश्चिम दिशा रक्तमय जैसी लग रही थी। आकाश में कहीं-कहीं बादल थे। राजू के खून में उबाल था। सादिया की धड़कन में तेजी थी। राजू के भीतर द्वंद्व था। सादिया मंथन की प्रक्रिया से जूझ रही थी। उसके भीतर आंदोलन रचा-बसा था। सादिया पल भर के लिए अपने धड़कते दिल की बाती राजू को सुनाना चाहती थी। लेकिन..., अंततः वे पार्क के एकान्त से निकल कर भीड़भाड़ के परिवेश में आ गये थे। उन्हें वापस लौटना था। अपने-अपने घर...।

इस बार रसूल मियाँ आये तो चमकी भी साथ में थी। शुक्र था कि चमकी ने बुर्का पहना हुआ नहीं था। हाँ बुर्के को उसने अपने हाथों में जरूर लिए हुए था। आते ही उसने कविता सुनाई थी–

सारे जहाँ से अच्छा हिन्दुस्तान हमारा,
हम बुल बुले हैं इसके ये गुलसिता हमारा।

सादिया के साथ सैयद साहब भी खुश हुए। तभी पूछा था उन्होंने।

''अच्छा चमकी बेटे यह तो बतलाओ यह कविता किसने लिखी?''

तुरंत जवाब दिया था चमकी ने, ''मास्टरजी ने।''

आश्चर्य हुआ था उन्हें सुनकर।

''पर बेटे यह कविता मास्टर जी ने नहीं लिखी।''

चमकी ने धीरे से जवाब में कहा था, ''हमें मालूम नहीं। हमें तो बस मास्टरजी ने सुनाई थी।''

''देखो मियाँ यही तो हर बात में हिन्दूकरण है। वे बच्चे को बतलाते तक नहीं कि कविता लिखने वाला कौन है? वह हिन्दू है या मुसलमान।''

तभी रसूल मियाँ ने पूछा था, ''पर किसने लिखी यह कविता?''

सैयद साहब ने गंभीर स्वर में कहा था, ''तुम्हें भी नहीं मालूम...।''

''नहीं।''

इस बार उन्होंने जवाब दिया था, ''मोहम्मद इकबाल ने।'' कुछ पल ठहरकर उन्होंने फिर से कहा था, ''इनका बस चले तो कहने लगेंगे। यह कविता सावरकर

ने लिखी या गोडसे ने।''

बीच में हुंकार भरा था रसूल मियाँ ने। सैयद साहब के भीतर से उनके जज्बात उभरे थे, ''इसीलिए मैं बार-बार कहता हूँ आज सही तालीम की जरूरत है। मैं तो कहूँगा कि इल्म सबसे पहले है रोटी बाद में।''

तभी हैरत में बोले थे वे, ''क्या बात कर रहे हैं आप? रोटी नहीं खाएंगे तो जिंदा कैसे रहेंगे।''

जवाब दिया था उन्होंने, ''इसीलिए छोटे-छोटे बच्चों को तुम लोगों ने मजदूर बना दिया है। जाओ पहले कमा कर लाओ।''

''आप भी क्या बात करते हैं, कौन भला अपने बच्चों को पढ़ाना नहीं चाहेगा?''

कुछ देर बाद वे फिर बोले थे, ''अल्लाह को जैसा मंजूर हो वैसा ही होता है।''

सैयद साहब के स्वर में फिर से नाराजगी उभर आयी थी, ''बस तुम लोगों में यही तो गड़बड़ी है। हर मामले में अल्लाह को बीच में ले आयेंगे।''

''हम कौन होते हैं अल्ला ताला को बीच में लाने वाले? वह तो हर जगह मौजूद है। जर्रे-जर्रे में उसकी तासीर है।''

''बस मियाँ बस। तुम जीते और मैं हारा।''

सादिया बीच में सीढ़ियाँ चढ़कर चली गयी थी। उनकी बातचीत के कुछ शब्द उसके कानों में पड़ गये थे। तभी वह पूछ बैठी–

''कौन जीता कौन हारा?''

''आओ बेटी तुम ही फैसला करो अब।''

''तौबा तौबा चच्चा जान, दो बुजुर्गों में भला कैसे मैं जज बन सकती हूँ।''

तभी रसूल मियाँ बोले थे, ''यह बतलाओ बेटी। पहले रिजक जरूरी है या तालीम।''

सादिया ने जवाब दिया था, ''दोनों जरूरी है।''

तभी सैयद साहब बोले थे, ''अरे वाह, कैसी जज हो तुम।''

सुनकर सादिया और चमकी मुस्कराये थे।

''अच्छा बेटे अब चलें।''

''अरे चच्चा जान ऐसे कैसे जा सकते हैं?''

''क्यों क्या हुआ?''

''रिजक मैं तैयार करती हूँ और तालीम तो अब्बा जान दे ही रहे हैं तुम्हें।''

इस ख़बर को सुनकर ईसाई समुदाय के लोग सन्न रह गये थे। उन्हें सपने में भी ऐसा विश्वास न था कि इतनी निर्ममता से उनके लोगों को मौत के घाट उतारा जा

सकता था। घायल भावनाएँ उन्हें उत्तेजित कर रही थीं। चैपल से लेकर गिरजाघरों तक में इस जघन्य हत्याकांड पर बहस हो रही थी।

कुछ हत्यारों ने घर में आग लगा दी थी। जहाँ फादर सो रहे थे। वे लंबे समय से आदिवासियों के बीच रहकर काम कर रहे थे। हिन्दुओं को लग रहा था कि आदिवासी हिंदुत्व से दूर होते जा रहे हैं। और ईसाई मिशनरीज की उनके जीवन पर पकड़ बढ़ने लगी थी। बजरंगियों को यह कैसे सहन होता?

देश में हत्याओं का दौर आरंभ हो गया था। पहले दलित, फिर ईसाई अब जैसे मुसलमानों की बारी थी। बजरंगी हो या शिव सैनिक, वे चुन-चुन कर दलितों, ईसाइयों और मुसलमानों को मारने में लगे थे। गांधी के राज्य की परिस्थितियाँ तेजी के साथ बदलने लगी थीं। हिन्दू पहले से अधिक आक्रामक होने लगे थे। उनके भीतर तरह-तरह की विकृतियाँ रेंगने लगी थीं। उनका खून खौलने लगा था। वे भारत की शक्ल सूरत बदल देना चाहते थे। कौन जानता था भारत को भारत ही रहना था या...।

फिर एक घटना और हुई। राज्य में एक मुल्ला को मस्जिद में ही जला कर मार डाला गया था। संसद मौन थी। विधान सभा में बहस होने का सवाल ही पैदा नहीं होता था। बाबरी मस्जिद का सवाल पहले से ही ठण्डे बस्ते में डाल दिया गया था। फिर हिन्दू राज्य में एक अदद मुल्ला की जान की क्या कीमत हो सकती थी भला?

अभी तक एक सप्ताह भी बीता नहीं था कि शहर में हड़कंप मच गया था। किसी विपत्ति के आने की आशंका से लोगों के मन पत्ते की तरह काँपने लगे थे। वे बेचैन और व्यथित थे। उनकी परेशानियों का कारण थे गिद्ध। हिन्दुओं का पहले से ही मानना रहा है कि शहर के भीतर गिद्धों का आना अपशकुन होता है। वे विपत्ति और बरबादी के कारक हैं। वे हिंसा का स्वाद चखने आते हैं और जीवित लोगों के मरने की प्रतीक्षा करते हैं। शहर की पुरानी आबादी में तीन गिद्ध देखे गये थे। खँडहर बने एक बड़े मकान की मुंडेर पर गिद्ध बैठे थे। शहर में गिद्धों के आने की ख़बर तुरता-फुरती में चर्चा का विषय बन गयी थी। घरों, दुकानों, कार्यालयों तथा होटलों में कार्यरत लोग अपने-अपने घरों पर फोन करने लगे थे। वे एक दूसरे से गिद्धों के बारे में अधिक से अधिक सूचनाएँ लेने को आतुर थे। शाम होते-होते सांध्य टाइम्स ने मुखय पृष्ठ पर छापा था—'शहर में गिद्धों का प्रवेश। लोगों में किसी विपत्ति के आने की आशंका।' समाचार के साथ ही तीनों गिद्धों के चित्र भी छापे गये थे। अखबार बेचने वालों के लिए यह टकसाली ख़बर थी। सड़कों के किनारे/बाज़ारों/चौराहों/पान की दुकानों/थियेटरों/पुलिस थानों/स्कूलों/बस डिपो/साइबर कैफों में सांध्य टाइम्स के हॉकर यह ख़बर बेच चुके थे। समाचार पत्रों का काम जैसे

ऐसी ही थरथराने वाली ख़बरों को बेचना था। लोग जितना थरथराएँगे, आशंकित होंगे, कँपकँपाएँगे, भयभीत होंगे उतना ही उनका अखबार बिकेगा। शहर में अगर सभी कुछ शांत होगा तो अखबारों को कौन पूछेगा। अपने-अपने अखबारों की प्रसार संख्या बढ़ाने की नई-नई तरकीबें वे ईजाद करते थे।

जिस किसी ने भी यह ख़बर पढ़ी, उसने बिना देरी किये दूसरे को अवश्य बतायी। दूसरे ने तीसरे को और तीसरे ने चौथे तक इस ख़बर को बिना देरी किये पहुँचाया। अधिकांश लोगों के द्वारा तो बिना अखबार पढ़े ही गिद्ध वाली ख़बर का प्रचार-प्रसार होता गया। उन्होंने केवल सुना और ख़बर की विश्वसनीयता पर ध्यान दिये बिना उसे आगे बढ़ाया। देखते-देखते शाम के सभी अखबार बिक गये थे। नतीजा यह हुआ कि शाम होते-होते सड़कें सुनसान हो गईं।

बाज़ार बंद हो गये थे। रेस्त्रां खाली पड़े थे। लोग जल्दी से जल्दी अपने-अपने घर पहुँचना चाहते थे। महिलाओं को अपनों की चिंताएँ खाये जा रही थी। वे उद्विग्न थीं। कभी-कभी वे आकाश की ओर देख लेती थीं। उनके भीतर से अनगिनत सवाल उभर रहे थे। बच्चों के मन में डर कम था और जिज्ञासाएँ अधिक थीं। रात होते-होते लोग अपने घरों के खिड़की दरवाजे बंद करने लगे थे। वे अनहोनी घटना से बचना चाहते थे। रेडियो और दूरदर्शन पर भी गिद्धों के शहर में आने के समाचार को प्रमुखता दी गयी थी। गुजराती समाज अपने ही विश्वास और आस्थाओं के द्वंद्वों से जूझने लगा था। गुजरातियों की तथाकथित प्रगतिशीलता बालू की भीत की तरह पलभर में ढह गयी थी। उनके पास थे तो केवल अंधविश्वास जिनकी दलदल में और नीचे की ओर वे धँसते जा रहे थे। मंदिरों से आने वाली घंटे घरनालों की आवाज़ें और भी तेजी के साथ सुनी जाने लगी थीं। जबकि मस्जिदों में नमाज के अलावा चुप्पी थी। गिरजाघरों में संगीतमय संध्या प्रार्थना के स्वर परिवेश में गूँज रहे थे। बौद्ध विहारों में वंदना जारी थी। गुरुद्वारों में अरदास हो रही थी। हिन्दू मन उद्वेलित था। उनकी भावनाओं में आवेग था। पण्डितों/पुरोहितों/ज्योतिषों का महत्त्व बढ़ने लगा था। रात में जल्दी ही जिन्हें नींद आ गयी थी। उनके सपनों में गिद्ध थे, खँडहर होते मकान थे, आगजनी की शिकार दुकानें थीं, बसों, रेलगाड़ियों में लगती आग थी। लोगों की चीख-पुकार थीं। जिन्हें आधी रात बीत जाने पर भी नींद नहीं आ सकी थी। वे सभी जाग रहे थे। बार-बार उठकर वे पानी पी रहे थे। फिर भी उनके गले खुश्क थे। वे अपने-अपने घरों में लेटे होने के बावजूद बार-बार आसमान की ओर देखते थे। आसमान में तारों के गुच्छों की भाषा पढ़ने की कोशिश करते थे। धार्मिक परिपाटियों के कारण उनके भीतर एक और डरपोक आदमी ने प्रवेश कर लिया था।

हालाँकि सुबह गिद्ध चले गये, लेकिन अपने पीछे भय से भरा परिवेश छोड़ गये

थे। पत्रकारों के समूह जायजा लेने के लिए उसी खँडहरनुमा मकान पर गये थे। इसलिए कि कल की ख़बर को नया रूप जो उन्हें देना था। टूटे हुए दरवाजे के पास खून के धब्बे थे। जिसे देखकर वे भयभीत हो उठे थे। वे थोड़ा आगे बढ़े तो खून के साथ उन्होंने मांस के टुकड़े भी देखे। उनमें से कुछ ने अपने कैमरों को हाथ में ले लिया था। उनकी आँखें आसपास कुछ खोजने लगी थीं। तभी उन्हें किसी आदमी का धड़ दिखलाई पड़ा। नज़दीक ही उसका पेट उधड़ा हुआ पड़ा था। जमीन पर खून ही खून फैला था। आदमी का धर्म क्या था, जात क्या थी? यह पहचानना मुश्किल था। गिद्धों ने आदमी को नोच-नोच कर खा लिया था।

उसके एक सप्ताह बाद संसद पर आतंकवादियों का हमला हो गया। रात के समाचारों में विभिन्न चैनलों ने संसद पर आंतकवादियों के द्वारा हुए हमले की लाइव स्टोरी को सिलसिलेवार प्रसारित किया था। रिपोर्टर से लेकर एडिटर तक को काफी मेहनत मशक्कत करनी पड़ी थी। कुछ ने प्रतिस्पर्धा में इसे जहाँ अति रोमाचंकारी स्टोरी बना दिया था तो कुछ ने मुस्लिम समुदाय की संवेदनाओं पर चोट करने का कार्य भी किया था। आतंकवादियों को मार गिराते-गिराते जांबाज जवान शहीद हो गये थे। रही-सही कसर प्रिंट मीडिया ने पूरी की थी। सुबह अखबारों में हिन्दुओं ने जो पढ़ा, उससे आक्रोश का ग्राफ कहीं ऊँचा हो गया था। कहीं-कहीं मीडिया का इस्तेमाल प्रहारक शस्त्र के रूप में हुआ था। मुसलमानों के खिलाफ हिन्दुओं के मन में गहराई तक घृणा समाई हुई थी। हिदू परिषद ने आनन-फानन में भारत बंद का ऐलान कर दिया था। जैसे राजनीतिज्ञ सोये हुए हिंदुत्व को जगा देना चाहते थे। उनके भीतर कुछ नये सूत्रों का जन्म हो रहा था। जो राजनीति के उग्र हिंदुत्व के एजेंडे से उभरे थे। गांधी के रामराज में हिन्दुओं को सुलगाने का कार्य तेजी से होने लगा था। अलस्सुबह लोगों ने देखा। उनके शहर में बंद का असर होने लगा था। बारूद पिघलने की तैयारी में था।

स्कूल कालिज़ों में विद्यार्थी तड़कने-भड़कने लगे थे। उनके भीतर उत्पाती दर्शन उभर रहा था। वह दर्शन सावरकर और गोलवलकर का था। वे बाल ठाकरे की तरह फतवे देने लगे थे। शैक्षिक और सांस्कृतिक प्रतिष्ठानों में हिन्दू मुस्लिम इतिहास तथा उनकी पहचान को लेकर बहस होने लगी थी। विद्यार्थियों के भीतर धर्मांधता के साथ उन्माद भी आने लगा था। उनके भीतर उच्छृंखलता बढ़ने लगी थी। वे कुछ करना चाहते थे।

बी.ए. सेकंड ईयर में सिर्फ तीन गैर हिन्दू थे। सोफिया ईसाई थी। सादिया मुस्लिम थी और राजू परमार दलित। उस पर भी उन्हें चैन न था। अवसर देख वे अलग-अलग नामों से उन्हें चिढ़ाया करते थे। सोफिया को सूफी कहते थे। सादिया

को सादिया बी कहकर पुकारते थे। और राजू परमार को मुल्ला राजू। कभी-कभी वे उनकी धार्मिक भावनाओं को आहत करने वाले संकेत भी करते थे। ब्लेक बोर्ड पर चाक से उनकी तरह-तरह की आकृतियाँ बना दी जाती थीं। वे यह सब देखते तो झल्ला उठते। उनका मन उद्वेलित हो उठता था। उनके पूछने पर क्लास रूम में बैठे विद्यार्थी मौन साध लेते थे और फिर कुछ ही देर बाद खिलखिला कर हँस पड़ते थे। पूछने वाले का स्वर उनकी गूँज में गुम हो जाता था, पर ब्लेक बोड पर बनाई गयी आकृतियाँ उन्हें वैसे ही चिढ़ाती रहतीं। आकृतियों का अस्तित्व जब तक बना रहता तब तक अगला पीरियड लेने के लिए अध्यापक नहीं आ जाते। ब्लेक बोर्ड पर यह सब दिखाई देने पर अध्यापक उन्हें डस्टर से उन्हें मिटाते। उस समय उनके ओठों पर हल्की मुस्कान होती।

धर्म के मामले में अधिकांश अध्यापक एक हो जाते। वैसे ही विद्यार्थी भी थे। बीज जैसा होगा वैसा ही पेड़ भी। इसमें जमीन का क्या दोष। जमीन तो सब जगह लगभग एक जैसी होती। हाँ उस जमीन को लोग अलग-अलग रंगों में रंग देते।

सादिया आज जैसे ही क्लास रूम में आयी। ब्लेक बोर्ड पर सोफ़िया के नाम के आगे सूफी, सादिया के सामने ही बी और राजू के नाम के आगे मुल्ला लिखा था। उसने देखा तो वह बेचैन हो उठी। उसे लगा जैसे उसकी अस्मिता को किसी ने पत्थर मार कर लहूलुहान कर दिया है। उसने महसूस किया था सभी की आँखें उस पर लगी थीं। वे पहले की तरह मौन थे, पर उनकी चुप्पी में कुटिलता छुपी थी। उसने इधर-उधर नजरें दौड़ाईं। न वहाँ सोफिया थी और न ही राजू। वह उनके बीच अकेली थी। उसने अभी मेज पर बैग रखा ही था कि क्लास रूम में सभी एक साथ हँसे थे। कुछ ने तीखी सीटियाँ भी बजायी थीं। फिर दबे हुए स्वर में दो-तीन लड़कों ने पुकारा था, ''सादिया बी'' वह मन मसोस कर रह गयी। क्लास रूम में अध्यापक अभी आये नहीं थे। आखिर कब तक वह उनके बीच अकेली ऐसे ही बैठी रहती। अचानक वह फट पड़ी थी।

''तुम्हें जरा भी शर्म नहीं आती है क्या?''

तभी पिछली पंक्ति में बैठा गुलशन बोला था, ''चुप करो बी, यह पाकिस्तान नहीं है।''

उसने सुना तो वह दंग रह गयी। क्लास रूप में हिन्दुस्तान पाकिस्तान का सवाल कहाँ से आ गया। उसके कलेजे को जैसे किसी ने चाकू की नोक से कुरेदा हो। उसके शब्दों ने उसकी भावनाओं को लहूलुहान कर दिया था। उसके भीतर दर्द का अथाह समंदर उभर आया था। पुनः पीछे से किसी ने कहा था–

''बोलो बी, यह हिन्दुस्तान है।''

अब क्या जवाब दे। जैसे उसकी सारी ताकत ने जवाब दे दिया था। उसने पुस्तकों से भरा बैग उठाया और वह क्लास रूम से बाहर आ गयी थी। बराण्डे में आते-आते उसकी आँखों में आँसू भर आये। वह रो भी नहीं सकती थी। जैसे इन दीवारों के आसपास रोना भी मना था। क्लास रूम से बाहर अभी भी आती उनके हँसने-खिलखिलाने की आवाज़ें उसका पीछा कर रही थीं। उसके भीतर सवाल-दर-सवाल उभर रहे थे। क्या वह देश केवल हिन्दुओं का है? हजारों सवाल थे, जैसे चारों तरफ से वे स्वयं उसे चुभने लगे थे। कुछ लड़के-लड़कियाँ कालिज के बराण्डे में खड़े हँस रहे थे। और वह रो रही थी। इतने बड़े कालिज में उसका अपना कोई न था। अभी तक न राजू आया था और न सोफिया। वह वहाँ अकेली क्या करती भला। कालिज से बाहर आकर उसने ऑटो लिया और वह घर पहुँची।

"अब्बा"

खुले दरवाजे से प्रवेश कर सीढ़ियाँ चढ़ते ही उसके मुँह से निकल पड़ा। सैयद साहब ने सुना तो तुरंत सीढ़ियों की ओर आये। बूढ़ी आँखों ने देखा। सादिया की आँखों में आँसू थे और उसका चेहरा परेशानियों की लकीरों से भरा था। उनके भीतर से व्यथित स्वर उभरा था—

"क्या हुआ बेटे? खैरियत तो है।"

रुआंसे स्वर में वह बोली थी, "अब तो इंतिहा हो गयी है अब्बा।"

सादिया के वाक्य ने उन्हें परेशान कर दिया था। उनके स्वर में और अधिक बेचैनी बढ़ गयी थी। वे पूछ बैठे, "पर कुछ हुआ भी बेटे।"

सादिया ने क्लास रूम में ब्लेक बोर्ड पर लिखी हुई बातें रोते हुए बतलाई थी। कुछ पल वह ठहरी। फिर उसने सुबकते हुए कहा था, जब मैंने विरोध किया तो जानते हो अब्बा कुछ लड़कों ने क्या जवाब दिया। तुरन्त पूछा था, उन्होंने—

"क्या कहा उन्होंने?"

सादिया ने द्रवित हो बताया था, "उन्होंने कहाँ यह पाकिस्तान नहीं है।"

अब्बा ने सुना तो उनका सीना जैसे छलनी हो गया था। फिर भी उन्होंने दिलासा देते हुए कहा था।

"हमें बेटे अपनी सरहदों में रहना सीखना चाहिए।"

भरे गले से पूछा था उसने, "खुदा ने तो कोई सरहद नहीं बनाई?"

जवाब में कहा था उन्होंने, "खुदा यह सब क्यों बनाए? लोग बनाते हैं सरहदें।"

कुछ पल ठहरकर वे भारी मन से बोले थे, "और मुल्क के बँटवारे ऐसे ही तो नहीं हो गये थे।"

पिता को अचानक ध्यान आया। अपनी राय जाहिर करने से पहले उन्हें बेटी

को पानी देना चाहिए था। वे उठकर पानी लेने चले गये। एक हाथ में पानी से भरा गिलास लिये लौटे तो सामने राजू को खड़े पाया।

राजू के आने से जैसे सादिया के तपते मन पर पानी की ठण्डी बूँदें पड़ी हों।

पानी से भरा गिलास राजू के हाथ में देते हुए वे दूसरे गिलास में पानी लेने के लिए चले गये थे। राजू ने गिलास सादिया के हाथ में देते हुए कहा, "लीजिए सादिया, पहले पानी पी लीजिए।"

"नहीं नहीं आप ले लीजिए। मैं ले लूँगी।"

इस बीच वे पानी ले आये थे। सादिया ने राजू के हाथ से पानी का गिलास ले लिया था। अब्बा के हाथ से पानी से भरा गिलास लेकर राजू ने गले में उंडेला था। पानी का खाली गिलास नीचे रखते हुए पूछा था–

"क्या हुआ सादिया?"

"कुछ नहीं।"

"क्या मुझे बताना नहीं चाहती हो?"

"क्या बताऊँ?"

"तुम भले ही न बताओ, लेकिन तुम्हारी आँखें तो कुछ बता ही रही हैं।"

बताते हुए सादिया की आँखों में पुनः आँसू छलछला आये थे।

"पर तुमने प्रिंसिपल से शिकायत क्यों नहीं की?"

भरे गले से जवाब दिया था उसने, "शिकायत करके भी क्या होता?"

राजू के स्वर में नाराजगी थी, "पर शिकायत तो करनी चाहिए थी।"

सपाट जवाब दिया था इस बार सादिया ने, "शिकायत इसलिए नहीं की, क्योंकि प्रिंसिपल भी हिन्दू है।"

"हिन्दू हैं तो क्या हुआ?"

उन दोनों के बीच अब्बा मौन थे। आखिर फिर से वे क्या कहते। इस बार सादिया का आक्रोश उभरा था, "तुम्हीं ने तो एक दिन बतलाया था कि इन शिक्षा संस्थानों में अध्यापक और प्राचार्य जनेऊधारी और तिलकधारी शंकराचार्यों से कम नहीं हैं।"

धीरे से जवाब दिया था राजू ने, "हाँ कहा था।"

सादिया ने पुनः कहा था, "ऐसी स्थिति में हम कर भी क्या सकते हैं?"

इस बार अब्बा का धैर्य जैसे टूटा था, "कुछ भी नहीं सिवाय हालात से समझौता करने के।"

अचानक राजू पूछ बैठा था, "यह आप क्या कह रहे हैं?"

"हाँ बेटे यही समझो। उम्र के इस मोड़ पर आकर मुझे यही बात कहनी पड़

रही है।''

कहने के बाद वे कुछ पल ठहरे थे और फिर बोले थे, ''अब तक जितना सहा अब और आगे झेलने की हिम्मत नहीं है।''

राजू के मुँह से निकला था, ''पर...''

इस बार उनका स्वर और भी गम्भीर हो गया था, ''राज्य में पिछले बरस लगातार एक हफ्ते तक दंगे होते रहे। इतना खून बहा कर भी अभी हिन्दू खुराफातियों को तसल्ली नहीं हुई है।''

सादिया अभी तक भी सिसक रही थी। जबकि राजू के भीतर सवाल दर सवाल घुमड़ रहे थे। उसने सुना। वे कह रहे थे, ''देखना वे फिर से मुसलमानों को कत्ल करेंगे। उनके घर जलाएँगे। उनकी बहन-बेटियों के साथ बलात्कार करेंगे।''

''पर हमें भी तो कुछ करना चाहिए।''

''केवल खुदा से दुआयें माँगने के अलावा हम और कुछ नहीं कर सकते।''

उनका स्वर अभी भी व्यथित था, ''बेटे यह बात मैं भी महसूस करता हूँ। लेकिन इतिहास में जो रुतबा मुसलमानों ने कमाया था। वह अब हासिल नहीं कर पाएँगे?''

अनायास पूछा था राजू ने, ''क्यों नहीं हासिल कर पाएँगे?''

''तुमने देखा नहीं। राजनीति ने मुसलमानों के लीडरों को कितना दब्बू बना दिया है। सत्ता और सुविधा के लिए किस कदर वे आपस में लड़ रहे हैं। एक गैरतमंद मुसलमान को तो देख और सुनकर ही शर्म आती है।''

''फिर भी हमें कुछ करना ही चाहिए इस हिन्दू नाजीवाद के खिलाफ।''

इस बार सादिया ने पूछा था, ''मुझे बतलाओ, क्या करोगे तुम?''

राजू ने जवाब में कहा था, ''सबसे पहले हम प्रिंसिपल से मिलेंगे। इस तरह के व्यवहार के बारे में बताएँगे उन्हें।''

आँसू पोंछते हुए बोली थी सादिया, ''देख लेना कुछ नहीं होगा।''

राजू के भीतर से जैसे उसका आत्म विश्वास उभरा था, ''तुम कल कालिज आना। हम दो-तीन साथी वहाँ होंगे।''

कहते हुए राजू तेजी के साथ सीढ़ियाँ उतर गया था। रात में ही जाकर उसने असलम, सुरेश, इमरान और निजामी से बात की थी। वे सब कालिज जाकर प्रिंसिपल से बात करने को तैयार थे।

अगले दिन सुबह ही राजू कालिज के मुख्य दरवाजे पर आकर खड़ा हो गया था। वहीं मिलने की बात तय हुई थी। थोड़ी देर बाद वे सब आ गये थे। असलम, निजामी, सुरेश, राजू और सादिया चारों मिलकर प्रिंसिपल के पास गये थे। बात शुरू

की थी राजू ने–

"सर कल जो भी सादिया के साथ हुआ। वह नहीं होना चाहिए था। यह बहुत गलत है।"

बीच में सादिया ने कहने की हिम्मत जुटायी थी, "हम भी तो इसी देश के नागरिक हैं। बात-बात में हमें पाकिस्तान का रास्ता दिखाया जाता है।"

तभी असलम ने कहा था, "हम तो हिन्दुस्तान में रहते हैं। फिर हमसे पाकिस्तान की बात बार-बार क्यों कही जाती है।"

इस बार निजामी बोला था, "हिन्दुस्तान हमारा मुल्क है। हम इसी मिट्टी में पले-बढ़े हैं। फिर भी...।"

सुरेश ने भी कहा था, "यह देश केवल हिन्दुओं का तो नहीं है।"

इससे पहले कि कोई और पुनः टिप्पणी करता प्रिंसिपल ने कहा था, "देखिये आपकी बात सही है।"

कहते हुए उन्होंने आँखों पर लगा चश्मा मेज पर रखा था। फिर गंभीर स्वर में बोले थे वे, "उन लड़कों के भीतर तूफान भरा है। ऐसे में मैं कुछ नहीं कर सकता।"

सुनकर राजू बोला था, "पर सर क्या वे इस कालेज को जंगल बना देना चाहते हैं कि यहाँ जो चाहे जितनी आग लगाएँ।"

प्रिंसिपल ने इस बार अव्यावहारिक उत्तर दिया था, "आग अगर उनके भीतर होगी तो उसकी लपटें बाहर तो आयेंगी ही।"

इस बार निजामी बोल उठा था, "आग तो हमारे भीतर भी है।"

"मैं जानता हूँ आग तुम्हारे भीतर भी है। पर इसमें नुकसान किसका होगा?" बेहतर होगा, अपनी आग पर खुद ही पानी डाल कर रखो।"

तभी असलम ने कहा था, "पर क्या इस तरह की हरकतों से वातावरण नहीं बिगड़ रहा है। आपको तो उसे सुधारने के लिए आगे आना चाहिए।"

इस बार प्रिंसिपल का रूखा स्वर उभरा था, "मुझे क्या करना चाहिए यह मैं जानता हूँ।"

तभी सुरेश ने कहा था, "आप जानते हुए भी अनजान हैं या फिर उन्हें शह देना चाहते हैं।"

जैसे प्रिंसिपल के मुँह से कोई धर्मांध हिन्दू बोला था, "बेहतर होगा कि आप दोनों इस कालेज से टीसी लेकर अन्य किसी मुस्लिम कॉलेज में दाखिला ले लें।"

इस बार निजामी ने कहा था, "आपको मालूम है कि पिछले साल राज्य में एक मात्र मुस्लिम कालेज को जला दिया गया था।"

व्यंग्य के लहजे में बोले थे प्रिंसिपल साहब, "तो नया कॉलेज खोल लो। अरबों

के पास पैसे की क्या कमी है?"

वे सभी उनकी बात सुन कर सन्न रह गये थे। तभी प्रिंसिपल ने राजू को सम्बोधन करते हुए कहा था, "तुम्हारा नाम राजू परमार ही है ना।"

"जी।"

"तुम्हें अगर कालेज में पढ़ना है तो ठीक-ठाक रहो।"

"पर मैंने क्या किया है?"

"यह मेरी ओर से लास्ट वार्निंग समझो।"

अब और बात करने के लिए कुछ शेष बचा ही नहीं था। वे बाहर आये तो सभी गुस्से में तमतमाए थे। असलम ने तभी कहा था, "यह तो सीएम की भाषा बोलने लगा है।"

जवाब दिया था राजू ने, "अधिकांश हिन्दू सीएम की ही भाषा बोलने लगे हैं। तुमने पढ़ा नहीं स्थानीय हिन्दू मीडिया यही कह रहा है। दलितों और मुसलमानों को मार-मार कर जमीन में दफना देना चाहिए। ईसाइयों को देश से भगा देना चाहिए।"

इस बार सादिया अफसोस के स्वर में बोली थी, "मैंने तो पहले ही कहा था कि कुछ होने वाला नहीं है।"

अफसोस उन्हें भी था। राजू जानबूझ कर चुप ही रहा। वह बोलता भी तो आखिर क्या? सादिया ने ठीक ही तो कहा है। उन सभी ने एक-दूसरे की आँखों में झाँका था। जैसे वे पूछना चाहते हों अब आगे क्या?

मुसलमानों में बगावत फैल रही थी। जबकि हिन्दू चाहते थे कि वे समर्पण करें। मुसलमानों ने कभी समर्पण किया है जो अब करें। उनके सामने इतिहास था, जो उनकी युद्धप्रियता और जुझारुता का चश्मदीद गवाह था। मुसलमानों ने कभी घुटने नहीं टेके। दुश्मन पर उसी के घर जाकर वार किया। उसे खूब छका-छका कर मारा। दलितों ने भी अपने सम्मान के लिए संघर्ष किया है। वे तो इसी देश में मूलनिवासी रहे हैं। हालाँकि आर्यों ने उनके साथ छल कर उन्हें हराया। पर कम से कम नई पीढ़ी तो घुटने टेकने वाली नहीं है। न ही हिन्दुओं के द्वारा होने वाले हमलों से वह हतोत्साहित हुई है। बजरंगी और संघी सोये हुए हिन्दुओं को नया पाठ पढ़ा रहे हैं। यानी यह देश तुम्हारा है। तुम्हें तुर्कों, अफगानों, मुसलमानों को अपने देश से भगाना है। तुम्हें उन्हें मारना है। इसलिए कि तुम्हारे पुरखों को इन्हीं हमलावरों ने मारा था। वे नया इतिहास गढ़ने की मुहिम में लगे थे। राष्ट्र के लिए जगह-जगह थिंक टैंक बना रहे थे। हिन्दू संस्कृति के पुरोधाओं के द्वारा पुस्तकें लिखी जा रही थीं। उनके पास सभी तरह के औजार थे और हथकण्डे भी। हिंदुत्व की इस मुहिम से वे दलित तथा आदिवासियों को भी जोड़ रहे थे।

इसी बीच अक्षरधाम मंदिर पर आतंकवादियों का हमला हो गया। उनकी अस्मिता पर सीधे-सीधे चोट हुई थी। वे तिलमिला उठे थे। रही सही कसर गोधरा दुर्घटना ने पूरी कर दी थी। राज्य में सांप्रदायिक तनाव का माहौल तो पहले ही बन गया था। सियासत ने उसे और अधिक जहरीला बना दिया था। नाजी जर्मनी के प्रचार मंत्री जोसफ गोएबल्स का कहना था, अगर आप एक झूठ को कई बार दोहराते हो तो वह एक दिन सच मान लिया जाता है। गुजरात के धर्मांध हिन्दुओं ने भी झूठ को सच कर दिखाया था। कुछ ही मिनटों में साबरमती एक्सप्रेस की दुर्घटना की ख़बर ने हिन्दुओं को उत्तेजित तथा उत्प्रेरित कर दिया था। गुजरात के भीतर धर्मांधता के तूफान ने प्रवेश कर लिया था।

अधिकांश समाचार पत्रों की हैड लाइंस थीं–

''खून का बदला खून''

जैसे वे साम्प्रदायिकता के उत्प्रेरक बनना चाहते थे। मुख्य ख़बरों की शुरुआत यहीं से थी। उन सभी की हैड लाइन थी 'साबरमती एक्सप्रेस हत्याकांड'। ख़बरों में विश्व हिन्दू परिषद के तीखे बयान थे। संदेश पत्र ने लिखा था, ''किस तरह दो हिन्दू महिलाओं की छातियाँ काट डाली गईं।'' उनकी ख़बरें और विचार एक-दूसरे को मात देने लगे थे। संवाददाताओं के पास न तथ्य थे और न ख़बरों के विश्वस्त सूत्र। उनके पास सिर्फ भावनाएँ थीं। और आम हिन्दू की भावनाओं को उद्वेलित आग लगाने वाले वक्तव्य दे रहे थे।

राज्य के मुसलमानों की सुबह वैसी न रही। वह उनके खून से तरबतर हो गयी थी। ख़बरों का असर तो होना ही था। हिन्दू युवा मन के भीतर पूरी तरह से आग भड़क उठी थी। शहर और गावों में दंगा शुरू हो गया था। अधिकांश बस्तियों में रहने वाले लोगों के बीच सद्‌भावना बिखर गयी थी। उनमें से कुछ तो एक-दूसरे के खून के प्यासे हो गये थे। उनके हाथों में घातक हथियार थे। और दिलों में नफरत के भाव। वे हिंसक पशु से भी एक कदम आगे जा पहुँचे थे। आह यह सब हो रहा था गांधी के राज्य में।

अगले दिन फिर वैसी ही आग लगाऊ ख़बरें अखबारों में छपी थीं। हालाँकि आग भड़क चुकी थी। अब भड़की हुई आग पर घी डाल कर उसे और अधिक प्रज्ज्वलित किया जा रहा था। सुबह लोगों ने पढ़ा था, ''हिन्दुओ सावधान, हज तीर्थ यात्री भयानक साजिश लेकर लौटे हैं।'' हिन्दू परिषद ने फिर से बंद का ऐलान कर दिया था। वे खून खराबे पर उतारू थे। सड़कों पर अभी खून नहीं बहा था। हालाँकि गलियों में शुरुआत हो चुकी थी। परिषद ने हिन्दुओं को आह्वान करते हुए कहा था–

''हिन्दुओं को गोधरा में जिंदा जला दिया गया, लेकिन बंद में उन्होंने एक पत्थर

तक नहीं चलाया।" उनका अगला बयान था।

"अगर आप दुश्मन को नहीं मारोगे तो दुश्मन तुम्हें जान से मार देगा।"

अखबारों में इसी तरह के बयान प्रचुरता में छप रहे थे। मुसलमानों को आतंकवादी बताया जा रहा था। जहाँ-जहाँ मुसलमान रह रहे थे, उन बस्तियों को मिनी पाकिस्तान घोषित कर दिया गया था। अखबारों के पृष्ठ-दर-पृष्ठ जैसे खून से सने थे। रेड स्टार का प्रयोग किया गया था। भयानक तरह की तस्वीरें छापी जा रही थीं। कार सेवकों के त्रिशूल हाथ में लिये कुछ तस्वीरें मुखय पृष्ठों पर छापी गईं। उनके माथे पर लाल कपड़ा बँधा था। उन तस्वीरों में हिन्दुओं को युद्ध के लिए आह्वान था। असर तो होना ही था। सड़कों पर भी खून बहने लगा था।

सप्ताह भर समूचा गुजरात दंगों की आग में झुलसता रहा। स्कूल कालिज बंद हो गये। दुकानों के शटर डाल दिये गये। बाज़ार वीरान हो गये। स्त्री, पुरुष तथा बच्चे अपने-अपने दड़बों में कैद हो गये। उनके भीतर हलचल थी। वे बेचैन थे। इस्लाम और हिन्दू संस्कृति के परस्पर द्वंद्व थे। कुछ उन्हीं द्वंद्वों में फँसे अंगारे की तरह दहक रहे थे। कुछ निराश थे। सप्ताह बाद बस्तियों में लगा कर्फ्यू खुल गया था। शहरों में लोग फिर से सामान्य होने का प्रयास कर रहे थे। लेकिन बहुत कुछ अभी असामान्य था।

बजरंगियों ने सारे शहर में पर्चे बाँटे। विशेष रूप में बाज़ार के चौराहों पर, पान की दुकानों पर, सिनेमा हाल पर, पुलिस चौकियां और थानों पर, पेट्रोल पम्पों पर, स्कूल-कालिजों में उन्होंने अलग-अलग समूहों में व्यवस्थित होकर यह कार्य किया था। सुबह अखबार बाँटने वाले हाकर्स को बड़ी मात्रा में पर्चे दिये गये थे। शाम को ईवनिंग न्यूज में वही सब था। जिसका सबब था। हिंदुओ जागो, देश बचाओ, गाँव-गाँव और शहर से मुसलमान को भगाओ। शाम होते-होते कार सेवक बुद्धिजीवियों की सभा हुई थी। जिसमें अलग-अलग तरह से हिन्दू जन की भावनाओं को भड़काने के लिए सवाल उठाये गये थे। सवाल पूछने वाले और सभा का आयोजन करने वाले बजरंगी थे। और सभा में आने वाले उन्मादी हिन्दू थे। उनमें बाबरी मस्जिद तोड़ने वाले भी थे और अपने शहर में राम मंदिर बनाने वाले भी।

प्रिंट मीडिया से दो कदम आगे इलैक्ट्रोनिक्स मीडिया था। स्थानीय चैनल हिंदुत्व के प्रोपेगण्डा में लगे थे। गोधरा की फुटेज को कवरेज बनाया था। वे जानते थे कि यह सब भारतीय दंड संहिता की धारा 153 (ए) के खिलाफ है, लेकिन हिन्दू राज्य के सी. एम. द्वारा उन्हें हरी झण्डी मिल चुकी थीं। वे बार-बार उसी, फुटेज को दिखा रहे थे। उन सभी अखबारों/चैनलों के मालिक हिन्दू थे। परिषद उनके साथ थी। बजरंगिये उनके साथ थे। शिवसैनिक उनके साथ थै संत, महात्मा और साधु

उनके साथ थे। ऐसे अखबारों/चैनलों के मालिकों, संपादकों, रिपोर्टरों आदि को खुली छूट दे दी गयी थी। राज्य की पुलिस उनके साथ थी। पुलिस के कुछ कर्मचारी और अधिकारी युवाओं को उन्माद फैलाने के लिए हर संभव मदद कर रहे थे।

मारकाट के बाद लूटमार हुई। दुकानों, रेस्त्राओं/होटलों में खून ही खून फैला था, अब उन्हें मृत लोगों की धन-दौलत के अलावा कीमती वस्तुओं को भी लूटना था। और लूट कर अपने घरों को सजाना था। जैसे कफन की बेशकीमती चादरों और शालों को कोई औढ़ता और बिछाता है। हत्यारे और लुटेरों को कोई गम न था। मुस्लिम महिलाओं की चीत्कार उन्हें जरा भी परेशान नहीं करती थी। वे गद्‌गद्‌ थे। सरकार की ओर से उन्हें छूट थी। वे चाहे जितने मुसलमानों को मारें। हिन्दुस्तान में मुसलमानों की संख्या में कुछ कमी तो होगी। स्साली मुसलमानियाँ रात दिन बच्चे जनती हैं। उनकी बच्चेदानियों को तहस-नहस कर दो। और सचमुच वैसा ही हुआ था। मारे गये अधिकांश लोग निहत्थे थे। उन्होंने सपने में भी ऐसा नहीं सोचा था कि विश्व के सबसे बड़े लोकतांत्रिक देश में उन्हें यह दिन भी देखना पड़ेगा।

लूटपाट के दौरान लोगों ने सेलफोन और पेजर पर अपने परिचितों, नाते-रिश्तेदारों को संदेश भेजे। वे उन्हें लूटपाट में शामिल होने को बुला रहे थे। जल्दी ही शोरूमों के बाहर लगी कारों की लंबी कतारें दिखाई देने लगी थीं। इन कारों में लोग शो-रूमों से चीजें उठाने के लिए आये थे, उनमें कुछ हथियारबंद थे तो कुछ निहत्थे। पर निहत्थों की मदद के लिए पुलिस थी। रामराज की सजग पुलिस। वे लुटेरे स्लम में रहने वाले नहीं थे। वे पॉश कालोनी के वाशिंदे थे। वे अहिंसा के पुजारी नहीं थे। मुसलमानों के संहारक परशुराम के प्रतिनिधि थे।

नये और भव्य शोरूम के दरवाजों को इन्हीं नव धनाढ्यों ने तोड़ा। देखते ही देखते बाहर कारों का जमावड़ा लग गया। इन लुटेरों में सिर्फ मर्द ही नहीं थे, औरतें भी थीं। अपनी-अपनी कारों से औरतें बाहर आयीं। जो उन्हें चाहिए था, मुफ्त में मिल रहा था। लौटती हुई औरतों के हाथों में ओवन, विदेशी एलपीजी स्टोव और दूसरी चीजें थीं। कुछ महिलाएँ कीमती क्राकरी आदि लेकर अपनी कारों की तरफ भागती नजर आयीं। कुछ लोग लूट का सामान घर रखकर फिर से चीजें लूटने के लिए लौटे। उनके भीतर जरा भी रंज न था। वे खुश थे। उनके होठों पर मुस्कान थी। ख़बरों का आदान-प्रदान अपने चरम पर था। वे ख़बरें सुःखद थीं और दुःखद भी। ख़बर सुनने वालों में हिन्दू भी थे और मुसलमान भी। आसमान को छूने वाला हर्ष उल्लास था और धरती को कँपा देने वाली चीखें भी।

लुटेरों में उन्माद भरा था। वे घर के सामने वाली कीमती वस्तुओं को ही नहीं लूट रहे थे। हर उम्र की मुसलमानियों को भी ढूँढ ढूँढ कर मार रहे थे। वे उनके लिए

जमीन थी। उसी जमीन को वे बंजर बना देना चाहते थे। वे मुसलमान बच्चियों को मार रहे थे। उनके साथ बलात्कार कर रहे थे। भारत की जमीन पर इक्कीसवीं शताब्दी में हुए आधुनिक और उदार हिंदुत्व का यह सबूत था।

युवकों के पास मोटरसाइकिल थीं। आग लगाने के लिए पेट्रोल था। हथियार थे। सड़कों/गलियों चौराहों पर जो भी मुसलमान उन्हें दिखाई देता वे उसे हलाक कर देते। उनके उद्देश्य निश्चित हो चुके थे। मुसलमानों को राज्य की जमीन से नेस्तनाबूद कर देना।

''बेटा मैं तो एक अंधा आदमी हूँ और भिखारी भी। मुझे क्यों मारते हो?'' सुनकर उनमें से एक युवक ने कहा था, ''तुम अंधे हो, भिखारी हो, लेकिन हो तो मुसलमान ही ना।''

उसकी बात सुनकर उस गरीब व्यक्ति के स्वर में पीड़ा उभर आयी थी, ''भिखारी तो भिखारी होता है मेरे बच्चो। भिखारी न मुस्लिम होता है और न हिन्दू।''

पलट कर जवाब दिया था उन उन्मादी हिन्दू युवकों ने, ''हमारे लिए तुम पहले मुसलमान हो और फिर भिखारी।''

पूछा था उसने, ''पर मैंने तुम्हारा क्या बिगाड़ा है?''

''तुम मुसलमान हो, यही हमारे लिए दुख की बात है।''

सड़क पर बहुत कम लोग थे। जो थे वे सभी उपद्रवी थे। पूछा था उसने, ''मुसलमान होना क्या दुख की बात है?''

जवाब दिया था उन्होंने, ''हाँ हिन्दुस्तान में मुसलमानों का रहना हिन्दुओं के लिए तकलीफ की बात है।''

तभी तेजी के साथ दूसरे ने उसके गले पर खंजर से वार किया था। फिर दूसरे युवक ने यह कहते हुए उसकी जीभ काट डाली थी कि वह अल्लाह तो नहीं पुकार सकेगा। भिखारी के गले से खून का फौव्वारा बहा था। इसी बीच बजरंगी मोटर साइकल पर भाग गये थे। घायल भिखारी खून से लथपथ हो कटे वृक्ष की तरह जमीन पर गिर गया था। उसके मुँह से अंतिम बार अल्लाह निकला था।

उन्हीं युवकों की अभी खून से प्यास नहीं बुझी थी। उनके पास चिह्नित जगहों के पते थे। नज़दीक ही मजार थी। मजार पर कोई फकीर बैठा था। उसके पास जाकर उन्होंने पेशाब किया था।

मजार के पास दो युवकों को पेशाब करते हुए मुस्लिम फकीर ने देखा तो कह उठा, ''बेटे जगह देख कर तो कोई काम किया करो।''

हिन्दू लड़कों ने तुरंत जवाब दिया था, ''जगह देखकर ही तो हम पेशाब कर रहे हैं।''

"क्या कह रहे हो बच्चो, यह तो इबादत करने की पाक जगह है।"

"हमारे लिए यह पेशाबघर है।"

फकीर के स्वर में रोष था, "क्या कर रहे हो बच्चो, या अल्लाह ऐसा कुफ्र सुनने से पहले मर जाना ही बेहतर है।"

बिना देरी किए एक लड़का बोला था, "तुम्हारे मरने में देरी नहीं है अब।"

"हाँ हाँ हमारे इन हाथों को काट दो, जिससे हम उस परवरदिगार को सिजदा न कर सकें।"

कुछ पल के लिए परिवेश में चुप्पी रही थी। फिर उसी फकीर ने कहा था, "हमारे गले को काट दो जिससे हम अल्लाह का नाम भी न ले सकें।"

जवाब देने से पहले वे मक्कारी से मुस्कुराये थे। फिर उनमें से एक ने कहा था, "हम तुम्हारे हाथ या गला ही नहीं काटेंगे बल्कि सिर से लेकर पैर तक तुम्हारे शरीर के टुकड़े-टकड़े करेंगे।" उसने देखा। उनकी आँखों में जैसे आग चमकी थी। वे कुछ भी कर गुजरने के लिए तैयार थे।

"मेरे बच्चो, तुम अभी कुछ सीखो। इतिहास पढ़ो। पैगम्बर मोहम्मद ने तो सैनिकों तक को संतों, महिलाओं और बच्चों की हत्या न करने की सलाह दी थी।" वह कुछ पल ठहरा था।

"तुम्हें मालूम है कुरान में क्या कहा गया है?" पर इन दोनों हिन्दू आतंकवादियों की न कुरान में दिलचस्पी थी और न स्वयं दाढ़ी वाले बाबा में रुचि। फकीर ने बतलाया था–

"कुरान में कहा गया है कि जो भी किसी एक व्यक्ति की हत्या करता है वह संपूर्ण मानव जाति को मारता है और जो किसी को बचाने का नेक काम करता है वह सारे अवाम को बचाता है।" वे उसकी ओर टकटकी लगाए देख रहे थे।

"अगर तुम मोहम्मद साहब से सहमत नहीं हो तो गांधी से तो होंगे ही।"

अचानक उनमें से एक ने चिल्लाते हुए कहा था, "हम गांधी से क्यों सहमत होंगे? तुम्हें शायद मालूम नहीं उस सनकी बूढ़े ने ही पाकिस्तान को 55 करोड़ रुपये दिलवाये थे।"

फकीर ने जवाब में कहा था, "अगर गांधी जी ने यह नेक काम किया तो क्या गलत किया? गांधी जी तो संत थे और संत की सेवा सभी के लिए होती है।"

"गांधी संत नहीं थे, वे मुसलमानों को मदद किया करते थे।"

तभी दूसरे ने उफनते हुए कहा था, "गांधी हिन्दुओं के खिलाफ थे।"

"किसने कहा तुमसे यह सब?"

"हम हिन्दुओं ने इसे महसूस किया है। तुम वह सब महसूस नहीं कर सकते,

क्योंकि तुम मुसलमान हो।"

फकीर ने पूछा था, "कैसे, क्या मुसलमान इंसान नहीं हैं, क्या उनके दिल और दिमाग नहीं होते?"

दोनों लड़कों की आँखों से क्रोध की चिंगारियाँ फूटने वाली थीं। वे कुछ सुनना नहीं चाहते थे। उनमें से एक ने तेज स्वर में कहा था, "हमसे बहस मत करो ऐ मुसल्ले। इस स्थान को तुरंत खाली कर दो।"

"मैं क्यों इस दरगाह को खाली कर दूँ। यह न मेरी है और न तुम्हारी। यह तो अल्लाह की अमानत है।"

उनमें से एक गुर्राया था, "देखो हमारे पास समय नहीं है।"

लेकिन फकीर ने पुनः सहजता से कहा था, "बच्चो, यह तो वह पवित्र स्थान है जहाँ औलिया सो रहा है। जगाओ मत। वह पवित्र आत्मा है।"

"तुझे यहाँ से जाना ही होगा।"

"मैं क्यों जाऊँ भला? मैं तो ख़िदमतगार हूँ।"

तभी दूसरे ने क्रोध में कहा था, "तुम लोगों ने हमारी जमीन हथिया ली है।"

उसने शांति से कहा था, "लेकिन यह तो बहुत पुरानी दरगाह है।"

इस बार पहले वाला बोला था, "हम तुझसे ज्यादा जानते हैं। इस स्थान पर दरगाह नहीं थी बल्कि मुसल्लों ने यहाँ दरगाह बना ली थी।"

तभी दूसरे ने बात पूरी की थी, "पहले बाबर ने हमारे मंदिरों को तोड़ा और फिर तुम मुसलमानों ने।"

"यह सही इतिहास नहीं है।"

इस बार दोनों ने एक स्वर में पूछा था, "क्या तुम इतिहासकार हो?"

उसने शांति से कहा था, "नहीं बच्चो।"

तभी दूसरे ने चिल्लाया था, "तुम यहाँ से पाकिस्तान भागो।"

फकीर ने नरमी से कहा था, "तुम क्या कह रहे हो बच्चो? ऐसा कहना ठीक नहीं है।"

"हम ठीक कह रहे हैं। जब तुम लोगों के लिए पाकिस्तान बन गया तो इस देश में रहने का क्या अर्थ है तुम्हारा?"

"यह हमारा भी तो देश है।"

"नहीं तुम्हें केवल एक को चुनना पड़ेगा।"

"मैं कौन हूँ हिन्दुस्तान या पाकिस्तान को चुनने वाला?"

"तुम मुसलमान हो और हर एक मुसलमान को हिन्दुस्तान से जाना ही होगा।

"बहुत हो गया बच्चो। अब तुम अपने-अपने घर लौट जाओ और मुझे अल्लाह

का नाम लेने दो।"

दोनों युवा चले गये थे। उसने चैन की साँस ली थी। यह नमाज का वक्त था। उसने हाथ-मुँह धोये थे। जैसे ही उसने नमाज करनी चाही थी। मिनट भर में वे लौट आये थे। बिना देरी किये एक लड़के ने जेब से रिवाल्वर निकाल कर उसके सर पर गोली चलाई थी। गोली लगते ही ख़िदमतगार गिर पड़ा था। मरने से पूर्व उसके होठों पर अल्लाह का नाम था।

गोली की आवाज़ वातावरण की चुप्पी को तोड़ते हुए दूर-दूर तक फैल गयी थी। इतनी जल्दी कौन आने वाला था। दोनों आतंकवादी भाग खड़े हुए थे।

मध्यरात्रि में जब आकाश में चांद चमक रहा था, दरगाह पर कोई नहीं था। आसपास का वातावरण नीरवता में डूबा हुआ था। केवल एक कुत्ता वहाँ मौजूद था। कुत्ता न हिन्दू था और न मुसलमान। वह केवल एक जानवर था। वह बार-बार भौंकता था। कभी-कभी दरगाह के आसपास जाकर सूँघता था। फिर अपने पंजों से जमीन खोदना शुरू कर देता था। वह भौंकता और जमीन खोदता। कुत्ता पूर्णरूप से बेचैन हो गया था। उसकी आँखें फकीर को तलाश कर रही थीं। रात होने से पहले जो उसे रोटी देता था। तारों भरी रात में कुत्ता अकेला था। आकाश में चाँद था और जमीन पर कुत्ता। कुत्ता कभी चाँद को देखता तो कभी सूनी पड़ी दरगाह को। दरगाह पर आज किसी ने चादर तक न चढ़ाई थी और नहीं दीपक जलाया था। आकाश चुप था। जमीन मौन थी, लेकिन परिवेश बहुत कुछ कह रहा था। आसपास के लोग अपने-अपने घरों में सो गये थे। कुत्ते की आँखों में नींद नहीं थी। वह सारी रात जागता रहा था। फकीर दरगाह पर वापस लौटा नहीं। कुत्ता नहीं जानता था कि रोज सुबह और रात होने से पहले उसे रोटी देने वाला आदमी आखिर कहाँ चला गया?

अलस्सुबह आने-जाने वालों ने देखा। दरगाह अपने स्थान पर नहीं थी। उसे उखाड़ कर जमीन को समतल कर दिया था। लोगों ने यह भी देखा। वहाँ सिर्फ एक कुत्ते की लाश पड़ी हुई थी। कुत्ते ने सुबह होते-होते दम तोड़ दिया था। जैसे उसे आभास हो गया था कि फकीर अब इस दुनिया में लौटने वाला नहीं है।

चाँदी के बर्तन में लोबान पड़ा था। रात में बारिश आ गयी थी। आँधी और तूफान भी। पूरा नहीं जल पाया होगा वह। उसके भीतर खुशबू अभी शेष थी। बस्ती के भीतर-बाहर उसकी चर्चा थी। उसके अच्छे कर्म की लोग प्रशंसा कर रहे थे। साथ ही उसके हत्यारों को भी वे कोस रहे थे। उनकी आँखों में हल्की नमी थी। कई माँएँ अपने बच्चों को छाती से चिपकाए आयी थीं। उनके बच्चों को फकीर आशीर्वाद देता था। बच्चों की आँखों में अनगिनत सवाल थे। जैसे पूछना चाह रहे हों। इतनी देर

तक बाबा क्यों सोये हैं? कुछ लोग उसे लोबान वाला बाबा भी कहते थे। लोगों की अपनी-अपनी आस्था थी। उस आस्था में कहीं जाति या धर्म का सवाल विघ्न पैदा नहीं करता था।

दो महीनों के दरम्यान गुजरात में शिवसैनिकों और बजरंगियों ने खोज-खोजकर मुस्लिमों पर जो कहर बरपाया, जो आगजनी, अबला मुस्लिम महिलाओं और मासूम बच्चों तक को जिस निर्मम क्रूरता से मौत के घाट उतारा। उन्हें आग में झोंका ऐसे काले कारनामों का इतिहास में कोई साक्षी नहीं मिलेगा। बसंत की सुबह खून भरी थी। सीएम के अनुसार तो यह न्यूटन के नियमानुसार क्रिया की प्रतिक्रिया थी। सच्चिदानन्द नाम का कोई चिंतक साधु कह रहा था—एक हजार वर्षों के बाद हिन्दुओं का गौरव जाग उठा है।

गुजरात के हिन्दू गर्व से कह रहे थे कि ग़ज़नवी ने जो सोमनाथ मंदिर को लूटा उसका बदला हमने ले लिया है। गुजरात के गाँवों में देखा गया। वहाँ बोर्ड लगा दिये गये थे। 'हिन्दू राज्य में आपका स्वागत है।' नई शताब्दी में गुजरात राम राज में तेजी के साथ परिवर्तित होने लगा था, ऐसे राम राज में जहाँ शम्बूक ऋषि का वध हुआ था और एकलव्य का अंगूठा गुरु द्रोणाचार्य ने माँगा था।

यह राज्य द्वारा प्रायोजित और समर्थित दंगा था। यह एक समुदाय के समूल सफाये को राज्य के द्वारा निर्देशित प्रयास था। इस प्रयास में आरएसएस के प्रचारक सीएम से लेकर सड़क पर मौजूद पुलिस के हिन्दू सिपाही तक ने अपनी भूमिका का निर्वाह किया। आरएसएस और विश्व हिन्दू परिषद के लोग जब घातक हथियारों के साथ गैस, सिलिंडरों और पेट्रोल के कनस्तरों से लैस होकर शहर को रौंद रहे थे, मुस्लिम समुदाय के लोग चिल्ला चिल्ला कर पूछ रहे थे। क्या हम इस देश के नागरिक नहीं हैं?

"विश्व के फलक पर अगर देखें तो ग्यारह सितंबर के हादसे के बाद तो मनुष्य की जिंदगी जैसे बिल्कुल ही बदल गयी थी। दुनिया का हर देश आतंकवाद के ख़ौफ़ से दहशत ज़दा हुआ था, उसे शब्दों में बयां करना मुश्किल था। इक्कीसवीं शताब्दी में फिर से जघन्य हत्याकांड का युग आरंभ हो चुका था।

मृत लोगों की विधवाओं पर कहानियाँ लिखी जाने लगी थीं, जो अब जीने के अधिकार के लिए संघर्षरत थीं; मुस्लिम दुनिया में कुछ बच्चों को स्कूल में 'ओसामा' नाम दे दिया गया था। लादिन विन ओसामा 'खून का बदला खून' के लिए युवाओं को प्रेरित कर रहा था। मानव-बम्बों की फसल तेजी से उगने लगी थी। यह निश्चित हो पाया था कि विश्व के नागरिक 11 सितंबर से पहले की स्थिति में कभी नहीं लौट पाएँगे।"

किसी भी देश की धरती पर चैन नहीं था। वहाँ बारूद पिघलता था। निहत्थे लोगों पर गोलियाँ चलाई जा रही थीं। मासूम औरतों के साथ बलात्कार किये जा रहे थे। नई शताब्दी के वारिसों ने क्या ऐसे ही युग की कल्पना की थी। दूर देशों से ख़बरें आ रही थीं। उन ख़बरों में आग थी और आतंक से जुड़ी किसी बड़ी दुर्घटना होने की संभावना भी। "हम एक-एक अमेरिकन को चुन-चुन कर मारेंगे।" गांधी के राज्य में यही शब्द मुसलमानों के लिए हिन्दू दोहराए जा रहे थे।

11/9 और बाद में विश्व के अलग-अलग देशों में हुई दुघर्टनाओं पर शब्दों के बुनकर बहुत रहे हैं। वे रेशा रेशा बुनते हैं तो कहीं कतरा कतरा होकर लोग मरते हैं। 11 सितंबर के हादसे से जुड़ी लगभग 200 किताबें प्रकाशकों ने छापी थीं। अलकायदा/ तालिबान/जेहाद पर भी अनगिनत किताबें प्रकाशित की गयी थीं। माना जाता है कि इस्लामाबाद की तल्ख़ आलोचना पर भी पुस्तकें आयीं और भारत में मनु के प्रतिनिधियों पर भी पुस्तकें लिखी गईं। कश्मीर के आतंकवादियों पर तो दुनिया भर में फिल्में बन चुकी थीं पर कश्मीर अभी वहीं था। कश्मीर की अस्मिता पर अभी भी हमले हो रहे थे। कश्मीर को जन्नत बतलाया गया था। अब वह दोजख़ बन गया था।

जब गांधी के राज्य में कत्लेआम हो रहा था तब साउथ ईस्ट एशिया आयोजित सम्मेलन में मुस्लिम समुदाय के लोगों पर हो रहे अत्याचारों के विरोध में बहस जारी थी। बहस भारत में भी जारी थी। पाकिस्तान में गर्म हवा थी। वहाँ के मुसलमानों के भीतर आक्रोश था। दुनिया के मुसलमान एक होने के लिए प्रयासरत थे, लेकिन इनके शहंशहाओं के अपने स्वार्थ और द्वंद्व उन्हें एक नहीं होने दे रहे थे।

एशिया भर में कँपकँपाहट थी। हर देश में मानवाधिकार सम्मेलन हो रहे थे। वहीं नज़दीक ही गोलियाँ भी चल रही थीं। सरदार पटेल विद्यालय में विज्ञान का विशाल व्याख्यान कक्ष दंगे के ज़ख़्मों को ढकने की चेष्टा करता नजर आता है। दीवारों पर जहाँ-जहाँ भी गोलियों के निशान थे वहाँ-वहाँ सीमेंट के थिगड़े लगा दिए गये थे खिड़कियों के टूटे शीशे बदल दिए गये थे।

माथे पर बिंदिया, छातियों पर रंग बिरंगे दुपट्टे और पैरों में फैशनेबल जूती-सैंडल के साथ हिन्दू छात्राओं के बीच चुलबुलाहट थी। क्लास रूम में उनकी हँसी-मजाक के स्वर गूँज रहे थे। जबकि सोफिया सहपाठियों से दूर बैठी दिखती हैं और नजरें झुकाकर बातें करती है। लेकिन जब दढ़ियल प्रोफेसर ब्लैकबोर्ड पर के किसी सवाल के साथ अटक सा जाता है तो लड़कियाँ हल्के से हँसने से बाज नहीं आतीं। 22 वर्ष की सुरुचि कक्षा में पूरी तन्मय दिखती है। कक्षा के बाहर बातें करते हुए सादिया ने बताया था कि प्रतिबंध के कारण पिछले दिनों कक्षा में नहीं आ सकी। दोबारा

पढ़ सकने की उम्मीद तो उसने करीब-करीब छोड़ ही दी थी। अब उसके शिक्षिका बनने का सपना शायद पूरा ही पूरा हो। राजू परमार क्लास रूम में नहीं आ सका था।

व्यावसायिक प्रतिस्पर्धा का नजारा शहजादा मार्केट में मिलता है। एक माह से बंद पड़ी रहने वाली दुकानें तक ताजा सब्जियों और फलों से पट गयी थीं। नज़दीक के कबाड़ी बाज़ार में एक दुकानदार 25 वर्षीय अमाल हमीउद्दीन दरवाजे-खिड़कियाँ बना रहे 30 वर्षीय बढ़ई जहीर शाह का उत्साह भी नये दौर का एक संकेत था।

नवनिर्माण हर जगह देखे जा सकते थे। जहाँ पर हिन्दुओं के उग्र दस्तों ने सार्वजनिक रूप से मुसलमानों को सजा-ए-मौत दी थी, बच गये उनके वारिसों ने अपने-अपने घरों से बाहर निकलना शुरू कर दिया था। वहाँ से चीख-पुकार की आवाज़ें आज भी आती हैं, शहर के ज्यादातर मकानों के ऊपर इनमें टीवी के चैनल थे, जो अब वहाँ नहीं हैं। जुम्मा अब छुट्टी का पाक दिन भर नहीं जब हर व्यक्ति को मुअज्जिन की अज़ान सुनते ही जाग कर मस्जिदों की तरफ चल देना पड़ता था। मस्जिदें ही नहीं रहीं तो नमाज पढ़ने कौन आयेगा? हिन्दू ज्यादातर लोग सुस्ताते हैं और हिंदी फिल्में देखते हैं। हिंदी फिल्म स्टार सलमान खान की तर्ज पर बाल रखने वाला 17 वर्षीय मोहम्मद इदरीस कहता है। इन सब चहल पहल के बावजूद हमारे बीच बहुत कुछ घट गया था। मकानों की दीवारें और छत ही नहीं टूटी थीं, लोगों के दिलो भी टूट गये थे।

बी.काम. प्रथम वर्ष में अध्ययनरत पचास विद्यार्थियों में एक कम हो गया था। साजिद अली दंगे में मारा गया था। कुल मिलाकर पचास विद्यार्थी थे। जैसे ही कालिज खुला, सुबह की प्रार्थना में शोक सभा का आयोजन किया। सभा में कुछ पल के लिए सभी मौन थे। तभी बीच में कोई विद्यार्थी बुदबुदाया था, "स्साला एक मुसल्ला गया काम से।"

तभी दूसरा साथी बोला था, "पर क्या हुआ? हमारे कालिज से बाबर की एक औलाद ही तो कम हुई है।" कुछ मिनट बाद उसी विद्यार्थी ने नफरत से पुनः कहा था, "स्साले तालीम हमारे यहाँ से लें और लिखा पढ़त पाकिस्तान से करें।"

इसके बाद तीसरे ने कहा था, "वो स्साली मुस्सली तो बच गयी।"

एक मिनट की शोक सभा खत्म हो गयी थी। लड़के-लड़कियाँ वैसे ही हँसते, चुलबुलाते अपनी-अपनी कक्षाओं में लौट आये थे। साजिद अली का नाम न सिर्फ क्लास के रजिस्टर से बल्कि जीवन के रजिस्टर से भी कट गया था। अब सिर्फ रह गयी थीं उसकी यादें। कुछ ने देखा। सादिया का चेहरा अभी भी संजीदगी से भरा था। उसकी आँखों में जैसे आँसू छलछलाना चाहते थे। इससे पूर्व कि आँसू आयें, वह फुर्ती से क्लास रूम से बाहर निकल गयी थी। राजू से भी वहाँ बैठा न गया।

उसने बरामदे में देखा। उसे वह कहीं दिखाई न दी। तेज कदम चलते हुए उसने उसे इधर-उधर तलाश किया। वहाँ भी सादिया नहीं थी। उसने मन ही मन बुदबुदाया था–

"आखिर कहाँ चली गयी?"

तभी सामने से सादिया आती दिखाई दी। पूछा था उसने, "कहाँ चली गयी थी सादिया? मैं तुम्हें ही तलाश कर रहा था।"

"टी.सी. लेने के लिए।"

सुनकर आश्चर्य हुआ था उसे, "पर क्यों?"

जवाब में तुर्शी थी उसके,

"तुम्हें याद है राजू। एक दिन हम प्रिंसिपल से मुलाकात के लिए गये थे।"

जवाब दिया था राजू परमार ने, "हाँ मुझे याद है। मैं कैसे भूल सकता हूँ?"

सादिया ने पुनः कहा था, "और तुम्हें यह भी याद है कि उस दिन प्रिंसिपल ने क्या कहा था?"

"हाँ मुझे वह भी याद है।"

"मैं उसी को अंजाम देना चाहती हूँ।"

"लेकिन...।"

"राजू, जिस कालिज में मान-सम्मान न हो वहाँ भला कैसे पढ़ा जा सकता है?"

"सादिया मान-सम्मान तो इस हिन्दू राज्य में भी नहीं है।"

"मैं महसूस करती हूँ यह। इस पर भी भविष्य में कुछ करूँगी।"

वे बातें करते हुए बाहर आ गये थे। तभी राजू परमार ने कहा था, "मैं तुम्हारी भावनाओं को समझता हूँ लेकिन...।"

"लेकिन क्या, कोई विकल्प ही नहीं है हमारे पास।"

इस बार राजू परमार का गंभीर स्वर उभरा था, "मुसलमानों ने शिक्षा संस्थानों के खोलने पर बहुत कम ही ध्यान दिया है और दलितों की भी यही स्थिति है।"

"तुम्हारी बात वाजिब है। जहाँ सवर्णों ने लंबे समय तक दलितों को शिक्षा से महरूम रखा वहीं उनके नुमाइंदों ने क्या किया?"

इस बार दोनों ने एक-दूसरे की आँखों में देखा था। जैसे वे कहना चाहते हों ऐसी स्थिति में उन्हें कुछ करना ही पड़ेगा।

हिन्दू दंगाइयों ने इंक़लाब का कार्यालय जलाकर ख़ाक कर दिया था। इंक़लाब के पुराने अंकों के साथ प्रेस भी जल गयी थी। सदस्यों के पते जिस रजिस्टर पर लिखे जाते थे, उसका कहीं अता पता न था। इंक़लाब का संपादक अस्पताल में था। उसके दोनों हाथ काट डाले गये थे। 'कर स्साले इंक़लाब की संपादकी। हिन्दुओं के राज्य

में ही हमारे खिलाफ बगावत करने चला था।' इमरान को जान से मार दिया गया था। डॉ. खान को उसी की डिस्पेंसरी में जला दिया गया था। उन्हीं के साथ उनका कम्पाउंडर, जो दलित था वह भी नहीं बच सका था। साथ में इलाज के लिए आयी अपने बच्चों के साथ दो मुस्लिम महिलाओं को भी नहीं बख्शा गया था।

सुरेश के साथ राजू परमार असलम के घर गया था। अम्मी रसोई में थी। बाहर दरवाजे पर उन्होंने दस्तक सुनी तो वहीं से पूछ बैठीं, "कौन है?"

जवाब में कहा था राजू ने, "मैं हूँ अम्मी जान।"

रसोई से बाहर निकलकर उन्होंने राजू परमार तथा सुरेश को बाहर खड़े देखा तो उनकी आँखें भर आयीं। शिकायती लहजे में वे बोली थीं।

"देख तेरे यार-बादशाह की क्या गत बनाई है काफ़िरों ने।"

वे दोनों कुछ समझ नहीं सके थे। दोनों बैठकखाने में अम्मी के पीछे गये थे। वहाँ बिस्तर पर लेटे असलम को देखकर उनके दिल धक से रह गये। असलम के सिर और सीने पर पट्टियाँ बँधी थीं।

कोई मुसलमान बच्चा पट्टी कराने गया। उसको भी उन्होंने मार दिया। उसकी छोटी डिस्पेंसरी थी। गरीब दलित और मुसलमान डॉ. सलीम के पास इलाज कराने आते थे। उसकी डिस्पेंसरी को भी उन्होंने फूँक दिया।

इसी बीच अम्मी चाय ले आयी। असलम कहते-कहते ठहर गया।

"चाय पियो बेटे।"

"आप भी लें अम्मी जान। हम भी लेते हैं।"

कहते हुए राजू ने चाय से भरा हुआ प्याला असलम की ओर बढ़ाया था। असलम ने धीरे से उठने का प्रयास किया था। राजू ने अभी चाय का घूँट ही भरा था कि वे कह उठीं, "असलम जिस डॉक्टर के पास भागा, उसे भी उन्होंने मार डाला। तब यह जान बचाकर पिछले दरवाजे से भागा। थोड़ी दूरी पर एक ओर डॉक्टर था। वह दलित था। उसी ने इसे अपनी जान की परवाह न कर बचाया।"

कमरे में फिर से खामोशी छा गयी थी। परिवेश गंभीरता में डूब गया था।

पुकारा था राजू ने, "असलम भाई।"

आवाज़ सुनकर असलम ने आँखें खोली थीं। राजू को देखा फिर सुरेश को।

"यह क्या हो गया असलम भाई?"

"शुक्र है अल्लाह का। उन्होंने तो मारने में कोई कोर-कसर नहीं छोड़ी थी।"

तभी अम्मी आ गयी थीं। बेचैनी से भरे स्वर में वे बोली थीं, "हिन्दुओं ने हमला किया और अल्लाह ताला ने बचा लिया।"

राजू ने उनकी ओर देखा। उनकी आँखों में आँसू भर आये थे। वे पुनः कह उठी थीं, "हमने आखिर क्या बिगाड़ा था हिन्दुओं का?"

कुछ देर बाद वे सुबकने लगी थीं। उन्हें सुबकते देख राजू ने तत्काल ही कहा था, "अम्मी जान आप भी...।"

रोते हुए बोली थीं वे, "हाँ यही कहना चाहती हो ना कि...। कुछ पल उन्होंने बिस्तर पर लेटे हुए अपने घायल बेटे की ओर देखा था। फिर कहा था, हाँ मैं भी टूट गयी हूँ।"

पहले खाविंद को मारा उन्होंने फिर छोटे बेटे को और अब असलम बेटे की जान ही लेना चाहते थे काफ़िर।

कहते हुए वे बाहर चली गयी थीं। कुछ देर तक बैठकखाने में खामोशी रही। उन तीनों में से कोई नहीं बोला। थोड़ी देर बाद असलम ने कहा था–

उनके होठों पर मर्सिये थे और हाथों में जलती हुई मोमबत्तियां। दिलों में उम्मीदों के चिराग। अपने-अपने घर में वे अकेली हो गयी थीं। मस्जिद में खुदा था या नहीं, उन्हें मालूम न था, लेकिन मंदिर में हत्यारे और लुटेरे अभी जमा थे। उनके पास त्रिशूल थे और तलवारें भी। देवताओं को उनकी मौजूदगी सहन थी। उन्हें देख उनकी भृकुटियाँ तनती नहीं थीं। स्वयं देवताओं के पास भी हथियार थे। हथियारों से लैस हो वे मुस्कराते थे। शहर बँट गये थे। विभाजित शहर में लोगों के भीतर कसक थी। मंदिरों में बिना व्यवधान के समय से पूजा हो रही थी। आसपास के परिवेश में भयानक अट्टहास उभर रहा था। वैसे हिन्दुओं के चालीस करोड़ देवता वीभत्स ढंग से हँसते हुए जैसे कह रहे थे,

"तुमने ठीक किया बजरंगियों। मुसलमानों को जला कर मारा। बच्चों को त्रिशूल पर लटकाया। उनकी महिलाओं से बलात्कार किये। हा हा हा। यही तो हमारा धर्म है।"

मस्जिदों में अँधेरा था। उनकी छतें टूट गयी थीं और दीवारें भी। जली हुई दीवारें बता रही थीं कि खुदा के इन पाक घरों को जलाया भी गया था। मिट्टी के तेल से या पेट्रोल से, यह बहस का विषय न था। बहस इस बात की थी कि इन्हें आखिर क्यों जलाया गया? मस्जिदों को जलाया गया या खुदा के घरों को या फिर उसकी इबारत को। खुदा के बंदे अब वहाँ नहीं थे। अगर कुछ था तो केवल सन्नाटा ख़ौफनाक।

मुस्लिमों में भी जबर्दस्त उत्तेजना थी, पर वे अपनी उत्तेजना पर काबू पाने की कोशिशें कर रहे थे। वे भीतर और बाहर से घायल थे। उनके भीतर आग का दरिया बह रहा था।

रैली कत्ल बाज़ार पर आकर खत्म हुई थी। बाज़ार में रौनक नहीं थी। दुकानों के कुछ दरवाजे बंद थे, कुछ जला दिये गये थे। रात का अंतिम पहर था। आसमान में एक भी सितारा न था। न जाने सब कहाँ चले गये थे। चाँद भी कई दिनों से दिखलाई नहीं दिया था। रात उदास थी। नीम अँधेरे में अगर थीं तो बेवाएँ। बलात्कार के बाद जिनकी छातियाँ काट डाली गयी थीं। उनकी योनि क्षत विक्षत थी। एक-एक कर हिन्दू बलात्कारियों ने हमले जो किये थे उन पर। उनके लिए वे दुश्मनों की औरतें थीं। जिनसे बलात्कार करना उनका अधिकार था और वह अधिकार जायज था। गांधी के राज्य में बर्बर युग पुनः लौट आया था।

कत्ल बाज़ार में सप्ताह भर पहले हजारों मुसलमानों को बेरहमी से कत्ल कर दिया गया था। उनमें ग्राहक भी थे। दुकानदार भी बच्चे भी थे और बूढ़े भी। मर्द भी थे और औरतें भी। हत्यारों के लिए किसी तरह का कोई बंधन न था। मरने वालों में पीठ पर मुश्क लादे पानी पिलाने वाले भिश्ती भी थे और चाँदी जैसे कटोरों के चमकदार बर्त्तनों में शर्बत पिलाने वाले ख़िदमतगार भी थे। उनमें रिक्शा चलाने वाले भी थे और तांगे वाले भी। उनमें हज्जाम भी थे और मालिश करने वाले भी।

कत्ल बाज़ार का पहले का नाम मीना बाज़ार था। औरतें जरूरी सामान खरीदने यहाँ अवश्य जाती थीं। कारोबार तरक्की पर था। सैकड़ों दुकानें शाम होते ही जगमगाने लगतीं। हिन्दू कारोबारियों की इसी बाज़ार पर कई बरस से नजर थी। करोड़ों का व्यापार होता था इस बाज़ार में। सभी दुकानदार मुसलमान थे, हिन्दू कोई न था। जलन थी उन्हें। हमारी धरती पर मुसलमान दुकानदार। कोई सैयद था तो कोई शेख, उनमें पठान भी थे। फेंसी कपड़े सिलने वाले दर्जी थे और सोने-चाँदी जैसी चमक लिये इन सेलूनों में हजामत बनाने वाले पिछड़ी जाति के मुसलमान भी। इसे हिन्दू गोश्त बाज़ार भी कहते थे, हालाँकि गोश्त नहीं बिकता था। बिकती थी पाँव की पायजेब, दस्तबंद और रंगबिरंगी चोलियां। कलाइयों को भरने के लिए चूड़ियां और अंगुलियों के लिए नग वाली अँगूठियाँ। इस बाज़ार की गूँज देश के बाहर तक थी। कुछ लोग इस बाज़ार के इठलाते शबाब को देखने आते थे तो कुछ खरीदारी करने। मुस्लिम देशों के प्रतिनिधि-मंडल जब भी भारत आते उन्हें इस बाज़ार की खुशबू जरूर खींच ले आती।

इसी बाज़ार को तबाह कर दिया गया था। अब बाज़ार में न रौनक बची थी और न उनके भीतर जलन। सब कुछ जलकर ख़ाक जो हो गया था। जैसे किसी रंग-महल पर बिजली गिरी हो। देखते-देखते वह जन्नत दोज़ख़ में बदल गयी थी। मुसलमान व्यवसायी अपने-अपने घावों को सहलाने पर मजबूर थे।

राजनीतिज्ञों की तल्ख़ बयानबाजियों के चलते 'सदा-ए-सरहद' दिल्ली-लाहौर

बस सेवा बंद कर दी गयी थी। इसी बीच पक्की सराय में सांप्रदायिक तनाव हो गया। मुशर्रफ साहब का दलितों के बारे में बयान छपा। जिसे अखबारनवीसों ने और भी बढ़ा-चढ़ा कर पेश किया। तत्काल भारत सरकार की ओर से बयान जारी हुआ। मुशर्रफ साहब को पाकिस्तान के दलितों की चिंता करनी चाहिए। हिन्दुस्तान के दलितों की चिंता करना हमारा काम है। अपने-अपने मुल्कों में राजनीति के खिलाड़ी एक-दूसरे को शह और मात देने को तत्पर थे।

मुसलमानों के पुरखों, ओलियों तथा वलियों की दरगाह पर मूतो/हगना शुरू करो। वैसी पाक जगहों पर पेशाब घर/टट्टी घर बन गये थे। कब्रिस्तान की कब्रों को तहस नहस कर दिया गया था।

लगभग हर शहर, कस्बे, खेड़े में हिन्दुओं और मुसलमानों का एक दूसरे के प्रति विश्वास खत्म होता जा रहा था। सांप्रदायिक दंगों को झेल चुके इस शहर के हिन्दू और मुसलमान अपने-अपने मोहल्लों, बस्तियों की किलेबंदी करने में जुट गदे थे। शहर की पॉश कॉलोनियों के प्रवेश द्वारों पर अब लंबे-चौड़े लोहे के गेट दिखाई देने लगे थे। बड़ी संख्या में सिक्योरिटी गार्डों की भर्ती होने लगी थी।

कई कालोनियों के प्रवेश-द्वार पर सुरक्षा गार्ड पहले आदमी को सूँघते थे। फिर किसी शिकारी की तरह उसकी टोह लेते थे। अधिकांश संवेदनशील इलाकों में पुलिस चौकियों की संख्या बढ़ा दी गयी थी। फिर भी लोग अपनी सुरक्षा को लेकर आश्वस्त नहीं थे।

नरोदा, बापू नगर, कालूपुर, दरियापुर, जमालपुर, शाहपुर, सारसपुर, गोमतीपुर, और अमरीवाडी जैसे समूचे इलाकों को लोहे के लंबे-चौड़े दरवाजों और ऊँची चारदीवारियों से लैस किया जा रहा था। मेधावी नगर की गुलबर्ग सोसायटी के लोगों ने तो पूरे मोहल्ले को ही चारदीवारी में कैद करने की योजना बनायी थी। पिछले दिनों सांप्रदायिक हिंसा में यहाँ करीब 40 मुसलमान मारे गये थे।

दंगे के बाद स्लम में गलियाँ सँकरी हो गयी थीं, जिनके बीच से निकलना मुश्किल होता था। फिर भी बाहर से आकर लोग पसर रहे थे, जमीन छोटी होती जाती थी। बरसात में गंदे नाले का पानी उनके घरों में घुस जाता। वे घर के बाहर निकल आते। हालाँकि उनके पास आँगन नहीं थे। नहीं छतें थीं। अगर थीं तो वही संकरी गलियाँ। उन्हीं गलियों में बच्चे खेलते। औरतें गीत गातीं और पुरुष अपने-अपने काम से लौट कर सुस्ताते।

मुसलमानों के इन घरों के दरवाजे पर तो कोई चाँद सितारे का निशान न था। जैसा अमूमन मुसलमान अपने मकानों के दरवाजों या छज्जों पर अंकित करा लेते हैं। फिर दरवाजे पर हरा रंग भी न था। फिर भी उनकी पहचान की जा रही थी।

दलित मुस्लिमों की मिली-जुली बस्ती थी यह। बस्ती में मुसलमान अधिक थे जबकि दलितों की संख्या कम थी। हालाँकि उनके धर्म अलग-अलग थे, लेकिन उनके बीच सामाजिक सम्बन्ध कहीं गहरे थे। उनके सुख-दुख एक थे।

उसी बस्ती में कच्ची जमीन पर बने मिट्टी के घर थे, जिनमें रहने वालों के भीतर अम्बेडकर के अंकुर थे। उनमें कुछ बंबइया थे तो कुछ गुजराती। वे धन कम कमाते थे और पसीना अधिक बहाते थे। शहर को सजाने सँवारने वाले वही थे। वे उसे ऊर्जा देते थे। लेकिन भीड़ में खोये हुए थे। उनकी अपनी अस्मिता थी और पहचान भी थी। वे विराट संस्कृति के वाहक थे। वे बार-बार उखड़ते थे और बार-बार बसते थे। भीमनगर नाम था बस्ती का। बताया जाता है कि कभी हाजी मस्तान की सभा यहाँ हुआ करती थी। तब झुग्गियों के पास बड़ा मैदान था। अब यहाँ कत्ल गाह खुल गया है। पानी से अधिक नालों तथा नालियों में खून बहता है। जब जमीन रक्त रंजित लिबास ओढ़ लेती है तो आकाश में चीलें मँडराती हैं। अधिकांश लोग मजदूर और कारीगर थे। रिक्शा चालक से लेकर सड़क पर सामान बेचने वाले। वे सुबह से शाम तक मेहनत करते और रात होते-होते अपने बीवी बच्चों में लौट आते थे।

पिछले माह हुए दंगे में बजरंगियों और शिवसैनिकों ने उस बस्ती पर भी हमला किया था। वे भागे नहीं थे। हमलावरों का सामना किया था उन्होंने। दंगों के बाद मुस्लिम बस्तियों का गंभीरता से सर्वे हुआ था। किसी को पाकिस्तानी करार दिया गया तो किसी को बंगलादेशी बताया गया। जो दंगे में बच गये, उनकी नागरिकता पर नये सिरे से सोचा जा रहा था। दलित और मुसलमानों को हटाने की मुहिम भी आरंभ हो चुकी थी। पिछले दिनों इसी बस्ती के नज़दीक परिषद के लड़कों ने सभा ली थी। बजरंगी जोर-जोर से चिल्ला कर कह रहे थे। उन्हें पानी मत दो। बिजली मत दो। उन्हें मरने दो। अंततः बिजली और पानी के कनेक्शन काट दिये गये थे।

इन बस्तियों में लगे कई हैंडपम्प बजरंगियों ने उखाड़ दिये थे। कार्पोरेशन में उनका दबदबा था। अन्य मुस्लिम बस्तियों में पानी की सप्लाई में भी कटौती हो गयी थी।

कल से बस्ती वालों को पानी की कुछ अधिक किल्लत महसूस हो रही थी। सुरेश इसी बस्ती में रहता था। सुबह होते ही पानी की तलाश में लोग निकल पड़े। रात में मुंसिफ, कालू और जफ्फार के साथ बैठक में इस पर भी विचार हुआ कि नाले के पास वाला पानी का पाइप तोड़ दिया जाए। हालाँकि बस्ती के कुछ युवक दो दिन पहले ही पानी के पाइप को तोड़ने का मन बना चुके थे। लेकिन इस पर अमल करने से आक्रोश से भरे युवाओं को इसी बस्ती के बुजुर्गों ने रोका था। पुलिस तो पहले से ही दलित और मुसलमानों से खार खाये बैठी थी। बुजुर्गों का कहना था

कि अगर पानी का पाइप तोड़ा गया तो पुलिस को उन्हें गिरफ्तार करने का अवसर मिल जाएगा। अभी उन सभी को जेल में सड़ने के लिए डाल दिया जाएगा। रहमत अली साइकिल पर घूम-घूम कर चाकू-छुरिया तेज करा लो आवाज़ लगाते हुए चाकू-छुरियों पर धार लगाता था। उसे उसी के चाकुओं से गोद-गोद कर मारा गया था। उसकी बीवी के साथ चार हिन्दू युवकों ने बलात्कार किया था। भीतर की गली में रज्जाक भाई रहता था। मलकागंज के चौराहे पर बरगद के पेड़ के नीचे वह साइकिल रिक्शा के ट्यूब में पेंचर लगाता था। पेड़ के नीचे ही उसका ठीया था। वह भी नहीं बच सका था।

जफ्फार घर में अकेला रह गया था। दंगे में उसकी पत्नी तथा बेटे को मार दिया गया था। बेटा रिक्शा चलाता था। माँ बेटे के रिक्शा पर थी। पीछे से किसी ने उनपर दस्ती बम फेंक कर मारा था। दोनों वहीं राख हो गये थे। जफ्फार को बस्ती में सभी जफ्फार चाचा कहते थे। वह पानी की तलाश में काफी दूर तक चला आया था।

"बीवी जी, थोड़ा पानी देना।"

सादिया ने सुना। किसी ने नीचे दरवाजे पर पानी के लिए आवाज़ दी थी। तब तक वह उठकर देख पाती आवाज़ फिर से आयी थी—

"थोड़ा पानी देना बीबी जी।"

सीढ़ियाँ उतरकर उसने देखा। सफेद दाढ़ी वाला कोई बुजुर्ग खाली बाल्टी लिए खड़ा था। उसकी आँखों में आशा और निराशा की परछाइयां थीं। उसके माथे पर पसीने की बूँदें बता रही थीं कि वह पानी की आस में दूर से चलकर आया है। उसे इस स्थिति में देखकर अजीब सा लगा सादिया को। वह उसके अब्बा की उम्र से भी अधिक का था। उसके भीतर से अपनत्व उमड़ आया था। वह पूछ बैठी थी—

"कहाँ से आये बाबा?"

बुजुर्ग जवाब में बोला था, "गंदे नाले के पास जो झोपड़ पट्टी है, वहीं से।"

सादिया के मुँह से सहसा ही निकल पड़ा, "वह तो काफी दूर है।"

"दूर तो है, पर क्या करें। पानी तो जिंदगी है बेटा।"

पानी और जीवन के बीच रिश्ते का दर्शन सुनकर अच्छा लगा था उसे, पर बुजुर्ग की ऐसी हालत देखकर बुरा भी लगा था उसे। उसके होंठों से सहसा ही निकला था, "पानी पियोगे बाबा।"

बुजुर्ग की ओर से कोई जवाब नहीं मिला था। हालाँकि उसकी आँखों में पानी के लिए अभी भी चमक थी।

"ठहरो बाबा, पहले तसल्ली से पानी पीजिये खुदा के वास्ते।"

कहते हुए सादिया सीढ़ियाँ चढ़ते हुए ऊपर चली गयी थी। वह जल्दी लौट

आयी थी। उसके हाथ में पानी से भरा जग तथा खाली गिलास था। बुजुर्ग ने पानी पीने के बाद दुआयें दी थीं–

"अल्लाह तुझे बनाए रखे बेटी। तेरे रहम दिल को देख मेरी तो सारी थकान दूर हो गयी।"

जल्दी ही सादिया ऊपर से बाल्टी भर पानी ले आयी।

बुजुर्ग पानी लेकर चला गया था। पर सादिया को जैसे चैन नहीं था। वह बेचैन हो गयी थी। उसने सोचा। एक बाल्टी पानी के लिए कितनी दूर से चलकर आये थे बाबा?

शाम ढले अब्बा जब घर आये तो उसने पानी के लिए आये बुजुर्ग के बारे में बतलाया। उन्होंने तुरंत पूछा था, "क्या वह मुसलमान था।"

जवाब में बोली थी वह, "हाँ अब्बा।"

सुनकर सैयद साहब के माथे पर बल पड़ गये थे। अनायास ही वे पूछ बैठे।

"पर इतनी दूर रहने वाले एक मुसलमान को कैसे मालूमात हुई कि दूसरा मुसलमान यहाँ रहता है।"

संक्षिप्त जवाब दिया था सादिया ने।

"अल्लाह जाने।"

शहर में लगा था कि अमन के दिन फिर से लौट आये हैं। लोग कड़वाहट को भूल कर एक-दूसरे से मिलने-जुलने लगे थे। लेकिन आगजनी की ख़बरें अखबारों में खूब छप रही थीं। कहीं-कहीं दूर-दराज के गाँवों में मुसलमानों का अभी भी कत्लेआम किया जा रहा था। उनकी औरतों को सरेआम नंगा कर उनसे सामूहिक बलात्कार किये जा रहे थे। हिन्दू बिग्रेड के लड़के खुश थे। वे धर्मांध होकर नाच रहे थे। उनके सिरों पर अधिक से अधिक मुसलमानों को कत्ल करने तथा मुसलमानियों से बलात्कार करने का जुनून सवार था। वे किसी मोहम्मद शाह रंगीला और नादिरशाह से कम न थे। समूचे राज्य में मुस्लिमों के घर उनके हरम बन गये थे। सरकार की ओर से उन्हें कुछ भी करने की स्वीकृति मिल चुकी थी। किसी भी मुसलमान के घर में बेख़ौफ घुस जाओ। उनके पास जो धन-दौलत हो, उसे लूट लो। तुम्हें हजारों बरसों का कर्ज चुकाना है। उनके भीतर के इतिहास के विध्वंस की प्रतिक्रिया ने प्रवेश कर लिया था।

मुस्लिम पुरुष अपने घावों को ठीक करने में लगे थे और महिलाएँ अपने साथ हुए बलात्कार के दृश्यों को लाख चाहने पर भी भुला नहीं पाती थीं। बच्चे बुखार में तड़प रहे थे। बुजुर्गों की आँखों में एक बार फिर बँटवारे के दृश्य उभर आये थे।

परिवेश में अभी भी सिसकियों की गूँज थी। दहशत से लोग सिमटे थे। शाम घिर आयी थी। तभी नीचे दरवाजे पर दस्तक हुई थी। बाप बेटी ने एक दूसरे की आँखों में देखा था। जैसे पूछना चाहते हों कि देर रात गये भला कौन हो सकता है। सावधानी से उन्होंने खिड़की के पास जाकर नीचे देखा था। वहाँ सादिक मियाँ थे। सादिया ने पूछा था–

"कौन है अब्बा?"

"सादिक भाई।"

घर पर आये व्यक्ति को देख उनके होंठों से काँपते से लफ्ज निकले थे, "इतनी रात गये। अकेले हैं क्या?"

जवाब दिया था सैयद साहब ने, "हाँ हैं तो अकेले ही।"

तभी नीचे जाकर उन्होंने दरवाजा खोला था। उन्हें देख वे बोल उठे थे, "सादिक भाई आप इस समय।"

अपने भीतर की हड़बड़ाहट को महसूस किया था सैयद साहब ने, सादिक भाई सीढ़ियाँ चढ़ते हुए ऊपर आँगन में आ गये थे। वे हाँफते हुए बोले थे, "सैयद साहब...।"

"पहले पानी पी लीजिए।" इस बीच सादिया पानी से भरा गिलास से आयी थी। हड़बड़ाहट में उन्होंने पानी पिया था। इसी बीच थोड़ा पानी उनके कपड़ों पर भी गिर गया था।

"क्या बात है सादिक मियाँ? सब खैरियत तो हैं।"

"अभी तलक तो खुदा का शुक्र है। आगे का कुछ मालूम नहीं।"

"क्यों अब क्या हुआ। अब तो दंगा भी खत्म हो गया और जहाँ नहीं हुआ वहाँ भी आपसी सुलह से दंगा समाप्त हो जाएगा। शहर में तो कर्फ्यू, भी खुल गया है।"

"सैयद भाई यह सब ऊपर से देखने में लगता है। दंगा तो अभी और भड़केगा। देख लेना जबर्दस्त मारकाट होगी।"

आश्चर्य से भरे स्वर में सैयद साहब बोले थे, "क्या कह रहे हैं, आप सादिक मियाँ?"

"ठीक ही कह रहा हूँ।"

दो पल ठहरकर धीरे से कहा था सादिक भाई ने, "हिफाजत के लिए कहीं और ठिकाना ढूँढ़ लो।"

उनकी बात सुनकर सैयद साहब ने कहा था, "सादिक मियाँ कहाँ कहाँ छुपते फिरेंगे अब?"

"देख लीजिए सैयद साहब। फिर मत कहना कि अपनों ने बताया तक नहीं।"

सादिक भाई की बात सुनकर सादिया और सैयद साहब दोनों के शरीरों में सिहरन दौड़ गयी थी। उन तीनों के बीच कुछ देर तक खामोशी रही। उसी खामोशी को तोड़ा था सादिक भाई ने—

"अच्छा अब मैं चलूँ। रात हो गयी है।"

तभी सैयद साहब बोले थे, "रिजक लेकर जाइये।"

"नहीं-नहीं अब नहीं। अगर जान सलामत रही तो फिर आऊँगा।"

सुनकर बाप-बेटी सन्न रह गये थे। विदा लेते हुए जैसे सादिक भाई ने राज की बात कही थी, "जो पिछले दंगे में बच गये, उन्हें चुन-चुन कर अब मारा जाएगा। कुछ हथियार वगैरह रख लीजिए। मुसलमान को कभी भी हमलावर को मारे बिंना नहीं मरना चाहिए।"

सादिक मियाँ की बातों ने शान्ति और भाईचारे की उम्मीदों को जैसे झकझोरा था। स्वयं उनके स्वर में घबराहट उतर आयी थी, "सादिक भाई, हालात क्या बहुत खराब हो गये हैं।"

सादिक मियाँ ने अपनी ओर से जोड़ा था, "पल भर में क्या हो जाए, इसकी भी ख़बर नहीं है।"

"यह सब गंदी सियासत का ही अंजाम है। मुल्क में अमन चैन कुछ भी नहीं रहा।"

वे बातें करते हुए नीचे तक आये थे। जल्दी ही सादिक भाई चले गये थे। उन्हें विदा कर सैयद साहब ने सीढ़ियों के दरवाजे को भीतर से ठीक से बंद किया था। पहली बार उन्होंने दरवाजे पर ताला लगाया और फिर से सीढ़ियाँ चढ़ते हुए ऊपर आ गये। उसके भीतर भय की सिहरन अभी भी थी। थोड़ी देर में भोजन तैयार हो गया। दोनों ने एक साथ भोजन किया। जैसे खाने में कोई स्वाद ही नहीं था। भोजन करते हुए वे मौन थे। आज सैयद साहब बहुत धीरे-धीरे भोजन ले रहे थे। वे भोजन कम ले रहे थे और सोच अधिक रहे थे। इसी बीच सादिया ने पूछा भी था, "क्या बात है अब्बा?"

सैयद साहब गंभीर स्वर में बोले थे, "बेटे मैं यही सोच रहा हूँ। अगर सादिक भाई की बात ठीक निकली तो क्या होगा?"

कुछ पल वे चुप रहे। फिर वे बोले थे, "मुझे तुम्हारी फ़िक्र है।"

"अब्बा जैसी भी परिस्थितियाँ होंगी हम सामना करेंगे।"

रात काफी हो गयी थी। न बाप की आँखों में नींद थी और न बेटी की आँखें लग रही थीं। जरा-सी आहट होती, सादिया चौंक उठती। अंततः उनकी रात जागते/सोते ही बीती।

सुबह उदास थी। बस्ती में पहले जैसी चहल-पहल नहीं थी। न सब्जी देने गफ्फार चाचा आया और न इस्त्री के लिए कपड़े माँगने अख्तरी की बेटी आयी। अलबत्ता नज़दीक के मंदिर से घण्टे बजने की आवाज़ें जरूर आयी थीं। मस्जिद से अजान के आने का स्वर मौन था। सादिया अभी सोई हुई थी जबकि सैयद साहब जाग गये थे। एक अजीब-सी चुप्पी चारों तरफ पसरी हुई थी। तभी उनका स्वर उभरा था–

''या खुदा यह कैसी खामोशी है?''

वे रसोई में गये। फ्रिज खोला। उसमें कल का दूध था। गैस जलाकर दो प्याले चाय तैयार की फिर सादिया को जगाया। उन्होंने अभी चाय पीना शुरू ही किया था कि नीचे से दरवाजा खटखटाने की आवाज़ आयी। सैयद साहब ने जाकर देखा। नीचे कस्तूरी थी। उसने दरवाजा खोला। वह ऊपर आ गयी थी। तभी वह रसोई में न जाकर सीधे कमरे में आ गयी थी।

''क्या बात है कस्तूरी।''

''आपसे एक बात बोलनी थी।''

''पहले रसोई में जाकर जल्दी से काम तो कर लो फिर कह लेना। पानी चला जाएगा तो मुश्किल हो जाएगी।''

''नहीं पहले मुझे कहने दो।''

''अच्छा बताओ क्या बात है।''

कस्तूरी ने बेबाक ढंग से अपनी बात कह दी थी, ''हमें अब आपके घर काम नहीं करना।''

आश्चर्य हुआ था सुनकर सादिया को। पूछा था तत्काल उसने, ''क्यों भई क्या बात है।''

जवाब में बोली थी वह, ''म्हारे मरद ने मना कर दिया है।''

सादिया ने कुछ कहना चाहा। तभी उसने पुनः कहा था, ''म्हारे मरद ने कहा। हमने अपनी इज्जत नहीं बेचनी किसी मुसलमान के घर पर काम कर।''

सादिया के स्वर में नाराजगी उभरी थी, ''अरे कस्तूरी, किसी के घर पर काम करने से इज्जत चली जाती है क्या?''

पल भर बाद उसने पुनः कहा था, ''बस आप म्हारा हिसाब कर दो।''

''पर ऐसे भी क्या?''

सादिया ने उसे समझाना चाहा था, लेकिन कस्तूरी ने जैसे विराम लगा दिया था। इसके आगे बात करने की कोई गुंजाइश नहीं थी। इस बार सैयद साहब बोले थे, ''बेटे काम तो मन से होता है। वह तैयार नहीं तो बहस करने का कोई फायदा

नहीं।"

सादिया ने बिना देरी किये उसे एक माह का पैसा दे दिया था। पैसा लेकर वह सीधे सीढ़ियाँ उतर कर नीचे चली गयी थी। सैयद साहब और सादिया दोनों विस्मय से एक दूसरे की ओर देखने लगे थे।

कुछ देर बाद सादिया भारी मन से रसोई में चली गयी थी। सैयद साहब बाहर अकेले बैठे थे। उनके भीतर जैसे किसी बवण्डर ने प्रवेश कर लिया था। तूफान सादिया के भीतर भी था। बर्तन साफ करते हुए वह सोच रही थी। क्या दंगे में लोगों के दिल इतने तंग हो जाते हैं।

एक सप्ताह से वैभव भी नहीं आया था और न ही सुरुचि दिखाई दी थी। क्या हो गया उन्हें। वह कुछ समझ नहीं पा रही थी। तभी बर्तन मांजते हुए उसके हाथ से गिलास फिसल कर नीचे गिर गया। शोर सुनकर सैयद साहब वहीं से बोले थे, "क्या हुआ सादिया बेटे, तसल्ली से काम करो। छोड़ दो। बाकी बाद में हो जाएगा।"

सादिया ने वहीं से कहा था, "कुछ नहीं हुआ अब्बा जान। मुझे काम करने दो। काम में व्यस्त रहूँगी तो कुछ भूलने की कोशिश करुँगी।"

"बेटे क्या-क्या भूलोगी तुम। नये सिरे से फिर ज़ख़्म दे दिये जाएँगे।"

सुनकर जवाब दिया था सादिया ने, "वह तो है अब्बा। हमें अपने-अपने जलजलों को ज़ज़्ब करने के लिए मजबूर कर दिया गया है।"

अब्बा ने बेटी के स्वर में अपार पीड़ा महसूस की थी। वे कर भी क्या सकते थे सिवाय दिलासा देने के। जब-जब भी दंगे होते तब-तब उनके ज़ख़्मों को कुरेदा जाता। उन्हें याद दिलाया जाता है। तुम इस मुल्क में रहने के लिए नहीं हो। तुम्हें पाकिस्तान में रहना है।

सोचते हुए वे स्वयं व्यथित हो गये थे। जैसे वे सादिया को नहीं स्वयं को दिलासा दे रहे थे।

"बेटे जब लोगों के मन बदलने लगें तो जानवरों और पक्षियों से रिश्ते बनाने चाहिए। ऊपर जाओ। छन्नो तुम्हारा इंतजार कर रही है।"

सादिया को अच्छा लगा सुनकर। रसोई से बाहर आयी तो सीढ़ियाँ चढ़ते हुए वह छत पर पहुँच गयी थी। सचमुच छन्नो उसका इंतजार कर रही थी।

उसने उसके पिंजरे का दरवाजा खोला। वह धीरे-धीरे बाहर आयी। सादिया ने उसे पकड़ कर उसका चुम्बन किया था। फिर छोड़ दिया था उसे। अजीब-सी तृप्ति मिली थी उसे। तभी उसने सुना—

"दीदी।"

उसने देखा सामने वैभव खड़ा था। उसे देख अच्छा लगा उसे। तभी सादिया

बोली थी, "वैभव जी इतने दिन हो गये घर क्यों नहीं आये?"

वैभव चुप था। उसके पास कोई जवाब नहीं था। दो मिनट बाद सुरुचि भी आ गयी थी।

"सुरुचि हम इतने नज़दीक होकर भी कितने दूर हो जाते हैं कभी-कभी।"

सुरुचि ने जवाब में कहा था, "दीदी हम क्या कर सकते हैं। परिस्थितियाँ ही हमें ऐसा बना देती हैं।"

तभी वैभव बोला था, "दीदी छन्नो भी हमारी बातें ध्यान से सुन रही है।"

"हाँ वैभव यह हमारी सब बातें सुन तो सकती है, लेकिन जवाब अपनी भाषा में देती है।"

इस बार पूछा था वैभव ने, "आज यह चुप क्यों है?"

"यह उदास है।"

मुसलमानों की बस्तियाँ उदास थीं। उनके घरों में अँधेरा था। उसी उदासी की गिरफ्त से वे छुटकारा नहीं पा रहे थे। इंक़लाब अब मुसलमानों के घर-घर नहीं पहुँच पाता था। सभी अखबार हिन्दुओं के थे। उनमें से अधिकांश समाचारपत्र मुसलमानों के खिलाफ जहर उगलते थे। बड़ी मस्जिद के पास अंजुमन पुस्तकालय था। दंगाइयों ने जिसे जला दिया था। वह जल कर ख़ाक हो गयी थी। धार्मिक पुस्तकें जला दी गयी थीं। उनका इतिहास, उनके सपने ख़ाक हो गये थे, पर उम्मीदें अभी उनके भीतर जीवित थीं। मासूम अख्तर तक को जालिमों ने नहीं छोड़ा था। दोपहर ढले राजू ने सादिया के दरवाजे पर दस्तक दी थी। दरवाजा सैयद साहब ने खोला था। उनके मुँह से निकला था—

"राजू बेटे तुम।"

राजू ने उनके स्वर में अपनेपन का अहसास किया था। उसके साथ असलम, सुरेश भी थे। उन सभी को देखकर सैयद साहब ने कहा था, "आप सब ऊपर जाओ ना।"

वे सभी सीढ़ियाँ चढ़ ऊपर आ गये थे। सादिया अपने कमरे में थी। तभी सैयद साहब ने कहा था, "सादिया बेटे, देखो तो कौन आया है?"

"कौन अब्बा?"

उसने पीछे घूम कर देखा तो राजू के साथ अन्य साथी भी थे। उसे अच्छा लगा उन्हें अपने घर आया देखकर।

पहले उसने सभी को शर्बत पेश किया। फिर चाय बनाने के लिए रसोई में चली गयी। तभी सैयद साहब बोले थे,

"क्या हो रहा है शहर में बेटे।"

जवाब दिया था राजू परमार ने, "फिर से युद्ध की तैयारी हो रही है।"

सुनकर सैयद साहब के मुँह से निकला था, "क्या?"

तभी असलम बोला था, यह सन्नाटा देख रहे हैं न आप। तूफान से पहले ऐसा ही होता है। वह फिर आयेगा।"

उनकी बातें सुनकर सैयद साहब के भीतर तेजी से ख़ौफ़ ने प्रवेश किया था। वे आगे कुछ न बोल सके। थोड़ी देर में सादिया ट्रे में चाय के प्याले रखकर ले आयी थी। सभी ने चाय पी। चाय पीते हुए वे मौन थे। जैसे सीमा पर किसी कैम्प में बैठे हों। उन्हें चुप देख सादिया ने पूछा था, "क्या हो गया है आप सभी को? चुप क्यों हैं?"

कुछ पलों के बाद मौन तोड़ा था राजू ने, "आप सब ठीक तो हैं?"

सादिया ने धीरे से कहा था, "अभी तक तो खैरियत है।"

इस बार जवाब में कहा था राजू ने, "क्या करेंगे बेटे आप?"

"कुछ तो...।"

"कुछ तो का क्या मायने है? हिन्दुओं के घर जलाने के लिए क्या हम भी अपने-अपने घरों में पेट्रोल की व्यवस्था करें। हिन्दुओं को कत्ल करने के लिए क्या हम भी चाकू, तलवार और रिवाल्वर की व्यवस्था करें?" कुछ देर वे ठहरे थे। फिर उन्होंने कहा था, "क्या हिन्दुस्तानियों के साथ बलात्कार के लिए मुस्लिम बलात्कारियों की तलाश करें? क्या करें हम? ऐसी स्थितियों में हमें कुछ भी समझ में नहीं आता है।"

उनके बीच फिर मौन पसर गया था। उन सभी के सामने सवाल था। वे क्या करें? अहिंसा और शांति के पुजारियों ने ऐसे समय पर क्या किया? जैसे कि हिन्दुओं का धर्म, उनके चार वेद, आठ पुराण सभी निरर्थक बन गये हैं। पर कुछ तो करना ही होगा। समूचे गुजरात को पुनः जलाने की तैयारी हो रही थी। चुप्पी तोड़ते हुए कहा था राजू ने, "सैयद साहब न हमें हमलावरों की जरूरत है और न बलात्कारियों की। कम से कम हमें अपनी सुरक्षा तो करनी ही होगी। हमारा उद्देश्य भी यही है। स्वयं की सुरक्षा करते हुए शान्ति और भाईचारा बनाएँ। "

"बेटे मैं तो तंग आ गया हूँ शान्ति और भाईचारे की बात सुन-सुन कर।"

तभी जवाब में कहा था राजू परमार ने, "फिर इसके अलावा अन्य कोई विकल्प भी तो नहीं है। गुजरात के साथ सिर्फ हमारे देश को ही नहीं विश्व को भी शान्ति और भाईचारे की आवश्यकता है।"

"तुम चाहते हो कि धर्मांध हिन्दू हमारे ऊपर हमला करने आयें और हम उनसे

शान्ति और भाईचारा रखने के लिए कहें। आप क्या सोचते हैं, क्या वे मानेंगे? नहीं। अभी हुए दंगे में हिन्दुओं का असली रूप सामने आ गया है।"

उन्होंने बारी-बारी से उन सभी की ओर देखते हुए फिर से कहा, "अखबारों में छपे भयभीत मुसलमानों के चित्र गवाह हैं। हाथ जोड़ते हुए अपनी जान बख़्श देने के लिए कितना गिड़गिड़ाए थे। महिलाओं ने आँचल फैलाकर सिसकते हुए उनकी अस्मिता खराब न करने की बात कही थी। बच्चों ने रोते हुए उन्हें अनाथ न करने के लिए याचना की थी, लेकिन हिन्दू दंगाइयों को उन पर रहम नहीं आया?"

सैयद साहब की दलील के आगे वे चुप थे। तभी सादिया चाय ले आयी थी। राजू ने उसकी आँखों में देखा था। वे आँखें बहुत कुछ कह रही थीं। सभी ने अनमने-से हो चाय पी थी।

अगले दिन सैयद साहब अपनी फैक्ट्री में गये। फैक्ट्री में कार्यरत मजदूरों तथा कर्मचारियों के चेहरों की भाषा जैसे बदल गयी थी। उनकी आँखों में हजारों सवाल थे। वे बोलते तो लगता जैसे मर्सिया पढ़ रहे हों। उनके भीतर झंझावात था। स्वयं सैयद साहब को भय सता रहा था। उनकी फैक्ट्री इस बार तो बच गयी, लेकिन अगली बार शायद ही बच पाए। फैक्ट्री को अगर जला दिया गया तो कर्मचारी बेरोजगार हो जाएँगे और उनके घरों में चूल्हे जलने बंद हो जाएँगे। फिर भी मुसलमानों के भीतर उम्मीदें शेष थीं। शाम होते-होते सैयद साहेब फैक्ट्री से वापस घर लौट आये। अनिच्छा से उन्होंने भोजन लिया। और सोने का प्रयास किया। रात में सादिया का स्वर उभरा था–

"अब्बा।"

सादिया सोते हुए अनायास ही चीख उठी थी। उसने सपने में देखा था। बालकनी में लगा गुलाब खून से तरबतर था। आसपास खून बिखरा था। बेटी की आवाज़ सुनकर उनकी नींद उचट गयी थी। तुरंत पूछ बैठे वे, "क्या हुआ बेटी?"

सादिया के स्वर में घबराहट थी, "अब्बा बाहर, गुलाब का फूल...।"

वह इतना ही कह पाई थी। अब्बा समझ नहीं पाए थे। वे बालकनी में जाने को ही हुए। तभी सादिया ने पुनः कहा था, "अब्बा बालकनी में गुलाब का फूल खून में..."

"क्या कह रही हो बेटी, तुमने डरावना सपना देखा होगा।"

पुनः बोली थी वह, "अब्बा बालकनी में गुलाब का फूल देखो ना जाकर।"

सुबह होने में अभी समय था। छत पर मुर्गे ने बांग दी थी। उन्होंने लाइट जलाकर सामने दीवार घड़ी में समय देखा। पाँच बजे थे।

"अब्बा देखो ना जाकर बाहर।" मजबूरन जाना पड़ा था उन्हें। बस्ती सोई हुई

थी। चारों ओर खामोशी थी। नज़दीक जाकर उन्होंने गुलाब के फूल को हाथ से छुआ था। कहीं खून न था उसमें। सुर्ख गुलाब वैसे ही टहनी पर था। खून से भी अधिक लाली समेटे। उसकी लाली को देखकर एकबारगी वे भी काँप गये थे। पीछे मुड़े तो उन्होंने देखा। सादिया दरवाजे पर खड़ी हो गुलाब को टकटकी लगाए देख रही थी। उनके मुँह से सहसा ही निकला था—

"बेटी तुम।"

"हाँ अब्बा।"

"तुम क्यों आ गईं इधर?"

"मैंने भी गुलाब का फूल देखना था न।"

उन्होंने जवाब दिया था, "मैंने देख लिया है। कहीं कोई खून नहीं है।"

"लेकिन अब्बा...।"

"तुम कमरे के भीतर जाओ सादिया, सो जाओ।"

सादिया कमरे के भीतर आ गयी थी। पीछे से सैयद साहब भी आ गये थे। उन्होंने समझाया था उसे, "हिम्मत रखो बेटी। सपने तो आते ही रहते हैं।"

तभी भयभीत स्वर में बोली थी सादिया, "मुझे डर लग रहा है अब्बा।"

"बेटे हिम्मत रखो। कुछ नहीं होगा।"

सैयद साहब बेटी को हिम्मत रखने के लिए कह रहे थे। लेकिन वे स्वयं भी भयभीत थे। एक डर, जो बार-बार उसके सीने पर दस्तक दे रहा था। वे पहले सादिया को समझाते और फिर स्वयं अपने-आपको। थोड़ी देर में वे भीतर आ गये थे। सादिया बिस्तर पर लेट गयी थी। वह बेचैन थी और सो नहीं पा रही थी। सैयद साहब अपने कमरे में न जाकर उसी कमरे में अलग बिस्तर पर लेट गये थे। बाहर अभी अँधेरा था और भयंकर चुप्पी भी। करवटें बदलते हुए थोड़ी देर में अंततः उनकी आँखें लग गयी थीं।

पो फटने लगी थी। बस्ती अभी नींद में थी। लेकिन शहर जाग रहा था। शहर में कहीं कुछ रच-बस रहा था। दंगाइयों के द्वारा त्रिशूल, तलवारें, रिवाल्वर, मिट्टी का तेल, पेट्रोल आदि जमा किये जा रहे थे। मुसलमानों को जलाने तथा बरबाद करने पर वे उतारू थे। सूरज अभी उगा न था। तभी पश्चिम दिशा से शोर उठा। बस्ती में जाग हो गयी थी। कुछ आँखों ने देखा। बस्ती के किनारे क्वालिश गाड़ी आकर रुकी थी। उसके भीतर से आठ-दस लड़के कूदते हुए फुर्ती से उतरे थे। उनके माथे पर केसरिया पट्टी बँधी थी और उनके हाथों में हथियार थे। पल भर की देरी किये बिना ही हिन्दू ब्रिगेड के वे लड़के एक अदद मुसलमान के घर की ओर दौड़ पड़े

थे। हल्ला सुनकर सैयद साहब जाग गये थे। जबकि सादिया अभी गहरी नींद में सोई थी। जैसे ही वे बाहर आये। नीचे से किसी ने फायर किया था। गोली उनके सिर के ऊपर से होते हुए सामने दीवार में धँस गयी थी। वे स्वयं फर्श पर गिर गये थे। तभी दूसरी गोली चली थी। अचानक गोली चलने और फिर शीशा टूटने की आवाज़ सुनी तो सादिया जाग गयी थी। उसने भयभीत होते हुए इधर-उधर देखा था। उसके सामने कोने में रखी मेज के पास अब्बा दराज से कुछ तलाश रहे थे। हड़बड़ाहट में पूछा था उसने–

"क्या हुआ अब्बा?"

"जिस बात का डर था आखिर वही हुआ।"

"पर कुछ बताओ तो सही अब्बा?"

तभी नीचे से ताबड़तोड़ गोलियाँ चलने की आवाज़ें आने लगी थीं। साथ ही सीढ़ियों वाले दरवाजे को भी तोड़ा जा रहा था। अब तक सैयद साहब दराज से रिवाल्वर निकाल चुके थे। सादिया ने अब्बा के हाथ में रिवाल्वर देखी तो वह काँप गयी। उसने कंपित स्वर में कहा था–

"अब्बा नहीं। रिवाल्वर मत चलाइये।"

क्रोध में बोले थे वे, "क्या करूँ बेटे। घर में एक ही रिवाल्वर है। दो होतीं तो एक रिवाल्वर तुम्हें देते हुए कहता, चलाओ इन काफ़िरों पर गोली। कर दो इनके सीनों को छलनी।"

"नहीं अब्बा, तुम्हें रिवाल्वर नहीं चलानी है। हम अकेले हैं।"

"सादिया उन्होंने हम पर हमला कर दिया है और तुम कहती हो कि मैं रिवाल्वर नहीं चलाऊँ।"

"अब्बा वे बहुत हैं। तुम किस-किस को गोली मारोगे।"

खिड़की की तरफ जाते हुए उन्होंने कहा था, "अगर एक को भी मार सका तो मुझे यह तो संतोष रहेगा कि एक मुसलमान लड़ते-लड़ते मारा गया।"

"अब्बा नहीं, बस करिये।"

"तुमने पिछले सप्ताह सादिक मियाँ की बात नहीं सुनी थी। उन्होंने ठीक ही कहा था। हर एक मुसलमान को लड़ते हुए ही मरना चाहिए।"

सादिया की आँखों में आँसू भर आये थे। उसके रुँधे गले से कुछ शब्द बाहर निकले थे, "अब्बा।"

"सादिया मेरी बच्ची, अब इसके अलावा कोई रास्ता नहीं है।"

बेटी ने अब्बा को अंतिम बार रिवाल्वर न चलाने की सलाह दी थी, पर वे नहीं माने थे। खिड़की के पास जाकर उन्होंने झाँक कर देखा। नीचे चार-पाँच लड़के थे।

उनके हाथों में त्रिशूल, तलवारें तथा रिवाल्वर चमक रही थीं। दरवाजे को अभी भी तोड़ा जा रहा था। तभी उन्होंने निशाना साधकर गोली चलाई। रिवाल्वर पकड़े युवक के सीने को चीरते हुए गोली निकल गयी थी। गोली लगते ही वह जमीन पर गिर गया था। उसके गिरते ही चारों तरफ जैसे शोर मच गया था। दो-तीन लड़कों ने चीखते हुए कहा था, ''मारो मुसल्लो को।''

दो लड़कों के पास रिवाल्वर थे। अनायास ही उन्होंने ताबड़तोड़ तरीके से गोलियाँ चलानी शुरू कर दी थीं। जवाब में सैयद ने भी गोलियाँ चलाईं। अचानक उनकी रिवाल्वर में गोलियाँ खत्म हो गईं। तभी नीचे से हुए फायर से उनके कंधे में गोली लगी। वे गिरते-गिरते सँभले थे और अपने ही खून से लथपथ हो गये थे।

''सादिया बेटे दराज में से गोलियाँ ले आओ।''

''नहीं अब्बा तुम्हें छोड़कर मैं कैसे जा सकती हूँ।''

''सादिया पागल मत बनो।''

सादिया भाग कर दराज में से गोलियाँ ले आयी थी। सैयद साहब ने चेम्बर में गोलियाँ डालीं। अब तक उनके शरीर से काफी खून बह चुका था। उन्होंने दीवार का सहारा ले पुनः नीचे की ओर निशाना बाँधा था। फायर हुआ, पर उनका निशाना चूक गया था। नीचे से अब दनादन फायर हो रहे थे। सैयद साहब बेहोश होने लगे थे। फिर से उन्होंने गोली चलाने का प्रयास किया। इस बार भी निशाना चूक गया था। अंततः वे बेहोश होकर गिर गये थे। उन्हें गिरते देख सादिया चिल्ला उठी थी—

''अब्बा...।''

सादिया के मुँह से चीख निकली थी। उनके हाथ से रिवाल्वर छूट कर नीचे गिर गयी थी। सादिया के भीतर जैसे चिंगारी फूटने लगी थी। उसने फर्श पर पड़े रिवाल्वर को अभी उठाया ही था कि नीचे से गोली आकर उसकी अँगुलियों को घायल करते हुए निकल गयी थी। उसके हाथ से रिवाल्वर छूट कर नीचे गिर पड़ा था। उसने देखा। उसकी अँगुलियों से खून बहने लगा था। गर्म लहू की बूँदे गुलाब के फूल पर टपकी थीं। सुर्ख गुलाब और भी लाल हो उठा था। आवाज़ें सुनकर पिंजरे में तोता छटपटाने लगा था। दूसरे पिंजरे में चिड़ियाँ बेचैन थीं। लेकिन सैयद साहब अब बेचैन न थे। उनकी छटपटाहट खत्म हो गयी थी। उनके प्राण जीवन के इस पिंजरे से उड़ गये थे। अपने ही घर के फर्श पर खून में डूबे हुए अब्बा के शरीर को अपलक नयनों से सादिया देखे जा रही थी। कुछ ही पलों में सब कुछ हो गया था। उसे विश्वास ही न हो रहा था। उसके होंठों से पुनः भरभराया हुआ स्वर निकला था—

''अब्बा।''

पर अब्बा से कोई जवाब नहीं मिला था। उसकी आँखों से आँसुओं की धारा

फूट पड़ी थी।

"अब्बा, यह क्या हो गया?" वह पगलाई-सी उनके मृत शरीर में साँसों की तलाश कर रही थी। नीचे से गोलियाँ चलने की आवाज़ें अभी आ रही थीं। जो खिड़कियों और दरवाजों से टकराकर आवाज़ें उत्पन्न कर रही थीं। दंगाइयों के द्वारा दरवाजे को अभी भी तोड़ने का प्रयास किया जा रहा था।

नीचे का दरवाजा जैसे टूटने ही वाला था। एक युवक सीढ़ी ले आया था। सैयद साहब ने दम तोड़ दिया था। उसके पास अब काई विकल्प नहीं बचा था। जान बचाने के लिए वह छत की ओर भागी। छत पर पिंजरा था और पिंजरे में मुर्गी, नीचे से आती आवाज़ों ने उन्हें भी बेचैन और उत्तेजित कर दिया था। वे अपने पिंजरे से उड़ने को बेताब थे। पिंजरे के भीतर वे फड़फड़ा रहे थे। जैसे आने वाली विपत्ति का उन्हें अहसास हो गया था। सादिया को देख उनके भीतर ही हलचल कम हुई थी। जैसे सादिया अभी पिंजरा खोलेगी और वे भाग जाएँगे। वह छत पर आते ही मुर्गे-मुर्गी को आजाद करना चाहती थी कि नीचे से कुछ लड़कों के आने की आवाज़ें उसने सुनीं। उसने देखा बराबर की छत पर वैभव खड़ा था। उसने धीरे से कहा था—

"दीदी इधर आ जाओ।"

सादिया फुर्ती से उस तरफ लपकी थी। वह सीढ़ियों के पास थी, जो नीचे जाती थी। दंगाइयों के द्वारा घर में तोड़ फोड़ करने की आवाज़ें आने लगी थीं। कुछ लड़के ऊपर आने लगे थे। तभी कोई जोरदार आवाज़ में बोला था, "कहाँ है मुसल्ली, तेरी तो बाप की...।"

"मम्मी दीदी को बचा लो।"

मम्मी ने देखा। वैभव आँगन में खड़ा था और सादिया सीढ़ी पर। तभी भीतर से सुरुचि और उसके पिता भी आ गये थे।

बाहर शोर था। छत पर धमाधम हो रही थी। अचानक ऊपर से आवाज़ें आयी थीं। जैसे मुर्गी को हलाल किया गया हो। उसके नुचे हुए खून में तरबतर पंख नीचे आँगन में आकर गिरे थे। वैभव ने भयभीत स्वर में कहा था, "मम्मी दीदी को बचा लो।"

"हाँ बेटे हम तुम्हारी दीदी को जरूर बचाएँगे।" उन्होंने सादिया को जल्दी से कमरे के भीतर आने लिए कहा था। सादिया रोते हुए कमरे में चली गयी थी। पीछे-पीछे वे तीनों भी। ऊपर से आवाज़ें आ रही थीं।

"कहाँ भाग आयी स्साली?"

तभी कोई दूसरा बोला था, "देखो स्साली मुसल्ली यही होगी। बचने न पाए। इसकी तो माँ की...।"

नीचे कमरे में उन तीनों को समझ नहीं आ रहा था कि वे क्या करें, कहाँ छुपाएँ सादिया को? तभी ऊपर से दो-चार लोगों के सीढ़ियाँ उतरने की आवाज़ें आयी थीं। कमरे में एक बड़ा ट्रंक था। उसे देखकर अचानक उन्हें सूझा। सादिया को इसी में छुपा दिया जाए। फुर्ती से उन्होंने ट्रंक के ऊपर का सामान हटाया। सुरुचि ने भी मदद की। सादिया खड़े-खड़े काँप रही थी। उन्होंने ट्रंक खोला। सादिया उसमें बैठ गयी थी। ट्रंक बंद कर फुर्ती से वैसे ही चीजें उस पर रख दी गयी थीं। तब तक ऊपर से तीन-चार लड़के आ गये थे।

''भाई साहब इधर तो नहीं आयी वह मुसल्ली।''

उन्होंने मना किया तो पुनः दूसरे लड़के ने कहा था, ''देख लेना। अगर वह यहीं हुई तो अच्छा नहीं होगा।'' उन्होंने उन्हें विश्वास दिलाया था, लेकिन वे मानने को तैयार नहीं थे। तभी कोई बोला था–

''हमें उम्मीद है। यहाँ कोई हिन्दू गद्दारी नहीं करेगा।'' कहने के साथ ही वे कमरे में घुस गये थे और जंगली कुत्तों की तरह सूँघते हुए दो-तीन लड़कों ने कोना-कोना छान मारा था। जब उन्हें कुछ नहीं मिला तो फिर से वे ऊपर चढ़ गये थे। वहीं से वे तेज आवाज़ में कह रहे थे–

''कोई भी इस स्साली मुस्सली को न छुपाए। हम पहले से ही कहे देते हैं। अगर किसी ने छुपाया तो अच्छा नहीं होगा।''

जैसे अंतिम बार उन्होंने बस्ती के लोगों को धमकी दी थी। सात-आठ घरों की छतें मिली हुई थीं। पूर्वी किनारे पर नाला था। उन्होंने सभी घरों में जा-जा कर सादिया को तलाश किया था। पर सादिया कहीं नहीं मिली थी। वे थक हारकर नीचे आ गये थे और फिर से गालियाँ देने लगे थे।

दो-तीन लड़के अभी भी आसपास की छतों पर जाकर सादिया की तलाश कर रहे थे। वे बीच-बीच में गालियाँ भी देते जाते थे। नीचे कुछ लड़के तोड़फोड़ कर रहे थे। सभी कमरों में मिट्टी का तेल फैला दिया गया था। फिर गैस की पाइप हटाकर माचिस की जलती हुई तीली फेंक कर वे नीचे आ गये थे। भक्क से सैयद साहब का घर जल उठा था। दीवार पर टँगा मक्का-मदीने का चित्र, खूबसूरत रंग बिरंगी क्राकरी, कुर्सी, मेज, किताबें, बालकनी में लटके पिंजरे में बंद तोता और चिड़िया भी। गुलाब आग की लपटों के बीच झुलस गया था। नीचे खड़े हुए बजरंगी चिल्ला रहे थे।

''देखो बचने न पाए मुसल्ली। उसे नंगा कर दो। उसकी योनि में त्रिशूल गाड़ दो।''

ऊपर छत पर शिकारी अभी शिकार की तलाश में थे। उनकी आँखों में आग

थी। सैयद का घर धू धू कर जल रहा था। हिन्दू बस्ती में इकलौता मुसलमान का घर था। कुछ दिनों से बस्ती के चार-पाँच हिन्दुओं का दबाव भी था। वह घर बेचकर अन्य ही चला जाए। स्वयं सैयद की कौम वालों ने भी कहा था।

"सैयद साहब जब दंगा भड़केगा तो कोई नहीं छोड़ेगा तुम्हें। तुम लाख चाहे हिन्दुओं के बीच हिन्दू बनकर रहो।"

उनकी बात सच हो गयी थी। जैसे ही दंगे में इस मुसलमान के घर का नम्बर आया। उन्हें गोली से मार दिया गया था। पूरे एक घंटे बाद आग बुझाने वाली गाड़ी आयी थी। तब तक न एक मुसलमान का घर बचा था और न मुसलमान। यहाँ तक कि मुसलमान की मुर्गी की गरदन भी दंगाइयों ने तोड़-मरोड़ दी थी। बालकनी में गुलाब के ऊपर पिंजरे में बंद पक्षी जलकर ख़ाक हो गये थे। दंगाइयों ने उन्हें भी धर्म और मजहब में बाँट दिया। आग की लपटों से घिरी चिड़िया ने ची-ची करते हुए पिंजरे से निकलने का प्रयास किया था, लेकिन पिंजरा बंद था। कौन पिंजरे को ऊपर आकर खोलता। कुछ ही देर में झुलस कर उसने भी दम तोड़ दिया था।

घर में एक अदद मुसलमान, एक अदद पक्षी, मक्का मदीना के आधे जले हुए कलैण्डर के साथ उर्दू में लिखी हुई इबारत। एक दमकल कर्मचारी ने कुरान की इबारत को पहले पढ़ा था। फिर आँखों से छुआ कर उसे दीवार पर फिर से टाँग दी थी। वह हिन्दू था या मुसलमान, किसी को मालूम न था, लेकिन वह एक अच्छा इंसान था।

पुलिस के लोगों ने अपनी खाना पूर्ति की थी और एक मुसलमान की लाश को लापरवाही से गाड़ी में डाल कर वे ले गये थे। नीचे हुजूम था। हुजूम में सब हिन्दू थे। लंबे समय से हिन्दू मन के भीतर कांटे की तरह चुभ रहा था मुसलमान का घर। हिन्दू ब्रिगेड के लड़कों ने कांटे को निकाल कर फेंक दिया था। अब कांटा ही नहीं बचा तो चुभेगा क्या?

पर उसी बस्ती के एक हिन्दू परिवार के भीतर सवाल दर सवाल थे। उन्हें बेहद रंज था। ट्रंक के भीतर छुपी हुई सादिया के आँसू थम नहीं रहे थे। वह डर-डर कर रो रही थी। एक अदद मुसलमान को हलाक करने के बाद हत्यारों का गिरोह चला गया था। जैसे उन्हें अभी किसी अन्य मुसलमान को हलाक करना था। किसी अन्य मुसलमान बस्ती को जलाकर ख़ाक करना था। या फिर किसी मुसलमानी को नंगा कर उसकी अस्मिता को तार-तार करना था।

उन्होंने पहले बाहर से लोहे का बड़ा दरवाजा बंद किया था। फिर सावधानी से सादिया को ट्रंक के बाहर आने के लिए कहा था। सादिया बाहर आयी तो उसकी रुलाई तेजी के साथ फूट पड़ी।

"बेटी अब बस करो।"

सिसकते हुए उसके मुँह से निकला था, "अब्बा।"

"वे जल गये थे। उन्हें पुलिस ले गयी है।"

आश्चर्य भरा स्वर उभरा था सादिया के होठों से, "क्या !"

"हाँ बेटे।"

सादिया को दिलासा देते हुए कहा था उन्होंने, जो कुछ भी हुआ। उसे नियति मान लो।"

"लेकिन... ।"

"तुम्हें सब कुछ भूलना पड़ेगा।"

"कैसे भूलूँ अंकल? मेरे अब्बा ही मेरे लिए सब कुछ थे।"

"सादिया बेटे हम भी तो तुम्हारे हैं। यह घर तुम्हारा ही तो है।"

सादिया फिर रोने लगी थी। वैभव ने नज़दीक जाकर उसके आँसू पोंछते हुए कहा था, "मत रोओ दीदी।"

तभी बाहर किसी ने लोहे का दरवाजा खटखटाया था। आवाज़ सुनकर वे सभी चौंक गये थे। हो सकता है वे लड़के फिर से न लौट आये हों। सुरुचि ने जाकर देखा। दरवाजे के बाहर दूध वाला था। सुरुचि ने उसके हाथ से दूध का पैकेट ले लिया था। सुरुचि भीतर आयी तो उन सभी को तसल्ली हुई। भय से उपजा विचार दूर हो गया था। तभी उन्होंने कहा था–

"कामवाली आये तो मना कर देना।"

इस बीच हॉकर अखबार डाल कर चला गया था। सुरुचि वहीं दरवाजे के पास कुर्सी पर बैठकर अखबार पढ़ने लगी थी। आज किसी को चाय पीने की जल्दी न थी। पड़ोस में किसी की मौत हो जाए तो चाय कहाँ अच्छी लगती भला। सुबह से पानी तक उनके गले से नीचे नहीं उतरा था।

बस्ती के लोग अपने-अपने घरों से निकल कर बाहर आ गये थे। उनकी जबान पर सैयद साहब का ही नाम था। उनके बारे में वे अपने-अपने विचार प्रकट कर रहे थे। किसी ने कहा था, "कम से कम एक अच्छे मुसलमान को तो बख्श देते वे।"

तभी दूसरा बोला था, "धर्मांध मुसलमान न थे सैयद साहब।"

तीसरे व्यक्ति ने भी अपनी राय दी थी, "नमाजी थे, लेकिन भाग-भाग कर मस्जिद न जाते थे। सहजता से अपने घर पर ही नमाज अदा कर लेते थे।"

फिर चौथे व्यक्ति ने कहा था, "अरे नमाज पढ़ने से कोई अच्छा आदमी थोड़े ही हो जाता है।"

तभी पाँचवें व्यक्ति ने पूछा था, "पर उनकी बेटी कहाँ गयी?"

"वह बच गयी तो अच्छा ही हुआ।"

उधर महिलाएँ भी डरते-डरते एक दूसरे से बोल-बतिया रही थीं। उनकी निगाहें सैयद साहब की घर की ओर चली जाती थीं। कोई महिला पूछ रही थी–

"क्यों मारा उन उन्मादी लड़कों ने उन्हें? सैयद साहब तो एक अच्छे इंसान थे।"

दादी चार-पाँच औरतों से घिरी थी। उसे कम सुनाई देता था। थोड़ी देर बाद उसने पूछा था, "क्या सैयद मर गया?"

किसी ने जवाब दिया था, "हाँ।"

सीएम को हिंदुत्व का हीरो बना दिया गया था। सीएम ने आर.एस.एस. की सभा में मुसलमानों को चुनौती दी थी, "सामना करोगे तो घाटे में रहोगे। हम चुन-चुनकर मारेंगे।"

मदरसे के बगल में एक कुआँ था। जिसमें मदरसे के सारे सामान को चार-पाँच लड़कों ने रात में आकर डाल दिया गया। न मदरसा रहा था और न कुआँ। दोनों की शक्ल और सूरत को बदल दिया गया था। मदरसे की दीवारों पर मिट्टी का तेल छिड़क कर आग लगा दी गयी थी। इधर दंगाई थे उधर पुलिस। मुसलमानों के दोनों दुश्मन थे। पुलिस के सामने ही मुस्लिम घरों को लूट लिया गया था और बाद में सभी घरों में पेट्रोल डालकर आग लगा दी गयी थी। पुलिस के लिए यह सब तमाशा था।

हिन्दू युवक आग लगाऊ दस्ते बन गये थे। जैसे मुल्लाओं को पकड़-पकड़ कर उनकी दाढ़ी जलाई थीं वैसे ही चुन-चुन कर कई मस्जिदें ध्वस्त की जा चुकी थीं। न खुदा रहे और न खुदा के इबादतखाने। खुदा के बंदों को फिर भी पुरानी मस्जिदों की तलाश जारी थी। उनके इर्द-गिर्द बेचैनी थी, क्योंकि बिना इबादत के वे रह नहीं सकते थे। हिन्दुओं को कैसे बताएँ कि जैसे तुम्हारा अलस्सुबह मंदिरों में घंटे बजाना जरूरी होता है वैसे ही हमारा अज़ान देना भी। तुमने अपने मंदिर को तो महफ़ूज रखा, पर हमारी मस्जिदों को जला दिया।

तमाम जिल्लतों के बावजूद मस्जिदों की तलाश जारी थी इसलिए कि उनका खुदा मरा नहीं था और न ही वे मरे थे। उनके भीतर अल्लाह का ख़याल जिंदा था। जो दफन हुए उनकी यादें जिंदा थीं। कौम का इतिहास गलियों/कूचों में/मस्जिदों/कब्रिस्तानों में लिखा जा रहा था। टूटी हुई मस्जिदों की दीवारों पर लगे खून के सुर्ख धब्बे चश्मदीद गवाह थे। कहाँ-कहाँ अल्लाह उनकी राह नहीं देखता था।

टूटे और जले हुए मकानों की आधी-अधूरी दीवारों पर मुसलमानों की मां-बहनों की गालियाँ लिख दी गईं। कहीं जय श्रीराम तो कहीं मुसलमानो पाकिस्तान जाओ

लिख दिया गया। मुलसमानों के ज़ख़्मों पर नमक छिड़कने में कहीं कोई कमी नहीं रहने दी गयी थी। 'मुसल्लो यह देश तुम्हारा नहीं है। तुम्हें यहाँ से जाना ही होगा। बाबर मर गया। तुम क्यों जिंदा हो हमारे देश में? तुम्हारी औरतें हमारे लिए टूटा हुआ सामान हैं। तुम्हारी औरतें बच्चे बनाने में लगी हुई हैं। अगर तुम उन्हें अपने साथ नहीं ले जाओगे तो हम उन्हें वेश्या बनाएँगे। उनके साथ बलात्कार करेंगे। अब इतिहास हमारा है और राजनीति भी। सब कुछ हमारा है। तुम्हारा क्या है इस देश में सिर्फ तुम्हारी कब्रें?'

शहर के आधे भाग में फिर से तेजी के साथ दंगा भड़क उठा था। मुसलमानों को चुन-चुन कर मारा जा रहा था। उनके घरों को जलाया जा रहा था। आग की लपटें पुनः शहर से गाँवों तक में पहुँच गयी थीं। बाज़ार फिर बंद हो गये थे। मस्जिदों में न मुल्ला थे और न परिवेश में अज़ान की आवाज़ें। आस-पास खौफनाक चुप्पी थी। मस्जिदों की जली हुई दीवारों पर से लाउडस्पीकर उतार लिये गये थे। मदरसों में रखी कुरआन जला दी गयी थीं। दंगाई मुसलमानों की कोई पहचान नहीं छोड़ना चाहते थे। इसलिए पुराने शहर की सबसे पुरानी लाइब्रेरी को भी जला दिया गया था। मुसलमानों के इतिहास का एक-एक सफ़ा वे ध्वस्त करना चाहते थे। उन्हें नफरत थी बाबर तथा बाबर की औलादों से। जहाँ कहीं भी उन्हें बाबर की औलाद मिली, हिन्दू ब्रिगेड ने जिंदा जलाकर जमीन में गाड़ दिया था। आने वाले समय में जब लोग जमीन खोदेंगे उन्हें जमीन में चप्पे-चप्पे पर मुसलमानों के अस्थि पिंजर मिलेंगे। पिछले ही बरस गांधी, शांति और अहिंसा विषय पर उमर शेख की बेटी ने पीएच.डी. की थी। उनके घर में आग लगा दी गयी। उसके सारे प्रमाण पत्र जल गये थे। उमर शेख को अंधा बना दिया गया था और उसकी बेटी के हाथ काट डाले गये थे। इसलिए कि कुछ भी वह न लिख सके। बेबस जिंदगी जीने के लिए अभिशप्त रहेंगे वे या फिर जिंदगी से तंग आकर आत्महत्या कर लेंगे।

बिलकिस को आत्महत्या करते हुए रोका गया। वह बार-बार चिल्लाते हुए कह रही थी, "मुझे क्यों नहीं मरने दिया?"

उसके अब्बा रोजाना की तरह दोपहर बाद नमाज से लौट रहे थे। वे जान बचाने बस्ती की ओर भागे। त्रिशूल और तलवार लिये भगवाधारियों की भीड़ उनके पीछे थी। जल्दी ही उन्हें घर के सामने पकड़ लिया गया। और देखते-देखते तलवार से उनके टुकड़े कर डाले। बेटी बचाने आयी तो उसे नंगा कर उसके साथ दंगाइयों ने उसके साथ बलात्कार किया। दो बरस के बच्चे का क्या दोष था? उसे भी काट डाला। वहीं घर के आगे मिट्टी का तेल जलाकर उसे मार डाला गया।

सखारा गाँव की कुलसुम बानो इसी राहत कैंप में पनाह लिए थी। परिवार

चलाने के लिए परचून की दुकान चलाते थे उसके ख़ाविंद। घर में जवान बेटी थी। अगले माह उसकी शादी होने वाली थी। बाहर से टैंपो में भरकर हथियारबंद लोग आये। और कहते हुए उसकी आँखों से आँसू बह निकले थे।

''मेरी बेटी को कहीं का नहीं छोड़ा उन दरिंदों ने। पहले उसके साथ चार लोगों ने बलात्कार किया। फिर उसकी योनि में त्रिशूल गाड़ दिया।'' उनकी धर्म विजय पूरी हो गयी।''

कहते-कहते वह फिर से सुबकने लगी थी। राहत कैंप में पनाह लेने वालों के अपने-अपने दुख, दर्द से भरी कहानियाँ थीं। कई लोग बारी-बारी से पूछ रहे थे—क्या ये वतन हमारा नहीं है? क्या हम गद्दार हैं? क्या हमने देश के किसी बड़े नेता को मारा? क्या हमने महात्मा गांधी को मारा था। क्या इंदिरा गांधी को हमने मारा था? क्या राजीव गांधी को हमने मारा था। बताओ जवाब दो। जवाब किसी के भी पास नहीं था।

अमीना बी की आप बीती दिल को दहला देने वाली थी। उनके घर में दुल्हन आये तीन दिन भी नहीं हुए थे। पहले उसे नंगा किया गया। दो लोगों ने उसे पकड़ा। तीसरे ने बलात्कार किया। फिर उसकी छातियाँ काटी गईं। जब बेटे ने बचाने की कोशिश की उस पर मिट्टी का तेल डालकर जला दिया। वे अपनी जान बचाने के लिए भागे। एक टूटी हुई मस्जिद में छुपने की जगह मिल गयी। वे समझे। वे महफ़ूज थे, लेकिन ऐसा सोचना गलत साबित हुआ। पुलिस की गाड़ी से चार-पाँच सिपाही उतरे थे। हिंसक जानवर की तरह वे सूँधते हुए उधर ही आ निकले। उन्होंने अपना फर्ज नहीं निभाया। न इंसान के रूप में और न ही पुलिस के मुलाजिम होने के नाते। बल्कि उन सभी ने भी बारी-बारी से हमसे बलात्कार किया।

बकर शाह राहत शिविर पुराने शहर की जूना बस्ती के नज़दीक कब्रिस्तान में लगाया गया था। मुस्लिम यूथ फोरम की ओर से शिविर में रह रहे स्त्री-पुरुषों, बच्चों के खाने-पीने आदि की व्यवस्था की गयी थी। बरसात से बचाव के लिए प्लास्टिक की चादर तान कर इंतजाम किया गया था। पर जमीन वैसी ही थी। गीली और दलदल जैसी। कई जगह तो पानी भर गया था। औरतें अपने बच्चों को अपनी छातियों से चिपकाए इधर-उधर भागती रहतीं। कुछ गुस्से में बड़बड़ातीं—

''खुदा इन्हें गारत करे। हमारे ख़ाविंदों को हमसे छीन लिया। इनकी औरतें भी बेवा हों। इनके बच्चे भी अनाथ हो जाएँ। जहन्नुम में जाएँ ये बजरंगी।''

एक माह पहले ही अब्बा को जहाँ दफ़नाया गया था। उनकी कब्र खोद दी गयी थी। इतिहास में भी ऐसा नहीं हुआ होगा। अब राजनीति में हो रहा है। साजिद की टाँगें चली गईं। उसे व्हील चेयर तक नसीब नहीं हुई। वह घिसट कर चलता है।

हर आने वाले से पूछता है, "मुझे बताओ मैं कब तक घिसट कर चलता रहूँगा? मुझे बताओ, मैंने क्या गलती की? क्या सिर्फ यही गलती हुई कि मैंने एक मुसलमान माँ की कोख से जन्म लिया?"

कब्रिस्तान की सभी कब्रें उखाड़ दी गयी थीं। वहाँ लिख दिया गया था। मर कर भी मुसलमानो पाकिस्तान जाओ। "आप ही बताएँ। मर कर भी कोई दूसरे देश जाता है।"

किसी ने बताया था—सीएम कब्रिस्तान को समतल कर आरएसएस के लिए परेड मैदान बनवाना चाहते हैं। यहाँ वे हथियार चलाना सीखेंगे और हमें नेस्तनाबूद करेंगे।

भूख तबाही, तंगी और भय में डूबे राहत शिविरों का जीवन अपने आप में अकथनीय दर्द भरी दास्तान बयान करता है। जहाँ खाने-पीने की तंगी, ओढ़ने-पहनने के लिए कपड़े नहीं, सोने के लिए एक टूटी खाट या फटी चटायी तक नहीं। पीने के लिए पानी नहीं। दिनचर्या से निपटने के लिए शौचालय नहीं, अँधेरी रात काटने के लिए बिजली की रोशनी नहीं, बीमारी के समय इलाज की कोई व्यवस्था नहीं, प्रसव पीड़ा झेलने के लिए उचित जगह नहीं। वहाँ था तो सिर्फ अभी भी आतंक और उसी आतंक के परिवेश में हिलते डुलते साये जो रात में सपनों में आकर सोने नहीं देते थे। कभी-कभी महिलाएँ चीख मार कर रोने लगती थीं। एक-एक महिला ने अपने सामने अपने भाई, पति, माँ, बेटे, बेटी को जिब़ह होते देखा था। फ़ैजल उन हजारों बच्चों में एक था, जिन्होंने अपने अब्बा, अम्मी, बहनों, भाइयों को खोया था। कत्ल और खून खराबे ने ऐसे सभी मासूम बच्चों को अपनो से जुदा कर दिया था।

इस कैम्प में सभी बच्चे थे। छः माह के असलम से लेकर दस वर्षीय नफ़ीसा तक। उनका बचपन दर्दनाक हादसों से जुड़ गया था। वे सब यतीम बना दिये गये थे। अल्लाह के घर में उन्होंने पनाह ली थी। वे स्वयं यहाँ नहीं आये थे। कौम के ख़िदमतगारों के द्वारा लावारिस टुकड़ों के रूप में यहाँ लाये गये थे। किसी का हाथ काट दिया गया था तो किसी का पैर। अब उन टुकड़ों को जोड़ा जा रहा था। जैसे जुड़ कर वे देश के दूसरे दर्जे के नागरिक बनेंगे। इसलिए कि उन्हें याद रहे कि हिन्दुओं से टकराने का क्या नतीजा होता है। बच्चों के होठों पर बार-बार अम्मी शब्द ही आता था। पर अम्मी कहीं थी नहीं, अपने-अपने ज़ख़्मों को सहलाते हुए कुछ महिलाएँ अवश्य थीं। डॉक्टर बीच-बीच में आता था। और जाँच-पड़ताल कर चला जाता था।

अचानक उसके होठों से हाय अल्लाह की तेज आवाज़ हुई।

कपड़ा सिलते हुए सूई उसकी अँगुली के मांस में अंदर तक गड़ गयी थी। दो-तीन औरतें अपना-अपना कपड़ा मशीन पर छोड़ उधर भागी थीं। उन्होंने देखा। रुखसाना की अँगुली खून से तर-बतर थी। दर्द से उसकी हालत खराब थी। बड़ी मुश्किल से उसकी अँगुली से सूई निकाली गयी। मांस छिल गया था। खून बंद होने का नाम न लेता था। मशीन पर पड़े आधा सिले हुए कपड़ों पर खून के धब्बे फैल गये थे। इसके बीच जैसे दुःखद चित्र उभर आये थे। थोड़ी देर में पुनर्वास केन्द्र में डॉक्टर आ गया था। शीघ्रता से उसने मरहम पट्टी की। रुखसाना को दूसरे टेंट में ले जाकर बिस्तर पर लिटा दिया गया था। अँगुली का दर्द थोड़ा कम हुआ था, पर उसके भीतर दर्द और भी तेज हो गया था। बेचैनी के स्वर में वह बोली थी–

"मुझे तुम मरने क्यों नहीं देते हो?"

तभी सादिया ने कहा था, "तुम्हें जिंदा रहना है रुखसाना।"

वह जवाब में बोली थी, "रुखसाना अब जिंदा नहीं रहना चाहती है।"

"तुम जिंदा रहोगी।"

"पर मैं जिंदा क्यों रहूँ, किसके लिए आखिर?"

सादिया का गंभीर स्वर उभरा था, "हमारे लिए रुखसाना।"

रुखसाना की आँखों में अभी भी आँसू थे। सादिया ने उसका हाथ अपने हाथों में दबाया था।

"हम सबके लिए तुम्हें...।"

कहते-कहते स्वयं सादिया की आँखों से आँसू बह निकले थे। उसे रोते हुए देख रुखसाना ने कहा था, "दीदी तुम क्यों रोने लगी?"

आँसू पोंछते हुए जवाब दिया था सादिया ने, "तुम भी तो रो रही हो रुखसाना।"

"मुझे तो सूई चुभ गयी इसलिए...।"

इस बार गंभीर स्वर उभरा था उसका, "पागल, हजार सुईयां हमारे भीतर चुभी हुई हैं।"

चमकी अब कविता नहीं सुनाती है, जो अध्यापक उसे स्कूल में सुनाया करते थे। वह तो बस गुमसुम-सी रहती है। उसकी आँखों में तल्ख़ सवाल रेंगते हैं पर होठों पर वही गीत "सारे जहाँ से अच्छा हिन्दुस्तान हमारा, हम बुलबुले हैं इसके, यह गुलिस्ता हमारा" नहीं आता। हिन्दुस्तान छोड़ते हुए मोहम्मद इकबाल के भीतर भी इतनी पीड़ा नहीं रही होगी जितनी चमकी के भीतर है। सादिया ने उसका मन बहलाने के लिए पूछा था–

"पर चमकी एक बात तो बतला।"

"पूछो।"

"पहले तो तुम खूब बातें करती थीं। चिड़िया की तरह बहुत चहकती थीं।"

उदास स्वर में चमकी के भीतर से जवाब उभरा था, "दीदी पहले मैं बच्ची थी।"

"और अब।"

"अब... ।"

कहते हुए उसने सादिया की ओर देखा था। एक पल ठहरकर पुनः बोली थी वह, "अब एक औरत बन गयी हूँ।"

आश्चर्य भरा स्वर उभरा था सादिया का, "हम कुछ समझे नहीं।"

चमकी ने पुनः कहा था, "एक बच्ची कब औरत बनती है दीदी?"

सादिया के मुँह से सर्द आह निकली थी, "उफ या अल्लाह।"

भयंकर हाहाकार ने उनके भीतर जन्म लिया था। कितनी मुस्लिम लड़कियों तथा महिलाओं को गर्भ ठहरा होगा। वे स्वयं नहीं बतलातीं। उनके आँसू बतलाते थे। कुछ ने नदी-नालों में कूद कर अपनी जान दे दी थी। जो मरने की हिम्मत अपने भीतर नहीं जुटा सकीं, वे आने वाले बच्चे की दुःस्वप्न की कहानी अपने साथ लिये थीं।

एक-एक कर सभी की केस-हिस्ट्री को पढ़ा था राजू ने। बिलकिस, शबनम, मुमताज, अख्तरी, शकीला, यातना में डूबा उनका अतीत, पर कल के लिए उनकी आँखों में चमक थी। एक-दूसरे के सुख-दुख में शामिल अपने-अपने भीतर फिर से विश्वास लौटाने के लिए प्रतिबद्ध। तभी पृष्ठ पलटा था। सबसे ऊपर नाम पढ़ा था। नाम सुमन, निवास स्लम। इससे पहले कि वह पूछता। सादिया ने जैसे पहेली सुलझाई थी—

कल किसी सहेली के घर आयी थी। मुस्लिम समझकर इसके साथ भी वही हुआ, जो सभी के साथ।

बजरंगियों ने भी क्या किया उनके साथ। उनकी औरतों के साथ बलात्कार किया। शर्मनाक बात है हिदुओं के लिए। कल उनसे बच्चे होंगे। वे हरामी कहलाएँगे। पर उनके पुरखे तो हिन्दू ही थे। न कोई गजनी अपने साथ बड़ी संख्या में मुसलमानों को लाया और न बाबर। जीती हुई जमीन और हारे हुओं की औरतें तब उनके सामने थीं। क्या हम फिर से इतिहास को तो नहीं दोहरा रहे हैं? जमीन अभी भी थी और औरतें भी। हमलावर उन्हें भोगने को आतुर थे। और उन्होंने भोगा भी था। महिलाओं के भीतर दर्द था जबकि दंगाइयों में वासना का समंदर। जवान मुसलमानियों के नाड़े तोड़ डाले गये थे और उनकी चोलियाँ फाड़ दी गयी थीं। तभी कैम्प में अखबारनवीस आ धमके। उनमें से एक ने आगे बढ़ कर कहा था—

"हम दंगों का समाजशास्त्रीय अध्ययन करने आये हैं उनकी बात सुनकर उन्हें

हिकारत से देखा था ज़ख़्मी औरतों ने। उनके भीतर बवण्डर उठ खड़ा हुआ था। कुछ बेवाओं की तल्ख़ आवाज़ उभरी थी–

"हम क्या करें...?"

फिर से किसी ने कहा था, "देखिये हम दैनिक अखबार से हैं।"

"तो।"

इस बार सहज स्वर में बोला था एक रिपोर्टर, "आप हमें गलत समझ रहे हैं।"

पर वे सहज नहीं थीं, उनके भीतर आग भरी हुई थी। तभी कोई बरसी थी–

"इसे देखो इसके आठ माह के बच्चे को पेट चीर कर निकाला और फिर इसी के सामने टुकड़े-टुकड़े कर फेंक दिया। अब ना ये जिंदों में है और न मरे हुओं में।"

दो रिपोर्टर ने पुनः दोहराया था, "दखिये हम गलत नहीं हैं।"

"नहीं गलत तो हम हैं, जो अपने ही देश में बेइज्जत हो रहे हैं।"

तभी किसी ने कैमरा ऑन करना चाहा था। एक महिला ने तेज़ आवाज़ में कहा था, "मत करो कैमरा ऑन। हमारी बहन बेटियों की छातियाँ दिखाओगे। कैसे बलात्कार करते हुए दरिंदों ने उन्हें मसला और फिर काट डाला। यह सब दुनिया को बताओगे।"

बीच में किसी ने पूछा था, "आप।"

"हमारा जीवन सार्वजनिक मत बनाइये। कितना नंगा करोगे हमें। अरे मुसलमान औरतें तो किसी को अपनी अँगुली तक नहीं दिखाती। सिर से पाँव तक उनका शरीर पाक होता है।"

"लेकिन।"

"और तुम चाहते हो कि हम तुम्हारे सामने फिर नंगे हो जाएँ, जिससे तुम हमारी बदनसीबी पर फिल्म बनाओ।"

"आप समझ नहीं रही हैं।"

"मैं सब समझती हूँ। तुम सब व्यापारी हो।"

"तुम शब्द लिखते हो, फोटो लेते हो और यह सब बेचते हो बाज़ार में। पर हम बाज़ारू नहीं हैं।"

"क्या तुम इन आँसुओं के पीछे का दर्द समझ सकते हो। महसूस कर सकते हो बोलो।"

"इसीलिए तो हम आये हैं कि..."

बीच में उसी महिला ने प्रतिवाद किया था, "कि हम तुम्हारे सामने रोएँ और हमारे रोते हुए दृश्य अपने कैमरे में कैद कर लो।"

"अरे हजारों लोगों को कत्ल कर डाला इन्होंने। क्या किसी की आँखों में आँसू

आये।''

तभी अन्य महिला भभकी थी, ''बोलिये, आपके पास क्या कोई जवाब है?''

अखबारनवीसों के पास कोई जवाब नहीं था। वे एक-दूसरे की ओर देखने लगे थे। सभी के मुँह पर ताला पड़ गया था। क्या बोलते वे? वे आँखें नहीं मिला पा रहे थे उन महिलाओं से। अनायास सादिया ने चीखते हुए कहा था, ''इसे देखो कितनी उम्र होगी इसकी।''

कुछ पल ठहरकर फिर बोली थी वह, ''बताओ ना कितनी उम्र तय की है दंगाइयों ने एक मासूम को औरत बनाने के लिए।''

वे चलने को हुए। सादिया जैसे बस करने वाली नहीं थी, ''बोलो ना कितनी उम्र में किसी बिनब्याही लड़की को औरत बनाया जाता है।''

सभी अखबारनवीस सिर झुकाए लौटने लगे थे। सादिया अभी भी चीखे-चिल्लाए जा रही थी, ''शर्म आनी चहिए तुम्हें और तुम्हारे लोगों को। अरे मासूम बच्चियों पर मर्दानगी दिखाई अपनी उन्होंने। निहत्थे मुसलमानों को मारा तुम्हारे जांबाजों ने।''

तभी एक औरत बुर्के में आयी। झट से उसका बुर्का उतार कर सादिया बोली, ''इसे देखो।''

चार-पाँच औरतें उसके पीछे खड़ी थीं। उनकी ओर देखा था उन्होंने। उसने फिर कहना शुरू किया था, ''ये है रुकैया, और यह है शबाना और इसे देख रहे हो जमीला। तीनों ने उन हैवानों से अपनी इज्जत की भीख माँगी थी। पर उनका दिल नहीं पसीजा था। हरामियों ने इन्हें नंगा कर इनके साथ बलात्कार किया।''

कुछ देर के लिए वे ठहरीं, फिर कहा, ''देखो इनकी छातियों को। दंगाइयों ने इनकी छातियों को काट डाला। अरे वेशर्मी की भी कोई हद होती है। क्या उन हरामियों ने अपनी माँओ की छाती का दूध नहीं पीया होगा?''

उन्होंने देखा तो तुरन्त निगाहें हटा ली थीं।

''देखो भाई।''

उनकी हिम्मत नहीं हो रही थी देखने की। तभी वह फिर बोली थी, ''इनके भरे पूरे परिवार के सदस्यों को मार-पीट कर सूखी लकड़ियों पर रख जला दिया गया था। उन्हें जिंदा क्यों छोड़ा गया?''

इसे देखो। ये है खुशबू, पर एक फूल सी लड़की में जो खुशबू होती है वह अब इसमें नहीं है। इसका शरीर बदबू से भर गया है। डॉक्टर भी दूर से इलाज बतलाता है। उसे बोलने लायक भी नहीं छोड़ा काफ़िरों ने।

तभी उसने बोलने की कोशिश की। उसका मुँह थोड़ा खुला। उसके होठों पर

फफोले थे। वह कुछ खा पी भी नहीं सकती थी। क्योंकि उसकी अंतड़ी तोड़ दी गयी थी। यह दाहोद की रहने वाली है। उसके अब्बा तथा अम्मी को दंगाइयों ने मार दिया था। किसी तरह से यह बच गयी, लेकिन क्या आप इसे जीवित कहेंगे?

उनके जाने के तत्पश्चात सादिया की आँखों में आँसू छल-छला आये थे। इससे पहले कि सादिया आँसुओं को पोंछे, राजू परमार ने आपनी हथेली से सादिया की आँखों से बहते आँसुओं को पोंछते हुए कहा था, ''नहीं सादिया, तुम्हीं ने तो इन सबको हिम्मत देनी है।''

भर्राये गले से उसने बोलने की कोशिश की थी, ''राजू।''

एक ओर जहाँ मुसलमान तिल-तिल कर मर रहे थे वहीं दूसरी तरफ तथाकथित ऋषि मुनियों के देश में कथा वाचकों के मुँह से अमृत वर्षा हो रही थी। भजन, कीर्तन, झूमते गाते भक्त, श्रद्धा और विश्वास में पले हुए प्रवचन आश्रम के चप्पे-चप्पे में गूँज रहे थे। दूरदर्शन से टेलीकास्ट होता उनका जीवंत प्रसारण। गुजरात में अभी भी कत्लेआम हो रहा था। मुस्लिम महिलाएँ विधवा हो गयी थीं और बच्चे अनाथ। यहाँ जश्न मनाया जा रहा था। औरतें नृत्य कर रही थीं। मठों और आश्रमों के भीतर संत और संन्यासी संभोग से समाधि में लिप्त थे। बाहर उनके चेले आध्यात्मिक दर्शन बाँच रहे थे।

बाज़ार में कथावाचकों के आध्यात्मिक दर्शनों के कैसेट्स की तेजी के साथ बिक्री हो रही थी। राज्य में पुनः रामराज आ गया था। हिन्दुओं के मन पुलकित थे। हिन्दुस्तान की धरती पर से मुसलमानों का कुछ बोझ कम हो गया था। हिन्दू ब्रिगेड को अपने आप पर गर्व था।

दंगे के एक माह बाद भीमनगर में दलितों ने एक बैठक का आयोजन किया था। बस्ती से बाहर के दलित भी इस सभा में आये थे। उनके भीतर आक्रोश था और गुस्सा भी। अखबार वालों ने उन्हें बदनाम किया था। मुसलमानों को जान से मरवाना होता है तो वे दलितों से कहते हैं कि गर्व से कहो हम हिन्दू हैं। हिन्दुओं का मकसद पूरा हो जाता है। तब उन्हें याद दिलाया जाता है कि हम दलित हैं। पिछले दिनों अहमदाबाद की रामपीर टेकरी इलाके में एक दलित परिवार ने भुखमरी की वजह से आत्महत्या कर ली, लेकिन एक भी बजरंगी उन्हें देखने नहीं गया।

जब हम मुसलमानों से लड़ने गये तो हमें कहा गया कि तुम हिन्दू हो। लेकिन जब लाश वापस आयी तो उस लाश से भी दलित की तरह व्यवहार किया गया। हिन्दुओं ने कहा अपने अलग श्मशान में जाकर लाश का किरया करम करो। अरे दलितों के पास रहने की जगह नहीं तो मरने के लिए जगह कहाँ होगी।

भीमनगर बस्ती की टूटी हुई छत के एक मकान में आठ-दस लोगों की आधा घंटे से बैठक चल रही थी। राजू परमार जब पहुँचा तो शोरगुल थोड़ा कम हुआ। तभी किसी ने कहा था, "काफी समय से हिन्दू हम पर अत्याचार करते रहे हैं। और हम कुछ भी नहीं कर पा रहे हैं।"

किसी ने बीच में व्यंग्य किया था, "डूब मरो कहीं नदी, नाले में जाकर।"

बीच में राजू को बोलना पड़ा था, "आप हिन्दू क्यों हैं?"

इस सवाल का जवाब किसी के पास नहीं था। साथियों के बीच चुप्पी छा गयी थी। वह पुनः बोला था।

"बतलाइये, आप हिन्दू क्यों हैं?"

जवाब फिर भी किसी के पास नहीं था। बाद में राजू ने स्वयं जवाब देते हुए कहा था, "मैं बतलाता हूँ। आपके साथ इसलिए गलत व्यवहार होता है कि आप अभी तक हिन्दू बाड़े से बाहर नहीं निकल पाए हैं।"

बीच में किसी ने खुसर-पुसर की थी। राजू का ध्यान टूटा। पल भर बाद उसने फिर से अपनी बात पूरी की थी।

"आप सबकी नियति यही है। हिन्दू बाड़े में गुलाम बनकर रहना। याद रखो गुलामों का कोई मान-सम्मान नहीं होता। बाबा साहेब डॉ. अम्बेडकर ने बहुत पहले ही हिन्दू धर्म छोड़ कर बौद्ध धर्म अंगीकार कर लिया था और तुम हो कि अभी तक उत्पीड़कों के धर्म से चिपटे हो।"

तभी किसी ने कहा था, "पर राजू भाई धर्म बदलना कोई आसान काम तो नहीं है?"

राजू के स्वर में नाराजगी उभर आयी थी, "अरे आप लोगों को हिन्दू हिन्दू मानते ही नहीं हैं और आप कहते हो कि धर्म बदलना आसान काम नहीं है। फिर मुश्किल क्या है? गुलाम बने रहना अच्छा लगता है।"

कुछ पल ठहर वह फिर बोला था, "मेरी बात सुनो, जो गांधीवादी लोग हैं वे ही ऐसा कहते हैं कि धर्म बदलना आसान नहीं है।"

बीच में तीन-चार लोग बोले थे, "हम गांधीवादी नहीं हैं।"

"अगर आप गांधीवादी नहीं होते तो अब तक बौद्ध बन जाते।"

"एक हजार साल बाद भी आदमी को अपने धर्म की याद आती है। वह अपनी जड़ों की ओर लौटने की कोशिश करता है। उन्हें भी अपने धर्म की याद आ गयी थी।"

दरवाजे पर किसी ने दस्तक दी। सुनकर दोनों चौंक गये। रात के बारह बजे ही होंगे। उन्होंने बढ़ती हुई रात से अंदाजा लगाया था। इस समय कौन हो सकता

है। तभी फिर से आवाज़ हुई थी। उठकर सुरेश ने देखा। दरवाजे पर राजू खड़ा था।

"राजू भाई इतनी रात गये।"

"क्या कर रहा था अंदर। बतला, बीवी से प्यार कर रहा था क्या?"

"आंदोलनकारियों को प्यार करने का समय कहाँ मिलता है।"

"पर इतनी रात गये तू इधर।"

सुनकर पूछा था राजू ने, "क्यों रात में तेरे घर आ नहीं सकता क्या?"

"नहीं-नहीं ऐसी बात नहीं, मैं तो बस पूछ रहा था। तेरा घर है यार कभी भी आ। दिन में या रात में।"

अब तक चारपाई से उठकर उसकी बीवी भी बाहर आ गयी थी। उसे देखकर बोला था राजू, "सुरेश ठीक कह रहा है।"

जवाब में वह बोली थी, "हाँ ऐसा ही है। वह रात में भी धर्म परिवर्तन पर भाषण दे रहा था। मुझसे प्यार करने का इसे वक्त ही कहाँ है?"

राजू ने पुनः उसे कुरेदा था, "अरे ऐसा है क्या? पर तुम क्या सोचती हो।"

कुछ पल उसने राजू की ओर देखा था फिर उसके भीतर से गंभीर स्वर उभरा था, "मैं उसके साथ हूँ।"

सुनकर सुःखद आश्चर्य हुआ था राजू को। चारों तरफ अँधेरा था। जैसे आशा और विश्वास की किरणें फूटने लगी थी।

पुनर्वास का कार्य जोरों पर था। पुनर्वास यानी टूटे हुओं को जोड़ना और जोड़ कर नई शक्ल सूरत में पेश करना। सड़कों, गलियों, बस्तियों, होटलों, दुकानों तथा कारखानों के आसपास से खून के धब्बे मिटा दिये गये थे। देश के सदर को मौका-ए-मुआयेना करने के लिए इसी ज़ख़्मी शहर में आना था। सीएम की ओर से राज्य के अधिकारियों को सख्त आदेश थे। उनके राज्य में जैसे कुछ हुआ ही न हो। जैसे वे सभी दूध से धुले हुए हों। जैसे राज्य की पुलिस ने नैतिकता का सबक सीखना शुरू कर दिया हो। ऐसा सब कुछ दिखाना था।

वे देश के प्रथम नागरिक थे। दंगा होने के चार-पाँच माह बाद राज्य के दौरे पर आ रहे थे। और राज्य के सीएम को एहतियात तो बरतनी ही थी। सदर की भावनाएँ पहले से ही उद्वेलित थीं। लुटे-पिटे और ज़ख़्मी लोगों के बीच वे गये तो उनका हृदय द्रवित हुए बिना न रह सका। कहीं-कहीं प्रोटोकाल की परवाह भी न कर वे पीड़ितों से मिले। जगह-जगह नारे लिखे बैनर टाँगे गये थे। "सदर को शहर के दुखियों का सलाम" और "हमें सम्मान दो या फिर मौत" उनके आसपास लोग चीख चिल्ला रहे थे। सदर कहना चाहते थे। गांधी जी की खोज शांति और अहिंसा

के लिए थी, पर कह नहीं सके। फिर जैसे ही वे नरोदा की मुस्लिम बस्तियों की तरफ गये। बस्ती के लोग चिल्लाए थे "चुनाव नहीं हमें मकान चाहिए, चुनाव नहीं रोटी चाहिए।" पर सीएम को न किसी को मकान देना था और न रोटी। उन्हें तो राज्य में चुनाव कराने थे।

दिल्ली लौटकर सदर ने फैसला लिया था। जब तक मुसलमानों के ज़ख़्म नहीं भर जाते, तब तक चुनाव नहीं होंगे। "लोकतंत्र को जीवित रखना है। अगर चुनाव नहीं होंगे तो लोकतंत्र मर जाएगा।"

सदर कहना चाहते थे। वहाँ तो मुसलमान मर रहे हैं। पर वे कह नहीं सके। सदर को भावुक नहीं होना चाहिए। हिन्दू राष्ट्र में मुसलमान राष्ट्रपति भले ही हो। सियासत में रहना है तो धैर्य तो रखना ही पड़ेगा। धैर्य नहीं रख सकते तो राज्य के मुसलमानों की तरह उन्हें भी कूड़े के ढेर में फेंक दिया जाएगा। अभी कुछ समय और शान-ए-शौकत की जिंदगी जियो। राष्ट्रपति भवन में रहो। राजाओं की तरह मौज करो। सैकड़ों नौकरों तथा कर्मचारियों से सुबह शाम महामहिम कहलवाओ। वे झुक-झुक कर आपको सलाम बजाते हैं। यह क्या कम है। देश का सदर मौन था। राष्ट्रपति भवन की दीवारों से भी सदर अपने मन की बात नहीं कह सकते थे।

इस्लामी परंपरा के अनुसार रमजान का चाँद दिखाई देते ही हर खास और आम मुसलमान की जिंदगी में ऐसा इंक़लाब आता है कि जीने के सभी तौर तरीके ही बदल जाते हैं। अच्छे काम के लिए 70 गुना सवाब मिलता है। इस माह-ए-मुबारक में जन्नत के दरवाजे खोल दिये जाते हैं तथा दोजख़ के दरवाजे इस महीने बंद कर दिये जाते हैं। वास्तव में ही इस बार मुसलमानों के जीवन में आमूल चूल परिवर्तन हो गया था। उन्हें ख़ाक में मिला दिया गया था। जो बच गये, उनके लिए इसी जमीन पर नरक के दरवाजे खोल दिये गये थे। जन्नत के दरवाजे हिन्दुओं ने मुसलमानों के लिए बंद कर दिये थे। रसूले खुदा फरमाया करते थे कि जो कोई इस महीने में किसी रोज़ेदार का इफ़्तार कराएगा, उसके सब गुनाह माफ होंगे। अब वहाँ न रोजा रखने वाले बचे थे और न ही रोज़ेदारों को इफ़्तार कराने वाले। सभी कुछ तहस नहस हो गया था।

हिना के न भाई बचे थे और न बहनें। अम्मी थी बस, वह भी बेवा हो गयी थी। कहाँ थीं मिठाइयाँ, कहाँ थे नये कपड़े? बेगम अख़्तर अब भिखारिन बन गयी थी। उसकी उदास आँखें जले हुए घर को घण्टे भर से ताक रही थीं। बच्चों को एक सौ रुपया ईदी मिलती थी। अब कौन देगा? भारी मन से उसने नमाज़ अदा की थी।

संसद के गलियारे चुनावी गहमागहमी से भरपूर थे। राजधानी में हिन्दू पार्टी के

आलाकमान में चुनाव के विषय पर तेजी के साथ बहस चल रही थी। भारत में यह कोई खुशी मनाने का दिन नहीं था जब देश के उपप्रधान मंत्री ने यह प्रमाणित किया था कि पिछले पचास वर्षों में ऐसा कोई मुख्यमंत्री नहीं हुआ जैसा कि दंगा पीड़ित राज्य के सीएम ने स्थिति को नियंत्रित करके दिखलाया था। यह वास्तव में ही दुखद दिन था जब उन्हीं उपप्रधान मंत्री ने अपने बयान में यह कहा था कि राज्य की स्थितियाँ चुनाव के लिए तैयार हैं। जबकि देश के ही हजारों नागरिक शिविरों में घायल अवस्था में पड़े थे।

जबकि घायल कौम के उखड़े हुए लोग असमंजस में थे। कुछ लोगों का विचार था कि राज्य में जब तक चुनाव नहीं होने चाहिए तब तक प्रत्येक नागरिक अस्पतालों, शिविरों तथा जेलों से लौट न आये। जहाँ चुनावी त्योहार का अहसास हिन्दुओं को उल्लास देता था वहीं मुसलमान को हर पल आतंकित करता था। उनके ज़ख़्मों से अभी तक खून बहना बंद नहीं हुआ था। जो शिविरों में असहाय स्थिति में थे उन्हें चुनाव की नहीं दिलासा की जरूरत थी। चुनाव तो राजनीतिज्ञों का शगल था। उन्हें चुनाव में और भी गेम खेलने थे। मुसलमानों के ज़ख़्मों पर नमक छिड़कना था। उन्हें जलील करना था। उनकी माँ, बहन तथा बेटियों को अभी और नंगा करना था। खेल शुरू करने से पहले बहुत दूर की कौड़ी थी उनके हाथ में। वे सिद्धहस्त राजनीतिज्ञ खिलाड़ी थे। मुसलमानों को अंदेशा था। चुनाव होने पर उन्हें अवश्य ही घेरों में जाना पड़ेगा।

चुनाव होने या न होने के बारे में पूरे देश में बहस छिड़ी थी। चुनाव कैसे हो सकता था। अभी तो मुसलमानों के घाव भी नहीं भरे थे। जबकि सीएम का चुनावी अभियान आरंभ हो गया था।

राज्य में शान्ति और सद्भावना के होर्डिंग्स पर काला रंग पोत दिया गया था। कहीं-कहीं हिंदुत्व के लिखे नारों के पोस्टर चिपका दिये गये थे।

चुनाव घोषणा के बाद गोधरा में सीएम की यह पहली चुनाव सभा थी। गोधरा के हिन्दू कब से अपने नायक का इंतजार कर रहे थे। वे हिदुओं के प्रतीक पुरुष थे। पहली ही सभा में उन्होंने पाकिस्तान के राष्ट्रपति जनरल मुशर्रफ पर भरपूर वार किया था। अपने भाषण में जितना वे मुशर्रफ मियाँ की पिटायी करते, उतना ही जोरों से सभा में बैठे हुए हिन्दू जोरों से तालियाँ बजाते। सीएम ने कहा था, "जिन्हें मुसलमानों ने मार दिया था। हमने उनका बदला ले लिया है। पर अभी कसर बाकी है। तुम्हें उन शहीदों की कसम। तुमने अभी उनका और कर्ज चुकाना है। देश तुम्हारा है, मुसलमानों का नहीं। देश को हिन्दू राज बनाना है। हिन्दू पार्टी को जिताना है। हिन्दू राष्ट्र की बुनियाद रखी जा चुकी है। उसे तुम सभी ने मजबूत

बनाना है। पहली सभा सफल हुई थी।''

बाद में कुछ लोगों के द्वारा नारे लगाये गये थे, ''मंदिर का निर्माण वहीं करेंगे।''

फिर कार सेवक बोले थे, ''बाबर की औलादों को पहले बाहर करेंगे।''

अगली सभा सरदार बल्लभभाई पटेल के जन्म स्थान में सीएम ने ली थी। जिसमें उन्होंने कहा था, ''अगर भारत में रहते हुए जो जयश्रीराम नहीं बोले सकते, उन्हें पाकिस्तान या इटली चले जाना चाहिए।''

तभी भीड़ में से जयश्रीराम की आवाज़ें आती हैं और फिर तालियों का शोर परिवेश में गूँज उठा था। आगे की पंक्ति में बैठे हुए राजनैतिक कार्यकर्ताओं ने नारा लगाया था—

''राम मंदिर अयोध्या में ही बनाएँगे।''

फिर पीछे भीड़ के बीच से स्वर उभरता—

''अपने सीएम को गुजरात से ही फिर जिताएँगे।''

प्रत्येक सभा में सीएम के अलग तरह से बयान होते थे। अब समय आ गया है जब हिन्दुओं को ज़ख़्म देने वाली राजनैतिक पार्टियों से ज़ख़्मों का हिसाब लेना होगा। हमारा उद्देश्य है गुजरात के गौरव की वापसी। धर्मनिरपेक्ष पार्टी ने दुनिया में जो गुजरात की छवि खराब की है, उसे सुधारना हम सभी हिन्दुओं की जिम्मेदारी है। मैं अपने इस अभियान को पूरा करने के लिए आपके आप लोगों के पास आशीर्वाद लेने आया हूँ।''

हिन्दुओं के मन को जैसे सीएम ने जीत लिया था। वे यह सुनकर गद्‌गद थे कि स्वयं सीएम उनके दरवाजे पर उनसे आशीर्वाद लेने आया है। सीएम बजरंगियों, राष्ट्रीय स्वयं सेवकों, शिव सैनिकों तथा हिन्दू ब्रिगेड के सिरमौर बन गये थे। चुनावी सभाओं में नारे लगाते थे—

''उमड़ा हिंदुत्व का तूफान दहले सारा हिन्दुस्तान,
विजय का डंका हमारा सीएम।''

शहर के प्रत्येक चौराहे पर सीएम के कट आउट लगे थे। जो हिन्दुओं को लुभाते थे।

उन्हें ढहाई गयी बाबरी मस्जिदों की परवाह नहीं थी। वे राम मंदिर बनवाने के लिए प्रतिबद्ध थे। रामराज में अगर हिन्दुओं के सपने पूरे नहीं होंगे तो फिर किसके होंगे। भले ही मुसलमानों की जिंदगी धुआँ-धुआँ होती रहे।

हिन्दू पार्टी को जिताने के लिए साधु-संन्यासी भी प्रतिबद्ध थे। वे मठों तथा आश्रमों से बाहर निकलकर सड़कों पर आ गये थे। उनके हाथों में भगवा झण्डे थे तथा कंधे पर रामनामी दुपट्टा। हिन्दू जुड़ रहे थे जबकि मुसलमान कट रहे थे।

मुस्लिम जमात में परस्पर द्वंद्व थे।

"देखिये अब मुसलमानों के सामने तीन रास्ते हैं—पहला जिहाद, दूसरा हिजरात और तीसरा सुलह। मैं सुलह को तरजीह देता हूँ।"

कुछ पल वह मुस्लिम नेता ठहरे थे। जैसे मुआइना करना चाहते हों। आश्वस्त हो फिर बोले थे, "हमने धर्म निरपेक्ष पार्टियों से हाथ मिलाया। उन्हें जिताया, लेकिन हमें क्या मिला? हमने हिन्दू पार्टी से दुश्मनी मोल ली। पर अब जबकि स्वयं हिन्दू पार्टी की आला नेताओं ने हमारी ओर हाथ बढ़ाया है तो हमें भी अपना हाथ उनकी तरफ बढ़ाना चाहिए।"

प्रचार में महज 72 घंटे बचे थे। हिन्दू पार्टी के नेताओं में जोश था। शहर में वे कितनी ही सभाएँ कर चुके थे। हिन्दू भीड़ सचमुच उन्माद से भरी थी। पुराने शहर में लोगों में अधिक जोश था। वे उन्मादी बन गये थे। और उन्मादी बनकर चुनाव जीतना चाहते थे। उनके सिर पर धर्म निरपेक्ष पार्टी को हराने का जुनून था। सत्ता में वे किसी तरह की दखल नहीं चाहते थे। उनका मकसद था कि हिन्दू पार्टी को पूर्ण बहुमत मिले। जिससे मुसलमानों को राज्य से भगाया जा सके। जबकि विपक्ष में एक नहीं अनगिनत राजनैतिक दल थे। उनके अलग-अलग स्वर थे। उनके नेता आपस में लड़ते-झगड़ते थे। दलितों की भागीदारी न हिन्दू पार्टी में थी और न विरोधी दलों में। उन्हें सिर्फ इस्तेमाल किया जाता था। कुछ नेता बिकाऊ थे। उन्हें न डॉ. अम्बेडकर के सपनों को पूरा करने की चिंता थी न कौम की बेहतरी के लिए कुछ करना चाहते थे। मुसलमानों का आत्मविश्वास पूरी तरह से टूट चुका था। चार मुसलमान भी एक नहीं थे। उनके अपने द्वंद्व थे। वे एक दूसरे को गालियाँ देते थे, एक-दूसरे के कपड़े फाड़ते थे। मदरसों और मस्जिदों में शोक सभाएं होती थीं। जीवंत मुद्दों पर बहस बंद हो गयी थी।

सीएम के लिखित और अलिखित आदेश थे पुलिस के उच्च अधिकारियों के नाम। कुछ भी करो। चुनाव जीतना है। उन्हें सत्ता चाहिए, जिससे फिर से मुसलमानों को सबक सिखा सकें। दलितों को गुलाम बनाकर रखा जा सके। और ईसाइयों की हत्या कर सकें।

उत्तरी भारत में जब शीत लहर थी, तब गुजरात में गर्म हवा सर्वत्र व्याप्त थी। राज्य विधान सभा के लिए मतदान समाप्त हो गये थे। मतगणना का पहला दौर आरंभ हो गया था। जैसे जंगल में आग लगने वाली थी। मुसलमानों में दहशत थी। जबकि हिन्दुओं के भीतर उल्लास। उन्हें मालूम था। वे हर हाल में जीतेंगे। मुसलमानों को उन्होंने उन्हीं के घरों में जाकर शिकस्त दी थी। फिर राजनीति में तो जीत उसकी होनी ही थी। यूँ धर्म निरपेक्ष पार्टी के प्रत्याशियों के द्वारा तरह-तरह के

कयास लगाये जा रहे थे। चुनाव के नतीजे आने से पहले चुनाव सर्वेक्षणों के नतीजे अखबारों और दूरदर्शन पर आने लगे थे। अधिकांश सर्वेक्षण एजेंसियों के हिन्दू हित थे। वे हिन्दू पार्टी के समर्थन में सर्वेक्षण की रपट को बार-बार बता रहे थे। सीएम की सेवा में जुटा पूरा सरकारी अमला कह रहा था कि वे जीत की ओर अग्रसर हैं। गुजरात के गौरव के संरक्षक को पुनः सीएम बना दिया गया था। मुस्लिम हंता सीएम गुजरात के सवर्णों का लाडला जो था। अपने लाडले को फिर से सीएम नहीं बनाते तो क्या मंदिरों में ऐसे ही घण्टे बजाते रहते।

सच कहा जाए तो दंगाई जीते और धर्म निरपेक्षता हार गयी। आदिवासियों को परिषद के लोग धर्मांध हिन्दू बनाने में सफल हो गये। अंततः गुजरात फिर से हिन्दू राज्य बन ही गया। गुजरात में जोरदार भगवाकरण के दर्प से दमकती विहिप ने भारत के 'दो वर्ष में हिन्दू राष्ट्र' बनने की बात की थी। राष्ट्र न सही, राज्य ही सही। राम का भी तो राज्य ही था। जिसमें शंबूक ऋषि का वध हुआ था और एकलव्य का अंगूठा काटा गया। अब मुसलमानों का कत्लेआम हुआ। मुख्य मंत्री तो इसे कलंक मानने को तैयार ही नहीं थे। इसे उन्होंने हिंदुत्व की विजय कहा था। यानी हजारों मुसलमानों के खून से तरबतर एक हिन्दू मुख्यमंत्री का विजयारोहण था यह।

राज्य की सत्ता पर उग्र हिंदुत्ववादी फिर से काबिज हो चुके थे। सीएम उनका अपना था और मुसलमान जमात दुश्मन की पंक्ति में आ चुकी थी। हालाँकि अब वे हाशिये पर आ चुके थे। वे भीतर-बाहर से टूट गये थे। वे चुप थे पर अधजली हुई लकड़ियों की तरह सुलग रहे थे। राज्य में अमन चैन था। मुसलमानों के जले हुए घर खाली पड़े थे। उनकी दीवारों पर अलग-अलग नारे लिखे थे। मुसलमानों के घरों, दुकानों, होटलों तथा व्यापारिक संस्थानों पर हिन्दुओं का कब्जा हो गया था। पर उन्हें वापसी का इंतजार था। वे शिविरों में थे या कब्रिस्तान में। नालों के पास गंदगी के ढेर पर पसरे थे। उनके भीतर का विश्वास टूट गया था। उनकी भावनाएँ घायल थीं। खुदा चुप था और मस्जिदें खँडहर बन चुकी थीं। जहाँ कुछ सिरफिरे हिन्दू सुबह-शाम आकर पेशाब-टट्टी करते थे। हगते-मूतते हुए वे अपनी-अपनी मर्दानगी के किस्से कहानियाँ एक-दूसरे को सुनाया करते थे। बलात्कार सहने वाली मुसलमानियाँ कैसे बतलाएँ कि उन्होंने कितने हिन्दुओं की लंपटता झेली थी, लेकिन उनके आँसू जरूर बतला देते थे।

राजधर्म निभाने वाले चुप थे। जिन लोगों को खदेड़ दिया गया था। उन्हें वापस क्यों बुलाया जाए। वे रूठे हुए लोग नहीं थे। न ही उनके परिवार के सदस्य। उनका धर्म अलग था। वे अलग पंक्ति के लोग थे। जिनकी समूची जमात को दुश्मन सिद्ध कर दिया गया था। उनकी बस्तियाँ वीरान थीं। वे खँडहर बन गयी थीं। जहाँ

मुसलमान बर्बाद हुए थे और हिन्दू आबाद। जीत का जश्न उनके भीतर था। दूसरी तरफ मातम था। हत्यारों और बलात्कारियों के गिरोह विधान सभा में प्रवेश करने लगे थे। वे लोकतंत्र के रक्षक थे, जन प्रतिनिधि भी। सुरक्षा गार्ड उन्हें सैल्यूट मार रहे थे। वे गद्गद थे। उनके गलों में फूलों की मालाएं थीं। वे खुश थे।

राज्य में चुनावी जीत मुसलमानों के खून से लिखी गयी थी। सड़कों पर सीएम का जुलूस था और गलियों में अँधेरा। उस अँधेरे में जरूरी सामान बांधते विस्थापित मुसलमान। वे हिन्दू राज्य से जितना जल्दी हो दूर निकल जाना चाहते थे। पुरुषों की आँखों में नफरत थी। जीत की खुशी में दंगाई नाच रहे थे। उनके भीतर उन्माद था। औरतों की आँखों में आँसू। बच्चे सुबकियों ले रहे थे। माँएँ स्वयं रोते हुए उन्हें चुप रहने की सलाह दे रही थीं। आकाश में बादल थे। और उनके भीतर तूफान। किसी ने पूछा था।

"हमारी सुबह कहाँ होगी?"

जवाब किसी के पास भी नहीं था। सब तरफ चुप्पी थी। कुछ मौन ही रहकर एक दूसरे से संवाद रखने की कोशिश में थे। आँखों की भाषा को आँखें पढ़ रही थीं। कुछ वहीं ठहरना चाहते थे। तभी दो-तीन बुजुर्गों ने कहा था–

"हमें लौटना होगा।"

"क्या इस दुर्घटनाग्रस्त शहर को छोड़ दें।"

"नहीं होगा हमसे यह।"

"क्यों?"

"शहर तो हमारा है और देश भी। जमीन के चप्पे-चप्पे पर यादें बसी हैं। मोह हो गया है हमें उनसे। वे हमारा अतीत हैं। अच्छा या बुरा। सुखद और दुःखद जैसा भी हो अनुभूतियों से भरा हमारा इतिहास है। जो भी हो, हम यहीं पैदा हुए। हमारी कब्रें भी इसी शहर में बनेंगी।" मुसलमानों को जैसे अभी भी भारत से मोह था। हजार ज़ख़्म सीने में रखे उनके भीतर से शांति और भाईचारे का दर्शन उभरने लगा था।

□ □ □